Pete Hautman

Alte Säcke

Pete Hautman

Alte Säcke

Roman
Aus dem Amerikanischen
von Peter E. Maier

Schneekluth.

Dieses Buch erschien unter dem Originaltitel
The Mortal Nuts
1997 bei Pocket Books, New York.

Umschlaggestaltung: bueroecco, Augsburg
Umschlagabbildung: Stone, München / Michael Heissner
Satz: Ventura Publisher im Verlag
Druck und Bindung: Wiener Verlag, Himberg
Printed in Austria
ISBN 3-7951-1666-X

Für Tuck

eins

Ich find ihn noch gar nicht so übel, Ax. Du brauchst nur den Motor einstellen lassen und ihm dann vielleicht noch neue Stoßdämpfer verpassen.«

»Wenn einer zweihundertachtzigtausend Kilometer gelaufen ist, geht's dem Ende entgegen.« Axel Speeter hielt das Lenkrad mit beiden Händen umklammert und versuchte das Flattern der Vorderräder wegzudrücken, das vor 40.000 Kilometern eingesetzt hatte. Es war an sich ein prima Pickup, aber er wurde alt, wie das so ist. Axel schaute auf den Tacho. Er fuhr achtzig und traute sich auch gar nicht viel schneller zu fahren. Auf beiden Seiten überholten Autos, die Leute hatten es eilig.

Sam O'Gara kurbelte die Scheibe herunter und spuckte einen zerkauten Priem aus dem Fenster. »Herrgott, Ax, schon bei zweihundertachtzig Kilometern geht's dem Ende entgegen. Da kannst du dir jeden Montag morgen einen neuen Pickup kaufen.«

»Ich hab ihn jetzt schon zehn Jahre. Ich will mir keine Sorgen darüber machen müssen, ob er womöglich beim Jahrmarkt den Geist aufgibt.«

»Du machst dir zuviel Sorgen, Ax. Aber ich kann ja sagen, was ich will.«

Axel Speeter zuckte die Schultern. Er fand nicht, daß er sich mehr Sorgen als nötig machte, er konnte beim Minnesota-Jahrmarkt wirklich kein Risiko eingehen. Und er hörte Sam immer zu. Sie waren schließlich schon an die fünfzig Jahre lang Freunde. Er verließ sich eben nur nicht immer auf das, was Sam ihm sagte.

Axel legte die rechte Hand auf die Kaffeedose, die neben ihm auf dem Sitz lag.

Sam fragte: »Was hast'n da drin?«

Axel überhörte die Frage. »Hör mal zu. Ich will einen neuen Pickup kaufen.« Er wechselte auf die rechte Spur, bog vom Interstate ab und fuhr auf dem Highway 61 weiter. »Hilfst du mir dabei oder hilfst du mir nicht?«

»Warum sollte ich dir nicht helfen? Was meinst du, warum ich

mitgekommen bin?« Sam betrachtete die Kaffeedose. »Du bist immer noch so 'n richtiger Hinterwäldler, was?«
»Wie meinst'n das?«
»Schon mal was davon gehört, daß man sein Geld auch auf 'ne Bank bringen kann, wo der Staat für alles garantiert?«
Axel biß die Backenzähne aufeinander.
»Du bist mir vielleicht ein Hinterwäldler«, brummte Sam. »Wahrscheinlich hast du alles hinterm Haus verbuddelt.«
»Ich habe kein Haus, Sam. Ich wohne in einem Motel.«
»Da haben wir's ja.«
Axel fragte sich, was haben wir da? Sam führte ständig Leerformeln ins Feld, als wären sie der Beweis für seine blödsinnigen Behauptungen.
Sie fuhren schweigend an den nächsten paar Blocks vorbei.
»Ich will nur nicht, daß mir einer 'ne Gurke andreht«, sagte Axel.
»Du weißt doch, was man über lahme Gurken sagt.«
›Ford im West End‹ kam in Sicht, nach dem nächsten Häuserblock auf der rechten Seite. Axel blinkte und nahm den Fuß vom Gas. »Was sagt man über lahme Gurken?« fragte er.
»Ich komm jetzt nicht drauf«, sagte Sam. »Irgendwas mit Gurkensalat.«

King Nelson lehnte sich mit der Hüfte an die makellose Motorhaube eines neuen Bronco und betrachtete durch das Schaufenster des Ausstellungsraums die beiden alten Männer. Der eine von ihnen, ein großer, schwerer Mann, trat immer wieder gegen den linken Vorderreifen des weißen F-150. So machten das viele alte Kracher. Meinten sie vielleicht, es könnte keine Luft im Reifen sein? Oder das Rad könnte abfallen? King wußte wirklich nicht, was die sich dabei dachten.
Er konnte sich daran erinnern, daß der Typ gestern schon einmal dagewesen war. Da war er in seinem ramponierten Pickup, Baujahr 78, auf den Hof gekrochen, ausgestiegen und gleich hinübergegangen zur Reihe ›Gebrauchte mit Garantie‹. Zuerst hatte King gedacht, der hat gar kein ernsthaftes Interesse, das ist bloß so

ein einsamer alter Kerl, der sich die Zeit vertreiben will, aber nach ein paar Minuten hatte dieser ... wie hieß er noch gleich? King durchsuchte sein Gedächtnis. So ähnlich wie irgendwas am Auto. Blinker? Nabe? Achse! ... hatte dieser *Axel* sich einen weißen F-150 ausgeguckt, Baujahr 94, eine modernere Variante des verrosteten Wracks, mit dem er auf den Hof geknattert war.
Axel überragte King, der einsfünfundachtzig war, noch um fünf Zentimeter. Er hatte breite Schultern und muskulöse, braungebrannte Unterarme mit hervortretenden Adern. King dachte: Als er noch jünger war, muß der Bursche ein Monstrum gewesen sein. Grüne Augen, das Weiße in den Winkeln ganz gelb, Pupillen von etwas unterschiedlicher Größe. Glatte rosigbraun schimmernde Glatze, übersät mit dunklen Flecken, eingerahmt von dichtem Haar, das mit einem Büschel über jedem Ohr begann und hinten einen gekräuselten Entenschwanz bildete, über dem Kragen des kurzärmligen Hemds. Er schien ganz nett zu sein, aber nicht gerade der Schnellste. King hatte gestern schon gedacht, das Geschäft sei unter Dach und Fach, aber dann war Axel doch noch einmal abgesprungen und hatte gesagt, sein Mechaniker müsse sich das noch genauer ansehen.
Und da war er nun wieder, mit seinem Mechaniker, einem dürren alten Mann im ölverschmierten Overall mit abgesteppter, schirmloser Schweißerhaube auf dem Kopf, der inzwischen unter dem Pickup lag und weiß Gott was inspizierte, während Axel um den Wagen herumging, gegen die drei anderen Reifen trat und kaum sichtbare Dellen und Lackabsplitterungen untersuchte.
King beschloß abzuwarten, bis der Mechaniker mit seiner Inspektion fertig war, bevor er hinausging. Wenn sie erst eine Zeitlang der Sonne ausgesetzt waren, wurden sie bestimmt entscheidungsfreudiger.

»Der wird Carmen gefallen«, sagte Axel.
Sam fragte: »Was sagst du?«
»Ich hab gesagt, der wird Carmen gefallen. Sie findet meinen alten scheußlich.«

Sam schlängelte sich unter dem Wagen hervor. »Carmen? Die nackte Brunnentänzerin? Ich dachte, die hast du irgendwohin verschickt.«
»Hab ich auch. Sie ist in Omaha.« Axel ließ sich ungern an Carmens nackten Brunnentanz erinnern. Er hätte Sam gar nicht davon erzählen sollen. »Sie wird Medizinerin«, sagte er.
»Du willst mich wohl verarschen. Carmen wird Ärztin?«
»Sie wird medizinisch-technische Assistentin. Dafür muß man nicht studieren. Das ist so was wie Krankenschwester.«
Sam kratzte sich am graubärtigen Kinn. »Ach ja? Eine pflegerische Ader ist mir an ihr nicht aufgefallen.«
»Carmen ist schon in Ordnung. Sie ist bloß in eine schlechte Clique geraten.« Schlechte Gesellschaft und Drogen hatten Carmen auf den Gedanken gebracht, sich auszuziehen und am hellichten Tag nackt durch den Loring Park zu tanzen. Sie wurde verhaftet, als sie sich gerade im Berger-Brunnen abkühlte.
»Ich laß sie herfliegen zum Jahrmarkt«, sagte Axel. »Sie kommt jetzt viel besser klar, Sam.«
Sam schüttelte den Kopf.
Axel fragte: »Was ist?«
»Ich hab nichts gesagt.«
»Gut.«
»Aber die Bettschüssel möchte ich mir nicht von ihr wechseln lassen, das kannst du mir glauben.«

Als beide wieder standen, auf das Preisschild schauten und beratschlagten, verließ King den kühlen Ausstellungsraum und ging mit selbstsicheren Schritten über den heißen Asphalt. Die beiden Männer hörten auf zu reden und sahen ihm entgegen. Er war noch drei Meter von ihnen entfernt, brachte gerade sein Lächeln auf volle Strahlkraft und stellte sich schon darauf ein, ihnen die Hand zu geben, da tippte der Mechaniker, dieser blinzelnde, runzlige Kerl mit Dreck unter den Fingernägeln, plötzlich auf die Seite des Pickups.
»Was ist mit den Streifen da? Dafür zahlt er keinen Aufpreis.«

King blieb stehen, machte den Mund auf, wußte aber nicht recht, was er sagen sollte.
»Mir gefallen die Streifen, Sam«, sagte Axel.
»Für so einen Quatsch wirst du doch kein Geld ausgeben?«
»Warum nicht? Meinst du, ich kann mir keine Streifen für meinen Pickup leisten?«
»Wer für die Optik zahlt, muß ganz schön blöd sein.«
King sagte: »Die Streifen werden nicht berechnet.«
Beide Männer schauten ihn an, als hätte er sich in eine private Unterhaltung eingemischt.
»Die Streifen waren schon dran, als wir ihn in Zahlung genommen haben«, erläuterte King und wünschte, er hätte den Mund gehalten.
Sam verschränkte die Arme und spuckte auf den Boden, er traf zehn Zentimeter neben Kings geflochtene Schuhe. Ein schlechtes Omen, fand King, aber noch kein Schlußpunkt des Verkaufsgesprächs. Er spulte seinen Werbetext ab und wandte sich bei den stärksten Stellen stets an Axel. Der hörte zu, wippte ein wenig auf den Zehen, schob ab und zu die Lippen vor oder benetzte sie mit blasser Zunge. Um Axel ein wenig aus der Reserve zu locken, fragte ihn King, für welche Aufgaben sein neuer Pickup vorgesehen war, was er beruflich machte, wie er das Wetter fand und was er zu den Minnesota Twins sagte.
»Was sind denn das für viereckige Scheinwerfer?« fiel ihm Sam ins Wort.
King erklärte ihm, die neuen Halogenscheinwerfer seien heller, haltbarer und hübscher als die alten runden.
Axel sagte: »Mir gefallen sie nicht.«
Da sich darauf nichts erwidern ließ, überhörte King den Einwand und fragte Axel, was für Frachtgut er laden wolle. Ein Wort, das solchen Typen gefiel. Frachtgut.
Axel zuckte die Schultern. »Jede Menge Tortillas«, sagte er.
»Tortillas?«
»Ja«, bestätigte Axel. »Jede Menge Tortillas. Ich brauch also auch einen Aufbau.«

Sam hatte sich ans Steuer gesetzt. »Mensch, Ax, guck dir mal das Radio an! Wetten, daß du extra einen Kurs machen mußt, wenn du mit dem Kasten klarkommen willst?«
Axel schaute sich das Radio an, und King erklärte ihm den automatischen Suchlauf und die zehn Programmtasten, fünf für Mittelwelle, fünf für UKW.
»UKW? Braucht er nicht«, sagte Sam.
»Doch, UKW ist gut«, sagte Axel.
»Seit wann hörst du was anderes als WCCO?«
»Carmen findet es sicher gut«, sagte Axel. »Das Radio in meinem alten hat ihr überhaupt nicht gefallen.«
»Für wen kaufst du eigentlich einen neuen?« fragte Sam.
King lächelte unsicher und wünschte die zwei Blödmänner fast schon zum Chevrolet-Händler in derselben Straße. Sollten sie ihren Pickup doch bei diesem Arsch kaufen.
»Der Tacho zeigt 41.900 an«, sagte Sam. »Wie weit habt ihr ihn zurückgespult?«
»Wie bitte?« fragte King. Seines Wissens spulten sie schon seit drei Jahren keine Kilometerzähler mehr zurück – seit ein Staatsanwalt lebhaftes Interesse an dem Pickup gezeigt hatte, den sein Sohn zu kaufen gedachte.
»Wie weit ihr ihn zurückgespult habt. Ist doch 'ne ganz einfache Frage.«
»Das sind die Originalkilometer«, sagte King.
»Was zum Teufel sind Originalkilometer?«
»Ich wollte damit zum Ausdruck bringen, daß der Zähler die Kilometer exakt angibt.«
»Daran zweifle ich nicht. Ich möchte nur wissen, wie weit ihr ihn zurückgespult habt.«
»Was ist mit dem Airbag?« fragte Axel dazwischen, weil er gerade den eingeprägten Schriftzug auf dem Lenkrad gelesen hatte. »Ich will keinen Airbag.«
Das verwirrte King, aber er redete nur zu gern von etwas anderem als dem Kilometerstand. »Sie wollen keinen Airbag?«
»Woher weiß ich, ob das Scheißding nicht einfach mal losballert?«

»Losballert?«
»Angenommen, ich bin auf dem Highway unterwegs, und plötzlich ballert das Scheißding los.«
»Das wird nicht passieren«, sagte King.
Sam hatte den Kopf unter dem Armaturenbrett. »Also, wenn ich mir anschaue, wie die Pedale abgenutzt sind, tippe ich auf über achtzigtausend.«
»Das darf doch wohl nicht wahr sein«, sagte Axel. »Sam, der Mann sagt, daß der Kilometerstand stimmt.«
»Wenn du meine Meinung gar nicht hören willst – warum hast du mich dann mitgenommen?«
»Gute Frage«, schnaubte Axel.
King merkte, daß er so langsam nicht mehr ganz mitkam. Es war aber auch verdammt heiß hier draußen. Durch sein pfirsichfarbenes Hemd, das unter den Achseln schon dunkle Flecken bekam, brannte ihm die Sonne wie ein Bügeleisen auf die Schultern. Verdammt ungesund, diese Arbeit, bei der man vom klimatisierten Ausstellungsraum in die pralle Sonne hinausmußte, und wieder rein und wieder raus. Darum hatten so viele Autohändler einen Herzinfarkt. Die zwei alten Männer, denen die Hitze nichts auszumachen schien, hatten sich wieder über das Lenkrad gebeugt.
Axel fragte: »Was sagst *du* dazu, Sam?«
Sam wiegte den Kopf. »Gar nicht schlecht, so ein Airbag. Wenn du irgendwo drauffährst, bist du vielleicht froh drum.«
»Und wenn er mir einfach so ins Gesicht knallt?«
Sam brummte etwas vor sich hin und fuhr sich über den Bart.
»Was?« fragte Axel.
»Nichts«, sagte Sam. »Bleibt sich doch gleich, ob ich was sag oder nicht.«
»Was meinst du? Kannst du ihn abklemmen?«
»Mensch, Ax, das mach ich mit links.«
Axel wandte sich wieder King zu. »Was dagegen, wenn wir 'ne Runde drehen?«
King holte tief Luft, brachte ein Lächeln zustande, gab Axel die

Schlüssel und sagte gegen jede Intuition, aber ganz im Sinne der Firmenpolitik: »Ich muß natürlich mitfahren.«
Sam schnappte sich die Schlüssel und saß auch schon im Führerhaus. »Auf geht's. Mal sehen, was die Karre kann.«
Nach ein paar Minuten spürte King wieder dieses nervöse Zukken im Gesicht. Er war seit Monaten davon verschont geblieben, aber Sam kitzelte es wieder hervor. Der alte Mistkerl mußte eine ganze Heerschar Schutzengel in Trab gehalten haben, sonst wäre er wohl kaum so alt geworden. Zu einer Probefahrt gehört für ihn, daß man mit hundertzwanzig durch ein Wohngebiet bretterte, eine Vollbremsung machte und für ungefähr fünf Dollar Gummi in den Asphalt einbrannte.
»Die Bremsen sind scheint's in Ordnung«, bemerkte er. Und das war nur einer von Sams diversen ›diagnostischen Tests‹. Als sie dann über den Bordstein – zwei Meter neben der Einfahrt – wieder auf den Hof hoppelten, mußte King sich entschuldigen und die Toilette aufsuchen, wo er sich auf den Klodeckel setzte und drei Minuten tief durchatmete. Es nützte nichts. Alle vier Sekunden zuckte seine Wange.
Sein einziger Trost lag in der Dankbarkeit dafür, daß er noch einmal davongekommen war. Auch Axel schien von Sams Fahrstil noch ziemlich mitgenommen zu sein. Als King wieder zu ihnen trat, waren sie mitten in einer hitzigen Debatte über den Kaufpreis des Pickups. Von ihm hätten sie auch dann nicht weniger Notiz nehmen können, wenn er unsichtbar gewesen wäre.
»Ich würde keinen Cent über zwölf gehen«, sagte Sam.
Auf dem Preisschild des F-150 stand 14.975 Dollar – gar kein schlechtes Angebot, fand King, wenn man mal davon absah, was für eine Probefahrt dem Fahrzeug soeben zugemutet worden war. Und davon, daß Sam beim Kilometerzähler wahrscheinlich richtig lag.
Im Autohaus spulte man die Gebrauchten nicht mehr zurück, man kaufte sie meistens schon zurückgespult.
Axel schüttelte den Kopf. »Das ist zu wenig. Das kommt für die doch gar nicht in Frage.«

Stimmt, dachte King, der es schön fand, daß Axel aus seiner Sicht argumentierte.
»Wie wär's mit vierzehn?« sagte King zu Sam.
Sam überhörte seinen Vorschlag und brummte: »Herrgott, Ax. Nicht mal mit Verdeck ist er mehr als dreizehn wert.«
»Du hast doch gesagt, daß er solide ist, Sam.«
King hatte den Eindruck, daß er am besten fuhr, wenn er gar nichts sagte. Er merkte, daß er schon eine ganze Weile auf die Tätowierung an Axels rechtem Handgelenk starrte, konnte aber nicht erkennen, was der verblaßte blaue Klecks darstellen sollte.
»Er *ist* solide, aber auf vierzehn würde ich auf gar keinen Fall gehen.«
»Würdest du sagen, daß er dreizehn wert ist?«
»Vielleicht. Aber nur, wenn der Aufbau im Preis mit drin ist.«
King Nelson sah von einem zum anderen und versuchte der Verhandlung zu folgen.
»Also, *mit* Aufbau würde ich auf dreizehn fünf gehen.«
Sam verschränkte die Arme. »Ach, zahl doch für die Karre, soviel du willst. Was soll's? Ich kann doch sagen, was ich will.«
Zuerst zuckte Axel die breiten Schultern, dann ließ er sie kreisen und wandte sich mit einem Lächeln, das seine gelben Zähne sehen ließ, an King: »Ich zahl dreizehn fünf, mit Aufbau. Und er muß morgen zum Abholen bereitstehen.«
King schloß die Augen und sog ganz langsam Luft durch die Nase ein, wie es ihm der Arzt empfohlen hatte. Es nützte nichts. Seine Wange hüpfte wie ein Floh auf dem Backblech.
»Wollen wir nicht reingehen?« sagte er. »Hier stehen wir ja in der prallen Sonne. Wir werden uns schon einig.«
Es dauerte noch fast eine halbe Stunde, bis sie bei 13.590 Dollar handelseinig wurden. King war klar, daß er sich damit eine Standpauke seines Chefs einhandelte – der Pickup hätte mindestens vierzehn bringen müssen. Und die Differenz zog man dann von seiner Provision ab. Er mußte sich etwas einfallen lassen. Daß er mit dem Angebot eines anderen Fordhändlers gleichzie-

hen mußte. Daß der Pickup für den Vater seiner Freundin war. Irgend so was. Oder er kündigte und stieg wieder ins Telemarketing von Vinylverkleidungen ein. Da blieb einem wenigstens der Anblick der Kunden erspart. Er konzentrierte sich auf den Kaufvertrag, trug Zahlen ein und füllte Felder aus, um die beiden rasch loszuwerden. Axel hatte sich für einen Moment entschuldigt, und King nahm an, daß er aus seinem Pickup das Scheckbuch holte. Als er wieder hereinkam, hatte er jedoch eine Kaffeedose in der Hand, eine Kilodose Marke Folgers.

»Na, bist du jetzt zufrieden?« fragte Sam und zündete sich eine Pall Mall an.

Axel nickte. »Ich glaube, wir haben ein gutes Geschäft gemacht«, sagte er.

»Hätte besser sein können.«

»Vielleicht. Vielleicht auch nicht. Ich finde, wir sind gut weggekommen.« Axel bog auf den Highway 61 und brachte den Pickup ganz langsam auf fünfundsiebzig. Er freute sich schon darauf, seinen neuen zu fahren. Der Verkäufer hatte versprochen, daß er morgen früh bereitstehen würde, mit Aufbau und allem.

»Du bist eben ein richtiger Hinterwäldler, Ax. Hab ich dir das schon gesagt?«

»Schon seit mindestens zwanzig Minuten nicht mehr.«

»Und du willst wirklich Carmen zum Jahrmarkt herholen?«

»Klar. Sie hat schon die letzten fünf Jahre für mich gearbeitet. Der Jahrmarkt ist mein Leben. Da brauche ich gute Leute. Und außerdem war sie schon seit Weihnachten nicht mehr bei Sophie.«

»Ich dachte, die beiden kommen nicht miteinander aus.«

»Mutter und Tochter. Du weißt doch, wie das ist. Und wie gesagt, Carmen ist nicht mehr so unvernünftig. Sie wird sich bestimmt richtig gut mit ihrer Mutter vertragen. Sie ist nicht mehr das überspannte Gör von früher.«

Sam rollte mit den Augen und stieß eine braune Rauchwolke aus, die das ganze Führerhaus einnebelte. »Ich sag ja gar nichts.«

zwei

Er fand sie auf der Empore, wo sie an einem kleinen, festgeschraubten Tisch saß und durch das Geländer auf die wogende Tanzfläche hinuntersah, auf Hunderte von Leibern, die sich zur Musik schlangenartig drehten und hochschnellten. Es war erst halb elf, und doch brachte die Band – vier Gitarren, ein E-Banjo, ein Schlagzeug – den Club schon zum Beben mit ihrer Punk-Salsa-Version von Proud Mary. Dean blieb in ein paar Metern Entfernung stehen und sah Carmen dabei zu, wie sie den Ravern zusah und mit einem roten Fingernagel am Stiel ihres Kelchglases den Takt schlug. In der anderen Hand, die über das Geländer hing, hielt sie eine vergessene Zigarette, die sich schon zur Hälfte in Asche verwandelt hatte. Ihr Gesicht sah schlaff und blöde aus, woraus er schloß, daß sie schon einige Zeit auf ihn wartete. Mindestens drei Margaritas, schätzte er mal. Lächelnd fuhr er über die frischen Stoppeln auf seinem kahlrasierten Kopf, die seine Handfläche so schön massierten.

Carmen hatte volles, langes Haar, etwas gewellt, aber nicht lokkig, bei Club-Beleuchtung schwarz, bei Tageslicht rötlichbraun. Er hatte ihr mal gesagt, daß sie ihn an einen Spot für Shampoo erinnerte. »Ich seh aus wie ein *Werbespot*?« hatte sie gefragt und die schokoladenbraunen Augen gerollt. Heute abend trug sie ein ärmelloses Top aus dünnem, schwarz glitzerndem Stoff mit Spitzeneinsatz oberhalb der Brüste. Dean fragte sich, ob sie einen BH trug. Manchmal trug sie einen, manchmal trug sie keinen. Er hatte auch schon mal gesehen, an einem schwülen Nachmittag bei einem Open-air-Konzert, wie sie den BH ganz einfach unter der Bluse hervorgezogen hatte.

Dean hatte nie viel Glück bei Frauen gehabt. Vielleicht weil er ein bißchen seltsam aussah, oder weil alle Frauen geldgeil waren. Bei Carmen Roman war das anders. Carmen hatte ihn gern. Einfach so. Und er war heute abend in Hochform. In seiner linken Augenbraue steckten zwei dünne Ringe, die so weit herunterhingen, daß er in ihrem glatten Gold die Lampen glitzern sah. Er trug seine neue Reitjacke, am Ärmel hing noch der Plastikstift der Diebstahlsicherung, und unter dem schwarzen Leder verbarg sich nichts als sein schlanker, muskulöser Oberkörper. Er ging zu ihr hin und setzte sich ihr gegenüber an den Tisch.

Carmen sah ihn gar nicht an. »Die Menschen sind Tiere«, sagte sie so beiläufig, als hätten sie schon stundenlang zusammengesessen.

Dean streckte den Kopf vor. »*Was* sind die Menschen?«

Carmen lachte auf, als hätte jemand einen Witz erzählt. Sie zog ihre Margarita zu sich heran und beugte sich über das mattierte Kelchglas. Ihre Brüste wurden gegen die Tischkante gedrückt, eine dunkle Haarsträhne legte sich auf das gestoßene Eis. Sie legte die vollen Lippen um den dünnen Trinkhalm herum, zog die Augenbrauen zusammen, sog ein.

Das verhunzte Proud Mary wummerte zu Ende, aber die Band legte gleich wieder los, und was jetzt kam, war vielleicht mal der Summertime Blues gewesen. Dean zog unwillkürlich die Schultern hoch. »*Was* sind die Menschen?« fragte er noch einmal.

Carmen blickte von ihrem Drink auf, den Strohhalm noch im Mund.

Sie sagte: »Tiere«, und der Strohhalm fiel ins Glas. »Axel sagt, daß die Menschen Tiere sind.« Carmen erschrak immer ein wenig, wenn sie James Dean erblickte. Das Bild, das sie vor Augen hatte, wenn sie an ihn dachte, bestand aus einer schwarzen Lederjacke, einem kahlrasierten Schädel, zwei Ringen in der einen Augenbraue und einem ziemlich ausdruckslosen, ganz gewöhnlichen Gesicht. Wenn sie ihn dann wirklich sah, war sie immer wieder überrascht. Der Kopf war klein und wohlgeformt, hatte aber irgendwie die falschen Gesichtszüge mitbekommen. Zuerst fielen ihr immer die übergroßen limofarbenen Augen auf, dann der gelbliche, sandfarbige Teint. Und dann kam ihr jedesmal derselbe Gedanke: Wo war bloß seine Nase abgeblieben? Er hatte natürlich eine, aber man mußte sie suchen. Das reinste Babynäschen. Wenn die Menschen Tiere wären, dachte sie, dann wäre James Dean ein kahler Affe. Oder ein enthaarter Pekinese.

Im Moment blinzelte er sie mit seinen Hundeaugen an, als bräuchte er ein paar Streicheleinheiten. Carmen schob ihr Haar über die Schulter auf den Rücken. »Axel ist nämlich ein Tierfan«, sagte sie. »Hab ich dir schon mal erzählt, daß an seinem Arm ein Känguruh eintätowiert ist?« Sie neigte den Kopf etwas auf die Seite und betrachtete den blauen Dunst, der sich von der Glut ihrer Zigarette in die Luft ringelte. Die Asche war mittlerweile abgefallen, wahrscheinlich auf einen der Raver da unten. Carmen schloß ein Auge und malte mit der Zigarette ein paar Z in die Luft. »Er macht einfach auf alles Ketchup drauf. Hast du schon mal jemand gesehen, der einen Taco mit Ketchup ißt? O Gott, und da fahr ich jetzt wieder hin und maloche auf dem Jahrmarkt. Ich glaub's einfach nicht.«

»Dann fahr eben nicht.«

»Ich brauche das Geld.« Sie zog ein letztes Mal an ihrer Zigarette und drückte sie im Aschenbecher aus.

»Was verdienst du denn da?«

»Vielleicht zweitausend.« Ihr Mund öffnete sich zu einem lautlosen, qualmenden Lachen. »Vielleicht auch mehr.«

»Er zahlt dir aber auch die Schule und diese ganzen Sachen, oder?«

Carmen runzelte die Stirn. »In der Schule läuft's nicht so gut. Ich glaub nicht, daß ich MTA werden will.« Sie schob den Zeigefinger in die zusammengedrückte Marlboroschachtel und steckte sich den letzten, ziemlich verbogenen Glimmstengel zwischen die Lippen, fingerte an ihrem Wegwerffeuerzeug, nahm es richtig herum in die Hand, zündete sich die Zigarette an.

»Axel kriegt bestimmt Zustände. Herrgott! Was erwartet er von mir? Er führt sich auf, als ob er vollkommen wäre. Dabei wohnt er in einem Motel 6.«

»Hat das gestimmt, was du mir da neulich erzählt hast?

»Was denn?«

»Daß sein ganzes Geld in Kaffeedosen steckt. Im Motel 6.«

Carmen lehnte sich zurück und blinzelte ihn an. »Das hab ich dir erzählt?«

»Du hast gesagt, daß er es in Folgers-Dosen steckt. Da warst du allerdings schon ziemlich breit.«

Carmen schaute ihn an, sein Näschen wurde scharf und wieder unscharf. »Ich glaub, jetzt bin ich auch ein bißchen breit«, sagte sie. »Ach ja – hast du sie mitgebracht?«

Dean zog ein bernsteinfarbenes Arzneifläschchen aus der Tasche. Carmens Züge hellten sich auf. Sie hielt sich das Fläschchen an das Ohr und schüttelte es.

»Wie viele sind das?« fragte sie.

»Ungefähr vierzig«, sagte Dean. Er hatte die Tabletten nicht gezählt, er hatte sich nur das Fläschchen geschnappt und war abgezischt. Mickey war sicher stinksauer, aber damit wurde er schon fertig. Es ging manchmal schon komisch zu im Leben. Er konnte jederzeit bei einem Spaziergang um den Block Gras und Crack und jeden anderen Stoff besorgen, aber versuch mal ein bißchen Valium aufzutreiben, eines der meistverschriebenen Medikamente! Am Schluß war ihm nichts anderes übriggeblieben, als sie der eigenen Schwester zu stehlen.

»Danke, Dean«, sagte Carmen. »An die kommt man in Omaha echt nicht leicht ran.«

»Man muß nur die richtigen Leute kennen«, sagte Dean.

drei

Axel bestellte doch wieder ein Steak – nach allem, was sie ihm gesagt hatte, und ohne sich um die Kalorien und das Cholesterin und die gesättigten Fettsäuren zu scheren. Er klappte die Speisekarte zu und schob sie von sich. Die Bedienung, ein blondes Mädchen mit blauen Augen und einem Lächeln, das nicht aus Minnesota stammte, fragte ihn, welches Dressing er an seinem Salat wünschte.

»Ich brauch kein Kaninchenfutter, Schätzchen«, sagte er lächelnd. »Bringen Sie mir einfach nur das Steak und 'ne Cola.«

Die Bedienung erwiderte sein Lächeln, schrieb sorgfältig auf ihren Block und sah Sophie an, die Axel zornig anfunkelte, die Speisekarte zusammenklappte und der Bedienung reichte.

»Ich nehme den Spinatsalat. Und ein Glas weißen Zinfandel.«

Die Bedienung notierte sich auch diese Bestellung und strahlte Axel noch mal an, bevor sie in Richtung Küche ging.

Axel sah ihr nach, und als er den Kopf wieder Sophie zuwandte, blickte er in eine eisige Miene.

»Du bist dermaßen ordinär«, zischte sie. »Wir sind in einem guten Restaurant. Da sagt man nicht ›Schätzchen‹ und nennt den Salat nicht ›Kaninchenfutter‹. Du brauchst dich wirklich nicht ständig wie ein schmutziger, alter Mann aufführen.«

Überrascht rutschte Axel zurück in das gepolsterte rote Vinyl. Was war denn auf einmal los? Sam nannte ihn einen Hinterwäldler, und Sophie schimpfte ihn einen schmutzigen, alten Mann.

»Hast du denn keinen Benimm? Kümmert es dich gar nicht, was die Leute von dir denken?«

»Sophie ...« Axel machte ein verdutztes Gesicht. »Wovon sprichst du? Das kleine Mädchen mag mich ganz gern. Und ich bin nun mal, wie ich bin.«

»Kaninchenfutter. Also wirklich. Und wie du sie angestarrt hast. Völlig unkultiviert. Wie ein schmutziger, alter Mann. Und außerdem solltest gerade du Salat essen – bei deinem Herz und überhaupt.«

»Jetzt hör aber auf. Muß ich gleich ein schmutziger, alter Mann sein, weil ich esse, was mir schmeckt? Heute ist mir eben nach Steak.« Axel lächelte sie an.
Sophie wollte ihren Zorn nicht einfach verrauchen lassen. Was der Mann für eine Figur abgibt, dachte sie. Die üblichen Klamotten: kurzärmliges weißes Hemd, schwarze Hose, schwarze Hosenträger. Die grünen Augen in seinem flächigen Gesicht funkelten. Sie versuchte ihn mit steinerner Miene anzublicken, aber Axel lächelte unentwegt. Er wußte genau, daß sie diesem Lächeln nicht standhalten konnte. Sophies Gesicht wurde weicher. Sie stieß einen kurzen Lacher aus und wandte den Blick ab.
Die Bedienung brachte die Drinks und eine Flasche Hunt's Ketchup. Axel zwinkerte ihr zu. Sie lächelte zurück.
Sophie fragte: »Was hast du da gerade gemacht?«
»Gar nichts.«
»Du hast ihr zugezwinkert, stimmt's? Verdammt noch mal, das ist dermaßen proletenhaft, Axel.«
Axel zuckte die Schultern, nippte an seiner Cola und wich Sophies Blick aus. Manchmal erinnerte sie ihn an ihre Tochter Carmen, der sie sogar ähnelte, wenn man das ausgebleichte Haar, die Make-up-Schichten und die tiefen Falten um den Mund herum ausblendete. Aber darüber dachte er lieber gar nicht so genau nach.
»Hast du mit Carmen gesprochen?« fragte Sophie, als hätte sie ihm den Gedanken aus dem Gehirn gerupft.
»Sie fliegt morgen. Ich habe ein Zimmer für sie reserviert.«
»Man würde meinen, daß sie bei ihrer Mutter wohnen möchte.« Sophie spreizte den kleinen Finger ab, hob ihr Weinglas und nahm einen kräftigen Schluck. »Gib das Geld lieber mir als dem Motel 6.« Sie nippte noch einmal vornehm an ihrem Wein und schüttete dann auf einmal den ganzen Rest in sich hinein.
»Du kennst sie doch«, sagte Axel. »Sie braucht ihre eigenen vier Wände. Ich hatte genug zu tun, bis sie mit dem Motel 6 einverstanden war. Sie wollte eigentlich ein Zimmer im Holiday Inn.«
Sophie schüttelte den Kopf und drehte den Stiel des leeren Wein-

glases zwischen den Fingern. Einen gewissen Geschmack konnte man Carmen nicht absprechen. Wenigstens das hatte sie von ihr gelernt. Sie winkte einer Bedienung, einer gehetzt wirkenden Frau mit vier vollen Tellern auf den Armen. »Verzeihung – könnte ich noch ein Glas Wein haben?«

»Ich schicke Ihre Bedienung vorbei.«

»Könnten Sie mir ganz einfach ein Glas Wein bringen?«

Die Bedienung blieb stehen, sagte dann aber doch nichts und ging mit einem Achselzucken weiter, um das Essen zu servieren.

Axel spähte in die andere Richtung, winkte über den ganzen Raum hinweg und zeigte auf Sophies Weinglas. Fünfzehn Sekunden später erschien die junge blonde Bedienung mit einem Glas Wein, stellte es rasch neben Sophies Ellbogen und lächelte Axel zu. Sophie blickte ihr zornig nach, als sie davonging.

»Dem Taco Shop wären die nicht gewachsen«, sagte sie.

»Wer?«

»Diese Bedienungen. Sie haben nicht die richtige Einstellung.«

»Sie haben einen anstrengenden Job.«

»Warum will Carmen nicht bei mir wohnen? Was meinst du?«

»Sie sagt, daß dein Wohnwagen zu klein ist.«

»Er ist doch ziemlich groß. Ein echtes Heim auf Rädern.«

»Ihr seid doch sowieso zwölf Tage beieinander, wenn sie mit dir beim Jahrmarkt arbeitet.«

»Wenn sie *bei* mir arbeitet«, sagte Sophie. Auf diesen Unterschied legte sie Wert. Axel hatte ihr diesmal die Leitung übertragen. Dieses Jahr hatte sie im Stand das Sagen.

»Stimmt«, sagte Axel. »Aber du mußt trotzdem zwölf Tage lang mit ihr zusammenarbeiten.«

Sophie zog die Augenbrauen zusammen und nippte an ihrem Wein. Da hatte er natürlich recht. Und zwölf Tage beim Jahrmarkt, das war wie zwölf Monate im normalen Leben. Die Reizüberflutung dehnte die Zeit ins Unermeßliche. Es war mehr als genug, zwölf Tage lang mit Carmen im Taco Shop zu stehen.

»Sie kommt morgen?«

»Ja. Morgen kann ich sie abholen. Mit meinem neuen Pickup.«

»Du hast einen neuen Pickup?«
»Morgen kann ich ihn abholen.«
Sophie nickte. Wenn Axel so kauflustig war, daß er sich einen neuen Pickup zulegte, war der Zeitpunkt günstig, um über Zucker und Salz zu reden. Sie nahm ein Zuckerpäckchen aus der Schale auf dem Tisch und wedelte ihm damit vor der Nase herum.
»Sag mal, diese kleinen Zucker- und Salzpäckchen ...«
»Ja?«
»Könntest du die vielleicht bei mir kaufen, statt beim Großhändler?«
Axel kniff die Augen zusammen. »Wieso?«
»Angenommen, ich hätte einen Haufen Zucker- und Salzpäckchen – würdest du sie mir abkaufen?«
Axel seufzte. Er wußte zwar noch nicht so recht, worauf sie hinauswollte, aber irgendwie war ihm klar, daß es ihn Geld kosten würde.

Sophie wollte nach dem Essen gleich nach Hause, und Axel hatte nichts dagegen. Sie hatte sowieso nur den ganzen Abend auf ihm herumgehackt. Vor lauter Nervosität, das war ihm schon klar. Vielleicht war es ein Fehler gewesen, ihr die Leitung zu übertragen. Vor ein paar Monaten hatte er das für eine gute Idee gehalten, aber jetzt war er sich da nicht mehr so sicher, weil Carmen doch wieder mit von der Partie war. Wie sie wohl auf Sophie als Vorgesetzte reagieren würde?
Axel setzte Sophie vor ihrem Wohnwagen in Landfall ab und bekam zum Dank einen flüchtigen Kuß auf die Wange. Er wartete, bis sie aufgeschlossen hatte und das Licht anging, dann manövrierte er den Pickup wieder aus Landfall hinaus.
Um 23.45 Uhr fuhr Axel über die Dan Patch Avenue auf das Messegelände von Minnesota, wo es um diese Zeit dunkel und mehr oder weniger ruhig war. Er ließ den Pickup langsam durch die leeren Straßen rollen. In ein paar Gebäuden sah er noch Licht, und ab und zu hörte er das Kreischen einer Motor-

säge oder Hammerschläge. Er schaltete das Licht aus, rollte im Leerlauf weiter, ließ das vertraute Gelände auf sich wirken. Er hörte fast schon den Lärm der Besucherscharen, roch fast schon all die Gerüche. Er fuhr auf der Cooper Street zum Landmaschinen-Hügel hinauf, um Silos und Traktoren herum, im Zickzackkurs wieder hinunter, zur Mittelstraße. Die großen Fahrgeschäfte standen schon, alles andere wurde morgen erst aufgebaut, am Tag vor dem Beginn des Jahrmarkts, in einem hektischen, aber methodischen Kraftakt. Viele Besucher, vor allem die jungen, hielten die Mittelstraße für das Herz des Jahrmarkts, aber da irrten sie sich gewaltig. Die Mittelstraße war doch nur eine glitzernde Pustel am westlichen Ende des Geländes, ein Köder für die Kids. Der Viehmarkt war das Herz des Jahrmarkts. Axel fuhr an den Markthallen für die Schweine, die Rinder, die Pferde entlang, von denen jede ein ganzes Geviert im Straßennetz des Messegeländes einnahm. Dann fuhr er die Judson Avenue hinauf, zwischen der Geflügelhalle und dem Kolosseum, einem Betonbau, der wie eine gigantische Nissenhütte aussah. Um *diese* Gebäude herum war der Jahrmarkt entstanden. Ohne Vieh wäre der Minnesota-Jahrmarkt nur ein ausuferndes Straßenfest, ein seelenloses Monstrum. Eine halbe Stunde lang kurvte Axel ganz langsam auf dem Gelände herum. Manchmal sah er, was wirklich da war, manchmal sah er Bilder aus den letzten dreißig Jahren. Er hatte auf Dutzenden von County-Jahrmärkten Konzessionen für einen Imbißstand, aber sie kamen alle bei weitem nicht an den Minnesota-Jahrmarkt heran, an den Eckstein seines Geschäfts und seines Lebens.

Schließlich hielt Axel in der Underwood Street an, am unteren Ende eines Grasplatzes so groß wie ein Footballfeld, der von Imbißständen eingerahmt wurde, und auf dem kreuz und quer weiße Tische und Bänke für das Picknick verteilt waren. Sein Blick ruhte auf einem kleinen weißen Gebäude. Sogar bei Nacht konnte man das frisch gemalte Schild lesen: AXEL'S TACO SHOP. Jetzt hatte er ein ruhiges, wohliges Gefühl im Bauch. Wird schon werden, sagte er sich. Er und Carmen und Sophie und die anderen würden ihren Rhythmus finden. Und sein neues Produkt, der Bueno Burrito, wurde garantiert ein Kassenschlager.

Sie hatten einen großartigen Jahrmarkt vor sich. Daran zweifelte er im Moment so wenig wie daran, daß sich die Tore übermorgen öffneten und die Besucher herbeiströmten, und daß die Leute dann auch etwas essen mußten.

vier

W ieso willst du, daß ich gehe?« fragte Dean. Er lag nackt auf dem zerwühlten Bett, sah ihr zu, wie sie in ihren Slip stieg, einen weißen Slip mit kleinen rosaroten Pfeilen und Bogen, konnte sich nicht sattsehen an ihrem straffen braunen Körper, den glatten Schenkeln, den ganz unglaublichen Titten mit den verlockenden dunklen Knospen. Da stimmt einfach alles, dachte er. Im Alter von einundzwanzig Jahren hatte sie die Vollkommenheit erreicht.

»Ich will nicht, daß du gehst. Aber *ich* muß gehen, und du wohnst doch nicht hier.« Carmen zwängte sich in ihre Jeans und setzte sich auf die Bettkante. Dean richtete sich auf, schlang die Arme um sie und griff mit jeder Hand nach einer Brust.

Carmen machte sich los und stand auf. »Ich habe Kopfweh, James Dean.«

»Sag einfach Dean, ja?« Er mochte seinen Namen, James Dean, das einzige, was er von seiner Mutter hatte und *gern* hatte, aber es irritierte ihn, wenn man ihn bei seinem vollen Namen nannte. Dann kam es ihm immer so vor, als ob man jemand anders meinte, obwohl man mit ihm sprach.

Carmen sagte: »Okay. Ich hab Kopfweh. Einfach Dean. Und ich hab noch viel zu erledigen. Ich muß in die Wäscherei, und ich muß ins Institut – da fehle ich ja dann zwei Wochen. Vielleicht krieg ich's sogar hin, daß sie mich Anatomie noch mal machen lassen. Ich sag einfach, daß ich krank war oder daß meine Mutter gestorben ist oder irgend so was.«

»Ich dachte, die Schule kotzt dich an.«

»Und ob sie mich ankotzt. Aber wenn ich rausfliege, ist Axel stinksauer.« Carmen zog einen rosaweißen Reebok an und band die Schnürsenkel zu. »Die Arbeit auf dem Jahrmarkt kotzt mich auch an, aber ich muß sie trotzdem machen. Bei mir ist das anders als bei dir. Ich habe Verpflichtungen.«

»Wer sagt das? Der Typ, der im Motel wohnt und sein Geld in Kaffeedosen steckt?«

»Axel hat viel für mich getan.«
»Was denn? Er schickt dich auf 'ne Schule, die dich ankotzt. Und zahlt dir für zwei Wochen Knochenarbeit mickrige zweitausend Dollar. Hast du nicht gesagt, daß er reich ist? Also, wenn er so viel Geld hat, warum gibt er dir dann nicht mehr? Und warum nimmst du dir dann nicht einfach eine von diesen Kaffeedosen?«
Carmen blickte starr auf ihre Füße. Dean war eigentlich nicht der Hellste, aber manchmal sprach er genau das aus, was ihr durch den Kopf ging. Sie hatte in letzter Zeit oft an Axels Kaffeedosen gedacht.
»Hast du Angst vor ihm?«
»Vor Axel?« Sie dachte eine Weile nach. »Das ist doch ein alter Mann.« Sie zog den anderen Reebok an, stand auf, fand auf dem Boden ihre Zigaretten, zündete sich eine an.
»Vielleicht sollte ich mitkommen.«
Carmen mußte husten, und der Rauch, den sie ausstieß, bildete ganz von allein einen Ring. »Da würde es dir nicht gefallen.« Sie fand den Gedanken absurd, daß er nach Minnesota mitkommen könnte. Dean war eine Sache für sich und gehörte nach Omaha. Er hatte doch nichts mit Axel zu tun, und auch nicht mit dem Jahrmarkt.
Dean sagte: »Wir könnten ein paar Kaffeedosen abstauben und nach Puerto Penasco runterfahren.«
»Wohin?«
»Nach Puerto Penasco. Das ist in Mexiko, am Golf von Kalifornien. Ich hab mal einen von da unten getroffen. Der hat gesagt, daß es da viele Amerikaner gibt, ganz lockere Leute. Für ein paar hundert Dollar im Monat kriegt man da eine Villa mit Koch und allem Drum und Dran. Wer Geld hat, kriegt da unten alles.«
»Was denn zum Beispiel?« fragte sie.
»Einfach alles. Und da gibt's nicht mal Aids. Dahin hat sich das noch gar nicht verbreitet.«
Da hatte Carmen so ihre Zweifel, sie hatte im Unterricht ja nicht *immer* geschlafen. Aber ein Leben als reicher Gringo in Mexiko war ein reizvoller Gedanke. Die Sache hatte bloß einen Haken,

oder vielmehr zwei. Erstens würde Axel sich das Geld nicht so leicht abnehmen lassen, und zweitens wäre sie dann mit Dean zusammen. Dies und das mochte sie an ihm ganz gern, aber rund um die Uhr wollte sie ihn wirklich nicht auf der Pelle haben.

»Jetzt muß ich aber wirklich los. Okay?« Sie zog sich ein orangenes Bugs-Bunny-T-Shirt über den Kopf und brachte es irgendwie an der Zigarette zwischen ihren Lippen vorbei und über die üppigen Brüste herunter.

»Heißt das, daß ich gehen soll?«

Carmen seufzte auf. »Mensch, ich muß Aspirin besorgen, ich hab Kopfweh. Und dann muß ich in die Schule. Und in die Wäscherei. Bleib ruhig hier, wenn du willst. Ist mir scheißegal. Okay?«

Dean setzte sich auf, schwang die Beine über die Bettkante und betrachtete sich im Spiegel. Er war schmal und nicht sehr groß, aber es gefiel ihm, wie die Muskeln sich unter seiner Haut abzeichneten. Er mochte seinen Körper. Dean stand auf und verfolgte die wellenförmige Bewegung seiner Bauchmuskeln. Er hob seine Jeans auf. »Schon gut. Ich muß auch los. Ich hab noch Verschiedenes zu erledigen.«

Carmen kratzte sich unter dem T-Shirt, während sie ihm beim Anziehen zusah. »Rasierst du dir die Haare jeden Tag?«

»Kommt drauf an.« Er zog den Reißverschluß seiner Jeans zu. »Ich laß sie auch gern mal einen Tag wachsen.«

Jetzt entspannte sie sich, die hochgezogenen Schultern senkten sich, sie sah ihn mit einer Mischung aus Bedauern und Erleichterung an, die auch einer leeren Flasche hätte gelten können. »Weißt du was? Du würdest auch mit Haaren nicht wie James Dean aussehen.«

Fünfundvierzig Minuten vor dem planmäßigen Abflug ihrer Maschine vom Flugsteig 34 des Flughafens Omaha kostete Carmen ihren Rob Roy und lächelte der Krankenschwester im Spiegel zu. Was sie sah, gefiel ihr. Sie nippte noch einmal an ihrem Glas. Schmeckte eigenartig, aber echt nicht schlecht. Sie hatte den Eindruck gehabt, daß eine Krankenschwester so etwas bestellen

könnte. Vielleicht nahm sie als nächstes einen White Russian. Man konnte so ungeheuer viele Drinks probieren.
Die weiße Schwesterntracht fühlte sich gut an. Carmen drehte sich nach links und nach rechts, und ihre Brüste preßten sich fest gegen den steifen Stoff.
Sie hatte sie gebraucht gekauft, in einem Laden für Berufskleidung, nur so zum Spaß. Eigentlich hatte sie die Tracht nach der Abschlußprüfung tragen wollen, quasi als Geschenk für Axel, aber weil ein Abschluß nur noch in etwa so wahrscheinlich war wie ein Hauptgewinn im Lotto, hatte sie sich dazu entschlossen, sie bei ihrer Heimkehr vorzuführen. Sei's drum. Wenn sie sich das Teil schon gekauft hatte, konnte sie es auch anziehen.
Zu ihrer Überraschung fühlte sie sich wohl in der Tracht. Sie fand Gefallen an der Vorstellung, eine Krankenschwester zu sein, die sich in dicken Baumwollstoff eingepackt hatte wie in eine Rüstung, und die an einem Dienstag nachmittag bei einer Zigarette und einem Rob Roy in einer Cocktailbar im Flughafen saß, wo sich jeder Anzug, der auf ein Bier hereinkam, nach ihr umdrehte. Sie genoß es, daß die Tracht auf die Typen die gleiche Wirkung hatte wie ein Boxkampf oder ein neuer Sportwagen, daß sie ihre Säfte zum Fließen brachte. Ein biologischer Vorgang. Die Hormone. Axel war sicher ganz begeistert von der Tracht. Er hatte eine Schwäche für medizinisches Brimborium. Schwestern und Tabletten machten ihn an; Ärzte und Apparate konnte er nicht ab. Carmen zog kräftig an ihrer Marlboro und beobachtete im Spiegel, wie der Rauch ihr Gesicht einhüllte und in ihre Haare stieg. Sie band sich das Haar nie zusammen und steckte es nie hoch, auch wenn es manchmal noch so unbequem und unpraktisch war. Sie trug es immer offen, strich es sich ständig aus der Stirn, warf es immer wieder über die Schultern. Sophie hatte ihr einmal klarzumachen versucht, daß sich die Männer in ihrer Nähe wie die Verrückten aufführen würden, wenn sie ihre langen Haare offen trug.
»Ein Mädchen geht mit seinen Haaren so um, wie es selber behandelt werden möchte«, hatte Sophie betont. »Mach nicht stän-

dig an deinen Haaren rum, dann wirst du auch nicht dauernd belästigt.«
Carmen ließ sich aber gar nicht ungern belästigen. Sie genoß das Gefühl der Macht und der Gefahr. Nicht einmal der alte Axel konnte seine Augen im Zaum halten. Dabei war er dreiundsiebzig und hatte vermutlich seit Jahrzehnten keinen mehr hochgekriegt. Sie hatte wirklich hübsche Haare. Sie wickelte eine dicke Strähne um ihren Zeigefinger und ließ los. Die Korkenzieherlocke wickelte sich langsam auf. Gute Haare. Aber da schauten die Männer doch gar nicht hin. Sie schauten auf die Titten. Axel würde es womöglich gar nicht auffallen, wenn sie auf einmal eine Glatze hätte wie James Dean. Und was *das* erst für ein komischer Kerl war. Es war gut, daß sie Dean kannte, er brachte immer was mit, aber er sah schon ziemlich seltsam aus, irgendwie unheimlich. Und er wollte immer nur mit zu ihr und vögeln. Betrachtete der sich als ihren Freund, oder was?
Sie hatte Dean erst vor ein paar Monaten kennengelernt, über Mickey, seine Schwester, die auch das Eastern Nebraska Institute of Medical Specialties besuchte. Carmen war mal abends mit Mickey und noch ein paar anderen Schülerinnen über die Straße in Myron's Pub gegangen, und Dean hatte sich angeschlossen. Carmen erinnerte sich noch genau an ihren ersten Eindruck: Was für eine Pfeife! Dann war er immer öfter bei ihr aufgetaucht – sie hatte sich an ihn gewöhnt. Sie fand es interessant, daß er im Gefängnis gewesen war. Dreißig Monate wegen einer Drogengeschichte, hatte er ihr erklärt. Sie waren ein paarmal tanzen gegangen. Er hüpfte auf der Tanzfläche herum wie ein kleiner Junge, der barfuß auf einen heißen Gehweg gerät. Richtig peinlich. Und so ähnlich war er auch im Bett – viel Hektik und kein Rhythmus. Der Typ hatte nicht einmal ein Auto.
Von Dean kam sie auf die blauen Tabletten in ihrer Handtasche. Schon der Gedanke an das Valium ließ eine weiche Welle an ihrer Wirbelsäule hinunterlaufen. Ein großes Plus James Deans. Das Valium machte die bevorstehende Plackerei erträglich. Plötzlich traf sie die Erinnerung an den Geruch im Taco Shop wie ein

Keulenschlag: zwölf Tage heißes Fett, Taco-Soße, Sophie, Axel Speeter. Schaudernd kramte sie in ihrer Tasche nach einem Tic-Tac. Sie verstand eigentlich gar nicht, warum sie den Minnesota-Jahrmarkt auch dieses Jahr wieder mitmachte. Für mickrige sechs Dollar in der Stunde – und ein paar Mäuse, die ab und zu aus der Kasse purzelten. Was erwartete Axel, wenn da alle mit Bargeld zahlten?

Da war noch ein Tic-Tac, im hintersten Winkel, voller Fussel. Carmen tunkte es in ihren Drink und rieb es mit einer kleinen viereckigen Serviette von der Bar trocken. Dann inspizierte sie das Kügelchen, steckte es in den Mund und blickte auf. Der Barmann, der noch älter und kahler als Axel war, schaute sie an. Es war ein wintergrünes Tic-Tac, ihr Lieblingsgeschmack. Sie trank den Rob Roy leer und bestellte einen Gin Tonic. Wie Sophie das nur aushielt, jeden Sonntag abend mit Axel zu essen? Und wie hielt es eigentlich Axel aus, so viel Zeit mit Sophie zu verbringen? Carmen dachte an den Leberfleck mit den drei weißen Härchen auf Axels linkem Augendeckel, und an den Geruch nach Mennen Rasierwasser. Axel roch eigentlich ganz passabel, wenn man bedachte, daß er schon dreiundsiebzig war, aus Carmens Sicht also schon so gut wie tot.

Der zweite Drink beförderte Axel und Sophie auf eine kleine Bühne in Carmens Hinterkopf. Noch ein Drink, dann wären sie nur noch Schauspieler in einem Film. Und wenn sie sich ordentlich betrank, wären sie bloß noch Figuren aus einem Film, den sie vom Hörensagen kannte. Ihr Rücken entspannte sich und sie lächelte. Sie war phantasiebegabt, sie hatte ein Kino im Kopf. Carmen trank noch einen Schluck Gin, und schon sah sie sich in einem roten Corvette mit offenem Verdeck, die Stereoanlage voll aufgedreht. Wohin fuhr sie denn? Nach Puerto Penasco? Wie schön. Und wer saß neben ihr, auf dem Beifahrersitz? James Dean. Nein. Austauschen. Sie schaute wieder hin. Immer noch James Dean, aber nicht mehr die Glatze. Jetzt war es der richtige James Dean, der Rebell ohne Ziel, einen Fuß im Mokassin gegen das Armaturenbrett gestemmt, die Augen mit flatternden Lidern auf den Horizont gerichtet. Und im Kofferraum waren Kaffeedosen voller Geld, dicke Bündel mit Gummibändern drumherum. Hundertdollarscheine. So ließ es sich leben. Wer war noch gleich auf dem Hunderter abgebildet? Das verschwommene Bild, das sich einstellte, hatte große Ähnlichkeit mit Axel Speeter.

fünf

»Hier sieht's ja aus wie auf'm Schrottplatz, Sam. Das gibt's doch gar nicht, daß die dir das durchgehen lassen.«
»Was ich auf meinem Grund und Boden mache, geht die einen Scheißdreck an.«
»Das ist hier doch 'ne gute Wohnlage. Beschweren sich deine Nachbarn denn nicht?«
»Und ob die sich beschweren. Ich krieg ständig Schriebe von der Stadt, wo drinsteht, daß alles weg muß. Meinst du, ich laß mich davon verrückt machen? Die schick ich dem Anwalt von meinem Jungen, der regelt das.«
Sie standen bei Sam O'Gara hinterm Haus, in Gesellschaft von elf Fahrzeugen, die unterschiedlich weit in ihre Bestandteile zerlegt waren. Da standen zwei Käfer und ein Camaro, Baujahr 67, drei Chevrolets aus den frühen Sechzigern und ein unidentifizierbares Auto, Brandblasen im Lack, sämtliche Scheiben rausgeflogen, da war das Vorderteil eines Dodge Charger, frühe Siebziger, ausgeschlachteter Motorraum, und dann standen da noch drei Transporter: ein arg verrosteter roter Pritschenwagen, ein grüner Kastenwagen und dazwischen Axels Ford F-150, Baujahr 78, der Neuzugang auf Sams Autofriedhof.
Sams Mischlingsmeute, Chester und Festus, hatte die Lust daran verloren, Axel anzuknurren und anzubellen, die Köter tauften jetzt lieber den Pickup, indem sie an die Reifen pißten.
»Ich hätte gedacht, mit einem Anwalt kommst du da nicht weit«, sagte Axel.
»Na, der Bursche ist eben auf Zack. Der sagt denen, daß ich Künstler bin. Das sind gar keine Autos, das sind *Skulpturen.* Er haut ihnen die Kunstfreiheit um die Ohren, bis sie fast in die Hosen scheißen vor Angst. Du kannst deinen Pickup ruhig dalassen. Kein Problem. Der ist doch ästhetisch sehr ansprechend, fast so schön wie die Venus von Milo.«
»Naja, er ist noch gut im Schuß. Wer weiß, vielleicht brauch ich mal ein Ersatzfahrzeug.«

»Ganz meine Meinung. Das war richtig, daß du ihn behalten hast. Man kann nie genug Fahrzeuge haben.«
»Also, ich weiß nicht recht«, sagte Axel. »Vielleicht ist meiner hier einer zu viel, und das war's dann.«
»Einer mehr oder weniger – das ist doch scheißegal. Wie gefällt dir dein neuer?«
»Nicht übel. Läuft schön ruhig. Kein Klopfen und nix. Aber seit du den Airbag abgeklemmt hast, knackt's im Lenkrad, wenn ich um 'ne Ecke bieg.«
Sam zuckte die Schultern und sah weg. »Das hat nichts zu bedeuten.«
»Und ich bin immer noch nicht draufgekommen, wie das Radio funktioniert.« Axel sah auf seine Uhr. »Ich muß los. Carmen abholen. Also, noch mal vielen Dank, Sam. Wir sollten mal wieder ein Spielchen machen, du und ich und Tommy.«
Sam sagte: »Ja, sollten wir unbedingt mal machen, Ax. Wir drei. Ist schon viel zu lange her.«

Auf dem Weg durch die Stadt zum Flughafen überlegte sich Axel nur so zum Spaß, wie lange es eigentlich her war, seit er sich zum letzten Mal mit Sam O'Gara und Tommy Fabian an einen Kartentisch gesetzt hatte. So lange kam es ihm gar nicht vor, aber das letzte Spiel, an das er sich erinnern konnte, war das in Deadwood, South Dakota. 1963 war das wohl gewesen. Danach hatten sie sicher noch ein paar Jahre lang ab und zu gespielt, aber er erinnerte sich nur noch an Deadwood.
Da hatten sie im Hotel Franklin gesessen und Draw Poker gespielt, nicht unbedingt die Spielart, die ihm am besten lag. Am meisten hatte an diesem Abend Sam vor sich liegen, sieben- oder achttausend Dollar, für damalige Zeiten ein Haufen Geld. Axel hatte gerade mit einem Paar Königen einen gut gefüllten Pott kassiert und lag nicht mehr weit hinter ihm zurück. Sogar Tommy, der zu tief ins Glas geguckt hatte, war ein paar hundert Dollar im Plus.
Die anderen vier Mitspieler – ein Rancher aus der Gegend von

Belle Fourche, zwei seiner Cowboys, und ein Geschäftsmann aus Rapid City – verloren ein Spiel nach dem anderen. Der Rancher und seine Jungs hatten pro Kopf zirka dreitausend in das Spiel gepumpt, der Geschäftsmann war nur ein paar hundert Dollar im Minus. Wenn sich Axel recht erinnerte, hatte er bei den Cowboys von Anfang an ein ungutes Gefühl gehabt, auch wenn er Sam und Tommy nichts davon sagte.
Sam, Tommy und Axel informierten einander wie üblich mit ihrer eingespielten Dreiwegemethode über die Qualität ihrer Karten, damit sie möglichst viele Erhöhungen herausschinden konnten, wenn einer von ihnen ein gutes Blatt bekam. Das war nicht direkt falschgespielt, fand Axel, aber fair war es auch nicht. Sammy war allerdings bald dermaßen breit, daß er gar keine vernünftigen Zeichen mehr geben konnte. Axel hielt sich also nur nur noch an sein eigenes Blatt, spielte vorsichtig und gewann.
Tommy, der sogar noch ein totes Schwein zum Quieken bringen konnte, nannte den Rancher sturheil Bud. Der machte ihn von Mal zu Mal in schärferem Ton darauf aufmerksam, daß er Bum hieß und nicht Bud. Und dann fragte Tommy immer so in etwa: »Im Ernst? Bum wie Penner?«
Anfangs war das vermutlich eine Taktik gewesen, um Bum aus dem Konzept zu bringen, und das war ja auch gelungen, aber so langsam hätte Tommy wirklich damit aufhören können. Bum war schon fast pleite, es hatte keinen Sinn mehr, ihn noch zu provozieren. Aber so war Tommy eben.
Mit seinen einsfünfzig war er bei weitem der Kleinste am Tisch, woraus er das Recht auf eine Boshaftigkeit ableitete, die sich umgekehrt proportional zu seiner Körpergröße verhielt. Axel kannte ihn schon seit 1944, als sie beide in der Handelsmarine waren und die Alliierten auf den Salomon-Inseln mit Nachschub aus Brisbane in Australien versorgten. Sie hatten beide das gleiche Känguruh auf dem Unterarm eintätowiert, ein Souvenir an ein viertägiges Wochenende in Sydney. Was es mit diesem Känguruh auf sich hatte, wußte Axel nicht mehr, aber viele von den Jungs hatten eins auf dem Unterarm gehabt. Das war schon sehr lange her.

Tommy Fabian war auf Jahrmärkten und Volksfesten im mittleren Westen aufgewachsen. Als waschechter Schausteller hatte man für Dummköpfe nur Verachtung übrig und hielt mit seiner Meinung nicht hinterm Berg: Wenn so ein Blödhammel das nicht vertrug, sagte man ›leck mich‹ und zog weiter in die nächste Stadt.

An jenem Abend in Deadwood, mit annähernd einer Flasche Bourbon im Bauch, trat Tommys gehässiger Zug besonders stark hervor. Gegen zwei Uhr früh gab es Anzeichen dafür, daß sich das Spiel dem Ende zuneigte. Der Geschäftsmann, melancholisch umwölkt, konnte sich zu keiner Wette mehr aufraffen, während die drei Stoppelhopser ihre paar Kröten jedem noch so miesen Blatt hinterherwarfen. Einmal bekam Tommy gleich drei Asse auf die Hand. Er setzte, Bum erhöhte, und Tommy erhöhte gleich noch einmal. Alle außer Bum paßten. Der ging mit und nahm zwei Karten. Tommy war sich sicher, daß der Rancher auf drei Gleiche spekulierte. Mit seinen drei Assen hatte er folglich ein erstklassiges Blatt. Wieder setzte Tommy viel Geld, Bum erhöhte, und Tommy erhöhte erneut. Der Rancher ging mit und wollte sehen. Er hatte auf einen Straight von der sechs abwärts spekuliert, und er hatte ihn bekommen. Es war nicht der größte Pott des Abends, aber Bum fand es großartig, daß ihm auch mal Geld zufloß. Wogegen sich Tommy durch so ein unverschämtes Dilettantenglück in seiner Eitelkeit gekränkt fühlte. Er hätte das Geld sicher mit der Zeit zurückgewonnen, aber wie er nun einmal veranlagt war, konnte er keine Niederlage einstecken, ohne einen Seitenhieb auszuteilen.

»Der zieht zwei Karten und hofft auf einen Straight! Was is'n das hier für ein Scheißpoker? Ich hab auf den Klunkern gesessen! Mann, das war doch absoluter Quatsch.«

»Wer hat denn gewonnen? Ich oder Sie?«

»Es war trotzdem Quatsch. Das hat man davon, wenn man mit 'nem Typen spielt, der *Bud* heißt.«

Bum zog den Pott zu sich ran, ließ seinen Blick auf Tommy ruhen und sagte ganz langsam: »Ich heiße *Bum.*«

»Meinen Sie wirklich Bum wie Schnapsnase?« rief Tommy und machte große Augen.
»Soll ich Ihnen sagen, was ich meine? Daß wir hier beschissen werden.«
Jetzt war es aber höchste Zeit, den Mund zu halten und eine freundliche Miene aufzusetzen. Tommy dachte natürlich nicht daran. Er war schon so betrunken, daß er nichts mehr von gesundem Menschenverstand wußte, aber noch nicht so betrunken, daß er wie ein höflicher Trinker eingedämmert wäre.
»In dieser Runde gibt es nur ein Problem. Daß ihr nichts vom Pokern versteht, *Bud*«, sagte Tommy.
Axel konnte sich nicht mehr daran erinnern, was Bum geantwortet hatte, aber bei den paar Runden, die sie noch spielten, herrschte dicke Luft. Dann war die Pokernacht zu Ende. Axel wußte noch ganz genau, wie er mit Tommy und Sam durch den eisigen Wind zu seinem Wagen gegangen war – er fuhr damals einen Lincoln, Baujahr 56. Bum und seine zwei Cowboys verließen das Hotel nach ihnen und gingen auf dem schmalen, verschneiten Gehweg hinter ihnen her, in einem Abstand von vielleicht fünfzehn Metern. Sie schienen sich köstlich darüber zu amüsieren, daß sie blank waren, aber ihre Witze und ihr Gelächter klangen hohl und viel zu schrill. Vom Hotel bis zum Auto mußten sie an zwei Häuserblocks vorbei, und als sie den ersten hinter sich hatten, sagte Axel zu Sam: »Ganz normal weitergehen bis zum Wagen. Und dann nichts wie rein in die Kiste.«
Daran konnte sich Axel sehr gut erinnern, und er wußte genau, daß es ein Fehler gewesen war. Je weiter sie sich vom Hotel entfernt hatten, desto mutiger und selbstsicherer waren die Cowboys geworden. Axel hätte selbst die Konfrontation suchen müssen, direkt vor der Hotelhalle, als die Cowboys noch nicht darauf vorbereitet und vielleicht auch noch unschlüssig waren. Dann hätten sie gute Chancen gehabt, daß die Burschen den Schwanz eingezogen hätten. Es war immer besser, wenn man die Initiative ergriff. Man durfte nicht abwarten, bis es hart auf hart ging, weil es sonst knüppeldick kam.

Einer der Cowboys rief: »Hey! Wir haben nicht mal zwanzig Dollar übrig. Wie wär's, wenn jeder von euch einem von uns 'ne Frau spendiert?«
Tommy, der wohl noch besoffener war, als Axel gedacht hatte, blieb stehen und drehte sich zu dem Trio um. Er zog den Reißverschluß seiner Wrangler auf und pißte in hohem Bogen ein Loch in den Schnee, aus dem eine Dampfwolke aufstieg.
»Da könnt ihr ihn reinstecken, ihr Wichser«, krähte er.
Nun hatte Axel keine Hoffnung mehr, daß sie heil aus Deadwood herauskommen könnten. Die unechte Fröhlichkeit der Cowboys war wie weggeblasen, ihre Schritte wurden schneller. Mit einem meckernden Lachen winkte Tommy den Cowboys noch schnell mit dem Schwanz, bevor er davonlief. Er kam aber keine zehn Meter weit, dann rutschte er aus und schlitterte auf dem Bauch über den vereisten Gehweg.
Axel baute sich breitbeinig auf und versuchte möglichst wuchtig und bedrohlich zu wirken. Manchmal zeigte das Wirkung. Nicht in dieser Nacht. Die zwei jüngeren Cowboys wurden nicht einmal langsamer. Der eine kam direkt auf ihn zu, holte aus und streifte ihn mit der Faust am Kinn. Axel packte ihn und warf ihn an den Laternenpfahl, aber da sprang ihm schon der andere Cowboy auf den Rücken und knallte ihm die Fäuste gegen die Schläfen. Axel versuchte ihn abzuschütteln und drehte sich im Kreis. Er sah Tommy, den Bum an den Füßen in die Luft riß und der mit seinen kleinen Fäusten vergeblich auf den Wanst des Ranchers einschlug. Er sah Sam, der in den Lincoln zu steigen versuchte und feststellen mußte, daß er abgeschlossen war. Dann krachte plötzlich etwas seitlich gegen Axels Knie und warf ihn um. Er hörte etwas reißen und schlug mit dem Gesicht auf den Gehweg.
Und dann erinnerte er sich erst wieder daran, daß Sam ihm Whiskeydünste ins Gesicht gehaucht und gefragt hatte, ob es ihm wieder gutging. Aber da ging es ihm überhaupt nicht gut. Sein Knie. Er versuchte das Bein zu strecken, kam aber nicht weit, weil in seinem Knie etwas einrastete. Tommy saß weggetreten auf dem Gehweg und tastete mit der Zunge einen Schnurrbart aus Blut ab.

»Wieso fehlt dir eigentlich nichts?« wollte Axel von Sam wissen.
»Mir? Mensch, Ax, als du ausgeschaltet warst, hab ich die Knete natürlich rausgerückt«, sagte Sam. »Was hätt ich denn machen sollen, verdammt noch mal?«
Sam besaß noch soviel Geld wie vor dem Spiel, ein paar hundert Dollar, die er in die Unterhose gestopft hatte, Tommy zog einen Hundertdollarschein aus dem linken Stiefel, Axel hatte keinen Cent.
Sam sagte: »Du mußt lernen, daß man auf seine Moneten aufpassen muß, Ax. Sonst kannst du sie gleich verschenken. Und du ...« Er richtete seine Aufmerksamkeit auf Tommy. »Du mußt lernen, die Klappe zu halten. Wenn du Bum nicht so zugesetzt hättest, wär das nicht passiert.«
»Wer hat denn klein beigegeben?« brauste Tommy auf. »Ihr habt euch doch gar nicht gewehrt! Wo zum Teufel habt ihr eigentlich gesteckt, als die mich mit dem Kopf nach unten durchgeschüttelt haben? Und warum laßt ihr mich auch soviel saufen! Was wißt ihr denn eigentlich, Jungs? Gar nichts?«
Axel stand auf, ignorierte die Schmerzen, die sein Knie durchzuckten, humpelte zu Tommy hinüber, legte ihm die Hände auf die Schultern.
Tommy fragte: »Was is'n?«
Axel war es auch heute noch unangenehm, daß er Tommy damals in den Kofferraum gesperrt hatte, aber im Vergleich zu Sams Vorschlag war das noch richtig human. Sie ließen ihn nach einer Stunde wieder raus, genehmigten sich in Rapid City ein paar Drinks und fuhren schon am nächsten Abend wieder auf der Suche nach einer Pokerrunde durch Wyoming – Axel auf den Rücksitzen mit Mullbinden um das Knie. Ein paar Monate hatten sie dann noch miteinander gezockt, aber seit dem Vorfall in Deadwood war Axel klar, daß er den Biß verloren hatte. Er war nur noch halbherzig bei der Sache. Dann stieg Tommy beim Minnesota-Jahrmarkt ins Minidoughnut-Geschäft ein, und Sam ging nach Alaska, um den Leuten von den Bohrtürmen ein Vermögen abzuzocken – ein unüberlegtes Abenteuer, das nach weniger als einem

Jahr vorbei war. Axel war zuerst ein paar Jahre in der Hotelbranche, verkaufte die nächsten paar Jahre Grundstücke in den Dakotas und ließ sich schließlich von Tommy dazu bewegen, auch beim Minnesota-Jahrmarkt einzusteigen. 1969 hatte er sich die Konzession für den Taco Shop gekauft.
Seither waren sie viel älter geworden, aber immer noch Freunde, und sie wohnten alle drei in Minneapolis oder gleich nebenan in St. Paul. Sie hatten schon lange vor, mal wieder ein Spielchen zu dritt zu machen, den alten Zeiten zuliebe, aber es kam nie dazu. Sie waren alle viel zu beschäftigt.

Als die Boeing 727 zum Landeanflug ansetzte, erinnerte sich Carmen an das Valium in ihrer Reisetasche. Sie grub es aus und schüttete drei Tabletten aus dem Fläschchen, betrachtete sie unschlüssig und warf eines wieder hinein. Carmen hatte während des Flugs vier kleine Smirnoffs getrunken. Sie wollte nicht im Terminal umkippen. Als sie die zwei Tabletten trocken hinuntergeschluckt hatte, schloß sie die Augen und erträumte sich eine Landung ganz woanders. In Puerto Penasco.
Nachdem das Flugzeug gelandet war, blieb sie ruhig sitzen und ließ den anderen Passagieren den Vortritt. Sie hatte viel Zeit. Axel würde schon warten. Als sich der Gang geleert hatte, nahm sie ihre Tasche und ging mit vorsichtigen Schritten nach vorne. Der leere Passagierraum kam ihr so klein vor wie bei einem Modellflugzeug. Sie hatte das Gefühl, daß ihre Haare an der Decke streiften. Das gefiel ihr. Ganz vorne warteten zwei Stewardessen, die nur noch einszwanzig große Barbiepuppen waren. Carmen lächelte genauso zurück, wie ihr zugelächelt wurde, nur mit dem Mund.
»Also dann, auf Wiedersehen«, sagten sie, wobei sie den Mund genau gleich bewegten.
Carmen mußte lachen.

Axel trug rote Hosenträger. Die weißen Haarbüschel, die ihm aus Nase und Ohrmuscheln wuchsen, waren gestutzt. Er roch nach

Mennen-Rasierwasser. Sein Gebiß glänzte in dem künstlichen Licht. Carmen hatte noch das Lächeln der Stewardeß auf den Lippen, als sie zwischen seine ausgebreiteten Arme trat, sich auf die Zehenspitzen stellte und ihm rasch einen Kuß gab. Dann trat sie zurück und zwang sich, Axel konzentriert anzuschauen.
Es überraschte sie immer wieder, wie groß er war. Der Axel, den sie im Kopf hatte, war ein mittelgroßer alter Mann. Der Axel, der vor ihr stand, war einsneunzig. Sie konnte ihm bequem die Nasenlöcher hinaufsehen. Und sie vergaß auch immer wieder die Sommersprossen. Wie bei einem Kind. Wenn er lächelte, sah er manchmal aus wie ein grünäugiger riesengroß geratener Achtjähriger mit Runzeln und Glatze.
»Da bin ich«, sagte sie und sah hinauf zu dem Leberfleck auf seinem Augendeckel.
Axel runzelte die Stirn. »Du riechst nach Alkohol.«
Carmen zuckte die Schultern und stellte ihre Tasche zwischen sich und ihm auf den Boden. »Ich war so angespannt. Weißt du, Flugzeuge sind für mich was Schreckliches. Und hab ich zur Feier des Tages etwa keinen Drink verdient? Nach meinem ersten Ausbildungsjahr?«
»Du bist noch zu jung für harte Drinks.«
»Ich bin inzwischen einundzwanzig, Axel.«
»Das ist viel zu jung«, beharrte Axel. Wenn er es bestimmen könnte, wäre das Mindestalter für den Konsum von Alkohol fünfundvierzig.
Carmen wollte das Thema wechseln. »Wie geht's dir denn? Was macht dein Blutdruck?«
»Der spielt verrückt. Und der verfluchte Doktor läßt mich Zeug fressen, das niemand geschenkt haben möchte. Nicht mal in Äthiopien. Von Blättern und Wurzeln kann man doch nicht leben.« Er betrachtete ihre Tracht und zeigte mit seiner großen fleckigen Hand in etwa auf ihre Brust. »Das lassen die dich jetzt schon anziehen?«
»Ich hab's für dich angezogen. Wie geht's meiner Mutter? Was macht der Taco Shop? Wie sind die Chips dieses Jahr? Sind sie

wieder ranzig? Ich will dieses Jahr keine ranzigen Nachos servieren. Komm!« Sie ging los, quer durch die Halle. »Wir holen meinen Koffer.«
Axel sah zu, wie sie davonging in ihrem weißen Kleid. Nach dem langen Flug war es zerknittert, ein bißchen verschwitzt und klebte hinten ein wenig an den Schenkeln. Carmen hatte nicht nur zwei, drei Drinks genommen. Sie wackelte, als wäre der Boden aus Schaumgummi. Er nahm ihre Tasche und ging ihr nach.
»Dieser verfluchte Helmut wollte mir noch mal den gleichen Scheiß andrehen«, sagte er. »Rancho Rauncho oder wie die Dinger heißen. Die haben genauso gerochen wie letztes Jahr! Der brutzelt das Zeug wohl bei sich im Keller und wechselt das Fett vielleicht einmal im Jahr. War aber auch blöd von mir. Man kauft eben keine mexikanische Ware bei einem Norweger. Jedenfalls hab ich zu ihm gesagt, ›was machst'n da für'n Zeug, das will doch keiner essen. Diese Chips kannst du dir sonstwohin stecken.‹ Ich kaufe dieses Jahr bei den Garcias.«
»Gratuliere«, sagte Carmen lachend. »Hast du Helmut echt gesagt, wo er sich seine Chips hinstecken kann? War Sophie dabei? Wetten, daß sie vor Schreck fast in die Hosen geschissen hat!«
»Woher hast du denn solche Ausdrücke?«
»Von dir«, sagte sie über die Schulter.
Axel brummte etwas vor sich hin und folgte ihr zur Gepäckausgabe. Sein Blick wanderte das weiße Baumwollkleid hinauf und wieder hinunter bis zu den weißen Schuhen. Es paßte ihm nicht, wenn sie ihn aufzog, aber ihr Kleid gefiel ihm sehr. Sie sah gut aus in ihrer Schwesterntracht. Schön, daß sie den Flieger genommen hatte, um mitzuhelfen. Und dieses Jahr würde er dafür sorgen, daß seine Nachos die besten waren. Fünfundzwanzig Jahre in diesem Geschäft hatten ihn gelehrt, daß man bei der Qualität keine Abstriche machen durfte. Wenn Leute nach einem Jahr wiederkamen, um dir zu sagen, daß deine Chips beschissen waren, mußtest du eine Antwort darauf wissen.
Es dauerte ewig, bis Carmens Tasche kam. Axel fragte nach ihrer Ausbildung, aber ihre überschäumende Energie schien verpufft

zu sein. Sie gähnte ständig und antwortete nur noch einsilbig. Nach ein paar Minuten setzte sie sich auf eine Bank und starrte mit schweren Lidern auf das Gepäckkarussell.

Auf dem Weg zum Parkplatz – Axel trug den Koffer und die Reisetasche – stolperte sie zweimal und wäre um ein Haar hingefallen.

»Alles in Ordnung?« fragte er.

Carmen nickte mit einem verträumten Lächeln. »Nur ein bißchen müde.«

Sie schien gar nicht zu bemerken, daß Axel einen neuen Pickup hatte. Sie stieg ein, als wäre es noch der alte, ohne einen Blick darauf zu werfen und ohne einen Ton zu sagen, sie schob einfach nur ihren Hintern in den Wagen, pflanzte sich auf den Sitz und wartete darauf, daß er losfuhr. Axel war enttäuscht. Er hatte gehofft, er könnte sie beeindrucken mit seinen breiten Reifen, könnte ihr zeigen, daß er doch noch kein so verknöcherter alter Kerl war, könnte sie vom Sitz reißen mit dem Radio und den sportlichen Streifen.

Er mußte über sich selber lachen. Was hatte es schon zu sagen, wie Carmen darüber dachte? Sie war ja noch ein Kind. Er wünschte, sie würde nicht so viel trinken. Junge Mädchen sollten nicht so schnell erwachsen werden. Er fuhr auf die Autobahn und beschleunigte den neuen F-150 auf achtzig Kilometer. Er hätte gern das Radio angemacht, hätte ihr gern vorgeführt, an welchem Knopf man drehen mußte, damit die Musik von einer Box zur andern sprang, das hatte er nämlich auf der Herfahrt herausgefunden, aber Carmen war schon gegen die Tür gesackt und schnarchte mit offenem Mund. Sie sah sehr jung aus, ihr Gesicht wirkte weich und kindlich. Er mußte an den Tag denken, an dem sie sich bei ihm nach einem Job erkundigt hatte – eine elfische Schülerin mit strahlenden Augen, ein Mädchen mit übersprudelnder Energie. Das war jetzt fünf Jahre her, aber er erinnerte sich so gut daran, als wäre es gestern gewesen.

Es war ein paar Tage vor dem Beginn des Jahrmarkts gewesen, als er vollauf damit beschäftigt war, das Restaurant in Schuß zu

bringen und Vorstellungsgespräche zu führen mit den Kids, die das Jobbüro vorbeischickte. Dort erkundigte er sich immer nach mexikanischen Mädchen, weil sie seinem Stand ein richtig authentisches Flair von südlich der Grenze verliehen, aber die Jobvermittler erzählten ihm jedesmal einen Haufen Scheiß von wegen Chancengleichheit und so. Im Endeffekt hatte er dann in den meisten Jahren lauter blonde, blauäugige, großgewachsene Jungen und Mädchen in seinem Imbißstand. Carmen hatte er kennengelernt, als er gerade damit beschäftigt war, unter der Theke angetrocknetes Fett vom Vorjahr abzukratzen. »Hey!« rief eine Stimme. »Ist da drin jemand, der Axel heißt?«
Er war aufgestanden und hatte ein dunkelhaariges Mädchen vor sich gehabt, das Kaugummi kaute, eine Zigarette rauchte und üppige Brüste auf die Theke schob. »Sie sind Axel?« fragte sie.
Axel beobachtete, wie sie mit dem Kaugummi eine Blase machte.
»Ja. Und wer sind Sie?«
Die Blase zerplatzte, dafür schwebte jetzt ein winziges Rauchwölkchen vor ihrem Gesicht. »Carmen«, sagte sie grinsend. »Sie sollen mir hier scheinbar 'nen Job geben. Was verdien ich denn da?«
Es dauerte ganze fünf Sekunden, bis er sie in sein Herz geschlossen hatte. Sie war keine Mexikanerin, aber sie bekam den Job.
Als er am zweiten Tag beobachtete, wie sie einen Fünfdollarschein einsteckte, tat das seiner Zuneigung keinen Abbruch, erhöhte jedoch seine Wachsamkeit. Und jetzt? Er durfte sich nichts vormachen. Sie war kein Mädchen mehr. Sie war eine voll erblühte Frau, deren Formen die Tracht zu sprengen drohten, sie roch nach Alkohol und Zigaretten, sie schnarchte. Und doch empfand er noch die gleiche Zärtlichkeit für sie. Er wollte sie behüten und stärken, er wollte die Weisheit und Erfahrung seiner siebzig Lebensjahre an sie weitergeben. Wie an eine Tochter. Wenn es auch manchmal schwierig war, nicht auf ihre Titten zu starren.
Wie schön wäre es, wenn er ihr vertrauen könnte. Er wartete darauf, daß sie sich änderte, daß sie ihre kindliche Unmäßigkeit

und Unvernunft überwand und Verantwortungsgefühl entwikkelte. Vielleicht wußte sie eines Tages zu schätzen, daß er viel für sie getan hatte, vielleicht nahm sie sich seiner an, wenn er alt war. Ein schöner Gedanke. Die Vorstellung, daß sie als Krankenschwester eine kühle Hand auf seine Stirn legte, gefiel ihm.
Eine Hupe scheuchte Axel in seine Fahrspur zurück. Ein junger Kerl in einem Chevrolet brauste an ihm vorbei. Ein junges Arschloch, das viel zu schnell fuhr. Mit pochendem Herzen umklammerte Axel das Lenkrad und konzentrierte sich wieder aufs Fahren. Er war noch nicht an seinen neuen Pickup gewöhnt. Die Anzeigen waren überall, nur nicht da, wo sie hingehörten. Das Lenkrad fühlte sich ganz starr an, und man mußte immer den Sicherheitsgurt anlegen, sonst wurde man angepiepst und angeblinkt. Und dieser Motor! Er hatte einen Blick darauf geworfen und die Haube gleich wieder geschlossen. Ohne so einen verfluchten Computer konnte man da nicht mal die Zündkerze wechseln. Aber immerhin hatte Sam den Airbag unschädlich gemacht. Er war froh, daß ihm das Ding nicht ins Gesicht knallen konnte und hörte Carmen beim Schnarchen zu.

sechs

Mickey Dean saß in Turnhose und Top zusammengekuschelt auf dem gepolsterten Schaukelstuhl und las in einem Buch, das sie zwischen den knochigen Knien hielt. Sie sah nicht auf, als ihr kleiner Bruder in die Wohnung polterte und mit seinen klobigen schwarzen Stiefeln quer durchs Zimmer stampfte. Ihre Katze Isabella spannte die Muskeln an, auf ihrem Rücken sträubte sich das Fell. James schüttelte seine Jacke von den Schultern, ließ sie auf den Boden fallen und ging an Mickey vorbei in die Miniaturküche. Auf seinem Rücken entdeckte sie Kratzspuren von Fingernägeln. Sie konnte sich denken, von wem die waren. Die Katze floh ins Schlafzimmer.

Mickey hörte eine Dose zischen.

»Ich will hoffen, daß das nicht die letzte ist«, rief sie.

James kam wieder ins Wohnzimmer geschlurft, eine Pepsidose in der Hand.

»Wenn das die letzte ist, sorgst du gefälligst für Nachschub.«

Mickey starrte ihn zornig an. Sie hatte ihre große, rote Plastikbrille in das dünne blonde Haar geschoben. Sie war fast einen Meter achtzig groß, dünn und knochig, hatte spitze Ellbogen, spitze Knie, spitze Schultern, blaßblaue Augen, einen kleinen Mund und einen Zinken wie ein Erdkuckuck. Sie sahen so verschieden aus wie zwei x-beliebige Menschen auf dem Planeten Erde. Sogar die Hautfarbe. Bei ihr ganz hell, bei ihm ziemlich dunkel, fast khaki. Verschiedene Väter. Vielleicht auch verschiedene Mütter – die Familiengeschichte der Deans war ziemlich verworren. Sandra Dean sah jedenfalls aus wie eine bedenklich übergewichtige Barbara Streisand.

Mickey war zusammen mit James in einem schrecklichen Wohnwagen in Council Bluffs aufgewachsen, in dem sie Tag für Tag verfolgen konnten, wie Sandra Dean sich in die Besinnungslosigkeit trank. Mickey war nicht wieder hingegangen – sie hatte ihre Mutter jetzt sechs Jahre nicht mehr gesehen –, seit sie an ihrem siebzehnten Geburtstag von zu Hause weggelaufen war und einen

Job angenommen hatte, bei dem sie T-Shirts bedruckte; einen Job, den sie immer noch hatte.

Ein Jahr nachdem Mickey von zu Hause weggegangen war, schmiß ihr Bruder James die Schule und fand schnell in den Drogenhandel von Omaha und Council Bluffs, er verkaufte seinen ehemaligen Mitschülern Gras und Acid und noch so ein paar Sachen. Das ging ungefähr fünf Wochen gut, dann brachte es ihn für sechs Monate in eine Erziehungsanstalt in Geneva, Nebraska. Als er heraus kam, besorgte ihm Mickey einen Job im Warenlager ihrer T-Shirt-Firma. Das ging ein paar Monate gut, bis der Lagerverwalter ihn – schon wieder! – schlafend antraf, diesmal auf einem Packen roter XXL-Sweatshirts mit Raglanärmeln. Danach verschwand James mehr als ein Jahr aus ihrem Leben. Als sie wieder von ihm hörte, saß er in U-Haft, und das Urteil stand kurz bevor. Er hatte einem Drogenfahnder drei Unzen North Platte Green zu verkaufen versucht. Diesmal war er neunzehn gewesen und ins Gefängnis in Lincoln gekommen. Mickey war mit dem Strafmaß einverstanden gewesen: Vielleicht würde ihm das die Augen öffnen.

Seit zehn Wochen, seit er aus Lincoln entlassen worden war, wohnte er bei ihr. Schlief auf ihrer Couch. Aß, was sie einkaufte. Plagte ihre Katze. Ließ den Toilettensitz hochgeklappt.

Ohne Zweifel hatte sich James im Gefängnis verändert. Er rasierte sich jetzt fast täglich den Kopf und hinterließ im ganzen Bad kleine Härchen. Er hatte Goldringe in einer Augenbraue. Und noch etwas hatte sich geändert. James war noch nie ein besonders mitfühlender oder besorgter junger Mann gewesen, aber nach dreißig Monaten Lincoln kümmerte ihn alles bloß noch einen Dreck. Seine große Schwester sowieso – er lebte ja nur auf ihre Kosten.

Mickey sagte: »Du bist ein Schmarotzer, James, weißt du das?«

Er ließ sich auf das Sofa plumpsen und legte die Stiefel auf den Couchtisch.

»Hast du dich heute nach einem Job umgesehen?« fragte sie und starrte auf seine Stiefel.

»Klar. Den ganzen Tag.«

»Also, ewig kannst du hier nicht wohnen. Ein paar Wochen, hab ich gesagt, bis du einen Job gefunden hast.«

James Dean zuckte die Schultern. »Was liest'n da?« fragte er, nippte an seiner Dose, behielt die Cola im Mund, kostete das Prickeln der Bläschen auf der Zunge aus. Mickey hielt ihr Buch hoch, einen ihrer Gedichtbände, eine dicke, braune Schwarte. Er beugte sich vor und las den Titel: *John Donne. Gesammelte Prosa und Dichtung.*

»Komm, lies mir was vor«, sagte er. Mickey hielt sich für wer weiß wie intelligent. Wenn sie mit ihrer Bildung angeben konnte, beruhigte sie sich schnell wieder.

»Siehst du dich morgen nach einem Job um?«

»Auf jeden Fall. Komm schon, Mick. Lies mir was vor. Womöglich machst du damit einen besseren Menschen aus mir.«

Mickey runzelte die Stirn. Sie wollte nicht so schnell wieder einlenken. Dean verzog die Lippen zu einem breiten Lächeln und sah sie mit den Kulleraugen des süßen kleinen Bruders an. Das verfehlte nie seine Wirkung. Sie blätterte in ihrem Buch und suchte eine passende Stelle. Dann räusperte sie sich und senkte das Kinn – genau wie früher, als sie noch Kinder waren. Da hatte sie ihm oft vorgelesen.

»Der Tod jedes Menschen vermindert mich«, las sie, »weil ich mit der Menschheit verflochten bin –«

»Was meint er denn damit?« fiel ihr Dean ins Wort. Er fragte sie gern nach der Bedeutung von Gedichten und Gedöns, um zu hören, was für ein Stuß ihr dazu einfiel.

»Das bedeutet, daß wir alle Brüder sind. Und Schwestern.«

»Ich bin in Lincoln vielen Typen begegnet, die nicht meine Brüder waren«, sagte Dean.

»Du verstehst das nur nicht richtig.«

»Und ob ich das verstehe. Laß mal sehen.« Er nahm ihr das Buch aus der Hand. »Zeig mir, wo das steht.«

Mickey deutete auf eine markierte Stelle. Dean las mit gerunzelter Stirn. »›Kein Mensch ist ein Eiland‹. Ein *Ei*land? Der tickt doch nicht richtig.«

»Du bist eben absolut ungebildet. Eiland ist ein älteres Wort für Insel.«
Dean las weiter und sagte nach einer Weile: »Der Mann behauptet, daß du ein Teil von mir bist.«
Mickey zögerte einen Augenblick und nickte unsicher.
Ach, so war das! »Dann kann ich mit dir machen, was ich will. Wie mit einem Haar auf meinem Kopf.«
Sie schüttelte den Kopf. »Nein, nein, nein«, sagte sie. »Du verstehst das mal wieder völlig falsch.«
»Ich versteh das schon richtig. Der Mann spricht aus, was mir eigentlich schon immer klar war. Du bist nur ein Teil von mir. Ich zieh am Faden und hopps!« Er täuschte einen Faustschlag in ihr Gesicht vor; sie riß den Kopf zurück.
»Siehst du? Du bist ein Teil von mir.«
Mickey stand auf. »Du bist nicht nur ungebildet, du bist richtig dumm.« Sie riß ihm das Buch aus der Hand und ging ins Bad. Dean hörte die Klobrille herunterknallen.
Er starrte auf die geschlossene Tür. Er war nicht dumm. Er hatte recht. Genau das, was der Typ da schrieb, hatte er sich in letzter Zeit auch schon gedacht. Carmen kam ihm in den Sinn. War sie auch ein Teil von ihm? Er dachte an ihr benebeltes, unbekümmertes Lachen, wenn er sich in ihrem weichen Fleisch vergrub. Sie ging ihm in letzter Zeit oft durch den Kopf. Vielleicht hatte Mickey ja recht. Vielleicht wurde es Zeit, daß er auszog. Dann zog er eben zu Carmen, wenn sie aus Minnesota zurückkam.
Nach der Toilettenspülung hörte er das unverkennbare Geräusch der aufschnappenden Hausapotheke.
Jetzt isses soweit, dachte er.
Fünf Sekunden später flog die Tür auf und knallte gegen die Wand. Seine Schwester kam aus dem Bad gestampft. »Du kleiner Scheißer!« Sie warf mit dem Buch nach ihm. Dean duckte sich. Das Buch knallte über ihm an die Wand und fiel in seinen Schoß.
»Du Ratte!« Dean hatte auf einmal ein flaues Gefühl im Magen, sein Körper erinnerte sich daran, wie oft er als Kind von ihr Dresche bekommen hatte. Da hatte sie einfach ihre langen Arme

abgespreizt und die Hände zu Klauen verkrampft, schon war sie ein Ungeheuer, und er mußte davonrennen und sich verstecken, denn wenn sie ihn zu fassen kriegte – und sie kriegte ihn zu fassen! –, schlug sie ihn immer wieder auf die gleiche Stelle an der Schulter, bis er plärrte und um Gnade flehte.
Sie war verdammt geladen. Da konnte einiges auf ihn zukommen.
»Du kleiner Scheißer! Rück sie sofort raus!«
Dean sagte: »Schon gut, Mick. Hör mal –«
»Du hast sie verkauft, stimmt's?« Sie hatte sich direkt vor dem Couchtisch aufgebaut.
»Nein, das stimmt nicht.« Er nahm das Buch und hielt es wie einen Schild vor sich hin. »Ich hab sie Carmen gegeben.«
»Carmen *Roman*?« Ihr Gesicht lief rot an. »Dieser *Schlampe*?«
Mickey mochte Carmen nicht. Dean war aufgefallen, daß die meisten Frauen Carmen nicht mochten.
»Du kannst dir doch wieder welche besorgen. Sag einfach beim Arzt, daß man dir die Handtasche gestohlen hat oder so.« Wovor hatte er eigentlich Angst? In Lincoln hatte es viel schlimmere Situationen gegeben.
Mickey machte mit ihren langen Beinen einen Schritt über den Couchtisch. Ihre Hände senkten sich auf seine nackten Schultern, die Fingernägel bohrten sich in seine Haut. Ihr Gesicht kam auf das seine zu. Er saß starr vor Schreck auf dem Sofa, seine Muskeln begannen zu zucken.
»Raus hier«, sagte sie.
Er rammte ihr das Buch gegen die Schläfe. Mickey fuhr mit den Händen von seinen Schultern hoch, richtete sich auf, schwankte ein wenig vor und zurück und stürzte rücklings über den Couchtisch. Ihre Füße schnellten hoch, der Kopf schlug auf den Hartholzboden. Der dumpfe Knall ließ Dean zusammenfahren. Seine Hände krampften sich immer noch um das Buch. Sie blieb ein paar Sekunden reglos liegen. Er starrte auf ihre Füße, die auf dem Couchtisch lagen, auf die lilaweißgrauen Sohlen ihrer Nikes. Er hörte sie tief Luft holen, sah sie die Füße vom Tisch nehmen. Dann schob sie das Kinn auf die Brust, sah zu ihm auf; sie hatte so

eine seltsam versteinerte Miene, daß er fast losgelacht hätte. Das wird schon wieder, sagte er sich und glaubte es sogar einen Moment lang. Mickey wälzte sich auf die Seite, erhob sich auf Hände und Knie, richtete sich mühsam auf. Ohne sich umzublicken, taumelte sie ins Schlafzimmer. Die Tür schloß sich. Ihr war doch nichts passiert? Dean hatte keine Lust, ihr nachzugehen. Er saß ruhig auf dem Sofa und stellte zu seiner Überraschung fest, daß es ihm schnuppe war, ob sie sich erholte oder nicht. Das hatte sie sich selbst eingebrockt. Er hatte sich nur verteidigt. Er betrachtete das Buch in seiner Hand und begann zu lächeln. Der Titel hob sich ganz klar vom gelbbraunen Einband ab. Er blickte sich im Zimmer um. Worauf er den Blick auch richtete, er sah alles gestochen scharf, als hätte er auf einmal bessere Augen. Und er fühlte sich richtig gut. Er hätte dieses Gefühl gern beschrieben, aber ihm fiel dazu nur das Wort *riesig* ein. Er fühlte sich riesig in seiner Haut. Er spürte, wie die Luft gegen seine Haut drückte, ihn in seiner äußeren Hülle hielt. Er schlug das Buch auf und las irgendwo ein paar Zeilen. Er ahnte in dieser Sprache einen tiefen Sinn, wenn er ihn auch nicht erfaßte. »O stirb noch nicht: ich hasse dann / Die Frauen so (bin ich alleine) / Daß ich selbst dich nicht preisen kann / Wenn ich dran denke, du warst eine.«
Dean klappte das Buch zu und legte es auf den Couchtisch. Jetzt wollte er doch mal nach Mickey sehen. Dean klopfte. Keine Reaktion. Er öffnete die Tür und schaute ins Zimmer. Sie lag auf dem Bett, ausgestreckt auf dem Rücken.
»Mick?« rief er laut. Sie rührte sich nicht. Er ging hinein und schaute genauer hin. Zwei fette blaue Augen. Wie kam denn das? Er hörte sie atmen, durch den Mund. Dean ging aus dem Zimmer und schloß die Tür. Am besten ließ er sie schlafen. Sie sollte ruhig den ganzen Tag schlafen.

sieben

Sophie Roman machte ihre rosarote Emerson-Kompaktanlage an, gab behutsam einen gehäuften Teelöffel Cappuccino in ihre Tasse, schaute zu, wie das blasse Pulver in das heiße Wasser sank, rührte um. Der süße Klang von Luciano Pavarottis Stimme perlte aus den Lautsprechern und brach sich an der Holzverkleidung der Wände. Sie hob die Kaffeetasse, schloß die Augen und atmete das exotische Aroma Italiens ein. Wenn sie je in Italien gewesen wäre, hätte dieser süße, würzige Duft sie jetzt zweifellos zurückversetzt in ein kleines Café in Mailand – genau wie in der Werbung. Es war der Tag vor dem Beginn des Jahrmarkts. Der letzte Morgen, den sie für sich hatte. Sie wollte ihm eine besondere Note geben.

Sophie saß am ausziehbaren Küchentisch, ließ die Sonne auf ihren bernsteingelben Morgenmantel scheinen und feierte den Geschäftsabschluß, den sie erzielt hatte. Er würde wohl als Triumph des Geschäftssinns in die Lebensgeschichte der Sophie Roman eingehen. Axel kaufte ihr alle Würzmittel ab, unbesehen und zum vollen Großhandelspreis. Ihren gesamten Vorrat. Er hatte mit lustloser Miene in ihren Vorschlag eingewilligt und die Tragweite des Geschäfts wohl nicht so recht erfaßt. Sie hatte ein ganzes Jahr lang bei jedem Essen außer Haus die kleinen Päckchen mit Zucker, Salz und Ketchup in ihre Handtasche gesteckt, um Geld daraus zu machen. Womöglich hatte Axel seinen nächsten Herzanfall hier in ihrer Küche.

Sie hatte ihre Ausbeute sortiert und in elf Kaffeedosen verstaut, die jetzt in Reih und Glied auf der Arbeitsplatte standen, geordnet nach der Füllmenge. Die Dose mit den Domino-Zuckerpäckchen war übervoll, und die mit dem Süßstoff von Sweet & Low fast voll. Dann kamen, bei abnehmenden Mengen, Ketchup, Salz, schwarzer Pfeffer von Heinz, die scharfe Sauce von Taco-Bell, Salz und Kaffesahne von Burger King. Und in den beiden letzten Dosen waren diverse Würzmittel, zum Beispiel künstlicher Meerrettich und Saucen für Pickles und fürs Barbecue. Sophie drehte die Pavarotti-Kassette um, zündete sich eine Virginia Slim an und bewunderte ihren Weitblick, ihren Fleiß und ihr Verhandlungsgeschick.

Die Mengenangaben standen mit Augenbrauenstift auf den Kaffeedosen. Es waren 443 Zuckerpäckchen. Sie hatte zwar nur 419 gezählt, aber womöglich hatte sie sich verzählt, und Axel zählte ohnehin nicht nach. Sophie konnte nicht genau sagen, was ihre Vorräte zu Großhandelspreisen wert waren, aber sicher einen schönen Batzen Geld. Zweihundert waren wohl nicht zu hoch gegriffen. Vielleicht sogar dreihundert Dollar. Sie machte die Musik lauter, nippte an ihrem Cappuccino und blickte zum Tanners Lake hinüber. Von ihrem Fenster aus sah man zwischen Laurie Armstrongs durchhängendem gräulichem Artcraft und dem Doppelwohnwagen der Redfields einen Streifen Wasser.

Mit den Mehreinnahmen konnte sie sich für ihr Heim ein gelbes Vordach kaufen. Sophie wußte schon genau, was für eins. Sie hatte solche Metallvordächer bei anderen gesehen. In Pine Creek Village, einem gehobenen Wohnwagenpark in Egan, waren sie sehr beliebt. In Egan zahlte man für eine einzige Parzelle dreihundertsechzig Dollar im Monat. Das war ein Haufen Geld. Aber für ein Vordach würde sie jederzeit Geld ausgeben. Mit einem hübschen Vordach wäre ihr Heim das eleganteste in ganz Landfall. Das wollte leider nicht viel heißen, angesichts der buntscheckigen Ansammlung ›mobiler Bungalows‹, die sie umgab. Kein einziges davon war je in *Das schöne Heim* vorgestellt worden.

Als eigenständiges 685-Seelen-Dorf hing Landfall wie eine Klette am östlichen Stadtrand von Saint Paul. Im Norden und Westen war es vom Tanners Lake begrenzt, im Osten vom Highway 694, und im Süden donnerte die Interstate 94 vorbei. Landfall war einmal eine blühende Gemeinde gewesen, mit Lebensmittelladen, Schönheitssalon, Getränkemarkt und Gemeindezentrum. Jetzt sahen die Wohnwagen aus Fiberglas und Aluminium alt und verlottert aus. Von den Geschäften hatte nur der Schnapsladen überlebt.

Und nun ließ sie sich durch den Kopf gehen, was sie sich bis zum

Schluß aufgehoben hatte. Die Prämie. Axel hatte ihr diesmal eine Prämie versprochen. Sofern es dieses Jahr gut lief. Sie sollte nicht zu kurz kommen, hatte er gesagt, aber über die Höhe der Prämie hatte er sich ausgeschwiegen: »Warten wir erst mal ab, wie's läuft.« Wie hinter einem Schleier waberten ihr Zahlen durch den Kopf. Sie gestattete sich hinzusehen. Tausend? Zweitausend? Fünftausend? Dann konnte sie ihren angejahrten Plymouth abstoßen und einen Neuwagen anzahlen, einen Saturn. Nein. Sie kniff die Augen zu, und dann sah sie es ganz deutlich. Ein richtiges Haus. In dem man umhergehen konnte, ohne daß das Geschirr klapperte. Ein Haus mit Keller, den man aufsuchen konnte, wenn die Wirbelstürme tobten.

Aber das war ihr jetzt schon zu aufregend und zu unwirklich. Sie betrachtete die Uhr, die Axel ihr beim Jahrmarkt in Iowa gekauft hatte. Das war etwas ganz Reales, etwas Gediegenes. Und es war ihr Eigentum. Wie die Würzmittel. Eine elegante goldene Damenarmbanduhr. Mit Zirkoniumsteinen, die aussahen wie echte Diamanten. Ein Haus wäre natürlich eine feine Sache, aber man mußte auch darauf achten, daß man eine gute Figur machte. Sie langte über den Tisch und schaltete die Pavarotti-Kassette aus. Genug Opernmusik für heute. Es wurde Zeit für Phil Donahue, und dann kam Jenny Jones, die immer gut aussah. Dann Oprah. Die sah auch immer gut aus.

Er wachte auf dem Sofa auf. In der Wohnung seiner Schwester. Es war für ihn immer noch fast jeden Morgen eine Überraschung, daß er nicht mehr in seiner Zelle in Lincoln aufwachte. Der Fernseher lief: Phil Donahue im Gespräch mit drei schwarzen Paaren. Mickeys Tür war geschlossen. Gestern war sie den ganzen Nachmittag und auch den ganzen Abend nicht mehr herausgekommen. Gegen Mitternacht hatte er bei ihr reingeschaut, aber sie hatte sich nicht gerührt. Dean gähnte und setzte sich auf. Die schwarzen Paare stritten miteinander, aber er kam nicht dahinter, worum es ging. Donahue konnte offenbar auch nicht folgen. Dean war aus Schwarzen noch nie schlau geworden, auch nicht vor den dreißig Monaten in Lincoln. Dort mußte er dann doch tatsächlich die Zelle mit einem Schwarzen teilen – und sich gleich am ersten Tag sagen lassen, er sei selber einer, mit seinen krausen Haaren und seinem dunklen Teint. Sein Zellengenosse, der Chip hieß und eine Haut wie ein Schokoladenplätzchen hatte, und zwar wegen einer Hautkrankheit wie eins mit ganzen Schokostückchen, fragte ihn gleich am ersten Abend, wo er andocken wollte. Dean hielt das für eine Anmache, für die Aufforderung, sich vornüberzubeugen und den Kopf aufs Kissen zu legen, aber Chip machte ihm schnell klar, daß er von *politischen* Positionen sprach und nicht vom Sex. »Ein Typ wie du hat hier zwei Möglichkeiten«, erläuterte er ihm. »Du kannst dich mit den Brothers zusammentun oder mit den Arschlöchern vom Arischen Kreis.«

»Ich tu mich mit gar niemand zusammen«, antwortete Dean.

»Dann bist du Freiwild.«

»Na ja, ich bin nun mal ein Weißer.«

Chip zog eine Augenbraue hoch. »Und ich bin der Mann im Mond.«

»Arschloch.«

Chip lachte nur. »Da hilft alles nichts, Junge. Deine Mutter ist losgegangen und hat sich dunkles Fleisch besorgt.«

Dean wäre ihm am liebsten an die Gurgel gesprungen, aber er beherrschte sich, weil Chip ihn wahrscheinlich totgeschlagen hätte. In Ermangelung eines Sandsacks trainierte er seit Jahren am Eisenpfeiler und sah aus wie ein schwarz getupfter Mike Tyson. Und vielleicht hatte der Bursche sogar recht. Dean kannte seinen Vater nicht, und seine Mutter war nie wählerisch gewesen bei ihren Verabredungen. Es war auch nicht das erste Mal, daß man Nigger zu ihm sagte – aber es war das erste Mal, daß ein Nigger Nigger zu ihm sagte.

Chip erwies sich dann aber als feiner Kerl. Er hatte achtzehn von seinen dreißig Jahren Bau abgesessen und kam inzwischen praktisch mit allen klar. Ihm war egal, wo Dean andockte. »Du bist scheint's ganz in Ordnung«, meinte er. »Ich sag dir nur, wie's aus-

sieht, Junge. Du mußt dich für eine der beiden Seiten entscheiden, sonst landest du in Idiotenhausen. Da hilft alles nichts.«
Chip war der Meinung, daß Dean zwischen den Black Muslims und dem Arischen Kreis wählen konnte. Es gab auch noch andere Gruppierungen, aber die würden Dean wohl nicht nehmen. Und in Idiotenhausen, auch unter dem Namen »Schutzgewahrsam« bekannt, landeten Kinderschänder, Verräter und andere Schwächlinge. Das kam natürlich gar nicht in Frage. Dean entschied sich für die Typen vom Arischen Kreis, weil die ihm nur halb so viel Angst einjagten wie die Black Muslims.
Chip riet ihm, sich kahlzurasieren.
»Ohne Haare gehst du locker als Weißbrot durch.«
Dean rasierte sich also das kupferrote Kraushaar ab, um so gut wie möglich in den Arischen Kreis hineinzupassen, in dem die meisten, wie er bald merkte, gar keine so üblen Burschen waren und genausoviel Schiß hatten wie er.
Die sprechende Klobürste im Werbespot für einen WC-Reiniger holte ihn in die Gegenwart zurück. Er fand zwischen zwei Sofakissen die Fernbedienung und machte die Glotze aus.
Dean war seit zehn Wochen raus aus Lincoln, und es hatte sich noch nichts getan. Vermutlich könnte er wieder in den Drogenhandel einsteigen, ein paar Unzen einkaufen und vertickern. Leicht verdientes Geld, aber eine riskante Sache, bei der man schnell wieder im Knast landen konnte. So war das nun mal beim Dealen. Schon rein rechnerisch echt für'n Arsch. Neunundneunzig von hundert Mal ging alles glatt, aber um ordentlich davon leben zu können, mußte man eine ganze Menge Deals machen, brauchte also viele Kunden. Früher oder später ließ dich garantiert einer hochgehen. Nein, wer im Drogengeschäft zu Geld kommen wollte, mußte große Mengen umschlagen. Drei oder vier Deals im Jahr, mehr nicht. Dabei gab es aber den gleichen Haken wie bei jedem anderen Geschäft: Man brauchte Startkapital, Beziehungen, einen guten Ruf in der Branche – und nichts davon hatte er. Natürlich kannte er einen Haufen Leute im Drogengeschäft, aber das waren alles kleine Fische, und die meisten von

ihnen saßen im Knast. Die Dealerei war ja sowieso ein Scheißjob, bei dem man sich mit lauter Leuten rumschlagen mußte, die ständig ausrasteten oder pleite waren. Er hatte seine Lektion gelernt. Abgesehen von kleinen Besorgungen für Carmen war er ein ziemlich braver Junge gewesen, hatte nur rumgesessen, die Zeit totgeschlagen, die Augen offen gehalten und auf eine günstige Gelegenheit gewartet.

Das Telefon klingelte. Dean wartete gespannt. Das Telefon müßte sie eigentlich wecken. Er richtete den Blick auf die Tür. Der Anrufer ließ zwölfmal klingeln, dann gab er auf. Dean öffnete die Schlafzimmertür und schaute hinein. Mickey sah noch genauso aus wie gestern, nur blasser. Er trat neben das Bett. Ihre Augen waren nicht ganz geschlossen. Er berührte ihr Gesicht. Es war kühl. Er betastete ihren Hals, fand aber keinen Puls.

Ein Anflug von Traurigkeit verlor sich gleich wieder und war ab da spurlos verschwunden. Dean betrachtete seine rechte Hand und machte eine Faust. Er war stärker, als er gedacht hätte. Dumm gelaufen. Was nun? Die Bullen konnte er natürlich nicht rufen. Sonst saß er wieder in Lincoln. Unfall hin, Unfall her. Er nahm Mickeys Sporttasche und packte seine Klamotten rein, dazu das Buch von John Donne und die dreihundert Dollar, die sie in einer Schublade versteckt hatte. In ihrer Handtasche fand er dann noch vierzig Dollar und ein paar Zerquetschte und die Autoschlüssel von ihrem Maverick.

Auch heute war es wieder verdammt heiß in Omaha. Noch nicht mal Mittag, und die Autositze schon so heiß, daß man sich durch die Jeans die Schenkel verbrannte. Er fuhr bis zur Ames Avenue, bog nach links ab, hatte noch kein Ziel im Sinn, ließ sich mitnehmen vom Verkehr, von Kreuzung zu Kreuzung, dachte nach und ballte immer wieder eine Faust, damit er seine Kraft spürte. Dean, der Killer. Der ließ sich nicht verscheißern, der konnte mit einem Schlag ein Leben auslöschen. Er konnte kaum glauben, wie *gut* er sich fühlte. Er hatte immer nur gehört, daß man die große Krise kriegte, wenn man einen Menschen tötete. Keiner hatte ihm gesagt, daß es im Grunde ganz einfach war, nicht einmal Chip, der

drei Menschen getötet hatte. Es lief offenbar auf das gleiche hinaus wie bei allen anderen Straftaten: Man bekam erst Schuldgefühle, wenn man geschnappt wurde.
Bin ich ein Monster? fragte er sich. Er hatte immer gedacht, daß diese Typen, die ihre Verwandten töteten, voll durchgeknallt sein mußten, aber er kam sich kein bißchen durchgeknallt vor. Er fühlte sich frisch und frei, als sei er gerade aus einer verwesenden alten Haut herausgeschlüpft.
Das hätte er gern jemand erzählt, aber dann mußte er damit rechnen, daß der ihn nur blöd anglotzte und sich irgendeinen Stuß zusammenreimte, weil er ja niemand sagen konnte, was er getan hatte. Er nahm die Autobahnauffahrt und fuhr auf dem Interstate 80 nach Osten. Stunden später ging hinter ihm die Sonne unter und machte die entgegenkommenden Scheinwerfer zu funkensprühenden Kugeln. Er war hellwach und konnte ohne weiteres die ganze Nacht durchfahren. Kurz vor Des Moines knallte eine braune Fledermaus gegen die Windschutzscheibe, blieb eine Weile hängen und ließ ihre scharfen Beißerchen sehen, bevor sie die Scheibe hinaufrutschte und über das Dach nach hinten sauste. Ein Omen. Was bedeutete es? Daß sein Leben interessant wurde! Dean bog nach Norden ab, auf den Interstate 35. Zum ersten Mal, seit ihm die Haftstrafe aufgebrummt worden war, wußte er genau, wo er hinwollte.

Das Telefon hörte einfach nicht auf zu klingeln. Carmen machte die Augen auf. Es war dunkel im Zimmer, bis auf zwei leuchtende Streifen Tageslicht an den Rändern des schweren Vorhangs. Vorsichtig setzte sie sich auf. Ein bißchen schlecht war ihr, aber alles in allem ging es ihr ziemlich ordentlich, wenn sie bedachte, daß sie nicht einmal wußte, wo sie war. Sie räusperte sich und starrte das klingelnde Telefon an. Ach ja, Axel hatte sie vom Flughafen abgeholt. Dann war sie wohl im Motel 6. Hoffte sie wenigstens. Sie nahm den Hörer zwischen Daumen und Zeigefinger, als müßte sie einen toten Vogel anfassen.
»Ich schlafe«, gab sie bekannt.

»Ich krieg meine Kontaktlinse nicht rein. Hab ich dich geweckt?«
Es war natürlich Axel, aus Zimmer drei. Axel wohnte schon in Zimmer drei, seit sie ihn kannte.
»Mensch, Axel. Wie spät isses?«
»Halb neun. Du hast zwölf Stunden geschlafen.«
Carmen schüttelte den Kopf, wurde davon aber nicht wacher, sondern ließ sich mit einem »uuhh« auf das Kissen zurücksinken. »Das war ein Fehler.« Ihre Kopfschmerzen kamen von der Dehydration des Gehirngewebes, das hatte sie bei ihrer Ausbildung gelernt.
»Was sagst du?«
»Ich habe mit mir selber geredet. Mir ist ein bißchen schlecht.«
Carmen tastete nach dem Schalter, drückte die Augen zu und knipste das Licht an. Dann öffnete sie die Augen ganz langsam, um das Licht nach Möglichkeit Photon für Photon einfallen zu lassen. Axel jammerte ihr immer noch wegen seiner Kontaktlinsen die Ohren voll.
»Ist ja gut. Laß mir eine Minute Zeit, okay?« Kaum war sie da, brauchte er eine Krankenschwester. Sie sah an ihrer Tracht hinunter und schnitt eine Grimasse. Das steife Weiß war dahin, der Stoff erinnerte an ein gebrauchtes Geschirrtuch. Carmen machte die Knöpfe und den Reißverschluß auf, ließ das Kleid fallen und schob es mit dem Fuß beiseite. Sie hatte einen schrecklichen Geschmack im Mund; sie hatte den eigenen Körpergeruch in der Nase; sie mußte unbedingt heiß duschen.

»Es ist offen!« rief Axel.
Carmen öffnete die Tür, trat ins Zimmer Nummer drei und fand sich in einer früheren Zeit wieder. Der Geruch nach Mennen-Rasierwasser. Der militärische ›Bettenbau‹. Als sie zum erstenmal in seinem Zimmer war, hatte er einen Vierteldollar auf sein Bett fallen lassen, um ihr zu zeigen, wie straff die Tagesdecke gespannt war. Die Münze war aber nicht so richtig gehüpft. Sie war eigentlich gar nicht gehüpft.
»Wieso machst du das Bett selber?« hatte sie gefragt.

»Ich will nicht, daß die Zimmermädchen in meinem Krempel rumwühlen«, hatte Axel geantwortet.
An der Wand gegenüber vom Bett stand Axels Fernseher mit Achtzig-Zentimeter-Bildröhre. Es lief eine Sendung über die Fischerei, der Ton war abgedreht. Was er sonst noch so hatte, war nach wie vor in Coca-Cola-Kästen an der Wand aufgereiht, neun nebeneinander, sechs aufeinander. Axel behauptete, in den Sechzigerjahren noch mit drei Kästen ausgekommen zu sein: mit einem für Hemden und Unterwäsche, einem für Hosen und Schuhe, einem für Diverses. Carmen wußte genau, daß unter Diverses auch Zehn- und Zwanzigdollarscheine fielen, schön ordentlich gebündelt, von breiten Gummibändern zusammengehalten, aneinandergeschmiegt in roten Kaffeedosen.
Carmen wandte den Blick ab. Sie hatte das dunkle Gefühl, daß es Unglück brachte, die Kästen anzuschauen. Sie mußte an das letzte Mal denken, an dem sie in diesem Zimmer gewesen war. Vor einem Jahr, am dritten Tag des Jahrmarkts, plagten Axel seine Kontaktlinsen dermaßen, daß er seine Brille und Augentropfen brauchte. Er schickte Carmen ins Motel und gab ihr den Schlüssel zum Zimmer Nummer drei mit, und bei dieser Gelegenheit stieß sie in einem der Kästen in der unteren Reihe auf eine Kaffeedose voller Geld. Zitternd vor Aufregung zog sie aus jedem der achtzehn dicken Bündel in der Dose einen Schein. Sie war so aufgeregt, wie noch nie in ihrem Leben.
Wenn sie doch nur den Mumm gehabt hätte, mehr zu nehmen. Es waren mindestens acht Dosen gewesen, aber vor lauter Aufregung und Angst hatte sie keine mehr aufgemacht. Schon der Gedanke daran beschleunigte ihren Puls. Unwillkürlich wanderte ihr Blick zu den Coca-Cola-Kästen. Sie riß ihn sofort wieder davon weg.
Axel saß vor dem Spiegel. Sein rechtes Auge war gerötet und tränte. Auf dem Tischchen an seinem Ellbogen standen jede Menge Plastikfläschchen zur Kontaktlinsenpflege. Axel betrachtete Carmen im Spiegel.
»Du hast dich nicht gerade beeilt.«

»Ich hab noch schnell geduscht. Das wird ja wohl noch drin sein. Wo fehlt's denn?«
»Die eine sitzt, aber dieses Scheißteil krieg ich einfach nicht richtig rein.« Er zeigte auf die blau getönte Schale, die auf einem zusammengefalteten Blatt Klopapier lag.
Carmen setzte sich auf die straff gespannte Tagesdecke und nötigte ihn, sich zu ihr umzudrehen. Sie trug Jeans und ein zu großes T-Shirt mit V-Ausschnitt. Keinen BH. Sie beugte sich vor. Axel starrte ihr in den Ausschnitt, auf den sommersprossigen Brustansatz, der schön braun war. Aber mit nur einem sehenden Auge konnte er seinen Blick nicht scharf stellen. Carmen machte eine Bewegung mit den Schultern, was ihre Brüste nach links schwingen ließ. Axels Augen folgten der Bewegung der großen Brustwarzen unter dem weißen Baumwollstoff. »Ich seh überhaupt nichts.«
Sie richtete den Oberkörper wieder auf und zog die Beine an. Schon über ein Jahr hatte er die Kontaktlinsen allein reingekriegt; jetzt mußte ihm auf einmal jemand helfen. Sie legte die Arme um die Schienbeine und wiegte sich vor und zurück. Sie durfte es ihm nicht zu leicht machen, sie wollte ihm schließlich nicht jeden Tag die Kontaktlinsen reinsetzen.
»Warum kriegst du sie nicht selber rein?«
»Ich weiß auch nicht.«
»Und wieso trägst du dann nicht deine Brille?«
»Weil ich für meine Kontaktlinsen einen Haufen Geld ausgegeben habe. Und weil ich mit diesen Dingern besser sehe, wenn sie erst mal drin sind. Hilfst du mir jetzt, oder hilfst du mir nicht?«
Seufzend nahm Carmen die Kontaktlinse, besprühte sie mit Salzlösung und kniete sich vor ihm auf den Teppich. »Beug dich vor.«
Sie zog sein oberes und unteres Lid auseinander, ließ ihre Brüste über seinen Unterarm streifen und drückte die Kontaktlinse auf seine hellgrüne Pupille.
»So. Jetzt hast du wieder Augen im Kopf.« Sie lehnte sich zurück

und verschränkte die Arme. »Wolltest du dir was Bestimmtes ansehen?«

Axel hatte sich gegen das Kopfteil des Betts gelehnt und betrachtete die Wand aus Coca-Cola-Kästen. Carmen war wieder in ihr Zimmer gegangen, weil sie unbedingt noch eine Stunde Schlaf brauchte. Wann er zum letzten Mal so gut geschlafen hatte, wußte Axel schon gar nicht mehr. Er mußte schon froh sein, wenn es für vier Stunden am Stück reichte. Eine Alterserscheinung. Man war ständig müde, konnte aber keine Nacht gut schlafen.

Warum war er heute eigentlich nicht mit seinen Kontaktlinsen zurechtgekommen? Hatte er sich etwa wie ein Kind aufgeführt, das umsorgt werden will? Wahrscheinlich schon.

Dabei fand sich Carmen sowieso schon unheimlich toll.

Sie war ja auch ein hübsches Mädchen, aber *so* eine Matschbirne bekam er davon dann doch nicht, daß ihm nicht aufgefallen wäre, wie sie seine Kaffeedosen angeschaut hatte. Letztes Jahr hatte sie nur ein paar hundert Dollar genommen, weil sie dachte, das würde er nicht merken. Er hatte das nicht so furchtbar schlimm gefunden und es ihr nie vorgeworfen. Aber womöglich wollte sie dieses Jahr mehr haben. Carmen bedeutete Geld mehr als alles andere.

Als er das letzte Mal gezählt hatte, waren in den Kaffeedosen 260.000 Dollar gewesen, vor allem unversteuertes Einkommen. Er hatte mit dem Gedanken gespielt, das ganze Geld auf die Bank zu tragen, doch er befürchtete, dann könnte ihm das Finanzamt auf die Schliche kommen. Und er hatte nun mal kein Vertrauen zu Ärzten, Politikern, Predigern und Banken.

Aber er mußte etwas unternehmen, er konnte nicht abwarten, bis Carmen sein sauer verdientes Geld Bündel für Bündel in ihre Handtasche stopfte.

Jetzt hätte er eben doch gern ein eigenes Grundstück, auf dem er sein Geld vergraben könnte. Einen guten Meter unter die Erde, und dann einen Baum obendrauf. Dann müßte er sich keine Sorgen mehr machen. Axel seufzte. Im Kopf hatte er das alles schon hundertmal durchgespielt, aber das Geld lag immer noch in seinem Zimmer. Wer einen Zweitschlüssel oder eine Brechstange hatte, konnte sich Zutritt verschaffen und mit dem Zaster davonspazieren.

Er mußte endlich einen Entschluß fassen und aktiv werden.

Aber nicht heute.

acht

Diesmal war Carmen wach genug, daß ihr der neue Pickup auffiel.
»Wahnsinn!« sagte sie und probierte die Programmtasten am Radio durch. Die zusätzliche Stunde Schlaf und ein Riesenbecher Kaffee aus Denny's Restaurant hatten sie viel munterer gemacht. »Hey, du hast ja alle Tasten auf WCCO eingestellt.«
»Den hör ich am liebsten«, sagte Axel und lenkte den Pickup auf die Autobahnauffahrt. Er wollte nicht zugeben, daß er aus Versehen – weiß der Teufel wie – alle Tasten auf ein und denselben Sender programmiert hatte. Und es stimmte ja auch. Er hörte wirklich gern WCCO, den Hallo-Nachbar-Sender. Kein anderer Sender brachte den Wetterbericht so oft wie WCCO, und es lief nie Rock 'n' Roll.
Carmen fand prompt einen Rocksender. »Hör dir das mal an, Axel. Guns 'n' Roses. Du hast übrigens den gleichen Namen wie ihr Leadsänger. Der schreibt sich nur ein bißchen anders. Das ist echt stark. Hör zu.« Sie drehte die Musik voll auf.
Das schrille Getöse aus seinen neuen Boxen war schuld daran, daß Axel mitten im Autobahnverkehr abdriftete und zweimal die Fahrspur wechselte. Dann erst hatte er den Knopf für die Lautstärke gefunden und zurückgedreht und den Wagen wieder unter Kontrolle. Rechts und links überholten ihn Autofahrer, die zornig hupten und herüberstarrten. Carmen bog sich vor Lachen.
»Herrgott, Carmen! Willst du uns umbringen? Morgen fängt der Jahrmarkt an!«
»Tut mir leid«, japste sie und wischte sich die Augen. »Aber das war irrsinnig komisch. Wie du reagierst, wenn Axl Rose singt …«
»Mach das nicht noch mal. Davon gehen die Lautsprecher kaputt.« Er fuhr von der Autobahn ab und auf der Snelling Avenue in Richtung Messegelände.
»Was sollen wir jetzt eigentlich hier draußen?«
»Der Cola-Mann kommt vorbei. Und dann will ich das Restaurant

noch mal durchchecken, damit wir auch wirklich startklar sind. Warum? Hast du noch was vor?«

»Ich dachte, Sophie soll alles vorbereiten.«

»Hat sie auch gemacht. Aber ich will es mir auch noch mal ansehen.«

Er fuhr durch das blaugrüne Tor, durch das sechs Fahrspuren führten. Aus dem Festplatz, der in der Nacht noch ganz ruhig dagelegen hatte, war ein Ameisennest geworden. Überall Autos und Pickups, ein einziges Gewimmel von Schaustellern, Markthändlern, Lieferanten und Leuten vom Aufsichtsamt. Es war der letzte Tag vor dem Jahrmarkt, überall wurde aufgebaut. Er schob sich mit dem Pickup vorsichtig auf der Dan Patch Avenue voran. Die Rasenflächen und Grünstreifen wurden gemäht, die breiten Straßen gereinigt. Wie jedes Jahr freute er sich über das frisch hergerichtete Gelände. Über das satte, sauber geschnittene Grün, das in der hellen Morgensonne fast künstlich wirkte, über die kunstvollen Steingärten und leuchtenden Blumenrabatten, in denen alle Pflanzen in voller Blüte standen. Die Straßen und Bordsteine waren picobello, die Bänke frisch gestrichen, im selben Blau und Grün wie die Tonnen für Recycling- und Restmüll und wie die Laternenpfähle und Informationskiosks. Es gab viele neue und viele renovierte Stände, und alle wollten die Nachbarn ausstechen und möglichst unverwechselbar sein.

»Der ist neu«, sagte Axel und zeigte auf einen Imbißstand für frisch gebackene Kartoffelchips. »Der auch.« Er deutete mit dem Kopf auf eine kleine, quietschbunte Bude, die ›geraspeltes Polareis‹ anpries. »Das wird die Softeis-Leute zur Weißglut bringen.«

Sie bogen auf die Underwood Avenue ein. Schildermaler von der Midway Sign Company frischten die Biergartenschilder auf.

»Also, an *dem* Betrieb wär ich schon gern beteiligt«, sagte Axel. Die Konzession für den Biergarten war das Nonplusultra auf dem Jahrmarkt. An zwölf Tagen wurde zwölf Stunden am Tag von starken jungen Leuten eingeschenkt, was die Fässer hergaben. Fünfzigtausend Liter Bier am Tag, hatte er sich sagen lassen. »Wetten, daß die eine Million Gewinn machen?«

»Dann solltest du auch Bier ausschenken«, sagte Carmen.
Axel schüttelte den Kopf. »Geht nicht. Die Konzessionen für den Bierausschank sind alle in festen Händen.« Er hielt am Bordstein gegenüber von einem sanft ansteigenden, von Bäumen gesäumten Grasplatz, der bis zur nächsten Querstraße reichte und ungefähr siebzig Meter breit war. Auf dem Platz standen kreuz und quer kleine Picknick-Tische und -Bänke, und Mülltonnen. Auf der linken Seite lief an dem Platz in ganzer Länge die häßliche, gedrungene Imbißhalle entlang, vor der alle möglichen Stände aufgereiht waren. Da gab es den ›Orangenhochgenuß‹, Ananas am Stiel, schwarzes Walnußtoffee. Axels Taco Shop stand auf der anderen Seite des Platzes und glänzte rotweißgrün in der Morgensonne. »Da wären wir.«
Carmen sagte: »Du hast ja ein neues Schild. Stark.«
Axel stieg aus seinem Pickup und ging mit stolzen Schritten auf seinen Stand zu. Großartig sah er aus. AXEL'S TACO SHOP verkündete das Schild auf dem Dach in großen rotgrünen Konturbuchstaben. Die schwarzrot gezackte Umrahmung ließ die Buchstaben hervorstechen. Das war die Idee des Schildermalers gewesen. Links von der Schrift sagte ein Mexikaner lächelnd: *Muy bueno! Ist das gut!* Der Sombrero ragte über den Rand des Sperrholzschildes hinaus und ließ den Mexikaner überlebensgroß erscheinen. Das war Axels Idee gewesen. Der Taco rechts von der Schrift, zum Platzen gefüllt mit Fleisch, Käse und Salat, ragte ebenfalls über den Rand des Schilds hinaus und hielt sich mit dem Sombrero die Balance. Es sah sehr appetitlich aus.
Der acht Meter lange Stand hatte einen neuen, leuchtend weißen Anstrich, und die Eckpfeiler hatte man im gleichen Rot gehalten wie die neue Thekenplatte. Axel klappte die Sperrholzläden auf. An zwei Haken über der Theke stand auf einem kleinen Schild: *Inh. Axel Speeter.* Er sah sich nach Carmen um, aber die war davonspaziert und unterhielt sich mit einem Mann, der einen weißen Stetson trug. Die Spitze des Huts war auf gleicher Höhe wie Carmens Scheitel. Tommy Fabian, der mickrige Eigentümer von drei Minidoughnut-Ständen, die ›Kleine Knirpse‹ hießen,

schaute auf und winkte. Axel winkte zurück und ging zu den beiden hinüber.
»Gut siehst du aus, Axel«, sagte Tommy. Seine kleine Hand wurde von Axels Pranke geschluckt. Tommy trug eine Wrangler, ein besticktes Hemd im Westernstil mit Perlmuttdruckknöpfen, und verwegene Eidechsenlederstiefel mit sehr hohen Absätzen. An seinen Fingern glitzerte ein Sammelsurium in Gold, nicht zuletzt ein sehr großer Ring, der hufeisenförmig mit Diamanten besetzt war. Er zeigte auf den Taco Shop. »Hübsche Farben.«
»Ich dachte mir, dieses Jahr polier ich den Stand mal ein bißchen auf.«
»Es ist richtig schick geworden. Da kriegt man schon Hunger vom Hingucken. Dieser Taco ist ein Prachtstück. Und der Bursche mit dem Sombrero? Bist du das, Ax?«
»Na klar«, sagte Axel. »In meiner Glanzzeit.«
»In deiner Glanzzeit? Davon weiß ich ja gar nichts. Aber ich kenne dich ja erst ... wie lange kennen wir uns? Fünfzig Jahre?«
»Seit Sydney.«
Tommy sah zum Space Tower hinüber, begann zu blinzeln und durchforschte sein Gedächtnis. »Vierundvierzig«, sagte er.
Carmen machte einen gelangweilten Eindruck.
»Seit neunzehnvierundvierzig«, bekräftigte Tommy, als er sich sicher war. »Wir sind uns beim Kartenspielen auf der Henrietta begegnet. Jetzt weiß ich's wieder. Ich hab gewonnen.«
»Wir haben beide gewonnen«, sagte Axel.
»Stimmt. Aber ich hab mehr gewonnen.«
»Du hast immer mehr gewonnen.«
Tommy lachte und klopfte Axel auf die Schulter.
»Carmen?« fragte Axel. »Hol doch bitte mal die Schachteln mit den Tassen und Servietten aus dem Pickup.«
»Sicher«, sagte sie lustlos, ging auf den Pickup zu und schnippte ihre Zigarette in Richtung Gehweg. Sie landete im Gras. Axel ging hin, trat die Kippe aus, hob sie auf und trug sie zur nächsten Mülltonne.
Tommy Fabian schaute ihm kopfschüttelnd zu. »Ich seh schon,

die kleine Carmen ist noch ganz die alte. Ich dachte, du hast sie irgendwohin geschickt, wo sie Krankenschwester oder so was Ähnliches lernt.«

»Ich hab sie extra zum Jahrmarkt eingeflogen.«

»Du bist ein Masochist, Ax. Ist die andere auch wieder dabei? Ihre Mutter?«

»Ja, Sophie ist auch wieder dabei. Ich hab ihr dieses Jahr die Leitung des Taco Shops übertragen. Sie ist schon ganz aus dem Häuschen.«

Grinsend zog Tommy eine kurze, schlanke Zigarre aus der Tasche, fuhr mit der Zunge über das Deckblatt und hielt sie zur Begutachtung ins Sonnenlicht, bevor er sie sich mit einem verbeulten Benzinfeuerzeug anzündete.

»Ich sollte mir den Namen von deinem Schildermaler aufschreiben«, sagte er und ließ eine Rauchwolke aufsteigen.

Axel schaute zu Kleine Knirpse Nr. 1 hinüber, einem der drei Minidoughnut-Stände, die Tommy Fabian gehörten. Die Kleinen Knirpse gehörten zu den echten Hits des Jahrmarkts. Tommy sprach von über hunderttausend Dollar Gewinn im Jahr. Axel, der jedes Jahr beobachten konnte, wie viele Leute nach fettigen, zuckrigen Minidoughnuts in Wachspapiertütchen anstanden, ging davon aus, daß er tiefstapelte. Tommy hatte mal damit angegeben, wie viele Säcke Doughnut-Mischung er bei einem Jahrmarkt verbraucht hatte. Axel hatte das rasch umgerechnet und war auf Zahlen gekommen, die ihm Hodenschmerzen verursachten. Eins war allerdings sicher – für Farbe verschwendete Tommy kein Geld. Der rote Schriftzug ›Kleine Knirpse‹ war verblichen, und an den Seitenwänden sah man das Holz unter der abblätternden gelben Farbe, die auch schon zehn Jahre alt war.

»Eine kleine Auffrischung könnte wirklich nicht schaden«, sagte Axel.

Tommy stieß ein paar Rauchwölkchen aus. »Nächstes Jahr werde ich wohl ein bißchen Farbe dranklatschen. Der Typ von der Standplatzverpachtung kommt mir ständig mit dem Erscheinungsbild des Jahrmarkts. Was soll der Scheiß? Morgen um diese Zeit ist es hier so voll, daß es niemand mehr auffällt.« Er zeigte mit seiner Zigarre auf den sorgfältig hergerichteten Grasplatz. »Und das Gras da? Wie sieht das aus, wenn der Jahrmarkt vorbei ist? Du wirst ja noch wissen, was das letztes Jahr für 'ne Schmiere war. Also, was soll der Scheiß?«

Axel mußte zugeben, daß er nicht ganz unrecht hatte. Wenn anderthalb Millionen Menschen auf dem gut hundert Hektar großen Areal herumgetrampelt waren, blieb von der gärtnerischen Gestaltung nicht mehr viel. Schon in ein paar Tagen war das ganze Gras niedergetreten und braun, und die Straßen hatten einen klebrigen, übelriechenden Überzug aus Eistüten und verschüttetem Bier. Und vor lauter Leuten sah man die Verkaufsstände gar nicht mehr so genau – die stets umlagerten Kleinen Knirpse sowieso nicht. Axel blickte zum Taco Shop hinüber. Es war ihm egal, ob sich der neue Anstrich und das neue Schild bezahlt machten. Die Ausgaben hatten sich schon dafür gelohnt, daß er jetzt sah, wie sich sein Stand stolz aus dem satten Grün erhob.

»Weißt du was?« sagte Tommy. »Nur damit du mir hinterher nicht vorwirfst, ich hätte dich nicht gewarnt – du mußt verrückt sein, wenn du diese zwei Weiber deinen Laden schmeißen läßt.«

»Ich laß sie nicht meinen Laden schmeißen«, sagte Axel. »Sie arbeiten bei mir.«

Tommy hob die kurzen Brauen und zog kräftig an seiner Zigarre.

»Sie arbeiten bei mir«, bekräftigte Axel.

Der Cola-Mann kam sogar mal pünktlich. Kaum war er wieder fort, entdeckte Axel, daß an einem undichten Schlauch klebriger Sirup austrat, der Ameisen und Wespen anziehen konnte. Es paßte Carmen überhaupt nicht, daß sie in die Innenstadt von St. Paul mitfahren mußte, wo Axel eine Muffe besorgen wollte.

»Wieso läßt du nicht einfach den Cola-Mann noch mal kommen und den Schlauch reparieren?« wollte Carmen wissen.

Axel sagte: »Ich will es schnell repariert haben. Und mir kei-

ne Gedanken darüber machen müssen, ob er auch wirklich kommt.«
Mit saurer Miene stellte Carmen klar, daß es nicht zu ihren Aufgaben gehörte, den ganzen Tag mit ihm Pickup zu fahren. Sie hatte gedacht, sie würden sich nur schnell den Stand ansehen und gleich wieder ins Motel brausen. Zuerst ließ er sie einfach reden, weil er meinte, ihm liege an ihrer Gesellschaft, aber als sie in dem Laden waren und der Typ endlich die richtige Muffe gefunden hatte, konnte er ihr Gequengel echt nicht mehr hören. Er hätte schnell beim Motel vorbeifahren können, bestand aber aus reiner Sturheit darauf, daß sie noch mal zum Festplatz mitfuhr. Er sagte ihr, er habe keine Zeit für einen Umweg von fünfzehn Kilometern. Deswegen hörte sie noch lange nicht auf zu quengeln. Axel biß die Backenzähne zusammen und fuhr einfach weiter.

Carmen war stocksauer. Schlimm genug, daß sie die nächsten zwei Wochen Tacos verkaufen mußte, aber dafür wurde sie wenigstens bezahlt. Mit Axel in der Gegend herumzufahren war stinklangweilig. Sie hätte sich lieber vor die Glotze gehockt.
Ein BMW überholte sie rechts, quetschte sich noch schnell vor den Pickup und hielt dann vor der roten Ampel an. Axel mußte scharf abbremsen. Carmen rutschte mit einem Schrei nach vorn und knallte mit beiden Knien gegen das Handschuhfach. Axel drückte mit dem Handballen auf die Hupe und ließ sie zehn Sekunden dröhnen. Aus dem Fenster des BMW tauchte ein Arm auf, der Mittelfinger schoß in die Höhe.
Axel umklammerte das Lenkrad, daß seine Knöchel ganz weiß wurden. Dann riß er den Ganghebel auf ›Parken‹, löste den Sicherheitsgurt und machte die Tür auf.
»Hey!« rief Carmen. »Alles in Ordnung. Echt.«
Axel drehte kurz den Kopf zu ihr um, schien sie aber gar nicht zu sehen. Sein Gesicht und die Glatze waren rosarot angelaufen, auf Stirn und Wangen bildeten sich dunkelrote Flecken. Das Kinn bebte, die Pupillen hatten sich zu Mohnsamen verengt. Er stieg aus, lief zu dem BMW und riß die Fahrertür auf. Carmen sah die

Hand, die ihnen den Stinkefinger gezeigt hatte, zum Griff zucken, um die Tür wieder zuzuziehen. Axel packte das Handgelenk und zerrte einen eher zarten jungen Mann aus dem Wagen, der einen grauen Anzug und eine gelbe Krawatte trug. Jetzt verhaut er ihn, dachte Carmen. Statt dessen aber packte Axel ihn mit einer Hand an der gelben Krawatte, mit der anderen am Gürtel, wuchtete ihn hoch und setzte ihn aufs Autodach. Dann beugte er sich kurz in den Wagen, und als er sich wieder aufrichtete, hatte er einen Schlüsselbund in der Hand, den er dem BMW-Fahrer mit gefletschten Zähnen unter die Nase hielt, bevor er ihn über die Straße in die Hecken vor der Midway State Bank warf.
Mit hochrotem Kopf stieg Axel wieder in den Pickup, setzte zurück und kurvte um den Sportwagen herum. Carmen drehte sich um. Der junge Mann saß immer noch auf seinem BMW und starrte ihnen mit offenem Mund nach. Sie lachte nervös.
»Laß das«, schnauzte Axel, der starr geradeaus blickte. »Das ist überhaupt nicht komisch.«
Carmen verstummte jäh. »Ich hab doch nur –«
»Halt jetzt einfach die Klappe, ja?«
Carmen preßte die Lippen zusammen. Wenn er sich – was selten vorkam – von dieser Seite zeigte, jagte er ihr eine Heidenangst ein. Er hielt das Lenkrad mit verkrampften Händen und redete auf dem ganzen Weg zurück zum Festplatz kein Wort. Carmen umwickelte den linken Zeigefinger mit einer Haarsträhne und mimte Langeweile. Sie wünschte, sie hätte eine Valiumtablette mitgebracht. Oder zwei.

Axel war die Sache peinlich. Er parkte neben dem Taco Shop und ging gleich hinein. Während er die Muffe austauschte, blieb Carmen im Wagen sitzen und hörte sich so ein beschissenes Rockgekreische an. Es war ihm unbegreiflich, daß ihm plötzlich der Gaul durchgegangen war, mitten auf der Snelling Avenue. Seit er den Kerl hochgestemmt hatte, tat ihm auch noch der Rücken weh.
Auf dem Weg zum Motel hielt er bei einem Kmart. Er ließ Carmen im Wagen und kaufte ihr einen Sony-Walkman mit Megabaß.

Carmens miese Laune wich schlagartig kindlicher Freude, als sie die Verpackung aufriß. Sie drückte Axel begeistert an sich und gab ihm einen Schmatz. Der Walkman hatte ihn 49,95 Dollar gekostet, plus Mehrwertsteuer, plus vier Dollar für die Batterien. Ganz schön teuer, aber wenn es gegen das schlechte Gewissen wegen seines Ausbruchs half, sollte es ihm recht sein. Ganz zu schweigen von der Abnutzung, die er seinen neuen Boxen ersparte. Carmen schloß die Kopfhörer an, legte die Batterien ein, drehte die Musik auf. Axel hörte ein blechernes Fiepen, und Carmen hüpfte bis zum Motel 6 strahlend auf dem Sitz herum.
Als er vor dem Motel parkte, drückte sie ihn noch einmal an sich.
»Willst du nachher nicht doch mit nach Landfall?« fragte er.
»Was?« Sie nahm die Kopfhörer aus den Ohren.
»Kommst du mit zu deiner Mutter? Ich hol sie in zwei Stunden ab und fahr noch mal zum Festplatz raus. Das Jobbüro schickt ein paar junge Leute vorbei. Um drei sollen wir beim Stand sein. Wir müssen noch drei Mädchen einstellen.«
»Jetzt hör aber auf, Axel. Ich werde sowieso schon zu viel Zeit mit Sophie verbringen. Und da draußen war ich jetzt schon den ganzen Morgen. Wegen dir.«
Sie steckte sich die Kopfhörer wieder in die Ohren. »Danke für die Musik«, sagte sie, mit deutlich lauterer Stimme, und winkte mit dem Walkman.
Er schloß den Wagen ab und wartete, bis sie in ihrem Zimmer war. Dann ging er langsam zu seinem hinüber und versuchte, den Rücken ganz gerade zu halten. Hoffentlich kam er nach einem Nickerchen und mit ein paar Schmerztabletten bis heute abend einigermaßen klar.

Mit pochendem Herzen wachte er auf. Schon wieder dieser Traum: Der Jahrmarkt fing an, und er hatte keine Tortillas bestellt, keine Leute eingestellt und fand den Weg zum Taco Shop nicht. Carmen ging lachend hinter ihm her.
Er erhob sich vorsichtig vom Bett. Sein Rücken war steif, aber einsatzfähig. Wohl doch nur ein Muskelkrampf. Kein Grund zur

Sorge. Er schaute auf die Uhr. Halb drei. Verdammt. Normalerweise dauerten seine Nickerchen ungefähr zwanzig Minuten, aber diesmal waren fast zwei Stunden daraus geworden. Er wusch sich das Gesicht, spülte den Mund aus, klatschte sich Rasierwasser ins Gesicht und kämmte seine spärlichen weißen Haare nach hinten. Sollte er Sophie Bescheid sagen, daß er ein paar Minuten später kam? Sauer war sie so oder so. Aber das war ja nichts Neues.

neun

»Na schön, fahr du. Aber fahr ihn nicht zu Schrott.«
»Ich fahr ihn schon nicht zu Schrott«, sagte Sophie gereizt.
Axel war schleierhaft, warum sie so wütend war. Er hatte sich mit ihr darauf geeinigt, ihr die ganzen Zucker-, Salz- und sonstigen Päckchen zu Großhandelspreisen abzunehmen, also genau zu den Preisen, die er immer bei Pillow Foods zahlte. Und dann hatte er sogar noch auf zwanzig Dollar aufgerundet. Sie hatte ihm den Zwanziger wütend aus der Hand und dabei fast in zwei Stücke gerissen.
Sophie legte den Gang ein und fuhr aus dem Wohnwagenpark – ungefähr doppelt so schnell, wie er für richtig gehalten hätte.
»Donnerwetter«, sagte er und klammerte sich am Haltegriff fest. »Was'n los? Werden wir verfolgt?«
Mit vorgerecktem Kinn fuhr Sophie direkt auf die Straße – ein leichtes Antippen der Bremse war ihr einziges Zugeständnis an das Stoppschild. »Ich hab zwar gesagt, fahr du, aber da wußte ich noch nicht, daß du den Geschwindigkeitsrekord brechen willst.«
Axel saß nicht gern auf dem Beifahrersitz in seinem eigenen Pickup. Ständig ließ er sich von Sophie zu Sachen überreden, die ihm gegen den Strich gingen. »Was hast du denn, verdammt noch mal?«
»Das weißt du ganz genau.«
»Bist du sauer wegen dem Zucker und dem Zeug?«
Sophie sah mit grimmiger Miene stur geradeaus.
Tatsächlich. »Herrgott, das Zeug ist eben spottbillig. Was erwartest du von mir? Daß ich dir zehnmal so viel zahle, wie es mich sonst kostet?«
»Ich habe ein ganzes Jahr alles eingesammelt. *Und* die Kaffeedosen für dich aufgehoben.«
»Und das hat dir zwanzig Dollar eingebracht – dagegen ist doch nichts zu sagen, oder? Kaffeedosen brauch ich übrigens keine mehr. Würdest du jetzt bitte langsamer fahren?«
»Meine Handtasche ist ruiniert.«

»Was?«
»So ein Zuckerpäckchen platzt ganz leicht auf, und jetzt ist meine Tasche innen ganz klebrig. Meine Handtasche hat mehr als zwanzig Dollar gekostet.«
»Ich kauf dir 'ne neue«, sagte Axel.
»Ich wollte mir ein neues Vordach kaufen. Ich brauch unbedingt ein Vordach.«
Axel blickte aus dem Türfenster und holte ganz tief Luft.
»Du weißt das überhaupt nicht zu schätzen. Da sammelt man ein Jahr lang Zucker und Salz für dich, und dir fällt dazu nur ein, wieviel billiger du es bei Pillow Foods kriegen kannst.« Sie drückte auf die Tube und beschleunigte auf hundertzwanzig.
Axel räusperte sich, zog ein kleines Plastikfläschchen aus der Tasche, schluckte eine Tablette.
»Was war das?«
»Nichts.«
»Ein Herzmittel, stimmt's?
Axel zuckte die Schultern. »Alles in Ordnung.«
»Warum nimmst du dann ein Herzmittel?«
Er gab keine Antwort. Es war nur eine Vitamintablette gewesen, aber sie hatte die gewünschte Wirkung: Sophie nahm den Fuß vom Gas und fuhr nur noch neunzig. Den Rest der Fahrt lauschten sie der wohltönenden Stimme von Cannon auf WCCO, und Sophie warf ihm ab und an einen besorgten Blick zu.

Kirsten Lund trug für ihr Vorstellungsgespräch Lipgloss, ein rosarotes Baumwollhemd, Bluejeans, stonewashed, und ihre neuesten, weißesten Jogging-Schuhe von L.A. Gear. Ihrer Mutter wäre es lieber gewesen, wenn sie ein Kleid angezogen hätte, aber Sheila, ihre beste Freundin, hatte letztes Jahr am Käseschaschlik-Stand gejobbt, und Sheila sagte: einfach nur Jeans. Kirsten nahm normalerweise Rücksicht auf die Wünsche ihrer Mutter, aber dieser Job war ihr zu wichtig. Eigentlich sollte sie sich um drei Uhr mit dem Typ treffen, aber sie war schon Viertel vor drei gekommen und wartete an einem Picknicktisch in der Nähe des Taco

Shops. Und jetzt war es schon Viertel nach drei. Zwei anderen Bewerbern hatte es zu lange gedauert, sie waren schon wieder gegangen, aber Kirsten brauchte diesen Job unbedingt. All ihre Kleider vom letzten Jahr waren nur noch peinlich. Sie schlug die Beine übereinander und sah sich das Schild genauer an. AXEL'S TACO SHOP. Und daneben ein Bild von einem Typ mit so einem mexikanischen Deckel auf dem Kopf. Er lächelte und machte einen ganz sympathischen Eindruck. Sie ertappte sich beim Nägelkauen, holte eine Feile aus der Handtasche und beseitigte die rauhen Stellen, die dabei entstanden waren. Der Jahrmarkt dauerte zwölf Tage. Wenn sie jeden Tag arbeitete, hatte Sheila gesagt, konnte sie auf sechshundert bis siebenhundert Dollar kommen.

Damit konnte sie sich viele Kleider kaufen. Kirsten wickelte einen Streifen Kaugummi aus und knickte ihn sich in den Mund.

Zwanzig nach drei näherten sich Axel's Taco Shop zwei dunkelhaarige Mädchen in Jeans und T-Shirt. Sie sahen aus wie Mexikanerinnen, und das war schlecht. Wenn der Typ auf dem Schild Axel war, gab er vermutlich Mexikanerinnen den Vorzug. Die beiden Mädchen schauten sich den Taco Shop an, sie zeigten hierhin und dorthin. Dann setzten sie sich im Schatten des Imbißstands ins Gras und zündeten sich eine Zigarette an. Ein langhaariger Junge mit einem Metallica-T-Shirt kam dahergeschlendert und setzte sich zu ihnen. Eines der beiden Mädchen reichte ihm eine Zigarette und gab ihm Feuer. Ein paar Minuten später kamen noch zwei Mädchen, Gott sei Dank keine Mexikanerinnen. Kirsten musterte die Konkurrenz mit finsterer Miene. Sie brauchte diesen Job unbedingt.

Fünf Minuten später hielt am unteren Ende des Platzes ein weißer Pickup am Randstein. Ein großer alter Mann mit Glatze und eine blondierte Frau mit Sonnenbrille stiegen aus und gingen auf den Taco-Stand zu. Obwohl der alte Mann nicht wie der Typ auf dem Schild aussah, dachte Kirsten gleich: Das isser. Er sah einfach aus wie ein Axel. Sie schloß die Augen und

schluckte den Kaugummi hinunter, holte tief Luft und ging ihnen entgegen.
Sieben Meter vor dem Taco-Stand fing sie die beiden ab. »Hallo.« Sie streckte ihnen die Hand hin. »Ich heiße Kirsten Lund, ich möchte mich um den Job bewerben.«

Axel schreckte hoch und blieb stehen. Während er dem Mädchen die Hand schüttelte, warf er einen Blick zu den fünf jungen Leuten hinüber, die im Schatten saßen und mißmutig herüberschauten. Kirsten Lund war groß, sah gesund aus, trug saubere weiße Schuhe. Ihre blonden Haare waren um die Stirn herum zu einer Art Aureole toupiert und fielen als eine Sturzflut aus Lockenstablocken auf den Rücken herab. Zurückgenommene Schultern und vorgestreckte Brüste. Sie machte einen kräftigen Eindruck und ihr Lächeln ließ makellose Zähne erkennen. Sie sah aus wie eine Tennisspielerin.
»Wir nehmen Sie.« Er drehte sich zu Sophie um. »Einverstanden?«
Sophie musterte Kirsten Lund mit verschränkten Armen und gerunzelter Stirn. Sie wußte nicht recht, was sie davon halten sollte, daß das Mädchen schnurstracks auf sie zugekommen war und um den Job gebeten hatte. So ein Mädchen kam einem vermutlich den lieben langen Tag mit Wünschen und Forderungen.
»Haben Sie Erfahrung im Fast-food-Geschäft?« fragte sie.
»Ja«, sagte Kirsten. »Ich helfe immer bei uns in der Kirche beim Pfannkuchenfrühstück.«
Sophie sah Axel an. »Sie macht Pfannkuchen für ihre Kirche. Willst du sie immer noch einstellen?«
»Ich bin ganz flink«, sagte Kirsten.
»Können Sie auch am Freitagabend und am Samstagabend arbeiten?« fragte Axel.
Nach kurzem Zögern sagte Kirsten: »Ja, klar, wann immer sie wollen. Ich möchte soviel wie möglich arbeiten.«
»Wir nehmen Sie.« Axel betrachtete die anderen Bewerber. »Wir brauchen noch zwei«, sagte er zu Sophie. »Geh doch schon vor

und such zwei aus. Frag sie, ob sie den Unterschied zwischen einem Taco und einem Burrito kennen.« Er wandte sich wieder an Kirsten. »Spielen Sie Tennis?«

Wahnsinn! Sie hatte es tatsächlich getan. War einfach zu ihm hingegangen und hatte den Job bekommen. Und er sagte, daß sie es locker auf 700 Dollar bringen konnte, vielleicht sogar auf mehr, wenn sie jeden Tag arbeitete. Noch knapp zwei Wochen, dann hatte sie mehr Geld, als sie jemals in ihrem Leben auf einmal besessen hatte. Und Axel war ein richtig netter Typ. Er hatte ihr sechs Dollar Stundenlohn versprochen und dazugesagt, daß das einer *mehr* war als bei allen anderen, weil er auf den ersten Blick gesehen hatte, daß sie zupacken konnte. Und dann hatte er noch gesagt, daß sie das den anderen aber nicht verraten durfte.
Während sie auf den Bus nach Hause wartete, begann sie im Kopf ihren Verdienst schon mal auszugeben. Als der Bus kam, war sie schon dreihundert Dollar los und immer noch bei Dayton's in der Pulloverabteilung.

zehn

Carmen lächelte die Fritte an, die sie zwischen Daumen und Zeigefinger hielt. Sophie sah irritiert von ihrem Salat auf.
»Ißt du das Ding jetzt endlich?« fragte sie.
Carmen schob die Fritte langsam zwischen die Lippen, biß die Spitze ab und begann zu kauen.
»Sie hat wohl keinen Hunger«, sagte Axel.
»Doch. Ich eß nur nicht gern schnell.« Sie biß noch ein Stückchen ab.
Sophie fischte eine Olive aus ihrem Salat und sah Carmen an.
»Morgen ist also der große Tag«, sagte Axel. »Das Wetter soll ja ideal sein. Wird wohl schön voll werden.«
Weder Carmen noch Sophie hörten ihm zu. Sophie starrte aus schmalen Augen ihre Tochter an, die ihrem Blick ganz verträumt begegnete. »Du bist ja der reinste Zombie«, sagte Sophie. »Warum setzt du dich nicht wenigstens aufrecht an den Tisch?«
Carmen kicherte und ließ sich auf der Vinylbank noch ein wenig weiter zusammensacken.
»Wir hätten sie in Omaha lassen sollen«, sagte Sophie. »Sieh sie dir an.«
»Was soll ich da sehen?« fragte Axel. »Sie ist einfach nur müde.«
»Eben. Ich bin einfach nur müde.«
»Ihr seid beide nicht ganz dicht.« Sophie spießte ein großes Salatblatt auf.
Axel, der sein Porterhouse-Steak aufgegessen hatte, klapperte mit dem Eis in seinem Glas. Alle Jahre wieder führte er Sophie und Carmen am Abend vor dem Beginn des Jahrmarkts in Flannery's Steakhouse aus. Sie bestellten nie ein Steak und fanden jedesmal einen Grund zum Streiten. Es lohnte sich nicht. Nächstes Jahr gab er beiden ein paar Blumen und ließ sie ihr Essen bei einem Bringdienst bestellen. Carmen sezierte mit langsamen Bewegungen ihr gebackenes Maifischfilet, kratzte die Kruste ab, zerteilte den Fisch, zupfte die winzigen blauen Äderchen heraus und hob ab

und zu einen kleinen Bissen in den Mund. Axel sah, daß Sophie an sich halten mußte, um nichts zu sagen. Lange würde ihr das nicht gelingen. Und sie hatte ja recht. Carmen führte ihnen vor, daß sie sich zu Tode langweilte. Aber das war wohl eine der Maschen, mit denen junge Leute ihre Alten zur Weißglut brachten. Wenn er sich recht entsann, hatte er es daran auch nicht fehlen lassen. Das machte ihm keine Sorgen. Wenn der Jahrmarkt losging, hatte sie gar keine Zeit mehr, sich zu langweilen. Und wenn die Leute die Neuheit auf seiner Speisekarte entdeckt hatten, den Bueno Burrito, spürte sie bald gar nichts mehr vor lauter Arbeit.

»Kann ich in deinem Zimmer fernsehen?« fragte Carmen, als sie aus dem Pickup stieg. Sie standen vor der Nummer neunzehn, vor ihrem Zimmer.
Axel schaltete auf ›parken‹ und beugte sich ein wenig über Sophie. »Warum? Hast du keinen Fernseher?«
»Nur so einen kleinen. Dein Bildschirm ist schön groß.«
»Du kannst jetzt nicht bei mir fernsehen. Ich hab nicht gern Leute in meinem Zimmer, wenn ich nicht da bin.«
Carmen schob die Unterlippe vor. »Ich will doch bloß ein bißchen fernsehen.«
»Heute nicht. Ich muß deine Mutter nach Hause fahren.«
Carmen knallte die Wagentür zu. Axel wartete, bis sie in ihrem Zimmer war, dann fuhr er vom Parkplatz.
»Warum läßt du sie nicht bei dir fernsehen?« fragte Sophie.
Axel ließ sich mit der Antwort eine volle Minute Zeit. »Ich will nicht nach Hause kommen in ein verqualmtes Zimmer.«
Sophie nickte. »Ich bin froh, daß sie zuerst nach Hause gefahren werden wollte. Sie ist mir ziemlich auf die Nerven gegangen.«
»Sie ist dir schon immer auf die Nerven gegangen.«
»Nicht immer. Erst seit sie zwölf ist.«
»Mit zwölf hat man es nicht leicht.«
»Mit neununddreißig auch nicht.«

Axel mußte lachen. Sophie war schon fast zehn Jahre lang neununddreißig.
»Was gibt's da zu lachen?« fragte Sophie.

Carmen lag auf dem Bett, auf dem Rücken, und entdeckte in den Platten an der Decke Tiergestalten. Bisher hatte sie einen Wolf, ein Känguruh und zwei Häschen ausgemacht. Die Häschen bumsten. Sie war froh, daß sie nicht den ganzen weiten Weg zu Sophie mitfahren mußte. Axel war bestimmt ganz schön sauer, weil sie von ihm verlangt hatte, daß er sie zuerst ins Motel fuhr.
Obwohl, wenn sie es sich recht überlegte, hatte er eher einen erleichterten Eindruck gemacht.
Sie fand es schade, daß sie nichts zu trinken hatte. Das Valium war echt gut, es hatte sie beim Essen ganz ruhig bleiben lassen, aber mit einem Drink würde es ihr noch besser gehen.
Es klopfte. Carmen fuhr hoch. War Axel schon wieder da? Sie ging zum Fenster und linste am Vorhang vorbei, konnte aber nicht sehen, wer klopfte. Axels Pickup war nicht da. Sie machte die Tür auf.
»Hey, Carmen«, sagte James Dean und vergrub seinen Zeigefinger in ihrer linken Brust. »Klingelingeling!«

Axel glaubte eigentlich nicht, daß er sie liebte. Es war jedenfalls mit Sicherheit keine Liebe, wie er sie in jüngeren Jahren erlebt hatte. Keine Liebe, die das Herz flattern ließ und die Darmtätigkeit zum Stillstand brachte. Er dachte an die blondierten Haare, den alternden Körper und die dunklen Augen, die ständig blinzelten, weil sie partout nicht zugeben wollte, daß sie eine Brille brauchte. Nein, es war keine Liebe.
Begierde aber auch nicht. Dazu hätten Hunger, Sehnsucht, Atemlosigkeit gehört.
Unter ihm sog Sophie Luft durch die Nase. Ihre Schnaufer klangen wie kurze, tiefe Seufzer. Axel bewegte seine Hüften in einem langsamen Rhythmus, er spürte sich in ihr gleiten.

Er empfand Zuneigung zu ihr. Das auf jeden Fall. Trotz ihrer Aufgeblasenheit und Egozentrik lag sie ihm am Herzen. Das war es, was ihn mit ihr verband. Er wollte, daß sie glücklich war. Aber der Sex hatte damit nichts zu tun.

Alle paar Monate fielen sie miteinander ins Bett. Sie sprachen nicht darüber, weder vorher noch nachher, und betrachteten ihre sexuelle Beziehung nie bei Licht. Das geschah eben gelegentlich mit ihnen, quasi aus Versehen, es war so etwas wie eine zufällige Verbindung, wie zwei Moleküle, die zusammenstießen, eine Weile zusammenpappten und wieder auseinanderflogen. Das hatte nichts mit Zärtlichkeit zu tun, aber auch nicht mit dem Gefühl, zu unterwerfen oder unterworfen zu werden.

Sie blieben voneinander getrennt, jeder blieb für sich. Sie schmeichelte ihm nie und legte keinen sonderlichen Wert darauf, ihm zu gefallen.

Der geduldige Rhythmus ihrer Bewegungen teilte sich durch das schmale Bett hindurch dem Wohnwagen mit. Axel hörte ihn leise knarrend mitschwingen.

Wenn sie nicht aus Lust und nicht aus Liebe auf die Schaumstoffmatratze sanken, dann vielleicht, weil sie wissen wollten, ob sie Gefühle noch körperlich ausleben konnten. Ob die Maschinerie noch mitmachte.

Sophies Atem ging rascher; er bewegte sich schneller. So war es gut. Er konnte in der Dunkelheit ihr Gesicht nicht sehen, aber er war sicher, daß es jünger und weicher wurde, daß sie ihrer Tochter ähnlicher war ohne ihre harte Schale aus Angst und Mißtrauen. Er wünschte, er hätte Sophie in jüngeren Jahren kennengelernt, als sie beide noch nicht staubtrocken waren. Manchmal meinte er sogar, es müßte doch möglich sein, daß sie wieder jung wurden.

Er spürte, wie es langsam in ihm erwachte. Bald würde aus dem Wirbel von Empfindungen tief in seinem Bauch ein Orgasmus. Ein Gedanke aus einem anderen Teil seines Gehirns tauchte auf: In zwölf Stunden waren sie schon auf dem Jahrmarkt. Der Geruch nach heißem Öl. Sophie stöhnte auf. Er sah sie im Taco-Stand

einen Burrito rollen. Ihr Mund war weit offen, er hörte die Luft durch ihren Hals rauschen, spürte sie heiß in seinem Ohr.
Seine Gedanken zerbarsten. Er kam.

Bill Quist, der Nachtportier im Motel 6, stand im Foyer an der Glastür und schaute hinüber zu Zimmer Nummer neunzehn. Er hätte ihr durchgeben müssen, daß Besuch für sie da war, er hätte nicht irgendwem ihre Zimmernummer sagen dürfen. Schon gar nicht einem jungen Burschen, der sowas von sonderbar aussah und nicht einmal ihren Nachnamen wußte. Aber weil gerade *Notruf 911* lief, hatte er es ihm der Einfachheit halber gesagt.
Bevor er sich dann wieder zum Bildschirm umdrehte, hatte er noch beobachtet, daß der Typ mit seinem ramponierten Maverick vor Carmens Zimmer gefahren war. Axels Tochter – oder Nichte oder weiß der Teufel was – hatte ihn reingelassen. Als *Notruf 911* vorbei war, sah er, daß der Maverick verschwunden war. Kurz darauf tauchte er wieder auf. Der Typ hatte eingekauft, und Carmen machte ihm wieder auf. Dann war ja wohl alles in Ordnung.
Er steckte seine verschmierte Brille in die Brusttasche seines Flanellhemds, setzte sich wieder in den bequemen Sessel der Portiersloge, lehnte sich zurück, schloß die Augen und dachte darüber nach, was er gesehen hatte. Ob der alte Axel ahnte, was hier vor sich ging? Wohl kaum.
Quist lächelte. Die meiste Zeit war sein Job zum Einschlafen, aber ab und zu wurde es ganz interessant. Manchmal passierte irgendein Scheiß, manchmal bot sich eine günstige Gelegenheit. Er holte die Brille wieder aus der Tasche, reckte den Hals und schaute noch einmal zu Zimmer Nummer neunzehn hinüber. Er war ziemlich sicher, daß sie jetzt vögelten. Er stellte sich vor, daß sie oben war, daß ihre großen Titten über seinem Gesicht schaukelten, auf seine Wangen hüpften. Das ging ihn eigentlich nichts an, aber er fand es interessant.

elf

Fünf vor neun verkaufte Sophie den ersten Snack, einen Burrito mit Bohnen und eine Tasse Kaffee. Ihr erster Kunde war Willie, der Glasbläser, der seinen Stand am oberen Ende des Grasplatzes hatte.

»Du schuldest mir fünf Dollar«, sagte Axel zu Tommy Fabian. Sie standen auf der Rampe, die zur Gartenbauhalle führte, weil von hier aus beide ihre Imbißstände im Auge behalten konnten.

Tommy sagte: »Der zählt nicht. Das is'n Markthändler. Ich hab gesagt, daß es bei dir nicht vor neun anläuft.«

»Ich hab doch grad was verkauft!«

»Damit ist doch noch nichts angelaufen. Markthändler zählen nicht.«

Axel hielt ihm den Handteller hin.

Tommy brummte: »Dieser verfluchte Willie.« Er zog ein dickes Geldbündel aus der Gesäßtasche und pulte einen Fünfer heraus. »Also, wenn man's genau nimmt, hab ich nicht verloren. Wetten, daß es regnet? Wenn du gewinnst, kriegst du'n Zehner, wenn ich gewinn, sind wir quitt.«

»Daß es regnet? Wann?«

Tommy blickte zum strahlend blauen Himmel auf. »Noch vor Montag.«

»Das sind ja noch vier Tage. Da mußt du mir schon eine bessere Gewinnquote anbieten.«

»Okay. Du kriegst zwanzig, wenn's nicht regnet.«

»Fünfzig. Und Regen zwischen Mitternacht und acht Uhr früh zählt nicht.«

»Du machst mir vielleicht Spaß, Ax.«

»Na, dann gib mir eben den Fünfer.«

Tommy knallte ihm den Schein auf die Hand. »Aber du wirst schon sehen – es gießt.«

»Hoffentlich nicht! Wenn die Leute naß werden, vergeht ihnen der Appetit.«

Tommy grunzte und zeigte über den Grasplatz. »Schau mal, wer da kommt. Sammy, der Fahrzeugfreak. Wetten, daß der auf'm Jahrmarkt ist, um sich die Traktoren anzusehen?«

Die Hände tief in den Taschen seines Overalls vergraben, schlenderte Sam O'Gara über den Grasplatz auf sie zu, die Zigarette mittig im Mund, eine blitzsaubere grüne Schildmütze von John Deere auf dem Kopf.

»Hey, Ax, wann weißt du, daß ein Schaustellermädchen dich gern hat?« fragte er. »Wenn sie dir ihren Zahn zeigt.« Er lachte meckernd.

»Versteh ich nicht«, sagte Axel.

»Weil's überhaupt nicht komisch ist«, knurrte Tommy. Er hatte was gegen Witze über Schausteller, wenn er nicht gerade selber welche erzählte.

»Wie kommst du denn zu so 'ner schicken Mütze?« fragte Axel.

»Die hab ich gestohlen«, behauptete Sam. Von der wippenden Zigarette fiel Asche ab. »Was meinste wohl, wo die her ist? Was steht'n drauf? Ich hab sie bekommen, weil ich mich ernsthaft für einen neuen John-Deere-Traktor interessiert hab.«

»Du hast doch in deinem ganzen Leben noch kein neues Fahrzeug besessen«, sagte Tommy.

Sam zog noch einmal an seiner Zigarette und spuckte ins Gras. »Ihr solltet euch den Mähdrescher ansehen, der auf dem Landmaschinenhügel steht. Da ist sogar ein CD-Player drin. Der reinste Mercedes, mit zwei Meter hohen Reifen. Farmer hätte man werden sollen!«

»Dann müßtest du den ganzen Tag arbeiten.«

»Auch wieder wahr«, sagte Sam. »Wann machen wir denn endlich mal ein Spielchen?« Er langte zu Tommy hinüber und dellte ihm den Stetson ein. »Ax stellt 'ne Kaffeedose auf den Kartentisch. Oder, Ax?«

Tommy beulte seinen Hut aus. »Hast du dein Geld immer noch in Kaffeedosen, Ax?«

Axel verschränkte die Arme. »Wie kommst'n auf *immer noch*?«

»Ich habe mir sagen lassen, daß du der Alleininhaber der Ersten Amerikanischen Folgersbank bist.«

»Wer sagt das?«
»Das hat mir deine kleine Carmen letztes Jahr geflüstert. Da dachte ich noch: Du willst mich wohl verscheißern, Mädchen. Ich mein, wie blöd muß einer sein, daß er sein Geld in Kaffeedosen steckt?«
»Was weiß ich«, brummte Axel und schaute zu seinem Taco-Stand hinüber. Es hatte sich eine kleine Schlange gebildet. Sophie bediente, Carmen hob gerade Tortillas aus der Friteuse. Es geht los, dachte er. Das Geld beginnt hereinzuströmen.

Carmen schenkte sich ihre sechste Tasse Kaffee ein. Es nützte nichts. Bevor es richtig losging, war sie schon fix und fertig.
»Drei Tacos mit Rindfleisch und eine Tostada mit Bohnen«, rief Sophie über die Schulter.
Carmen stellte ihren Kaffee auf das Regalbrett über der Arbeitsfläche und begann mit den drei Tacos. »Wo sind die anderen? Müßten sie nicht längst da sein?«
»Es ist erst Viertel nach neun. Ich habe ihnen gesagt, sie sollen um halb zehn kommen. Vergiß die Tostada nicht.«
»Schon gut, schon gut.« Schuld an ihrem Zustand war allein James Dean, der plötzlich vor der Tür gestanden hatte. Es war eine lange Nacht geworden.
»Was machst'n *du* hier?« hatte sie ihn gefragt.
»Ich hab dich vermißt. Sag mal, freust du dich gar nicht, daß ich da bin?«
»Wie hast du mich gefunden?«
»Das war nicht schwer. Es gibt nur ein paar Motel 6.«
Er trug die gleichen Klamotten wie immer: Jeans, Lederjacke ohne was drunter, schwere Soldatenstiefel, aber er redete viel zu schnell, war wohl völlig überdreht, weil er von Omaha bis Minneapolis durchgefahren war. »Bist du echt so weit gefahren, weil du mich sehen wolltest?«
»Sicher. Sag mal, hast du was zu trinken da? Bier oder so? Ich hab Durst. Und ich muß ein paar Gänge runterschalten.«
Um ihn erst mal für ein paar Minuten loszuwerden und in Ruhe

nachdenken zu können, schlug sie ihm vor, schnell zum Schnapsladen rüberzulaufen und ein paar Martinis in Dosen zu besorgen, vielleicht auch noch einen Zwölferpack Bier. Als er weg war, überlegte sie sich ernsthaft, ob sie nicht einfach abschließen und ihn nicht mehr reinlassen sollte. Ein Typ wie James Dean konnte einem das Leben ganz schön schwer machen. Aber noch nie war jemand so weit gefahren, nur weil er sie sehen wollte. Und er war ja auch ganz süß, wenn man nicht so genau hinsah. Als es wieder klopfte, konnte sie sich schon vorstellen, daß es ganz lustig würde mit ihm. Und dann hatten sie geredet und Martinis getrunken und waren aufgeblieben bis nach zwei.

Carmen packte die Tacos und die Tostadas ein und brachte sie zum Tresen.

»Ich brauche zwei Bueno Burritos und einmal Nachos«, sagte Sophie. »Wir haben eine Schlange, Kind.«

»Okay, okay, okay«, murmelte sie. »Mach keinen Wind.«

Für so einen beknackten Bueno Burrito – mal wieder so eine doofe Idee von Axel – brauchte man doppelt so lang wie für die anderen Snacks. Und man mußte so viel Zeug in die Tortilla hineinpacken, daß sie ständig riß.

Dean hatte auch ein paar interessante Sachen gesagt. Er kam immer wieder darauf zurück, wie schön das Leben in Puerto Penasco war, wenn man Geld hatte.

»Sieh zu, daß du zu Geld kommst, dann fahren wir hin«, hatte sie gesagt.

»Klar.« Dean grinste und zeigte ihr die blendend weißen Zähne. »Vielleicht stolpern wir ja über ein paar Kaffeedosen.«

Carmens Herzschlag setzte einen Augenblick aus, ein kalter Schauder lief ihr über den Rücken. »Das ist überhaupt nicht komisch.«

»Mensch, war doch bloß ein Scherz.« Dann begann er aus so einem Gedichtband vorzulesen, und sie schaltete ab. Langweiliges Zeug. Und *dann* hatte er sich die ganze Nacht im Bett herumgewälzt und vor sich hin gebrabbelt. Als sie ging, um mit Axel zum Jahrmarkt zu fahren, hatte er sich immer noch hin und her gedreht und ständig gezuckt. Ob er wohl noch da war, wenn sie zurückkam? Einerseits hoffte sie, daß er spurlos verschwunden war. Andererseits wollte sie mehr über Puerto Penasco hören. Dann hatte sie etwas, worüber sie nachdenken konnte, wenn sie Burritos rollte. Vielleicht war es gar keine so verrückte Idee. Sie fragte sich, wie viele Kaffeedosen voller Geld eine Villa am Ozean dort kostete.

Axel beugte sich zur Tür herein und lächelte ihr zu. »Na, Carmen!«

»Hm?« machte sie erschrocken.

»Kommen die Buenos an?«

»Ja. Ich bin total im Streß. Willst du nicht mithelfen?«

»Geht nicht. Ich hab noch was zu erledigen. Sind die anderen Mädchen noch gar nicht da?«

»Ich sehe hier niemand. Du vielleicht?« Carmen häufte Fleisch, Bohnen, Kopfsalat und Käse auf eine Riesen-Chimichanga-Tortilla. Und dann gab sie das *Bueno* in den Burrito: Ein paar Olivenscheiben, einen Löffel saurer Sahne und einen Klecks Avocadosauce.

Sie schob noch schnell ein Tablett mit Nachos in die Mikrowelle, bevor sie die Burros zusammenrollte und einpackte.

»Carmen?«

»Was is'n?«

»Ich brauche sechs Buenos«, sagte Axel. »Und eine Plastiktüte.«

»Wofür?«

»Für ein paar Freunde von mir.«

»Ich hab keine Zeit. Roll sie dir selber.«

Axel lächelte sie unbeirrt an und sagte: »Du rollst mir jetzt mal schnell sechs Buenos. Nicht wahr, Schätzchen?«

Dean saß plötzlich aufrecht im Bett, schweißüberströmt. Er war in der Zelle. Nein. In der Wohnung seiner Schwester. Auch nicht. Muskelzuckungen liefen durch seinen nackten Körper. Mickey schrie ihn an. Dann wichen die Traumbilder dem Kuddelmuddel aus Bettzeug und Tagesdecke, den Sonnenstrahlen, die am Vorhang vorbeifielen, der Bierdosensammlung auf dem Nachttisch. Er war allein. Kopfschmerzen packten ihn am Genick, und sein Kiefer schmerzte vom Zusammenbeißen der Zähne. Er stieß Luft durch die Nase, schwang die Beine auf den Boden, stand auf. Das Zimmer kippte zur Seite, richtete sich aber wieder auf. »Wo zum Teufel steckt sie?« murmelte er und ging ganz langsam ins Bad.

Dean hatte sich seit zwei, drei Tagen nicht rasiert. Die Stoppeln begannen sich schon zu kräuseln. Wenn er noch länger wartete, hatte er demnächst lauter winzige Spiralfedern auf dem Kopf. Auf dem Waschbecken fand er einen Wegwerfrasierer. Er seifte sich den Kopf ein und fing an zu schaben, war aber noch ein bißchen zittrig und schnitt sich ein paarmal. Als er die roten Flecken auf dem Motelhandtuch sah, wurde ihm richtig schwindlig. Ob ihm Mickeys Tod näher gegangen wäre, wenn sie geblutet hätte? Zum Beispiel am Kopf? Vielleicht hätte er dann den Notruf gewählt. Vielleicht hätte es ihn aber auch gleich aus der Wohnung getrieben. Dann wäre sie jetzt auch tot, er wüßte es bloß nicht.

Oder lebte sie vielleicht doch noch? Er hatte mal gehört, daß Leute, die im Koma lagen, manchmal ganz kalt waren und so einen schwachen Puls hatten, daß man ihn gar nicht fühlen konnte. Vielleicht war sie ja gar nicht tot.

Fühle ich mich jetzt besser? fragte er sich. Weil mir aufgegangen ist, daß sie vielleicht noch lebt? Er betrachtete sich im Spiegel – die dunklen Schatten unter den Augen, die Schaumflöckchen auf dem Kopf, seine Knasttätowierung, ein brennendes Kreuz auf der Schulter. Er fühlte sich noch genauso wie vorher. Ob sie noch lebte oder nicht, blieb sich gleich. Schon komisch.

Zwanzig Minuten später war er ausgehfertig. Er trug zu seiner Jeans ein T-Shirt von Carmen, das orangene Bugs-Bunny-T-Shirt. Er hatte Hunger. Er glaubte sich an einen Denny's zu erinnern, vom Motel nur ein Stück die Straße lang. Der Gedanke an Eier mit Speck und Bratkartoffeln trieb ihn aus der Tür. Er wollte gerade in seinen Maverick steigen, als er aus einem Zimmer am anderen Ende des Motels einen alten Mann kommen sah. War er das? Der Kaffeedosen-Mann? Alt genug war er. Dean lehnte sich mit ver-

schränkten Armen auf das Autodach, legte das Kinn auf den Handrücken und beobachtete den alten Mann, an dessen Hand ein grüner Müllbeutel schlenkerte.
Eine Weile sah es fast so aus, als wollte der Mann mit ihm reden, weil er direkt auf ihn zukam, aber dann sah Dean, daß er zu dem Pickup wollte, der neben dem Maverick stand. Er öffnete die Tür und warf den Müllbeutel ins Fahrerhaus. Dann bemerkte er Dean und riß erschrocken das Kinn hoch.
Dean sagte: »Morgen.«
Der alte Mann nickte ihm zu und warf einen wachsamen Blick in den Maverick. »Ein herrlicher Tag«, sagte er. Er hatte eine dröhnende Stimme, machte aber einen angespannten Eindruck, als fühlte er sich bei irgend etwas ertappt.
Dean lächelte. »Allerdings.« Schwer zu sagen, ob es der Kaffeedosen-Mann war. Jetzt schaute der Bursche jedenfalls auf die Ringe in seiner Augenbraue. Das entging Dean nie.
»Wohnen Sie hier?« fragte der alte Mann.
»Vielleicht. Ich bin noch am Überlegen.«
»Ich find's nett hier.« Sie warfen sich einen etwas unbehaglichen Blick zu – ihre Unterhaltung hatte einen Moment zu lange gedauert, um einander jetzt einfach so stehen zu lassen.
»Ich hab mir sagen lassen, daß hier zur Zeit ein großer Jahrmarkt ist«, sagte Dean.
Jetzt blickte der alte Mann freundlicher drein und schien sich etwas zu entspannen.
»Der Minnesota-Jahrmarkt«, sagte er. »Dann sind Sie wohl nicht hier aus der Gegend?«
»Aus Nebraska.«
»Aus Nebraska!« Der alte Mann winkte ihm zu, verschwand in seinem Pickup und schloß die Tür.
»Hey!«
Der alte Mann kurbelte die Scheibe herunter.
»Können Sie mir sagen, wie ich hinkomme?« fragte Dean.
»Da müßten Sie mir schon sagen, wo sie hinwollen, junger Mann.«

»Na, zum Minnesota-Jahrmarkt.«
Der alte Mann lehnte sich aus dem Fenster und zeigte ihm mit ausgestrecktem Arm, wie er fahren mußte. »Einfach die Laprenteur Avenue lang und dann auf der Snelling nach Süden. Es ist nicht zu verfehlen. Und wenn sie dort sind, schauen Sie bei Axel's Taco Shop vorbei und holen sich einen Gratis-Taco. Berufen Sie sich auf Axel.«

Das Benetton-T-Shirt, in dem Kirsten Lund zur Arbeit kam, paßte bestens zu ihren pinkfarbenen Lippen und Fingernägeln. Sie hatte die Haare zu einem Zopf geflochten, und den Pickel, der gestern auf ihrer Nase aufgetaucht war, sah man kaum noch unter dem medizinischen Make-up. Sie steckte den Kopf durch die Tür. »Hallo?«
Sophie stand an der Arbeitsfläche und machte gerade zwei Tacos und einen Bueno Burrito; die Schlange vor dem Stand wurde immer länger. »Stehen Sie nicht da draußen rum, Mädchen. Kommen Sie rein.«
Kirsten betrat den Stand und blickte sich unsicher um. »Was soll ich machen?«
Sophie rollte die Augen, schüttelte geriebenen Käse von den Händen, schnappte die fertigen Snacks und brachte sie nach vorne, zur Theke. Kirsten sah sich etwas hilflos im Stand um, erspähte an einem Haken neben der Tür eine Schürze, band sie um. Sophie nahm die nächste Bestellung auf und hetzte zur Arbeitsfläche. »Schauen Sie mir zu«. Sie legte vier Tortillas nebeneinander. Kirsten beobachtete, wie sie die Fladen rasend schnell belegte, zusammenrollte, einpackte und zu den wartenden Kunden hinübertrug. Dann nahm sie Sophies Platz ein, legte vier Tortillas nebeneinander und versuchte sich daran zu erinnern, wie es gemacht wurde. Sophie warf einen Blick über die Schulter. »Nein, nein, nein. Jetzt brauche ich zwei Tacos und Bohnen als Beilage.«
Kirsten trat ratlos zur Seite. Carmen kam herein.
»Wo warst du so lange?« fragte Sophie gereizt.
Carmen nahm gar keine Notiz von ihr. »Hallo«, sagte sie zu Kir-

sten und musterte sie von oben bis unten. »Du hast meine Schürze an.«
»Oh!« machte Kirsten und wollte die Schlaufe aufziehen.
Carmen hielt sie mit einer Handbewegung davon ab, zog noch einmal kräftig an ihrer Marlboro und schnipste sie ins Gras. »Schon gut, ich brauch keine Schürze.« Auf ihrem T-Shirt stand in rotgrünen Buchstaben Axel's Taco Shop. »Du bist eines von den neuen Mädchen, was?«
»Ich habe gerade erst angefangen.«
»Ich brauche zwei Tacos und Bohnen als Beilage«, platzte Sophie in ihre Unterhaltung. »Ich bin gar nicht nachgekommen!«
Carmen zuckte die Schultern und fragte Kirsten: »Hat sie dir schon was gezeigt?«
»Ich bin grad erst gekommen.«
»Ich heiße Carmen.«
»Kirsten Lund.«
Carmen musterte Kirstens Hände. »Dein Nagellack hält sich hier nicht lange.«
»Das macht nichts«, sagte Kirsten.
»Okay, dann zeige ich dir jetzt, wie man einen Taco macht. Morgen ist dir das schon so in Fleisch und Blut übergegangen, daß du es auch im Vollrausch kannst.«
»Echt?« Kirsten hatte noch nie einen Rausch gehabt.
»Ja, echt. Da meinst du schon, du hättest noch nie was anderes gemacht. Als erstes nimmst du dir so 'ne Tortilla ...«

zwölf

Der alte Mann hatte recht. Es war nicht zu verfehlen. Drin war man dann aber noch lange nicht. Alle Parkplätze – die größten, die er je gesehen hatte – waren voll. Dean mußte schließlich einer Lady in einem rosaroten Pullover fünf Dollar dafür zahlen, daß sie ihn vor ihrem Haus auf dem Rasen parken ließ. Dann mußte er anderthalb Kilometer zu Fuß zum Tor gehen. Dann anstehen hinter Familie Fett: Mami und Papi und drei flachsblonde, birnenförmige Kinder, die durch die hölzernen Drehkreuze trippelten wie Schweine auf dem Weg ins Schlachthaus. Er hätte doch bei Denny's frühstücken sollen.

Auf dem Minnesota-Jahrmarkt wimmelte es nur so von blassen, blonden Menschen. Und alle aßen. Familie Fett konnte sich hier wie zu Hause fühlen und verschwand rasch in der Menge. Er konnte anschauen, wen er wollte – jeder schob sich etwas zwischen die Kiemen, auch die Dünnen. Und alle, die gerade nichts aßen, standen Schlange vor Holzhütten, Caravans und Zelten und kauften sich was: Maisburger, Minidoughnuts, Zucchinispieße, Softeis oder dreißig Zentimeter lange Hot dogs – zum Teil sah das Zeug absolut ungenießbar aus.

Überall Leute, die im Gehen aßen. Wann hatte *er* eigentlich zum letzten Mal etwas gegessen? In Iowa. Eine Tüte Chips mit Pickles-Geschmack. Mal abgesehen von dem ganzen Bier, das er heute nacht getrunken hatte.

Er war erst ein paar Minuten auf dem Festplatz und hatte schon die Orientierung verloren. Es war so voll wie bei einem Rockfestival, gab aber keine Bühne als Dreh- und Angelpunkt. Dean hatte noch nie so viele Menschen – schon gar nicht so viele Dicke – gesehen, die alle in Bewegung waren. In dem Gewoge bildeten sich ständig Wirbel und lösten sich wieder auf, als hätte man Melasse und Öl zusammengegossen. Er wurde mitgezogen im Sog der Leiber, die sich vorwärtsschoben. Wo wollten sie nur alle hin?

Es herrschte ein irrsinniger Lärm. Das Gequatsche und Geschmatze und Geschlurfe der Leute, das Rattern einer Art Seilbahn hoch über den Köpfen, die Marktschreier – und aus jeder Richtung eine andere Musik. Dean war auch schon auf anderen Jahrmärkten und Volksfesten gewesen, aber noch nie auf so was Riesigem. Wie sollte er denn da den Taco Shop finden? Er machte rasch einen Schritt zur Seite, um einem Mann auszuweichen, der einen zwei Meter großen Dinosaurier vor sich hertrug, und stieß gegen zwei breitschultrige junge Burschen, die rote Schildmützen von einem Futterhersteller trugen.

Der eine sagte lächelnd: »Ein herrlicher Tag.«

Ein herrlicher Tag? Hatte das nicht auch der alte Mann gesagt? Er blickte zum strahlendblauen Himmel auf, richtete den Blick wieder auf den Bauernburschen, sah aber nur noch seine rote Mütze, weil er schon weitergeschoben worden war. Wie ein Blitz aus heiterem Himmel schoß ihm eine unangenehme Frage durch den Kopf: Hatte Carmen ihn wirklich gern? Oder hatte sie ihm das nur vorgespielt, um zu Gras und Valium zu kommen? Aber eigentlich kam es doch auf das Gleiche heraus, ob sie ihn wirklich gernhatte, oder ob sie es ihm vorspielte. So oder so konnten sie zusammen nach Puerto Penasco gehen.

Und wenn sie ihm mit den Kaffeedosen voller Geld auch nur etwas vorgelogen hatte? Er schob sich auf den Gehweg, hielt sich an einem Laternenpfahl fest, atmete ganz langsam ein und aus und filterte die fettgeschwängerte Luft durch seine zu klein geratenen Nasenlöcher. Er mußte unbedingt etwas in den Magen kriegen.

Dean erspähte ein Schild mit der Aufschrift INFORMATION und arbeitete sich zielstrebig darauf zu. In dem kleinen Informationskiosk saß ein älterer Mann, der seinen Silberblick lächelnd über die Menge schweifen ließ. Auf seiner Netzmütze stand ›Großes Minnesotaner-Treffen‹. Dean ging auf ihn zu, um nach dem Weg zum Taco Shop zu fragen. Auf einmal sagte der Mann: »Ein herrlicher Tag.« Dean blickte sich um, weil er dachte, daß der Typ mit jemand in seinem Rücken sprach, aber niemand sah her.

»Knapp dreißig Grad heute nachmittag«, bemerkte der Mann. Das war offenbar ein Informationskiosk, bei dem man nichts zu fragen brauchte. Man ging einfach in Hörweite vorbei und wurde mit

Auskünften versorgt. »Die Wetterfrösche sagen, daß es am Wochenende regnen könnte, aber heute haben wir doch das große Los gezogen!«

Dean sah ihn neugierig an und wartete auf den nächsten Wetterbericht.

»Kann ich Ihnen behilflich sein, junger Mann?«

»Ja«, sagte Dean. »Ich suche das mexikanische Restaurant.«

Der Mann zog die Augenbrauen hoch. »Meinen Sie Tacos und so?«

»Genau.« Was denn sonst, verdammt noch mal?

»Also, hier gibt's viele kleine Taco-Stände, aber ob man die als Restaurants bezeichnen kann, weiß ich nicht. Einer ist da drüben in der Judson Avenue, wo sie gerade herkommen. Und bei der Imbißhalle oben sind gleich ein paar, soweit ich weiß.«

»Der, den ich suche, gehört einem Axel.«

»Ah!« Der Mann stieß den Zeigefinger in die Luft. »Dann suchen Sie Axel's Taco Shop.«

»Genau den such ich.«

»Ich erkläre Ihnen gleich, wie Sie hinkommen. Aber sagen Sie, junger Mann, warum haben Sie Ringe im Gesicht?«

»Warum zeigt bei Ihnen ein Auge in die falsche Richtung?«

»Weil ich im Krieg war, junger Mann.«

»Sagen Sie mir jetzt, wo ich hinmuß?«

»Wer sagt denn, daß Sie irgendwo hinmüssen? Aber falls Sie zu Axel's Taco Shop wollen, sollten Sie der Straße da bis zur Imbißhalle folgen. Da ist's direkt gegenüber, auf der anderen Seite vom Grasplatz.«

»Danke«, sagte Dean.

»Na, das wollte ich aber auch gehofft haben«, rief ihm der Mann nach.

Dean stellte sich die Imbißhalle als Denkmal der Fettleibigkeit vor. Vielleicht war sie sogar aus Lebensmitteln gebaut wie ein riesiges Knusperhäuschen. Vielleicht aus Maisburgern und Riesenpopcorn. Prompt lief er daran vorbei und mußte noch einmal fragen. Der Typ, von dem er wissen wollte, wo zum Teufel hier

die Imbißhalle war, schickte ihn zurück. Er verkaufte Cowboyhüte, Luftballons und Spazierstöcke, und als Dean sich in Bewegung setzte, rief er ihm nach: »Hey! Sie kaufen gar nichts?« Dean zahlte also drei Dollar für einen grünen Spazierstock. Die Imbißhalle entpuppte sich als häßlicher niedriger Betonbau, der weiß angestrichen war und so viel Platz brauchte wie ein halber Häuserblock. In dem Gebäude und darum herum reihte sich ein Imbißstand an den anderen. Dean trat ein, und dann ließ er sich einfach schieben und schubsen, vorbei an Navajo-Pfannenbroten, Apfel-Caramel-Eisbechern, riesengroßen vietnamesischen Eibrötchen, Windbeuteln mit Erdbeersahne, fritiertem Weißkäse ... Wie bitte? Fritierter Weißkäse? Nichts wie raus hier. Die ganzen Dünste trieben ihm die Tränen in die Augen, er verspürte Hunger und Brechreiz zugleich. Er schob sich durch die Menge, vorbei an gebratenen Elefantenohren und sämtlichen Suppen der Welt, und gelangte schließlich auf einen großen Grasplatz mit Picknicktischen, gesäumt von noch mehr Imbißständen: Gefrierfrucht-Bar, Orangenhochgenuß, Schwarzes Walnußtoffee, Regenbogeneiskugeln, Schokoladenplätzchen, Brathähnchen, Softeis, Maisburger, Pommes-frites-Eis, Minidoughnuts ... Und das mexikanische Restaurant? Es mußte hier irgendwo sein. Als er es schließlich entdeckte, sprang ihn das knallige rotgrüne Schild förmlich an, und er hatte das Gefühl, daß aus seinem mexikanischen Essen ein Tortilla-Chip geworden war.
Er blieb stehen und starrte auf Axel's Taco Shop. Das war kein Restaurant. Das war eine Hütte. Eine miese kleine Holzhütte, nicht größer als ein stinknormales Wohnzimmer oder drei Zellen in Lincoln, eher kleiner. Ein Fenster über die ganze Vorderfront und obendrüber ein Schild mit zwei Bildern: ein Taco und ein Typ mit Sombrero.
Auch unter dem Fenster waren Schilder. Er kniff die Augen zusammen und konnte trotzdem nichts erkennen. Das waren wohl Speisekarten. Hinter der Theke stand eine blonde Frau. Und weiter hinter erspähte er Carmen. Es war also auf jeden Fall der richtige Laden.

Ein Mann im Overall ging zur Theke und bestellte etwas. Die blonde Frau kassierte, und was sie ihm reichte, sah sehr nach einem Burrito aus. Der Mann ging weiter und biß kräftig hinein. Dean dachte: Das war dann wohl, ja, wieviel wohl? Ein Dollar fünfzig? Großartig. Und das summierte sich mit der Zeit zu Kaffeedosen voller Geld? Dean schüttelte den Kopf. Quatsch. Wer Burritos an Farmer verkaufte, die im Overall herumliefen, konnte gar nicht reich sein. Er mußte ein ernstes Wörtchen mit Carmen reden. Den ganzen weiten Weg von Omaha hierher für ein bißchen Burritogeld!

dreizehn

Sophie, die beim Jahrmarkt viele sonderbare Leute zu sehen bekam, dachte sich nichts dabei, als ein kahlrasierter junger Mann mit Ringen in der Augenbraue an die Theke trat, und hätte ihn wohl binnen Sekunden wieder vergessen, wenn er nicht einen Gratis-Taco verlangt hätte.

»Wie bitte?« fragte sie.

Er lächelte sie an, mit hübschen kleinen Zähnen, blendend weiß. Dann schaute er an ihr vorbei.

»Hey, Carmen!« rief er.

Carmen kam zur Theke. »Dean?«

»Du kannst nicht einfach deine Freunde verköstigen«, sagte Sophie. »Das zieh ich dir vom Lohn ab.« Sie fand, daß man solche Praktiken gar nicht erst einreißen lassen durfte.

»Wie käme ich dazu?« fragte Carmen.

Sophie biß die Backenzähne zusammen. »Ich wollte es nur gesagt haben.«

»Was willst'n eigentlich hier?« fragte Carmen. »Auf'm Jahrmarkt, mein ich.«

Ein Paar im Partnerlook mit schwarzen Cowboyhüten blieb vor dem Stand stehen und studierte die Speisekarte.

Sophie sagte: »Gehen Sie doch mal zur Seite, Gene. Kundschaft.«

»Er heißt *Dean*«, korrigierte Carmen.

»Und ich bin auch Kundschaft. Ich hab Axel gesprochen, Ihren Chef. Er hat gesagt, ich soll mir hier einen Gratis-Taco holen. Und jetzt bin ich da.«

»Du hast mit *Axel* gesprochen?« fragte Carmen.

Sophie sagte: »Wir wollen doch nicht die Theke blockieren. Okay?«

Carmen winkte ihn mit dem Kopf um den Stand herum. »Komm nach hinten, zur Tür.« Sie reichte ihm einen Taco und wiederholte ihre Frage leise: »Du hast mit *Axel* gesprochen?«

Dean nickte, biß in seinen Taco und sagte mit vollem Mund: »Ich habe ihn vor dem Motel getroffen. Auf'm Parkplatz.«

Carmen ging zu Dean hinaus. »Was hat er denn da gemacht?«
Dean zuckte die Schultern. »Er hatte einen Müllbeutel in der Hand. Da war irgendwas reingestopft.«
»Hast du ihm gesagt, daß du mich kennst?«
»Sag mal, hältst du mich für blöd?« fragte er, den Mund voller Taco. Salsasoße tropfte auf das orangene Bugs-Bunny-T-Shirt.
Carmen antwortete lieber nicht auf seine Frage.
»Du hast ja mein T-Shirt an.«
Dean fragte: »Wieso machst du nicht mal Pause und führst mich ein bißchen rum?« Sophie erschien in der Tür und hielt Carmen am Schürzenband fest. »Daraus wird nichts«, sagte sie und zog Carmen in den Stand zurück.
Dean aß seinen Taco und sah den Frauen bei der Arbeit zu. Carmen steckte den Kopf durch die Tür. »Bleib da«, flüsterte sie. »Ich komm gleich.«

»Na, wie findest du sie?«
»Ich glaub, sie mag mich nicht.«
»Doch nicht meine Mutter! Ich spreche von den Käsestückchen!«
Dean kaute auf dem Weißkäse herum, konnte aber keinerlei Geschmack entdecken. Er sah sich die fritierten Klümpchen in dem Pappschälchen genauer an, hielt sie sich unter die Nase und roch daran, nahm das nächste, biß darauf herum, schluckte es runter und sah Carmen ratlos an.
»Na?«
»Was soll man dazu sagen?«
»Die Leute sind ganz scharf drauf. Axel sagt, daß der Weißkäsestand auf über zwanzigtausend am Tag kommt.«
»Dollar? Was is'n das für'n Zeug? Schmeckt nach gar nichts. Da müßte man Salsa oder Senf drauftun.«
»Dieses Zeug fällt an, wenn man Käse macht, und Axel sagt, daß man es eigentlich immer weggeschmissen hat. Aber hier geht alles weg, was fritiert ist. Es gibt sogar ausgebackenes Eis.«
Sie gingen den Grasplatz hinauf, vorbei an einem Verkaufsstand, der wie eine riesige Backkartoffel aussah. Dean schüttelte den

Kopf und zielte mit seinen Weißkäseresten auf eine überquellende Mülltonne, verfehlte sie aber etwa um einen Meter. »Kommt ihr im Taco Shop auch auf zwanzig Riesen am Tag?«
»Spinnst du? Wenn wir Glück haben, kommen wir an guten Tagen über fünf.«
»Ach, doch soviel?« Dean fand das ganz beeindruckend, wenn es auch keine zwanzig Riesen waren. Vielleicht war an der Geschichte mit den Kaffeedosen doch was dran. »Ich dachte, Axel hat ein Restaurant? Hast du mir doch erzählt, oder?«
»Axel sagt, was sich an ein Auto anhängen läßt, ist ein Caravan, was jedes Jahr abgebaut wird, ist eine Bude, und was das ganze Jahr stehenbleibt, ist ein Restaurant.«
»Ich hab's mir jedenfalls größer vorgestellt. Du hast mir ja erzählt, wieviel Geld er hat. Ich hätte schon gedacht, daß sich die Leute wenigstens an Tische setzen können.«
»Das bringt nichts, sagt Axel. Es ist besser, wenn die Leute in Bewegung bleiben.«
»Ich muß mich jetzt setzen. Ich hab den Wagen weiß der Geier wo stehenlassen müssen. Es kommt mir so vor, als wär ich fünfzehn Kilometer gelaufen.« Dean steuerte eine leere Bank neben dem Gehweg an und setzte sich. Carmen blieb vor ihm stehen und zündete sich eine Zigarette an.
»Auf wieviel kommt er dann in zwölf Tagen?« fragte Dean. »Auf zirka fünfzigtausend?«
»Könnte hinkommen.«
»Na, dann wird er ein paar tausend nicht groß vermissen.«
Carmen sah weg und verschränkte die Arme. »Wie meinst'n das?«
»Bei ihm liegt's doch bloß rum. Komm, setz dich.« Er tippte neben sich auf die Bank.
Carmen setzte sich neben ihn und rauchte hektisch. Dieses Gespräch war ihr nicht ganz geheuer. Sie hätte von Axels Geld schon gern was eingesackt, aber das ging ihr jetzt ein bißchen zu schnell. Sie sagte: »Das müssen wir uns gut überlegen.«
»Hab ich schon gemacht«, sagte Dean. Er legte seinen Spazier-

stock auf ihre Schenkel und rollte ihn vor und zurück. »Das ganze schöne Geld. Braucht er doch gar nicht! Der Mann wohnt in einem Motel 6!«
Carmen stand wieder auf, der Spazierstock schnellte zur Seite. Sie brauchte Zeit zum Nachdenken.
»Willst du mal ’ne richtige Goldgrube sehen? Komm!« Sie kehrte ihm den Rücken zu und ging los. Dean schaute ihr nach, bis er sie aus dem Blick zu verlieren drohte, dann stand er auf, überquerte die Straße und folgte ihr zum Grasplatz. Als er sie einholte, stand sie bei einer alten Bude, in der hinter Glas alle möglichen Maschinen nebeneinander aufgereiht waren, und vor der sich die Leute zu fünft hintereinander drängten. Vierzehn Maschinen, und alle arbeiteten mit größter Präzision: Aus einem Einfülltrichter plumpsten in kurzen Abständen kleine klebrige Teigringe in ein Becken mit brodelndem Öl, schwammen hintereinander einmal im Kreis herum, wurden auf halber Strecke von einem raffinierten Metallarm schwungvoll gewendet und fielen schließlich in einen Korb, in dem man sie kurz abtropfen ließ, um sie dann in Zucker zu wälzen und in Wachspapiertütchen zu schaufeln.
»Minidoughnuts«, sagte Dean. »Seh ich nicht zum erstenmal.«
»Schau dir den Typ mit dem Hut an.«
Dean entdeckte hinter den Maschinen auf einer Art Barhocker einen kleinen, stämmigen Mann mit braungebranntem, zerknittertem Gesicht und einem gewaltigen schwarzen Cowboyhut auf dem Kopf.
»Das ist Tommy, der Eigentümer der Kleinen Knirpse, Minidoughnuts. Er ist Millionär. Tommy nimmt an *einem* Tag mehr Geld ein als wir beim ganzen Jahrmarkt, sagt Axel. Zwei- oder dreimal am Tag geht er mit einer Tasche voll Geld zur Bank. Die geilste Konzession auf dem ganzen Jahrmarkt, wenn man mal vom Biergarten absieht. Tommy hat sicher zehnmal soviel Geld wie Axel – und haust in einem Wohnwagen!«
Dean musterte den stämmigen kleinen Mann. »Der sieht besoffen aus.«
»Er sieht immer so aus. Wir sind Freunde, Tommy und ich.«

Sie winkte ihm über die Menge hinweg zu, aber Tommy sah sie nicht.
Dean schüttelte den Kopf. »Kleiner Mann mit kleinen Doughnuts.«
»Scheiße.« Carmen packte ihn am Arm. »Da ist Axel. Es ist besser, wenn er uns nicht zusammen sieht.«
Dean orientierte sich an ihrem Blick, konnte Axel in der Menge aber nicht entdecken. »Wieso?«
»Du kennst ihn nicht. Axel kann total komisch werden, wenn mein Freund in der Nähe ist. Also dann, bis später.«
Dean sagte: »Warte ...«, aber sie war schon verschwunden. Ihr Freund? War er ihr Freund? Er sah den Doughnut-Maschinen zu und gewöhnte sich an den Gedanken, daß er Carmens Freund war, aber dann zog ihn der Mann mit dem Cowboyhut in seinen Bann. Wie klein der Knirps war. Fast schon ein Liliputaner. Ein Knirps mit Knete. Darüber lohnte es sich nachzudenken.

vierzehn

Kirsten Lund starrte Carmen fasziniert an, als die zu ihrer Mutter sagte: »Leck mich doch am Arsch.«

Carmen trug ein fleckiges T-Shirt mit dem Logo von Axel's Taco Shop, unter dem ihre Brüste auf und ab wippten und erbebten, als die Tochter der Mutter den Stinkefinger zeigte und mit dem Fuß auf den lackierten Sperrholzboden stampfte. Was das wohl für ein Gefühl wäre, solche Brüste zu haben, überlegte sich Kirsten.

Die Mutter sah anders aus als die Tochter und sah ihr doch ähnlich. Sie war größer, dünner und blasser als ihre Tochter. Sie sah aus wie eine Carmen, die man auf Nulldiät gesetzt und zur Ader gelassen, gestreckt und gebleicht hatte. Würde Sophie jetzt losheulen oder Carmen eine runterhauen oder mit irgend etwas nach ihr werfen? Nein, sie schrie nur zurück und schimpfte ihre Tochter ein verwöhntes kleines Luder. Die Hände in die Schürze verkrampft, preßte sich Kirsten an den Kühlschrank, ließ den beiden also viel Platz. Carmen war auf hundertachtzig.

»Nur weil ich fünf Minuten Pause mache, geht doch nicht gleich die Welt unter«, schrie sie und knallte eine Tortilla auf die Arbeitsfläche. »Da! Siehst du? Ich arbeite, verdammt noch mal! Jetzt mach ich die Bohnen drauf.« Sie klatschte zerdrückte rötliche Bohnen auf die Tortilla. »Und den verdammten Käse.« Sie knallte eine Handvoll orangefarbenen Käse auf die Bohnen. »Und den Salat. Ich wickle den ganzen Mist zusammen. Da! Steck's dir in den Arsch, wenn's dir nicht paßt.« Sie schleuderte den Taco auf den Boden und stampfte aus dem Stand.

Kirsten versuchte sich vorzustellen, wie es wäre, wenn sie mit ihrer Mutter so umspringen würde. Leck mich, Mutti. Schieb's dir in den Hintern. Schon die Vorstellung allein beschleunigte ihren Puls.

Sophie war rot, noch röter und schließlich kreidebleich geworden. Sie atmete kräftig aus und drehte sich um. Vor dem Stand wartete mit einem entschlossenen Lächeln eine rundliche, grauhaarige Frau, beide Hände auf der Theke um ihre Handtasche gelegt. Hinter ihr, auf einen Stock gestützt, ein gebeugter Mann mit unförmigem Filzhut, alt genug, ihr Vater oder selbst ihr Großvater zu sein.

Die Frau sagte: »Bekommen wir bei Ihnen auch einfach nur einen Becher Bohnen?«

»Das macht einen Dollar«, sagte Sophie. »Danke für's Warten.« Ihre Hände zitterten.

»Keine Ursache. Ich habe auch eine Tochter.« Die Frau kramte in ihrer Handtasche herum, zog die Brieftasche heraus und entnahm ihr einen Dollarschein. »Einen Becher, bitte.« Der alte Mann war so zittrig, daß er sich mit beiden Händen an die Krücke seines Stocks klammern mußte. Sophie legte den Schein in die stählerne Kasse unter der Theke. Kirsten spürte Sophies Blick auf sich ruhen, als sie einen kleinen Styroporbecher mit Bohnen füllte, einen Löffel und eine Serviette danebenlegte. Die grauhaarige Frau führte den alten Mann zum nächsten Picknicktisch, half ihm auf die Bank und reichte ihm den Becher Bohnen.

»Alten Leuten gibt man ständig Bohnen zu essen«, sagte Sophie. Ihre verschränkten Hände drehten sich hin und her. »Mein Vater bekam jeden Tag Bohnen. Die grünen mochte er besonders gerne.«

»Die mag ich auch«, sagte Kirsten.

Axel kam zur Tür herein. »Wie läuft's? Wo ist'n Carmen?«

»Sie macht Pause«, sagte Sophie. »Wird aber auch Zeit, daß du kommst. Wo bist du gewesen?«

Axel zuckte die Schultern.

Sophie sagte: »Kannst du uns mal helfen? Ich brauche drei Buenos.«

Axel zog die Augenbrauen hoch und richtete den Blick auf Kirsten.

»Wie man die macht, weiß sie noch nicht«, erläuterte Sophie. »Und Juanita kommt erst in einer Stunde.«

Axel lächelte Kirsten zu. »Noch nie einen Burro gerollt?«

Kirsten schüttelte den Kopf. »Aber schon einige Tacos. Carmen

hat mir gezeigt, wie man Tacos und Tostadas und Nachos macht.«
»Ich warte auf drei Buenos«, sagte Sophie.
»Beim Bueno kommt es darauf an, daß man von jeder Zutat die richtige Menge nimmt. Zuerst macht man immer die Bohnen auf die Tortilla. Aber nicht zuviel. Kommen Sie, sonst sehen Sie doch gar nicht, wie ich es mache. Ein bißchen näher. Schauen Sie gut zu.«

James Dean fand eine Bank, auf der er seine Doughnuts futtern und zugleich den Herrn der Doughnuts im Auge behalten konnte. Der überragte auf seinem hohen Hocker auch noch im Sitzen die Kids, die bei ihm jobbten, konnte sie also richtig schön von oben herab angiften. Wie hieß der Typ noch gleich? Carmen hatte es ihm gesagt, aber er konnte sich nicht daran erinnern und taufte ihn auf den Namen kleiner Knirps, Herr der Doughnuts. Als Dean schon geraume Zeit auf der Bank saß, stieg der kleine Knirps von seinem Hocker herunter, kam aus dem Stand heraus und ging so nah an ihm vorbei, daß es genügt hätte, den Spazierstock auszustrecken, um ihn stolpern zu lassen.
Erst kurz bevor er in der Menge verschwand, stand Dean auf und folgte ihm. Wie sich herausstellte, war er auf dem Weg zum Klo. Dean ging auch hinein, stellte sich ans untere Ende der langen Stahlrinne, tat aber nur so, als pißte er. Der kleine Knirps mit den spitzen Cowboystiefeln war zirka einsfünfundfünfzig groß – fast fünfzehn Zentimeter kleiner als Dean. Seine Pisse prasselte in wütenden Stößen gegen den rostfreien Stahl. Schon war er fertig und ging zur Doughnutbude zurück. Dean folgte ihm und schwang beim Gehen seinen Stock.
Das nächste Mal stieg der kleine Knirps von seinem Hocker herunter, um Geld aus den Stahlschubladen unter den Doughnut-Maschinen zu nehmen und in eine buntkarierte Umhängetasche zu packen. Dean folgte ihm wieder, und diesmal ging es zu einer zweiten Doughnutbude in der Nähe des Biergartens. Auch dort sammelte der kleine Knirps das Geld ein und teilte ein paar Rol-

len Münzen aus, während Dean seine dritte Tüte Doughnuts kaufte und die einsfünfzig, die er dafür ausgab, als gute Investition betrachtete. Dann ging es weiter. Dean hielt zehn Meter Abstand, aß fettige kleine Doughnuts und fand es toll, daß so ein kleiner Mann so einen Haufen Geld spazierentrug. Er wollte aber noch nicht aktiv werden, nur alles auskundschaften. Anschließend konnte er überlegen, wie sich verwerten ließ, was er in Erfahrung gebracht hatte. Vorläufig war es nur ein Spiel.
Die dritte Doughnutbude stand hinter dem Amphitheater. Der kleine Knirps kassierte auch hier das Geld und hatte eine hitzige Auseinandersetzung mit zwei Angestellten – die er beendete, indem er mit wütender Miene ein Schild an eine der sieben dortigen Maschinen hängte: außer Betrieb. Dean saß auf der anderen Seite der Straße im Gras, klopfte mit seinem Stock auf den Bordstein und schaute zu. Als der kleine Knirps dann endlich weiterging, mit rotem Kopf und auf die Zigarre gebissenen Zähnen, verkürzte Dean den Abstand auf sechs Meter. Der Typ sah ihn sowieso nicht, der nahm seine Umgebung gar nicht wahr. Man hätte meinen können, Dean sei unsichtbar.
Der kleine Knirps mit der prall gefüllten Tasche, die an seiner Schulter hin und her pendelte, überquerte die Carnes Avenue und stieß bei jedem seiner wütenden kleinen Schritte die Zehen in die Spitze der Cowboystiefel hinein. Er ging schräg über eine große Rasenfläche, auf der die Leute in Grüppchen zusammenstanden, kam an einer Schaubude vorbei – werfen Sie einen Blick auf einen echten Albinowal! Er ist quicklebendig! Falls nicht: 10.000 Dollar Entgelt! – und bog in einen Durchgang hinter einer langen Reihe von Imbißständen ein. Wo wollte der denn hin? Dean klemmte sich seinen Spazierstock unter den Arm und beschleunigte seine Schritte. Der kleine Knirps verschwand um eine Ecke, Dean folgte und prallte fast mit ihm zusammen. Einen Moment standen sie sich stocksteif gegenüber und fixierten einander.
»Wie geht's denn so?« fragte Dean und ließ den Spazierstock vor und zurück pendeln.

Der kleine Knirps packte den Stock mit der rechten Hand und lächelte Dean mit der Zigarre im Mund an, während er ihm langsam die linke Hand entgegenstreckte. Wollte der alte Mann ihn streicheln oder was? Plötzlich hakte er zwei Finger in die Augenbrauenringe. Der Schmerz in der Stirn ließ Dean gehorsam den Kopf senken, unter die Krempe des schwarzen Cowboyhuts, auf die Höhe der strahlend blauen Augen des kleinen Knirpses.
»Mir geht's gut«, sagte der kleine Knirps. »Und dir?«
Dean meinte, daß sich seine Stirn vom Schädel löste.
Der kleine Knirps knurrte: »Laß den Stock los.«
Dean ließ los. Er würde sich revanchieren, sobald der Drecksack die Ringe losließ. »Okay«, sagte er.
Der kleine Knirps blinzelte ihn an. Zwischen der glühenden Zigarre und Deans Nase waren kaum drei Zentimeter.
»Ich hab losgelassen«, sagte Dean.
Der kleine Knirps grinste und blies eine Rauchwolke in die Luft. Dean merkte, daß er sich straffte. Dann hörte er den Stock durch die Luft sausen, spürte ihn zwischen seinen Beinen herauffahren. Der Stock donnerte ihm in die Eier, er fuhr zurück. Höllische Schmerzen knallten ihm durch die Stirn. Er ging zu Boden. Sein Unterleib brodelte vor Schmerzen, in seinen Augen zuckten schwarze Blitze.

»Es ist fast nicht auszuhalten mit ihr«, sagte Carmen.
Axel fuhr vom Parkplatz auf die Como Avenue. Es war schon fast Mitternacht. Er kam sich richtig alt vor, aber der erste Tag des Jahrmarkts machte ihm immer schwer zu schaffen. Der Körper mußte sich erst daran gewöhnen.
»Sie meckert ständig an mir rum. Als ob ich keine Ahnung von meiner Arbeit hätte und alles falsch machen würde. So ein Miststück!« Sie zündete sich eine Zigarette an.
»Mach doch mal das Fenster einen Spalt auf.«
Carmen kurbelte ihre Scheibe herunter.
»Wir haben noch elf Tage vor uns, Carmen.«
»O Gott, sag mir doch mal was Nettes.«

»Ihr müßt schon irgendwie klarkommen miteinander, das geht nicht anders. Kannst du nicht einfach nachgeben, damit sie ihren Willen hat?«
»Hab ich doch den ganzen Abend getan. Ich hab die ganze Zeit mit Juanita an der Arbeitsfläche gestanden und Sophie und Kirsten bedienen lassen. Juanita ist übrigens ganz in Ordnung. Und wird nicht von Sophie gepiesackt!«
»Und wie macht sich Kirsten?«
Carmen zuckte die Schultern. »Gar nicht schlecht. Dieses Mädchen ist vielleicht sauber! Man könnte meinen, an der bleibt rein gar nichts haften.«
Axel lächelte und stimmte Carmen im stillen zu. Kirsten Lund würde wohl auch nach einer Schlammschlacht noch aussehen wie nach einem Schaumbad.
»Es ist gut gelaufen heute«, sagte er.
»Ach ja?« Carmen sah Axel an. »Wie gut?«
Axel tätschelte die Geldtasche, die neben ihm auf dem Sitz lag. »Zirka 3.500. Ohne das Kleingeld. Für den ersten Tag ist das gut. Wenn du ein paar Stunden geschlafen hast, geht's mit Sophie vielleicht besser.«
»Da hab ich meine Zweifel.« Die zwei Valiumtabletten, die sie beim Saubermachen im Stand genommen hatte, begannen zu wirken. Endlich. Sie mußte noch elf Tage zusammen mit Sophie arbeiten. Und dann nie wieder, das tat sie sich nicht noch mal an. Puerto Penasco wurde immer verlockender. Frei und reich in Mexiko. Sie schnipste ihre Zigarette zum Fenster hinaus, schloß die Augen, sah sich schon am Strand und stellte sich vor, wie sie in eine Kaffeedose langen und ihren Rumpunsch bezahlen würde. Sie ließ ihre Gedanken davontreiben.
»Da wären wir.«
Carmen schlug die Augen auf. Axel bog gerade auf den Parkplatz des Motels 6. »Läßt du mich beim Foyer raus? Ich muß noch Zigaretten holen.«
Axel fuhr in einem schwungvollen Bogen vor das hell erleuchtete Foyer und ließ Carmen aussteigen. »Also dann, bis morgen früh«,

sagte er. Carmen ging hinein und kramte in ihrem Geldbeutel nach Münzen. Zigaretten kosteten jetzt zwei Dollar fünfzig. Sie warf zehn Vierteldollar in den Schlitz und drückte die Marlboro-Taste.

»Da sind Sie ja wieder.«

Carmen drehte sich zum Portier. Er musterte sie über den Rand eines *Penthouse* hinweg.

»Sprechen Sie mit *mir*?« fragte sie.

Der Mann ließ sein Herrenmagazin sinken. Er hatte kleine, graue, feucht schimmernde Augen.

»Sie haben letztes Jahr schon mal hier gewohnt, nicht?« sagte er. »Kann ich mich gut dran erinnern. Sie arbeiten doch bei Axel Speeter? Auf dem Jahrmarkt draußen?

Carmen nahm das Päckchen Marlboro aus dem Automaten. »Stimmt«, sagte sie. »Gute Nacht.« Sie ging auf den Ausgang zu.

»Wie ich höre, wollen Sie jetzt Krankenschwester werden«, sagte der Mann.

Carmen blieb stehen. »Axel plaudert gern mit Ihnen, was?«

»Ab und zu. Wissen Sie, er ist mein bester Kunde. Er hat schon in Nummer drei gewohnt, als ich noch nicht einmal hier arbeitete. Wir sind quasi Nachbarn. Da redet man schon mal miteinander.« Quist richtete den Blick auf sein Magazin. »Und Sie haben ja jetzt einen Mitbewohner.« Er blätterte um.

Carmen klopfte eine Zigarette aus dem Päckchen, steckte sie sich zwischen die Lippen und lehnte sich mit den Ellbogen auf die Rezeption, zwischen den Ständer mit den Ansichtskarten und die Anmeldeformulare von American Express. Nach vierzehn Stunden auf dem Jahrmarkt war sie viel zu fertig, sich auch noch zu überlegen, worauf er hinauswollen könnte. Sie wartete einfach, bis er es ihr sagte.

»Er ist in Ihrem Zimmer«, sagte Bill, den Blick auf sein Magazin geheftet. »Ihr Freund. Der Skinhead. Ich hab ihn vor ein paar Stunden reingehen sehen.«

»Ach ja? Sagen Sie, haben Sie Feuer?«

Bill fischte ein Streichholzbriefchen aus seiner Hemdtasche,

betrachtete es und las den Aufdruck vor: »Wählen Sie 1-900-QUICKIE.« Dann warf er ihr das Briefchen zu, und als sie sich die Zigarette angezündet hatte, fuhr er fort: »Wissen Sie, bei Doppelbelegung ist ein Preisaufschlag fällig. Was meinen Sie? Soll ich mich da an Ihren alten Herrn wenden?«
Carmen zuckte die Schultern, blies mit spitzen Lippen blauen Dunst in die Luft, inspizierte ihre Fingernägel. Sie waren ganz gelb vom geriebenen Käse.
»Oder finden Sie, damit sollte man ihn gar nicht behelligen?«
»Ich würde ihn nicht damit behelligen. Sie wissen doch, wie das ist.«
»Wie komm ich dann zu meinem Geld?«
»Ich schau mal, was sich machen läßt. Wieviel wollen Sie?«
»Zwanzig auf die Hand müßten eigentlich reichen. Zwanzig pro Nacht.«
»Da muß ich im Moment passen, aber ich melde mich. Und bis dahin bleibt das unter uns, ja?«
»Na klar, Baby. Wir behalten das für uns.«
Carmen ging über den Parkplatz, betrat das Zimmer Nummer neunzehn, ließ die Handtasche auf das vordere Bett fallen. Sie war fix und fertig. Sie nahm aus dem Kühlschrank, der neben dem Nachttisch stand, eine Martinidose und machte sie auf. Das Valium massierte ihr den Nacken. Sie nahm einen Schluck Martini und spürte, wie die Spannung von ihr abfiel, die Schultern sich lockerten, hatte das Gefühl, daß ihre Beine länger wurden. Zwölf Uhr zweiundvierzig. In acht Stunden war sie schon wieder auf dem Jahrmarkt und bestrich Tortillas mit Bohnen.
Dean lag in der Unterwäsche auf dem hinteren Bett und drückte sich ein feuchtes Handtuch an die linke Schläfe. Seine braunen Augen folgten ihr.
Carmen nahm noch einen Schluck Martini und sagte: »Ich bin vor ein paar Minuten erpreßt worden.« Dean blieb stumm. »Und was ist mit *dir* passiert?« fragte sie.
Die Antwort kam mit ein paar Sekunden Verzögerung: »Ach, vergiß es.«

Carmen klopfte eine Zigarette aus dem Päckchen und zündete sie sich an. Sie war hundemüde, aber ein paar ungebändigte Fetzen Angst würden sie wohl noch eine Weile wachhalten. Sie zeichnete Linien auf Deans muskulösem Bauch mit dem Zeigefinger nach.

»Willst du vögeln?« fragte sie.

Diesmal mußte sie noch länger auf eine Antwort warten. Und dann kam gar keine. Auch gut. War nur so 'ne Idee gewesen, sich ein bißchen die Zeit zu vertreiben. Als sie schon so gut wie eingeschlafen war, stand er auf und ging aufs Klo. Er hatte einen sehr sonderbaren Gang, fast wie ein Schimpanse, die Beine weit auseinander. James Dean als nackter Affe, dieses Bild begleitete sie in den Schlaf.

fünfzehn

Auf dem Südparkplatz, hinten, wo die ganzen Wohnwagen und auch sein Winnebago standen, trat Tommy Fabian frühmorgens um halb sieben vor die Tür. Der zweite Tag des Jahrmarkts. Ein schöner Tag. Man spürte noch die Nachtkühle, aber der strahlende Sonnenschein versprach einen warmen Nachmittag. Er ging mit trippelnden Schritten über den Parkplatz zum Festplatz und zahlte den Eintritt. An einem Stand im Kolosseum holte er sich einen Kaffee, nahm viel Zucker und viel Sahne und trug die Tasse zu Kleine Knirpse Nr. 1, wo er sich auf einen Klappstuhl setzte und dem frühmorgendlichen Treiben zusah.

Marktaufseher gingen herum, Marktleute öffneten ihre Stände, entluden Lieferwagen. Auf der Straße zischten die riesigen Walzen einer Kehrmaschine vorbei. Ein Mann mit dem Logo des Minnesota-Jahrmarkts auf der Windjacke drückte jedem, der ihm nach einem Standinhaber aussah, die Daily News in die Hand, das Mitteilungsblatt des Jahrmarkts. Tommy nahm das Blatt, ohne einen Blick darauf zu werfen. Vor ein paar Jahren hatte er solche Sachen noch gelesen, jetzt schien es ihm nicht mehr der Mühe wert.

Um sieben Uhr ging er zu den Toiletten hinter dem Zucchini-im-Schlafrock-Stand. Um diese Zeit war alles noch schön sauber, und es gab jede Menge Klopapier. In ein paar Stunden würde man den Toilettensitzen mit bloßem Hintern nicht mehr zu nahe kommen wollen. Tommy ließ eine Kackwurst fallen. Dann ging er noch mal ins Kolosseum, holte sich eine zweite Tasse Kaffee und schlürfte sie wieder vor seiner Doughnut-Bude.

Vereinzelt tauchten jetzt schon Farmer auf, im frisch gewaschenen Overall, die Ausgehschirmmütze auf dem Kopf. Zuerst kamen immer die Farmer. Dann die Familien. Die Pärchen und Teenager trudelten erst viel später ein, ein oder zwei Stunden, bevor es dunkel wurde. Tommy zündete sich die erste Zigarre des Tages an.

Um halb acht kam Sophie vorbei, Axels ›Führungskraft‹. Jetzt nahm sie die große Papiertüte, die sie vor sich hertrug, in einen

Arm, um die Tür aufschließen zu können. Die Tüte kam ins Rutschen, sie faßte nach, doch das Papier riß. Tommy sah mehrere Plastikbeutel mit Tortillas auf den Boden fallen. Sie hob sie auf und trug sie in den Taco Shop.

Duane, der Junge, der Kleine Knirpse Nr. 1 leitete, kam um 7.40 Uhr, fünf Minuten vor seinem Arbeitsbeginn. Tommy schloß den Stand auf, setzte die Befeuerung der ersten vier Maschinen in Gang, nahm seinen neuen Spazierstock vom Haken und schwang ihn munter, während er zum Amphitheater ging, um die nächste Bude in Betrieb zu nehmen. Punkt acht Uhr wollte er die erste Tüte Doughnuts verkauft haben.

Carmen wachte auf, als Axel mit der Faust gegen die Tür trommelte. Sie fuhr hoch und sah auf die Uhr.

»Ach du Scheiße!«

Dean, der im Bett saß und las, sah sie aufspringen, nackt bis auf das Zellophan eines Zigarettenpäckchens, das an ihrem Hintern klebte.

»Ich hab verpennt. Warum hast du mich nicht aus dem Bett geschmissen?« Carmen erinnerte sich dunkel daran, daß sie schon einmal wach gewesen war. Sie hatte den Hörer vom schrillenden Telefon gerissen, mit Axel gesprochen, wieder aufgelegt. Und war wieder eingeschlafen.

Durch die Tür gedämpft, hörte sie Axel rufen: »Carmen! Auf geht's!«

Sie sah sich ratlos im Zimmer um, noch zu verschlafen, um einen klaren Gedanken zu fassen.

»Warum sagst du ihm nicht einfach, daß du noch nicht soweit bist?« fragte Dean. »Ich fahr dich dann hin.«

Axel schlug mit der Faust an die Tür.

Carmen holte tief Luft und öffnete die Tür einen Spalt – die Kette war vorgelegt. »Axel? Ich bin noch mal weggepennt. Tut mir leid.«

»Wie lange brauchst du, bis du deinen Hintern aus deiner Bude kriegst?«

»Ich muß erst noch duschen.«
»Mensch. Carmen! Wir kommen zu spät!«
»Fahr schon mal, ja? Ich nehm'n Taxi oder so.«
Axel warf die Arme in die Luft und stampfte zu seinem Pickup, der mit laufendem Motor bereitstand.
Carmen schloß die Tür. »Der ist ganz schön stinkig«, berichtete sie.
Dean berührte ganz sachte seine Stirn und inspizierte dann die Fingerspitzen.
»Schon noch ziemlich verschwollen«, sagte Carmen.
Deans Unterkiefer zuckte. »Hör mal zu ...« Er hatte seinen Gedichtband aufgeschlagen.
»Ist es dafür nicht noch ein bißchen früh?« Sie zog die Vorhänge zurück und ließ Licht in das Zimmer.
»Hör zu: ›Diese Seele, befreit aus Gefängnis und Gefühlserregung, hat gleichwohl noch ein wenig Unmut‹.«
»Hm?«
»Was sagst du dazu?«
»Ist womöglich ein Teil von deinem Gehirn ausgelaufen?«
Dean klappte das Buch zu und schwang die Beine aus dem Bett. »Das Leben ist so kurz, daß man sich keine Chance entgehen lassen darf«, sagte er. »Du weißt doch, was ich meine, oder?«
»Ich weiß nur, daß Axel eine Stinkwut kriegt, wenn er den ganzen Tag Burros rollen muß und nicht aus dem Stand rauskommt.«
»Na und? Wir gehen doch sowieso nach Puerto Penasco!«
Carmen starrte auf den Schorf an seiner Augenbraue. »Wie stellst du dir das vor?«
»Jetzt werfen wir erst mal einen Blick in sein Zimmer. Mal sehen, was wir finden.«
»Das geht nicht.«
»Warum nicht?«
»Dann weiß er doch gleich, wer es gewesen ist.«
»Und was ist dann?«
»Dann ... ich weiß nicht, was dann ist.« Sie hatte so ein Kribbeln

im Bauch, wie wenn gutes Acid zu wirken begann, oder wenn sie von einem hohen Felsen in die Tiefe schaute. So ein draufgängerisch zaghaftes Gefühl, wie wenn sie mit einem neuen Typ ins Bett ging oder im Taco Shop einen Zwanziger aus der Kasse fischte, nur intensiver. »Ich hab keinen Schlüssel«, sagte sie.
Dean zuckte die Schultern. »Was du von dem Kerl an der Rezeption erzählt hast, hört sich so an, als wär das kein großes Problem.«

Tommy Fabian war immer noch größer als viele andere. Mit seinen Cowboystiefeln, die er sehr bequem fand, kam er auf einssiebenundfünfzig. Und an seinem Stetson, der auch noch ein paar Zentimeter brachte, sah jeder sofort, wer bei Kleine Knirpse, Minidoughnuts, das Sagen hatte.
Tommy stand auf dem Grasplatz neben dem Steingarten und behielt Kleine Knirpse Nr. 1 im Auge, das Flaggschiff seines Unternehmens. Der Tag ließ sich prima an. Schon um zehn liefen zwölf Maschinen, und um elf hatte er das nötige Minimum an Murmeln zusammen – was in den nächsten zwölf Stunden hereinkam, war Gewinn.
Es war schon fast Mittag, die Schlangen vor dem Stand wurden länger. Schlangen waren gut für das Geschäft, solange sie nicht zu lang wurden. Wenn allzu wenige Kunden anstanden, mußte das Tempo gedrosselt werden, das schärfte er seinen Kids immer wieder ein. Wenn es sein mußte, wurden eben ein paar Maschinen abgestellt, denn nur wo bereits Schlangen standen, bildeten sich längere Schlangen. Wenn der Laden dann so richtig lief, mußte mit Volldampf gearbeitet werden, damit die Schlangen nicht *zu* lang wurden. Die Leute warteten nur eine Minute oder so, dann holten sie sich doch lieber Zuckerwatte, einen Karamelapfel oder ein Pappschälchen Pommes. Als er noch in Schaubuden gearbeitet hatte, war es genau gleich gewesen. Wer Geld verdienen wollte, mußte die Schlangen richtig hinkriegen. Und das Beste am Minnesota-Jahrmarkt war, daß die meisten Geschäfte von Amateuren geführt wurden, die von so was keinen Schimmer hatten.

Da konnte sich einer wie Tommy, der auf dem Rummel groß geworden war, eine goldene Nase verdienen.

Die Leute bekamen allmählich Hunger, der Andrang wurde größer. Tommy sah Leute die Schlangen vor seinem Stand mustern und nachschauen, was sie sich da entgehen lassen würden. Auf geht's, Duane, mach jetzt die letzten zwei Maschinen an, dachte er. Und dann sah er, daß Duane genau das tat.

Ein guter Mann.

»Hey, Tommy!« Axel Speeter kam die Rampe herauf. Sein Taco Shop war zwei Standplätze unterhalb vom Kleine-Knirpse-Stand, aber auf der anderen Seite des Grasplatzes. Und hier war ihr Beobachtungsposten, der einzige Punkt auf dem Platz, von dem aus man beide Stände bequem im Auge behalten konnte. Hier konnten sie einander den neuesten Klatsch erzählen und nach dem Wetter sehen. Sie waren schließlich zwei alte Hasen.

Tommy nickte Axel zu und winkte mit der Zigarre. Dann standen sie erst mal schweigend nebeneinander und ließen den Blick über die Menge schweifen.

»Da! Schau dir mal die beiden an«, sagte Axel.

Die zwei Mädchen gingen lachend über den Platz, wobei sie Maisburger verspeisten und Orangensaft tranken. Ihre kunstvoll zerrissenen Jeans wurden da und dort von Sicherheitsnadeln zusammengehalten. Sehr dünne Tops, bei der einen rosa, bei der anderen gelb. Das Mädchen im gelben Top trug eine Baseballmütze, an die sie vorne einen grünen Plastikschmetterling geheftet hatte.

»Wie Ostereier«, sagte Tommy.

»Was?«

»Wie vier Ostereier. Kein Wunder, daß die ganzen Peepshows dichtmachen. Wer braucht die noch, wenn sich das junge Gemüse gratis zur Schau stellt?«

Axel nickte und leckte sich mit der Zunge die Oberlippe. »Würde mich schon interessieren, wie die an ihren Müttern vorbeikommen. Meine Tochter käme mir so nicht aus dem Haus.«

»Du hast doch gar keine Tochter.«

Axel zog die Brauen hoch. »Woher willst du das wissen? Vielleicht hab ich irgendwo eine Tochter.«
Tommy zuckte die Schultern. »Und wie ist sie heute angezogen?«
Axel runzelte die Stirn. Das waren ja gleich zwei Gründe zur Beunruhigung: vielleicht doch eine Tochter zu haben, die womöglich auch noch halbnackt herumlief. Ach was. Sophie und Kirsten hatten jetzt schon viel zu tun. Wenn Carmen nicht bald kam, mußte er einspringen.
»Wie machen sich deine Leute dieses Jahr?« Tommy klopfte die Asche ab.
»Gar nicht übel. Erst ein größerer Krach bisher.«
»Ach ja, hab ich gesehen. Und gehört. Über den ganzen Platz herüber.« Tommy kaute auf seiner Zigarre herum, spuckte aus und sagte: »Die Blonde hintergeht dich übrigens.«
Axel blickte mit hängenden Backen zu Tommy hinunter.
»Sie ist heute morgen mit Tortillas aus dem Lebensmittelladen aufgekreuzt.«
»Und deshalb meinst du, daß sie mich hintergeht?«
Tommy wälzte seine Zigarre im Mund herum. »Also, *ich* seh an den Doughnut-Tütchen, ob man mich bescheißt. Ich weiß, wieviel ich am Morgen habe und wieviel am Abend noch da sind, und den Verbrauch an Tütchen stelle ich den Einnahmen gegenüber, und wenn das nicht zusammenpaßt, weiß ich, daß man mich bescheißt. Und *du* machst vermutlich so was Ähnliches mit den Tortillas.«
»Da kommt man zu keinem genauen Ergebnis.«
»Aber man hat einen Anhaltspunkt. Du läßt die Tortillas zählen, und dann weißt du so ungefähr, wieviel Geld du haben müßtest. Und wenn ich dann seh, daß die Alte –«
»Sie heißt Sophie.«
»Also, da fragt man sich doch, warum *Sophie* Tortillas aus dem Lebensmittelladen mitbringt?«
Axel nickte traurig. Er wollte das alles gar nicht hören. Er setzte Vertrauen in Sophie. Carmen hätte er alles zugetraut. Bei Sophie

war das anders. Und falls sie ihn doch hinterging, wollte er es lieber gar nicht wissen; jedenfalls solange sie nicht zuviel nahm.
Als könnte er Gedanken lesen, sagte Tommy: »Hör zu, wenn du sie ein bißchen was abstauben lassen willst, ist das deine Sache. Ich wollte es nur gesagt haben.«
»Das hast du ja jetzt getan.«
»Und wo ich schon mal dabei bin, dir Sachen zu sagen, die du nicht hören willst: Die kleine Carmen hat einen Freund, von dem du wohl nichts wissen sollst.«
»Was?« Das war ihm neu. Carmen hatte einen Freund? Sein Magen rutschte etwas tiefer in die Bauchhöhle.
»Ja. So ein nichtsnutziges Bürschchen. Hat sich gestern an mich drangehängt, als ich bei meinen Ständen das Geld geholt hab. Als ob ich das nicht schon ein Leben lang machen würde. Als ob ich ein Volltrottel wär, mit dem man leichtes Spiel hat.« Tommy zog an seiner Zigarre. »Also, das war so: Wie ich grad meine Runde mach, merk ich, daß ich einen im Schlepptau hab. So ein kahlköpfiges Bürschchen, das hinter mir hertrabt, als wär ich stocktaub und völlig blind. Ich nehm die gleiche Abkürzung wie immer.« Er zeichnete mit der Zigarre eine Linie in die Luft. »Zirka sechstausend Kröten in der Tasche und einen sehr sonderbar aussehenden Burschen auf den Fersen. Ich bleib stehen. Er fuchtelt mir mit seinem Spazierstock vor der Nase rum und fragt: ›Wie geht's denn so?‹« Tommy warf seine Zigarre ins Gras und trat sie mit der Stiefelspitze in die Erde. »Ich nehm ihm das Ding ab und knall es dem Dreckskerl in die Eier.«
»Mannomann.« Das imponierte Axel.
»Der ist umgefallen wie ein Sack Backmischung. Sein Spazierstock hängt jetzt bei mir im Stand.«
»Was hat er denn gemacht?«
»Er ist einfach liegengeblieben.«
»Ich mein, *warum* hast du ihn k. o. geschlagen?
»Der hat was im Schilde geführt. Das hab ich schon an seinen Stielaugen gesehen, als ich die Kassen geleert hab. Und dieses Bürschchen hab ich mit Carmen auf einer Bank sitzen sehen.«

»Du hast ihn einfach zusammengeschlagen? Und wenn er bloß fragen wollte, wo's zum Klo geht?«
Tommy grinste ihn an. »Genau das hätte er vermutlich gefragt. Der wollte mich doch nicht am hellichten Tag anspringen, der wollte erst mal die Lage peilen und später zuschlagen. Und da hab ich mir gedacht, ich erspar ihm und mir einigen Ärger. Du hättest sehen müssen, wie er zu Boden gegangen ist. Jetzt gibt es einen Dreckskerl mehr, der weiß, daß man Tommy Fabian nicht dumm kommen darf.«
Axel blies die Backen auf und strich eine dünne Haarsträhne aus dem Gesicht. »Er ist kahl, sagst du?«
»Kahlrasiert. Sieht richtig unheimlich aus.«
»Und du hast Carmen mit ihm zusammen gesehen?«
»Seine Hand auf ihrem Hintern und so. Du mußt aufpassen, Ax. Die beiden brüten was aus, und das stinkt.«
»Wie sieht der Junge aus?«
»Wie ein Affe. Ein ganz flaches Gesicht. Da, diese zwei Ringe haben in seiner Augenbraue gesteckt. Jetzt hab ich sogar ein Andenken an ihn.« Er hielt die rechte Hand hoch und klimperte mit zwei Goldringen, die lose an seinem Mittelfinger steckten.
»Hhmm«, machte Axel. Ihm war speiübel.

sechzehn

Carmen legte zwei Zwanzigdollarscheine auf die Rezeption, schlug mit der Faust auf die Glocke, ging zur Kaffeemaschine und füllte zwei Pappbecher auf Kosten des Hauses. Bill Quist, der dem Ende seiner Schicht entgegengähnte, kam aus seiner Portiersloge, sah das Geld, sah Carmen, grinste feist.

»Ah! Danke, Baby. Ich hab schon ein bißchen an dir gezweifelt.«

Carmen kippte in jeden der beiden Becher drei Päckchen Zucker.

»Ich hab doch gesagt, Sie kriegen das Geld.«

»Ja, schon.«

Carmen ging zum Ausgang, blieb abrupt stehen, drehte sich noch einmal zu Quist um. »Jetzt hätt ich's fast vergessen. Axel hat angerufen. Ich soll ihm seine Augentropfen bringen. Er sagt, daß Sie mir einen Schlüssel zu seinem Zimmer geben können.«

Quist legte den Kopf schief, wie ein Rotkehlchen, das dem Kriechen eines Wurms lauscht. »Wie war das?«

»Ich brauche einen Schlüssel zu Axels Zimmer.«

»Davon hat mir Mr. S. nichts gesagt.«

Carmen stellte die zwei Becher wieder auf die Rezeption und zog eine Handvoll Scheine aus der Tasche. Sie zählte noch drei Zwanziger ab. »Er hat gesagt, ich soll gleich ein paar Tage im voraus zahlen. Und für mein Zimmer brauche ich einen zweiten Schlüssel.«

»Damit könnte ich mir viel Ärger einhandeln.«

Carmen nippte an ihrem Kaffee und wartete.

»Sie gehen nur schnell rein und holen was für Mr. S.?«

Carmen nickte.

Quist betrachtete das Geld und schluckte. »Also, ich glaub, ein bißchen mehr bräucht ich da schon als Sicherheit.« Er räusperte sich. »Ich mein, wenn ich Mr. S. gar nicht damit behelligen soll."

Carmen sagte: »Mal sehen, was sich machen läßt. Aber jetzt brauch ich erst mal die Schlüssel. Wenn Axel seine Augentropfen nicht kriegt, macht er uns beide zur Sau.«

Die Coca-Cola-Kästen waren an der Wand aufgestapelt, genau wie sie es ihm beschrieben hatte. Dean hob einen Kasten herunter und schaute hinein. Boxershorts. Er mußte grinsen und schaute zu Carmen hinüber, die in der Tür stand und den Parkplatz nicht aus den Augen ließ. Sie machte einen schrecklich nervösen Eindruck.

»Warum bist'n so aufgeregt?«

»Du kennst Axel nicht«, sagte sie. »Du hast ihn noch nie erlebt, wenn er eine Stinkwut hat. Wenn er rauskriegt, daß wir an seinen Sachen waren, rastet er aus.«

»Nur keine Panik, Carmen. Was meinst du, was los ist, wenn *ich* ausraste.« Dean dachte an Mickey – zum erstenmal seit mehr als vierundzwanzig Stunden. Er wußte schon gar nicht mehr so genau, womit sie ihn vor drei Tagen so in Rage gebracht hatte. Er holte den nächsten Cola-Kasten herunter und stellte ihn aufs Bett. Weiße Hemden, gebügelt und ordentlich zusammengelegt. Schon ein komischer Kauz, dachte er.

»Warum schaust du nicht einfach auf der Seite in die Kästen rein?« fragte Carmen. »Die Kaffeedosen sind in der untersten Reihe.«

Dean ließ sich auf Hände und Knie nieder und ging die unterste Reihe durch. In den zwei letzten Kästen waren rote Kaffeedosen. Sein Puls begann zu jagen. Er stand auf und hob sofort den obersten Kasten herunter.

»Wir dürfen die Kästen nicht durcheinanderbringen. Sonst merkt er doch sofort, daß wir hier waren.«

Dean hörte gar nicht hin, baute die Wand aus roten Plastikkästen ab, erreichte die unterste Reihe und holte eine der roten Dosen heraus. Es waren insgesamt zehn. Er griff mit den Fingernägeln unter den Rand des Plastikdeckels und zog ihn auf. Die Dose war mit schwarzem synthetischem Gewebe vollgestopft. Als Dean an einem Zipfel zog, kam ein Paar schwarze Wadenstrümpfe zum Vorschein. Er stellte die Dose auf den Kopf und schüttelte den gesamten Inhalt auf das Bett. Lauter identische schwarze Wadenstrümpfe. Verdutzt sah er Carmen an, die fassungslos auf die Wa-

denstrümpfe starrte. Er machte die nächste Dose auf und fand wieder nur schwarze Wadenstrümpfe, jedes Paar noch so wie im Laden von einem Bügel zusammengehalten und mit einem Aufkleber versehen: Größe 44-46, 100% Nylon.
»Das sind seine Lieblingssocken«, sagte Carmen. »Die müssen im Sonderangebot gewesen sein.«
In der nächsten Dose waren keine Herrenstrümpfe, sondern neun Dreierpackungen Billigkugelschreiber. Dann kamen mehrere Dutzend Taschentücher und danach neue Pokerkarten, sechs Blatt, Marke Bicycle. In drei Dosen waren vierzehn neue weiße Boxershorts, in einer war ein gelbliches Gebiß, und die letzte Dose war doch tatsächlich halb voll mit gemahlenem Kaffee.
Als Dean den Kaffee entdeckte, hatte er bereits ein grimmiges Lächeln aufgesetzt. Er ging um das Bett herum und baute sich vor Carmen auf, legte ihr die Hände um den Hals und massierte sie sanft mit den Daumen. Er fand sie nicht mehr sonderlich attraktiv. Eine Schlampe wie jede andere. »Carmen, ich bin sprachlos.«
»Aber da war's drin«, sagte Carmen kreidebleich.
»Na, klar doch.«
»Ich muß zur Arbeit. Wir müssen alles wieder so herrichten, wie es vorher war.«
»Wie ist das eigentlich? Hast du mich überhaupt gern?«
Carmen nickte. Sie spürte seine Daumen an ihrem Kehlkopf.
Dean hielt sie noch fünf Sekunden fest. Dann ließ er los und begann das ganze Zeug wieder in die Kaffeedosen zu stopfen.
»Meinst du, daß er es auf die Bank getragen hat?«
»Keine Ahnung. Er hat was gegen Banken. Aber bei Axel kann man nie sagen, was ihm einfällt.« Sie zog ihr Arzneifläschchen aus der Handtasche, schüttelte drei blaue Valiumtabletten heraus und schluckte sie trocken hinunter. Dann schaute sie Dean zu, wie er die Mauer aus Cola-Kästen wieder errichtete.
»Was willst du jetzt machen?« fragte sie.
»Weiß ich noch nicht.«
»Du bist bloß wegen Axels Geld hergekommen, stimmt's?«
Dean verharrte mitten in der Bewegung und begegnete ihrem

Blick. So hatte er das bisher nicht gesehen. »Also, wenn ich gewußt hätte, daß das mit dem Geld gelogen ist, hätte ich dich vielleicht nicht *so* gern gehabt, daß ich extra so weit gefahren wäre, bloß um dich zu besuchen.«

Carmen ließ sich das durch den Kopf gehen. »Ich hab nicht gelogen«, sagte sie.

»Hey ...«, sagte Dean und zog aus einem Cola-Kasten einen khakifarbenen Segeltuchbeutel mit dunklen Flecken. Er machte die Kordel auf, griff mit einem breiten Grinsen in den Beutel und brachte etwas zum Vorschein, das in einen öligen Lappen gewickelt war. Er schlug ihn auseinander: Eine Pistole – Kaliber 12,5 mm – und ein Ladestreifen. Er schob den Streifen in den Knauf der alten Armeewaffe und zielte Carmen mitten ins Gesicht.

»Peng«, sagte er.

Carmen rollte die Augen und wartete darauf, daß das Valium endlich Wirkung zeigte.

Nachdem Axel bei der Bewältigung des Andrangs in der Mittagszeit geholfen hatte, schenkte er sich eine Cola ein, wandte sich zum Gehen und sagte Sophie, daß es schon eine Weile dauern könnte, bis er wiederkam. Dann spazierte er auf der Carnes Avenue zur Mittelstraße. Er suchte den Lärm und die aufblitzenden Lichter, die Anonymität des Rummels. Axel dachte an Tommy und das kahle Bürschchen mit den Ringen überm Auge. Das konnte niemand anders gewesen sein, als der Kerl, den er vor dem Motel 6 getroffen hatte.

Der Kerl war nicht Carmens erster Freund und vermutlich auch nicht ihr letzter. Axel mußte sich wohl daran gewöhnen – und würde sich doch nie daran gewöhnen. Ihn plagte, ob ihm das nun paßte oder nicht, sowohl die Sorge eines Vaters um sein Kind, als auch die Wut eines eifersüchtigen Liebhabers. Trotzdem würde Carmen nun einmal ihre Männer haben, und diese Männer würden Carmen haben. Aber *dieser* Kerl brachte nichts als Ärger. Wenn er sich da schon nicht auf sein eigenes Gefühl verlassen konnte, so doch auf Tommys Instinkt.

Axel nahm einen Schluck Cola und sah am Riesenrad hinauf, das zu Beginn der Mittelstraße aufragte. War der kahle Affe am Ende eine Materialisation seiner bösen Gedanken? Er überlegte sich, was Sam O'Gara dazu sagen würde, und mußte lachen.

Axel ging gern durch die Mittelstraße, die Viertelmeile mit Fahrgeschäften, Geschicklichkeitsspielen und Schaubuden, wo es nur so blitzte und donnerte. Er mochte das Getöse und Gesause und sah den Schaustellern gern dabei zu, wie sie die Leute köderten und stets aufs neue demonstrierten, daß auch der typische Bewohner Minnesotas, der eher wortkarg und scheinbar so ungemein praktisch veranlagt war, doch nur ein einfacher Schafskopf war. Alljährlich ließen sich die Leute von der Aussicht auf eine anderthalb Meter große Bart-Simpson-Puppe, einen aufblasbaren Ranger oder ein Nirvana-Poster zum Werfen von Ringen, Basketbällen und Münzen animieren. Axel blieb stehen und schaute einem gepflegten jungen Mann von athletischer Statur zu, der unbedingt einen Rosaroten Panther für seine Freundin gewinnen wollte und immer wieder mit einem Basketball auf einen zu klein geratenen Reifen zielte, der weiter entfernt war, als es aussah. Als er zwanzig Dollar verpulvert hatte, gab er kopfschüttelnd auf, und peinlich war ihm dann nur seine Ungeschicklichkeit, nicht sein Unverstand.

Axel ging bis zum Ende der Mittelstraße, wo Serpentina mit einer Python einen Schlangentanz vorführte. Sie trat auf einer kleinen Bühne vor dem ehemaligen Monstrositätenkabinett auf. Seit es Kuriositätenkabinett hieß, führte man dort nicht mehr die dreibeinige Lonna und die siamesischen Zwillinge aus Schwarzafrika vor, und auch nicht – Monster oder Mutant? – den Riesenfüßler. Statt dessen traten Artisten auf. Mit der Python tanzte, je nach Tageszeit, eine von drei Frauen. Die momentane Serpentina trug eine dicke Brille, und ihre Schenkel schwabbelten aus einem Kunstschlangenleder-Trikot heraus. Von den drei Serpentinas traten zwei auch als Tortura auf, das hieb- und stichfeste Mädchen. Die dritte, eine magere, hohläugige Blondine, spielte ab und zu Elektra, die Herrin der Hochspannung. Axel zog diese modernen Attraktionen vor. Es war menschenfreundlicher, als Mißbildungen auszustellen, wie noch vor zehn, zwanzig Jahren. Im Süden – in Mississippi, Alabama, Louisiana – war die Monstrositätenschau noch populär, hier oben im Norden war die Lust am Begaffen von Deformierungen anderen Perversitäten gewichen. Er mußte allerdings zugeben, daß ein Schwertschlucker, ein Schlangenmensch oder eine Frau, die sich auf eine Elektroplatte stellte und ihre Haare zu Berge stehen ließ, keine so intensiven Gefühle wachriefen wie ein Mann, dem die Füße auf die Größe von Wassermelonen angeschwollen waren, oder ein junges Mädchen, bei dem ein drittes Bein aus einem Oberschenkel herauswuchs.

Er blieb beim ›Blödmannversenken‹ stehen, wo gerade drei Kleinstadtfootballstars zehn Dollar für das Recht berappten, den unausstehlichen ›Blödmann‹ in ein Wasserbecken zu befördern. Der Typ, der den Blödmann spielte, überhäufte die drei mit Hohn und Spott, um sie so richtig in Rage zu bringen. Wenn einer von ihnen mit dem Ball ins Ziel traf, plumpste der Blödmann ins Becken, schwang sich aber im Nu wieder auf seinen Sitz und spuckte Wasser, Gift und Galle. Sicher keine leichte Arbeit, sich so verhaßt zu machen, daß die Leute einen unbedingt naß machen wollten und auch noch dafür zahlten. Das wär was für Tommy, dachte er.

Axel fühlte sich pudelwohl im Trubel auf der Mittelstraße. Er hatte das Gefühl, daß er sich um sein Geld keine Sorgen mehr machen mußte. Carmen hatte sich schon immer allzusehr für sein Geld interessiert. Letztes Jahr hatte sie in seine Kaffeedosen gegriffen und meinte wohl, er hätte nichts gemerkt. Er hatte sie eigentlich darauf ansprechen wollen, es aber immer wieder auf später verschoben, weil ihm eingefallen war, was er in ihrem Alter, also vor einem halben Jahrhundert, so alles angestellt hatte. Wenn sie über dieses Alter hinaus war, würde sich das schon legen.

Gestern hatte er erfahren, daß sie es herumerzählt hatte, bei Tommy und wer weiß wem noch, und da hatte er sein Geld endlich an einen Ort gebracht, wo es sicherer war: Jetzt lagen die gesamten 260.000 Dollar gut verpackt einen Meter tief im Boden, unter seinem alten Pickup bei Sam O'Gara hinterm Haus. Er lächelte, als er daran dachte, wie schnell bei Chester und Festus, den wunder wie scharfen Wachhunden, ein halbes Dutzend Bueno Burritos das gesträubte Fell geglättet hatte. Der Bueno war eben ein erstklassiges Produkt, das merkten selbst Hunde. Sie verschlangen die Burros, legten sich zufrieden in den Schatten und sahen ihm dabei zu, wie er ein Loch grub, das Geld hineinplumpsen ließ, das Loch zuschaufelte und den Pickup wieder an den alten Platz stellte. Abgesehen davon, daß die Hunde etwas dicker waren als zuvor, deutete danach nichts mehr darauf hin, daß er dort gewesen war. Nur er und die Hunde wußten Bescheid. Also war sein Geld dort vorläufig sicher.

Carmen betrat den Taco Shop ein paar Minuten nach 16 Uhr. Die Handtasche legte sie unter die Arbeitsplatte, die verspiegelte Sonnenbrille behielt sie auf. Sophie stand an der Theke und wartete auf Kundschaft. Sie nahm keine Notiz von Carmen.

»Na, viel zu tun gehabt?« fragte Carmen.

Sophie ruckte den Kopf zur Seite, als wollte sie eine Fliege von der Nase verscheuchen.

»Tut mir leid, daß ich zu spät komme«, sagte Carmen nach einer Weile. »Axel hat mich nicht geweckt.«

»Acht Stunden zu spät«, bemerkte Sophie.

»Wo ist Axel?«

»Er hat uns nicht verraten, wo er hingeht«, sagte Sophie.

»Axel ist schon ein komischer Vogel«, sagte Carmen. »Er sitzt bestimmt in seinem Pickup und träumt vor sich hin.«

Sophie zog eine Augenbraue hoch und sah ihre Tochter an. »Findest du?«

»Ja. Er ist einer der komischsten Vögel, die mir je begegnet sind.«

»Wie dieser Freund von dir, der gestern hier war?«

»Meinst du Dean? Das ist auch ein komischer Vogel. Sag mal, warum ist es denn so dunkel? So spät kann's doch noch nicht sein.«

Kirsten und Sophie blickten Carmen verdutzt an und sahen sich in den verspiegelten Brillengläsern selber.
»Wie wär's, wenn du die Sonnenbrille abnimmst?« sagte Sophie.
»Oh!« machte Carmen und hob die Hand an ihre Brille, nahm sie jedoch nicht ab, sondern schob sie bloß den Nasenrücken hinauf. Sophie murmelte kopfschüttelnd etwas vor sich hin, drehte sich um und hielt wieder nach Kunden Ausschau. Sie hatte den Bluterguß nicht bemerkt, der hinter dem rechten Brillenglas zu sehen gewesen war, aber Kirsten fiel er auf.
»Hat dich jemand geschlagen?« fragte sie flüsternd.
Carmen schüttelte den Kopf. »Ich hab was übersehen und bin voll dagegengelaufen.«
Nachdem sie am Morgen in Axels Zimmer alles wieder in Ordnung gebracht hatten, waren Carmen und Dean ein paar Häuser weiter bei Denny's frühstücken gegangen. Dean, der Axels Pistole unter der Motorradjacke im Gürtel stecken hatte, bestellte Steak mit Eiern, kanadischen Speck, eine Bratwurst und zwei Glas Apfelsaft. Carmen bestellte Würstchen im Wickelrock, ihr Lieblingsfrühstück aus Kindertagen. Während sie auf ihr Essen warteten, fragte sie: »Was willst'n jetzt machen?«
»Was ich machen will?«
»Fährst du zurück nach Omaha?«
Dean schüttelte den Kopf. »Geht nicht.«
»Wieso nicht?«
Dean tätschelte ihr mit dem Lauf der Pistole das Knie und erzählte von Mickey. Zum Glück hatte sie vorsichtshalber drei Valiumtabletten geschluckt.
»Das ist alles deine Schuld«, sagte Dean. »Wenn du kein Valium gewollt hättest, wär das nicht passiert.«
»Moment mal«, sagte Carmen. »Ich hab nichts gemacht.«
»Und wenn du nicht nach Puerto Penasco gewollt hättest, wäre ich gar nicht hier. Aber jetzt stellt sich raus, daß die Geschichte von dem Geld eine einzige Lüge war.«
»Es war immer in den Kaffeedosen«, sagte Carmen. »Jetzt muß er

was damit angefangen haben.« Es gefiel ihr nicht, wie gelassen er sich gab.
»Was? *Was* hat er damit angefangen, Carmy?«
Carmen zuckte die Schultern. Es gefiel ihr auch nicht, daß er Carmy sagte. Das Frühstück kam. Sie sah ihm beim Essen seines Steaks zu. Er beugte sich über den Teller, hielt ihn mit einer Hand fest und gabelte sich das kleingeschnittene Steak hastig in den Mund. Nach dem Steak putzte er den Speck weg, dann die Bratwurst, dann die Eier. Carmen aß, nachdem sie die Würstchen ausgewickelt hatte, ein paar Bissen von dem Pfannkuchen und machte sich verschwommene Gedanken darüber, was er vorhaben könnte. Er machte sie, trotz Valium, so nervös, als wäre sie eine Maus, die neben einer schlafenden Katze in einem Käfig sitzt.
Sie schob ihren Teller zur Seite. »Was willst du jetzt machen?« fragte sie.
Dean trank das zweite Glas Apfelsaft. »Was würdest du an meiner Stelle machen?«
»Ich weiß nicht.«
»Was meinst du? Soll ich eine Bank ausrauben?« Er legte die schwere Pistole auf den Tisch, zwischen die Reste vom Frühstück.
»Nimm die lieber wieder weg, bevor sie jemand sieht.«
Er fixierte sie und sagte: »Du brauchst mir nicht zu sagen, was ich tun soll, Carmy«, ließ ein paar Sekunden verstreichen und steckte die Pistole wieder in den Gürtel. »Ich kapier's einfach nicht, daß du mich wegen nichts und wieder nichts nach Minneapolis gelotst hast.«
»Ich hab nicht gesagt, daß du kommen sollst«, hörte sie sich antworten, obwohl ihr völlig klar war, daß sie besser die Klappe gehalten hätte. Seine linke Hand ballte sich. Die Faust sah groß und weich und aufgedunsen aus, sie kam langsam auf sie zugeschwebt und wurde immer größer, bis Carmen sonst gar nichts mehr sah. Ihr Hinterkopf knallte gegen die Plastiktrennwand. Sie schnappte nach Luft und sackte auf der Vinylbank zusammen.

Dean stand auf und spazierte seelenruhig aus dem Restaurant. Carmen spürte keinen Schmerz. Sie fuhr mit der Hand über ihre Augenbraue, und dann hatte sie Blut an den Fingern. Sie tunkte ihre Serviette in das Eiswasser und betupfte ihre Braue. Von den anderen Gästen schien keiner etwas bemerkt zu haben. Die Bedienung brachte die Rechnung an den Tisch und zog die Augenbrauen hoch, verlor aber kein Wort über die blutige Serviette, die Carmen sich an die Stirn hielt.

Carmen bezahlte und ging zurück ins Motel. Deans Wagen war verschwunden. Seine Tasche war auch nicht mehr da, nur seinen Gedichtband hatte er liegenlassen. Sie legte sich rücklings auf das ungemachte Bett und schaute hinauf zu den zahllosen kleinen, schwarzen Löchern in den Deckenplatten.

Als sie nach ein paar Stunden wieder aufgewacht war, hatte sie die Sonnenbrille aufgesetzt, war zur Laprenteur Avenue gegangen und von dort mit dem Bus zur Arbeit gefahren. Immer noch besser als auf ihn zu warten, ohne zu wissen, wann und ob er wiederkam.

Und jetzt, an der Arbeitsplatte, die Hände ganz glitschig vom Öl und Hackfleisch, durchlebte sie in Gedanken noch einmal den ganzen Morgen – und verspürte zu ihrer Überraschung eine gewisse Erregung. Sie spürte noch einmal den warmen Lauf der Pistole am Knie. Die Empfindung lief innen am Schenkel hinauf in den Bauch. Er hätte schießen können. Und er hatte sich überlegt, ob er schießen sollte, das hatte sie an seinen Augen gesehen. Aber er hatte es nicht getan. Er hatte ihr ein blaues Auge und eine aufgeplatzte Braue verpaßt, aber weil sie wußte, was ihr erspart blieb, war ihr der Schlag wie ein Streicheln vorgekommen.

Dean war nicht ungefährlich, aber auch nicht langweilig. Und er hatte sie gern. Er hatte seine Schwester getötet, aber wenn sich das so abgespielt hatte, wie er sagte, war es nicht direkt seine Schuld gewesen. Einerseits hoffte sie, daß er aus ihrem Leben verschwunden war, andererseits wollte sie ihn wiedersehen. Und irgendwie wußte sie, daß sie ihn auch wiedersehen würde.

siebzehn

Dean zahlte die fünf Dollar Eintritt, schob sich durch das Drehkreuz und kaufte an einem Souvenirstand eine Harley-Davidson-Mütze und eine billige Sonnenbrille mit ganz dunklen Gläsern. Es war schon ziemlich spät, zehn Uhr abends, und außer ihm gingen alle in die andere Richtung, zum Ausgang und auf die Parkplätze, um sich auf die Suche nach ihren Autos zu machen. Dean schob sich gegen den Strom auf das Zentrum des Festplatzes zu. Durch seine neue Sonnenbrille sah er das spätabendliche Getümmel auf dem Jahrmarkt ein wenig undeutlich. Eine niedrige Wolkendecke hatte sich über die Stadt gelegt, die Luft war schwül. An der Kreuzung von Carnes Avenue und Nelson Avenue kaufte er einen dreißig Zentimeter langen Hot dog, und während er ihn aß, sah er zum Himmel auf. Dort spiegelten sich die zuckenden und kreiselnden Lichter in den Wolken. Als er die Wurst verdrückt hatte, schlenderte er auf der Carnes Avenue zum Grasplatz, wo er sich ein Softeis holte und eine bequeme Bank suchte, auf der er an seinem Eis schlecken und auf den Doughnut-Mann warten konnte.

Kleine Knirpse Nr. 1 war umlagert von Leuten, die sich den letzten Snack des Abends besorgten. Durch eine Lücke in der Menge sah Dean ab und zu den schwarzen Cowboyhut, der sich mit kleinen Hüpfern hin und her bewegte. Es sah nicht so aus, als wäre hier bald Schluß. Dean schleckte den letzten Rest Eis aus der Waffel und ließ sie auf das zertrampelte Gras fallen. Die Abfalltonnen waren längst übergequollen und mehr oder weniger untergegangen in Haufen aus fettigem Papier. Zweihunderttausend Leute hatten hier gegessen und ihren Abfall auf dem zwölf Hektar großen Areal verteilt. Dean schlenderte über den Grasplatz auf den Taco Shop zu, wo Carmen gerade ein paar Leute bediente. Er wartete, bis niemand mehr anstand, und ging dann – mit der neuen Brille auf der Nase und der neuen Mütze auf dem Kopf – rasch zu ihr hin und bestellte eine Bohnentostada.

Carmen nahm die Bestellung auf, erkannte ihn aber nicht.

»Hey«, sagte er. »Wie lang hat wohl die Doughnut-Bude auf?
»Hm?« machte sie. Sie sah müde aus. Eine lange Haarsträhne klebte an ihrer Wange. Das blonde Mädchen brachte seine Tostada und legte sie auf die Theke.
Carmens Mutter war mit dem Kopf praktisch im Spülbecken verschwunden, das sie vermutlich putzte. Er beugte sich über die Theke und sagte Carmen direkt ins Ohr: »Aufwachen, Carmy, ich bin's.«
Carmen machte einen Satz nach hinten und stieß gegen das blonde Mädchen.
»He!«
Dean lachte.
»Dean?« sagte Carmen und sah sich rasch nach ihrer Mutter um.
»Ich will nur wissen, wie lang die Doughnut-Bude offenhat.«
»Wahrscheinlich bis um halb elf oder so. Warum?«
»Und wie spät ist es jetzt?«
»Viertel vor elf. Wieso? Was hast du vor?«
»Bis später.« Er kehrte ihr den Rücken zu und ging davon.
Kirsten Lund hielt sich den Arm, in den sich Carmens Ellbogen gebohrt hatte. »He!« rief sie. »Was ist mit Ihrer Tostada?«
Dean ging einfach weiter. Sophie drehte sich zu den Mädchen um und fragte: »Was'n los?«
Carmen nahm die Tostada und legte sie wieder auf die Arbeitsplatte. »Der Typ ist ohne sein Essen weggegangen.«
Sophie sah sich die verschmähte Tostada an. »Ist irgendwas damit?«
»Nee. Das war so'n Spinner, der plötzlich lieber Doughnuts haben wollte.«
»Hat er gezahlt?«
Carmen schüttelte den Kopf.
Sophie runzelte die Stirn. »Hat jemand von euch Hunger?« fragte sie. Carmen und Kirsten schüttelten den Kopf und schauten zu, wie Sophie mit saurer Miene die Tostada von der Arbeitsplatte in den Abfalleimer schob. »Schon wieder Ausschuß«, seufzte sie. Sie sah müde aus und machte einen traurigen Eindruck.

»Man muß ein bißchen was übriglassen für den Nebenmann«, sagte Axel immer.
Noch vor gar nicht so vielen Jahren hatte er den Taco Shop jeden Tag offengehalten, bis kein Besucher mehr auf dem Festplatz war, manchmal bis nach Mitternacht, weil er den Gedanken nicht ertragen hätte, daß doch ein größerer Umsatz drin gewesen wäre. Wenn man auch nur einen einzigen potentiellen Kunden hungrig weggehen ließ, war eine Chance vertan, die nicht wiederkam. Dachte er damals. Da war er aber auch noch jünger gewesen und mit drei, vier Stunden Schlaf ausgekommen. Und er war hungriger gewesen, er hatte die Moneten ja auch noch verzweifelt nötig gehabt.
Das Alter hatte ihm in vielerlei Hinsicht mehr Gelassenheit beschert. Es machte ihm nichts mehr aus, sein Restaurant schon um elf zu schließen, manchmal sogar schon um halb elf, und bei schlechtem Wetter auch noch früher. Die Strapazen der Arbeit zu nachtschlafender Zeit standen in keinem Verhältnis zu den paar mickrigen Mäusen, die dabei heraussprangen. Dieses Geschäft überließ er jetzt leichten Herzens anderen, jüngeren Markthändlern.
Seine Mädchen waren total erledigt, das sah er schon von weitem an ihren langsamen Bewegungen und den ausdruckslosen Gesichtern. Er ging um den Stand herum und trat ein. Sophie sagte nichts, warf ihm aber einen vielsagenden Blick zu. Sie fand es zum Kotzen, wenn er einfach verschwand. Sie schickte Kirsten nach Hause, und dann machten sie zu dritt weiter, stellten die verderblichen Lebensmittel in den Kühlschrank, kehrten den Stand aus, richteten gleich alles für morgen früh her.
Carmen trug eine Sonnenbrille. Axel hätte gern gewußt, warum, fragte aber lieber nicht. Er ging hinaus, schraubte seinen Schlauch an und begann um den Taco Shop herum das Gras und den Zement abzuspritzen und Tortillastückchen, Salatblätter und anderen Abfall in den Rinnstein zu befördern. Das war der Teil des allabendlichen Reinigungsrituals, der ihm richtig Spaß machte. Er richtete den Strahl gezielt auf eingeschleppte Weiß-

käsestückchen, Zigarettenstummel, Bonbonpapierchen, und schickte sie auf ihre letzte Reise durch die Kanalisation. Zwei dicke junge Männer blieben stehen und wollten noch Burritos bestellen. Axel lächelte ihnen zu und hob bedauernd die Hände.
»Tut mir leid«, sagte er. »Wir haben geschlossen.«

Dean blickte von seiner Bank auf der anderen Seite des Grasplatzes zum Taco Shop hinüber. Das blonde Mädchen kam aus der Bude heraus, schlug die Richtung zum östlichen Ausgang ein und sah ihn nur vorsichtig aus den Augenwinkeln an, als sie an ihm vorbeikam. Eingebildete Vorstadtziege. Daß die ihn nicht mochte, hatte er gleich gesehen. Er schaute wieder zu Axel und seinen Frauen hinüber. Der alte Sack spritzte mit seinem Schlauch in der Gegend herum, als wäre er der Weltmeister im Pissen. Je länger er diesen Burschen beobachtete, desto klarer wurde ihm, daß die Geschichte mit den Kaffeedosen frei erfunden war.
Schon komisch, wie sich dadurch seine Einstellung zu Carmen änderte. Er hatte sie immer noch gern, aber eher so, wie er es bei John Donne gelesen hatte, als eine Erweiterung seiner Selbst.
Axel, Sophie und Carmen brauchten noch zwanzig Minuten. Sie bemerkten Dean nicht. Er sah ihnen noch eine Weile zu, konzentrierte sich dann ganz auf den kleinen Knirps. Der schwarze Cowboyhut hüpfte zwischen den Maschinen hin und her. Dean lehnte sich mit verschränkten Armen zurück und schaute durch seine dunklen Brillengläser geduldig zu, wie eine Maschine um die andere auslief.

achtzehn

Tommy Fabian bezeichnete sich gern als den fleißigsten Mann im Imbißgeschäft, und niemand widersprach ihm. Er machte seine Imbißstände jeden Morgen um Viertel vor acht auf, hielt sie den ganzen Tag in Schwung und blieb immer bis zum Schluß. Er schätzte, daß er während des Minnesota-Jahrmarkts pro Nacht auf vier, fünf Stunden Schlaf kam. Irgendwann nach Mitternacht legte er sich aufs Ohr; mit den Hühnern stand er wieder auf und trank seine erste Tasse Kaffee mit Zucker satt.

Die ersten zwei Tage waren jedesmal hart, am dritten, also am Samstag, lief er dann zu großer Form auf. Der Trick bei der Sache war die richtige Aufpulverung: Am Morgen viel Kaffee, gegen zehn das erste Schlückchen Jack Daniel's, und dann den ganzen Tag weiterpicheln, aber in Maßen. Zwei, drei Viertelliterflaschen. Hier ein Schluck und dort ein Schluck, gerade so viel, daß die Zahnräder ineinandergriffen, der Motor brummte und die Erde in der Horizontalen blieb. Er wirkte nie so richtig betrunken, aber spätabends wurden seine Bewegungen sehr bedächtig, und er erinnerte sich zwar immer an das Abschließen seiner Imbißstände, aber nur selten an den nächtlichen Fußmarsch zu seinem Winnebago.

Früher hatte er sogar im Stand geschlafen, auch schon als Junge, mit seinem Vater, auf den County-Jahrmärkten. Da hatten sie die Besucher zu immer neuen Spielchen animiert – und immer im Stand geschlafen. So machten das die Leute vom Rummel. Seit einigen Jahren nötigten ihn aber steifere Glieder und eine schlechtere Verdauung, in seinem Winnie zu schlafen, der den Komfort eines behaglichen Heims bot – ein weiches Bett, eine Dusche und, am allerwichtigsten, ein Klo. So ungern er seinen Stand alleinließ, dafür lohnte es sich.

Sein Wohnwagen war zehn Meter lang und stand ganz hinten auf dem Südparkplatz, wo auch die ganzen Pferdeanhänger waren. Dieses Jahr hatten ihn ein Sattelschlepper und ein alter silberner Airstream eingekeilt, in dem ein mexikanischer Kerzenmacher und seine hasenschartige Tochter wohnten. Der Sattelschlepper hatte einen großen, roten Spoiler auf dem Dach, den man schon von weitem sah, sogar bei Nacht. Wenn Tommy seine Buden abgesperrt hatte, brauchte er sich nur in Richtung Spoiler auf den Weg zu bringen, um sich im Bett wiederzufinden. Seine Beine trugen ihn nach Hause wie ein braves Pferd.

Doch heute – es war erst der zweite Tag des Jahrmarkts – hatte Tommy das dunkle Gefühl, daß etwas nicht stimmte. Als er die Sperrholzläden zugeklappt und mit einem großen Vorhängeschloß gesichert hatte, blieb er unter dem Dachvorsprung stehen und sah sich um.

Fast nur noch Standinhaber und Müllmänner. Für die paar Besucher, die noch herumspazierten, gab es nichts mehr zu essen und auch sonst nichts mehr zu tun. Die Spätsommerluft kühlte rasch ab, ein leichter Nordwind blies den Fett- und Bierdunst fort. Jede Menge Müllwagen. Alle paar Sekunden hörte man ein Ächzen, wenn ein Container hochgehoben und ausgekippt wurde, und ein Schmatzen, wenn eine leistungsstarke Hydraulik die Masse aus Papier und Essensresten zusammenpreßte. Durch den Rinnstein lief eine fettige Brühe; oberhalb der Doughnutbude wurden die Picknicktische abgespritzt. Ein Wachspappkarton mit Weißkäsestückchen trieb an ihm vorbei.

Alles wie immer.

Tommy zog den letzten Viertelliter des Tages aus der Gesäßtasche, schraubte den Plastikdeckel ab und nahm sein übliches Schlückchen. Dann sagte er sich, ach, was soll's, und nahm einen kräftigen Schluck aus der Pulle. Er hatte immer noch ein ungutes Gefühl. In seiner Umhängetasche hatte er fast dreitausend Dollar, das Geld der letzten paar Stunden, das er nicht mehr auf die Bank bringen konnte, wo der größte Teil der Tageseinnahmen schon war. Ein paar Schlucke waren noch übrig. Er trank sie auf dem Weg zum Ausgang und warf die Flasche in eine Mülltonne, bevor er sich durch ein hölzernes Drehkreuz schob. Der Sattelschlepper war leicht auszumachen, auch schon aus zweihundert Metern Entfernung. Tommy visierte ihn an und hielt quer über den verlassenen Parkplatz darauf zu. Er versuchte sein ungutes Gefühl beiseite zu schieben und hoffte, daß er auch diesmal den Heimweg getrost gleich wieder vergessen konnte.

Nicht zu fassen, wie lange der kleine Mistkerl brauchte. Zuerst blieb er wie angewurzelt stehen und machte überhaupt nichts, dann ölte er sich ordentlich die Gurgel, und als er sich endlich in Bewegung setzte, hatte er einen Gang, als wäre die Welt aus Wackelpudding, er streckte die Arme aus wie ein Affe auf dem Hochseil. Dean achtete auf großen Abstand; außerdem trug er ja noch die Sonnenbrille und den schwarzen Hut. Diesmal würde ihn der Bursche nicht entdecken.
Dean schob sich durch ein Drehkreuz und folgte ihm über die Como Avenue auf den Parkplatz, auf dem nur noch hier und da ein Auto stand. Ganz hinten, vier Footballfelder entfernt, konnte er Laster und Wohnwagen ausmachen. Der Bursche schien einen roten Sattelschlepper mit viel blitzendem Chrom anzupeilen. Dean hielt fünfzig Meter Abstand. Erst als der kleine Knirps hinter dem Laster verschwunden war, sah Dean, daß da ja auch noch ein Winnebago stand, eingekeilt zwischen dem Sattelschlepper und einem silbernen Wohnwagen. Und in genau diesem Winnebago ging jetzt das Licht an, ein Schatten bewegte sich hin und her.
Nach ein paar Minuten erlosch das Licht. Dean drehte sich um und machte sich auf den weiten Weg zu seinem Wagen. Er hätte sich den Mistkerl am liebsten heute gleich geschnappt, aber jetzt war es eben anders gelaufen. Die Luft war kühler geworden, die Lichter auf dem Jahrmarkt hatten keinen Hof mehr und strahlten heller.

Axel fuhr auf den Parkplatz, hielt vor Zimmer Nummer neunzehn und schüttelte Carmen sachte an der Schulter. Sie hob langsam den Kopf, wandte ihm das Gesicht zu, blinzelte, fuhr sich mit der Zunge über die Lippen. »Sind wir da?« fragte sie.
»Ja, wir sind da«, sagte er. Carmen tastete nach dem Türgriff und stieg aus. Sie bewegte sich im Halbschlaf, wie ein kleines Kind,

das man aufgeweckt hat. Morgen würde sie sich wohl kaum daran erinnern. Er wartete, bis sie aufgeschlossen hatte, damit sie auch wirklich sicher nach Hause kam. Als sie die Tür hinter sich geschlossen hatte, fuhr er vor sein Zimmer.

Ihr Freund ging Axel nicht aus dem Sinn. Sein grüner Maverick stand nicht auf dem Parkplatz. Gut. Trotzdem wurde er das Gefühl nicht los, daß Carmen ihm entglitt. In seinem Kopf flackerte mal Zorn und mal Trauer auf; er war hundemüde und konnte nicht auch noch seine Gefühle sortieren.

Axel schloß sein Zimmer auf und knipste das Licht an. Er wollte jetzt nur noch den Fernseher einschalten und die Sender für sich denken lassen, bis er Schlaf fand. Er ließ die Geldtasche auf das Bett und sich auf den Stuhl fallen und beugte sich vor, um die Schnürsenkel zu lösen. Seine Füße schienen heute weiter weg zu sein als sonst. Er zog die Schuhe aus und stellte sie ordentlich neben das Bett, die Spitzen in Richtung Wand. Dann setzte er sich wieder hin und streifte die Hosenträger von den Schultern.

Das tat gut.

Er kramte in seinen Taschen herum, brachte eine Handvoll Münzen zum Vorschein und beugte sich zum Nachttisch hinüber, um sie in den Aschenbecher zu werfen. Dann verharrte er mitten in der Bewegung. Der Aschenbecher war leer. Da stimmte doch etwas nicht. Er war sicher, daß er bereits ein Sammelsurium von Münzen hineingeschmissen hatte. Alles in allem ein paar Dollar, mehr nicht, aber als er aus dem Zimmer gegangen war, hatte Kleingeld in dem Ascher gelegen.

Er kam sich auf einmal nackt und bloß vor, es lief ihm eiskalt den Nacken hinunter. Man war in sein Zimmer eingedrungen. Er musterte seine Cola-Kästen. Die Anordnung stimmte nicht mehr. Jemand hatte sich an seinen Sachen zu schaffen gemacht.

Seine Müdigkeit war wie weggeblasen. Er ließ sich neben dem Bett auf Hände und Knie nieder und tastete an der Unterseite der Federkernmatratze nach dem Schlitz im Musselin. Da! Axel griff hinein und zog einen in Wachstuch gewickelten Packen heraus, der in einer Sprungfeder festgeklemmt war. Er wickelte ihn aus und starrte auf die Einnahmen des Vortages, etwa dreitausendfünfhundert Dollar, vorwiegend in Zwanzigern und Zehnern. Der eisige Schreck ließ nach, eine jähe Wut stieg in ihm auf. Er drängte sie zurück, stand auf, atmete tief durch. Der Ernstfall war nicht eingetreten. Es war nichts passiert. Sein Geld lag bei Sam hinterm Haus. Die Einbrecher waren leer ausgegangen. Er mußte nachdenken.

Axel schaute auf den Wecker neben dem Bett: 0.17 Uhr. Das kann auch noch bis morgen warten, dachte er. Ihm gingen Bilder von einem kahlen Affen durch den Kopf, der in seinen Kästen wühlte. Zusammen mit Carmen? Schwer zu sagen. Gab es etwas in seinen Kästen, was sie mitgenommen haben könnten?

Er hatte ein Inventar seiner Habseligkeiten im Kopf und ging es nun Kasten für Kasten durch.

Nach ein paar Minuten begann er die Wand aus Cola-Kästen abzubauen. In der dritten Reihe von unten fand er, wonach er suchte: einen khakifarbenen Segeltuchbeutel. Er nahm ihn aus dem Kasten. Der Beutel war ganz leicht. Er zog die Kordel auf und fand drei Paar schwarze Nylonsocken.

Bill Quist war der Meinung, daß Chuck Woolery von Love Connection, der Showmaster mit dem anzüglichen Grinsen, einen der besten Jobs beim Fernsehen hatte. Irgendwo hatte er gelesen, daß sich Chuck von sämtlichen Frauen, die in seiner Show auftraten, privat eine Probe ihres Könnens geben ließ. Oder war das seiner Phantasie entsprungen? Er war nämlich sehr einfallsreich. Er hätte Autor werden sollen. Drehbücher schreiben. Schauspielerinnen kennenlernen. Eine der Frauen in Love Connection sah aus wie Heather Locklear mit roten Haaren. Heather Locklear. Die müßte man kennenlernen.

Die *rothaarige* Heather Locklear schlug die Beine jetzt andersherum übereinander. Konnte man tatsächlich hören, wie die Schenkel in den Nylonstrümpfen sich aneinander rieben? Oder war das die zischende Hydraulik des Türschließers im Foyer?

Die Chromglocke auf der Rezeption ertönte.

»Okay, okay«, sagte Quist und fuhr mit seinem Drehstuhl herum. Es war Axel Speeter. »Mr. S.! Wie geht's?
»Ich kann nicht klagen, Bill. Und Ihnen?«
»Bestens, bestens. Was kann ich für Sie tun?«
Axel stützte sich mit den Unterarmen auf die Rezeption. »Können Sie mir vielleicht etwas über einen jungen Burschen sagen, der sich hier rumgetrieben hat? Ungefähr *so* groß, kahlrasiert, winziges Näschen?«
Er zeigte sich mit dem Finger auf die Augenbraue. »Bis vor kurzem noch mit Ringen in der Rübe?«
Quist löste den Blick von Axels asymmetrischen grünen Augen und legte die Stirn in tiefe Falten, um zu zeigen, daß er angestrengt nachdachte. Innerlich geriet er in Panik. Er hätte dem Biest auf gar keinen Fall den Schlüssel geben dürfen. Mist! Mist! Mist! Was sollte er denn jetzt sagen? Sollte er ihn ganz oder nur halb anlügen?
»Mit Springerstiefeln?« versuchte Axel ihm auf die Sprünge zu helfen.
Quist begann langsam zu nicken. Er konnte schlecht sagen, er habe den Jungen nie gesehen, sonst sah es so aus, als hätte er seine Pflichten vernachlässigt. Und warum sollte er ihn eigentlich nicht gesehen haben? Das hatte überhaupt nichts zu bedeuten. Das konnte er ruhig zugeben. Damit ging er kein Risiko ein. »Hm«, machte er und nickte schneller. »Ich glaub schon. Doch, den hab ich in den letzten Tagen ein paarmal gesehen. Da bin ich mir ziemlich sicher. Was ist mit ihm?«
»Wohnt er hier?«
»Na ja ... er steht nicht im Gästebuch, falls Sie das meinen. Ich hab ihn nur ein paarmal vorbeigehen sehen. Ich dachte, er is'n Passant.«
»Sind Sie sicher, daß er nicht hier wohnt?«
»Wie gesagt, er steht nicht im Gästebuch. Aber es wär schon möglich, daß er bei jemand anders mitwohnt. Ich mein, das entzieht sich meiner Kenntnis, Mr. S.« Quist heftete die Augen auf Axels Brust und hoffte, daß die Befragung damit beendet war. Aus dem

Fernseher schallte Gelächter. Er wandte den Kopf der Mattscheibe zu, aber jetzt erkundigte sich Axel auf einmal nach einem Schlüssel.
»Bitte? Was haben Sie gesagt?«
»Ich habe gefragt, wer einen Schlüssel zu meinem Zimmer hat.«
Quist schüttelte energisch den Kopf. »Niemand! Da geht niemand rein. Auch nicht das Zimmermädchen. Wir richten uns da ganz nach Ihren Wünschen, Mr. S.«
Axel hob die Augenbrauen, als genüge ihm das nicht als Antwort. Quist wußte aber nicht, was er noch sagen sollte.
»Nun gut, Bill. Aber morgen laß ich das Schloß austauschen.«
»Also, ich weiß nicht recht, Mr. S. Da müßte ich mit der Zentrale reden.«
»Tun Sie das, Bill. Sagen Sie denen, daß jemand in meinem Zimmer ein und aus geht. Und daß dieser Jemand einen Schlüssel hat. Ich besorg schon mal ein neues Schloß.« Er drehte sich um und ging.
Quist sah den breiten Schultern nach. War doch ganz einfach, dachte er, als er sich wieder Chuck Woolery zuwandte. Den Platz der rothaarigen Heather Locklear hatte ein Typ mit Pferdeschwanz eingenommen. Quist schaltete um. Vielleicht fand er ja irgendwo im Nachtprogramm eine Wiederholung von Baywatch oder sonst was Schönes.

James Dean bog auf den Parkplatz des Motel 6 ein und fuhr rückwärts in die Parklücke gegenüber von Zimmer drei. Er wollte gerade den Motor abstellen, als er Axel aus dem Foyer kommen sah, die Brust herausgedrückt wie ein Soldat beim Parademarsch. Dean blieb im Auto sitzen, um ihn vorbeigehen zu lassen, aber der alte Mann wurde auf den grünen Maverick aufmerksam und blieb stehen. Keine sieben Meter von den Stoßdämpfern entfernt.
Wieso geb ich eigentlich nicht einfach Gas? dachte Dean.
Axel stand breitbeinig da und fixierte ihn. Dean saß regungslos, mit ausdruckslosem Gesicht im Wagen und wußte nicht, was er machen sollte.

Wenn er ihn über den Haufen fuhr, sah es ja doch jemand. Der Typ an der Rezeption oder ein Passant.
Axel kam auf ihn zu.
Verdammte Scheiße, dachte Dean, er weiß, daß wir in seinem Zimmer waren.
Er legte den Gang ein und gab Gas. Der alte Mann blieb einfach stehen. Dean riß das Lenkrad herum und fegte einen Meter an ihm vorbei. Erst als er auf der Straße war, begann er wieder zu atmen.
Er fühlte sich so schwach und zittrig, als wäre er mit knapper Not einem Unfall entgangen. Vor irgend etwas an dem alten Mann hatte er tierisch Schiß. Erst zwei Kreuzungen weiter fiel ihm ein, daß er ja die Pistole unter dem Fahrersitz hatte und vor gar nichts Angst zu haben brauchte.

Die Tonight Show war aus. Einer der Menschen, die Axel wirklich fehlten, war Johnny Carson. Mit seinem Nachfolger konnte er nicht viel anfangen. Aber so war das eben im Leben, nichts blieb, wie es war. Er saß auf dem sauber gemachten Bett und zappte durch die Kabelkanäle. Ein paar Minuten blieb er bei einem Kriegsfilm hängen, dann merkte er, daß er ihn schon kannte. Auch gut. Er konnte Kriegsfilmen sowieso nicht mehr viel abgewinnen. Früher einmal hatte er die kämpfenden und sterbenden Helden bewundert, mittlerweile kamen sie ihm vor wie kämpfende und sterbende Kinder. Im nächsten Programm fand er eine Sendung über Australien. Ganze Känguruhherden hüpften durch das weite Land. Axel zog die Schuhe aus und stellte sie an das Fußende des Betts, polsterte das Kopfteil mit Kissen und lehnte sich gemütlich zurück, um den Känguruhs zuzuschauen. Axel mochte Tierfilme. Die über Australien ganz besonders.
Dieser kleine Scheißer. Jetzt war völlig klar, daß er und niemand anders in seinem Zimmer gewesen war – so wie er vorher davongefahren war. Er könnte das Schloß selber irgendwie aufgekriegt haben, aber wahrscheinlicher war, daß da der schmierige Portier seine Finger im Spiel gehabt hatte. Er hatte gute Lust, den Kopf

dieses Kerls auf den Tisch zu knallen, bis er auspackte. Axel spürte eine wilde Wut in sich aufsteigen. Er kämpfte dagegen an und konzentrierte sich auf die Sendung. Er mochte sich selber nicht, wenn die Pferde mit ihm durchgingen.
Aber er mochte Känguruhs. Kaum jemand machte sich klar, wieviel diese Tiere aushielten, wie schwer sie es hatten. Zwei Männchen, im Clinch wie zwei Boxer, traten mit ihren kräftigen Hinterbeinen aufeinander ein. Jetzt trennten sie sich und begannen einander anzuspringen, sie rissen sich mit ihren Klauen den Bauch auf. Aus dem Off erfuhr Axel, daß das große Männchen mit dem eingerissenen Ohr das Alpha-Männchen war, der alternde Herr und Beschützer einer Gruppe von Weibchen und Jungtieren. Die Weibchen, die im Schatten von Eukalyptusbäumen saßen, sahen sich den Kampf an und warteten ab, wer den Sieg davontragen würde. Der Herausforderer war zwar kleiner, aber viel schneller, und er kämpfte aggressiv und erbarmungslos. Ein ums andere Mal sprang er das Alpha-Männchen an und drängte es zurück, und Gegenangriffe schien er mühelos wegzustecken. Axel feuerte in Gedanken das Alpha-Männchen an. Für das alternde Leittier, erfuhr er aus dem Off, ging es um Leben und Tod, denn wenn es verlor, mußte es, geschwächt und blutend, die Gruppe verlassen – dann starb es einsam in der Wüste.
Auf einmal kehrte das Alpha-Männchen seinem Herausforderer den Rücken zu und hüpfte mit kraftlosen Sprüngen in die Wüste hinaus, noch ein paar hundert Meter mit Tritten und Bissen von seinem Gegner verfolgt. Dem neuen Alpha-Männchen.
Er hätte gewinnen können, dachte Axel, ganz aufgewühlt. Er hätte sich der Angriffe erwehren und schließlich dank seiner Größe und Erfahrung den Sieg erringen können.
Beim Beobachten von Tieren konnte man viel lernen.
Eine Gruppe Wallabys kam ins Bild. Sie waren kleiner als die Känguruhs und grasten friedlich. Axel machte die Glotze aus. Er ging ins Bett und machte das Licht aus, fand aber lange keinen Schlaf. Die verfluchten Känguruhs gingen ihm nicht aus dem Kopf.

neunzehn

Dean warf noch einen Vierteldollar in den DeathMek in Tony's East Side Lounge. Der Automat stand hinten an der Wand, zwischen den zwei Türen für ›Mädels‹ und ›Männer‹. Dean hing seinen Gedanken nach und spielte ganz mechanisch, vernichtete einen Angreifer nach dem anderen und erhielt seinen Cyborg am Leben.

Er überlegte sich, was er jetzt machen sollte. Er kannte außer Carmen niemand in dieser Stadt und hatte nur noch zwanzig Dollar oder so. Den letzten Rest der Moneten, die er Mickey abgenommen hatte. Das reichte nicht für ein Motelzimmer, und an seine Doughnut-Knete kam er nicht vor morgen nacht ran. Was für ein blöder Zufall, daß der Taco-Typ ihm über den Weg gelaufen war. Er hatte sich schon richtig darauf gefreut, Carmen zu schildern, wie er mit dem Doughnut-Knirps umspringen würde. Vielleicht hätte er den Kerl doch überfahren sollen.

Vermutlich könnte er sich mit vorgehaltener Waffe Geld besorgen, in einer Tankstelle oder so, aber er hatte sich noch nie darauf eingelassen, in ein hell erleuchtetes Geschäft reinzumarschieren und abzukassieren. Das war nicht sein Stil, er war im Grunde eher der gewaltlose Typ. Und ein Überfall auf eine Tankstelle wegen fünfzig oder hundert Dollar stand ja auch im Widerspruch zu seiner neuen Philosophie: je weniger Transaktionen, desto mehr Chancen, daß man nicht aufflog. Nur für einen großen Fang lohnte sich das Risiko. Da schlief er schon lieber im Auto. Noch einen Vierteldollar in den Automaten, und dann ab in den Maverick. Wenn er wenigstens ein bißchen Speed schnupfen könnte. Er hätte sich in Omaha noch schnell was besorgen sollen, bevor er losgefahren war. Mit ein paar Schnellmachern bräuchte er überhaupt keinen Schlaf.

Dean hatte gerade wieder einen Dinosaurier erledigt, als er spürte, daß ihm jemand in den Nacken schnaufte, vermutlich jemand, der ihm beim Spielen zusah. Das ließ er sich ungefähr fünf Sekunden gefallen, dann mimte er eine Wut auf den Automaten, stieß der Kiste mit den Händen kräftig Bescheid und knallte bei dieser Gelegenheit seinem Hintermann den Absatz auf die Zehen.

»Autsch! Verdammt!« Eine piepsige, näselnde Stimme.

Dean blickte über die Schulter. Ein schmaler Kopf, so kahl wie seiner.

»Scheiße, Mann! Du bist mir auf den Fuß getreten«, sagte der Skinhead. Er war noch sehr jung, höchstens siebzehn, und spindeldürr. Pickliges Raubvogelgesicht, blaßblaue Augen, eingesunkene Brust in einem ausgebleichten, zerrissenen T-Shirt. Kein Gürtel an der grauen Hose, die gerade noch an den schmalen Hüften hing und unten an den Beinen vor Dreck starrte. Kaputte Cowboystiefel aus Schlangenleder, der eine nur noch von silbrigem Isolierband zusammengehalten.

Die Anspannung fiel von ihm ab. Von diesem Skinhead-Cowboy war nichts zu befürchten. Ein junges Bürschchen. Ein bißchen wie er selber vor ein paar Jahren. Dean wollte ihm gerade eine vor den Latz knallen, als er noch eine Glatze herkommen sah, von der Bar, mit zwei Bier.

Der zweite Skinhead war älter und an die hundert Kilo schwerer. Er hatte kleine, tiefliegende Augen, richtige Schweinsäuglein, und trug eine schwarze Lederjacke, für die man wohl das Fell von drei Kühen gebraucht hatte, und die trotzdem an den Schultern spannte.

Hätte er bloß die Pistole nicht im Auto gelassen. Grinsend breitete er die Arme aus. »Au, Mann, das tut mir jetzt echt leid«, sagte er. »Kann ich dir ein Bier bringen oder so?«

Der Junge sah Dean in aller Ruhe an und wartete erst mal ab, bis der Riese mit dem Bier da war.

»Wo kommst'n eigentlich her?« fragte er schließlich.

»Aus Chicago«, sagte Dean. Er fand es besser, aus Chicago zu kommen, als aus Omaha. Wo Chicago lag, wußten die Leute. »Ich heiß übrigens Dean«, schob er nach.

Der Junge sagte: »Mich nennt man Tigger, Mann.« Er streckte den Arm aus und begann mit einer komplizierten Begrüßung, bei der

man sich schließlich am Handgelenk hielt. Ein bißchen wie ein Rockergruß, fand Dean, der ihm alles nachzumachen versucht hatte. Anscheinend zu Tiggers Zufriedenheit.
»Das ist Sweety.« Tigger deutete mit dem Kopf auf den Riesen. »Wir sind von hier.«
Dean sah sich in der Kneipe um. Ein paar Männer, die wie Fabrikarbeiter aussahen, lauter Weiße, alle mit diesen kleinen Augen, und ein paar pferdegesichtige Frauen, die gut zu ihnen paßten. Keine Skinheads. Tigger nahm einen Zug von seinem Bier, als hätte er seit Tagen nichts getrunken. Sweety betrachtete Dean wie eine Wanze.
Dean fragte: »Wie geht's denn so, Sweety?«
Sweety hob die Schultern und sah weg. Die Bierflasche verschwand fast vollständig in seiner gewaltigen Pranke.
»Und was treibst du in Frogtown?« wollte Tigger wissen.
»Ich dachte, ich bin in Saint Paul«, entgegnete Dean.
»Frogtown ist in Saint Paul«, sagte Tigger.
Dean kratzte sich am Kinn. Drei Typen in der Bar, die von ihren Glatzen zusammengebracht worden waren. Die beiden waren aber keine typischen Skinheads – sie waren sicher nicht in einem Arischen Kreis zum Schutz gegen andere Minderheiten, und sie waren auch keine Neonazi-Skins mit der Wut arbeitsloser Arbeiter im Bauch. Dean war das recht. Für politische Positionen hatte er noch nie viel übrig gehabt, ob sie mit oder ohne Haare daherkamen. Typen wie diese beiden dachten doch gar nicht daran, eine Arbeit anzunehmen. Da liefen andere Sachen. Das Geld fürs Bier mußte ja irgendwo herkommen. Vielleicht konnten sie ihm sagen, wo er ein bißchen Speed herbekam. Oder hatten wenigstens eine Schlafgelegenheit.
Tigger sah ihn lauernd an. Dean wußte immer noch nicht so recht, ob ein neuer Kumpel vor ihm stand oder ob ihm ein Kampf bevorstand. Er zeigte auf Tiggers leere Flasche. »Willst noch eins?« fragte er.
In Tiggers Augen trat ein matter Glanz. »Warum nicht«, sagte er.
Dean fragte: »Für dich auch, Muskelmann?«

Sweety war ganz weit weg, starrte die Wand an, bekam überhaupt nichts mit. Solchen Typen war Dean in Lincoln begegnet. Entweder man war eng mit ihnen befreundet, oder man ging ihnen aus dem Weg. Tigger sagte: »Wär schon besser, wenn du ihm auch eins bringst.«

Danach hatte Dean noch mal eine Runde ausgegeben – und wenn jetzt eine weitere fällig wurde, war er blank. Sie saßen in einer Nische, ziemlich weit hinten. Sweety hatte ein winziges Messer aus dem Koppelschloß gezogen und schnitzte Buchstaben in das Resopal. Er konzentrierte sich so sehr auf diese Aufgabe, daß seine Stirn rot angelaufen war. Tigger gab damit an, daß ein Freund von ihm eine Harley hatte.

»Und was macht der Typ?« fragte Dean. Er wußte nicht recht, warum ihm Tigger das alles erzählte.

»Was er macht? Er dealt.«

»Womit?«

»Da kriegt man alles, was man will. Pork hat verdammt gute Beziehungen.«

Sweety sagte: »Ach, dieser Idiot.« Dean versuchte zu entziffern, was er in den Tisch schnitzte.

»Wenn du was brauchst, kann ich's für dich besorgen«, sagte Tigger. »Pork is'n guter Kumpel von mir.«

Dean zuckte die Schultern. Er hatte kein Geld mehr. »Vielleicht morgen«, sagte er. »Kann der Typ auch Speed besorgen?«

»Soll das'n Witz sein? Mann, der hat Muntermacher, da schnallst du ab. Methedrin. Das stellt so'n Typ, den er kennt, in der Badewanne her. Pork hat eben verdammt gute Beziehungen.«

Dean hatte noch nie Methedrin probiert. In Omaha kam das kaum auf den Markt. Omaha war eine Gras-und-Acid-Stadt. Und wurde so langsam auch eine Crack-Stadt. »Taugt der Stoff was?« fragte er. Falls der Preis stimmte, sollte er vielleicht einen größeren Posten einkaufen und nach Sioux Falls verfrachten, wo er einen kannte, der es ihm wohl abnehmen würde. Dabei konnte Dean sein Kapital verdoppeln, vielleicht sogar verdreifachen. Fragte sich nur, ob man diese beiden Typen ernstnehmen konnte. Der

Junge mit dem zusammengeklebten Cowboystiefel war ein Hampelmann, der große Töne spuckte und den starken Mann markierte. Und der andere, der Cyborg, sah aus, als hätte er das walnußgroße Gehirn eines Tyrannosaurus.
»Mann, der Stoff ist Dynamit«, sagte Tigger. »Stimmt doch, Sweety, oder?«
»Hm?«
»Das Speed von Pork.«
»Ach, dieser Idiot«, sagte Sweety.

zwanzig

Am nächsten Morgen war Axel anders als sonst. Das drang sogar durch Carmens Morgennebel. Übel drauf, irgendwie fies. Sie saß noch gar nicht richtig, da fuhr er schon los.
»Wow.« Sie schlug die Wagentür zu.
Ohne groß auf den Verkehr zu achten, fuhr er vom Parkplatz auf die Larpenteur Avenue. Die Hupe einer Honda heulte auf.
»Was'n los?« fragte Carmen, auf einmal hellwach.
»Hast du gut geschlafen?« fragte Axel zurück. Er saß über das Lenkrad gebeugt wie ein kleiner Junge, dem sein Auto nicht schnell genug fährt.
»Eigentlich schon«, antwortete Carmen vorsichtig.
»Schwierigkeiten mit dem Aufstehen gehabt heute morgen?«
Nach einem kurzen Zögern sagte Carmen: »Nein.« Wenn sie nicht wußte, mit welcher Antwort sie richtig lag, log sie lieber.
»Ich sitz schon fünf Minuten im Wagen.«
Deshalb war er doch wohl nicht sauer? Carmen kam nicht ganz mit. Sie hatte ihn schon oft warten lassen. Auf einmal verspürte sie Angst. Vielleicht hatte er gemerkt, daß jemand in seinem Zimmer gewesen war.
»Geht's dir wirklich gut?« fragte sie.
Axel schob sich vom Lenkrad weg. »Ja, mir geht's gut.« Er sah nicht zu ihr herüber. »Ich wünschte mir nur, du hättest etwas mehr Verantwortungsgefühl.«
Carmen machte es sich auf ihrem Sitz bequem. Wenn er es damit genug sein lassen wollte, sollte ihr das recht sein. Am ersten Samstag des Jahrmarkts mußte man sich auf einen langen, anstrengenden Arbeitstag einstellen. Bei strahlend blauem Himmel und rasch steigenden Temperaturen erst recht. Sie hatte einen Horror vor diesem Tag, aber irgendwo freute sie sich auch auf die konzentrierte Kraftanstrengung. Verantwortungsgefühl? Das Wort hatte einen komischen Beigeschmack. Er war doch nicht ihr Vater!

Die Daily News, das offizielle Mitteilungsblatt des Minnesota-Jahrmarkts, sagte für den heutigen Samstag einen neuen Rekord vorher. Eine Viertelmillion Besucher. Das Wetter sah nach idealen Temperaturen um die 30 Grad aus, im Umkreis von dreihundert Kilometern stand kein Wölkchen am Himmel, und im Amphitheater spielte Garth Brooks auf.

Wie üblich hatte Sophie die Läden schon aufgeklappt und die Friteusen zum Dampfen gebracht, als Axel und Carmen den Taco Shop erreichten. Seit er ihr den Titel ›Leiterin‹ gegeben und eine Prämie versprochen hatte, arbeitete sie kolossal viel. Er konnte sich wirklich nicht vorstellen, daß sie ihn bestahl, aber als sie aufs Klo ging, schaute er dann doch im Kühlschrank nach. Die Garcias lieferten die großen Tortillas in Plastikbeuteln mit hundert Stück, die kleineren in Beuteln mit sechs Dutzend. Und dahinter fand er acht Zehnerbeutel Zapata-Tortillas, wie man sie im Lebensmittelmarkt bekam.

Tommy hatte also doch recht. Sophie hinterging ihn, eine andere Erklärung gab es nicht. Achtzig Tortillas am Tag ergaben, sofern sie als Bueno Burritos verkauft wurden, mehr als zweihundert Dollar. Über den ganzen Jahrmarkt hinweg also 2.400 Dollar. Als Prämie für Sophie hatten ihm 500 Dollar vorgeschwebt! Da mußte etwas geschehen. Aber nicht heute, nicht an einem Tag, an dem Rekordbesuch vorausgesagt war.

Schon um zehn stand vor dem Taco Shop eine Schlange. In dem hektischen Hin und Her verschwendete Axel keinen Gedanken mehr an Sophies Tortillas, an den kahlen Jungen im Maverick, an die verschwundene Pistole. Der Tag verging wie im Fluge, sogar die Flaute am Nachmittag blieb aus. Sophie, Carmen, Juanita, Kirsten und die Wochenendaushilfe Janice waren den ganzen Tag über fast pausenlos in Bewegung. Am frühen Abend hatten sie schon keine Becher mehr, und Axel mußte betteln gehen – bei anderen Markthändlern, die natürlich nicht an die eigenen Vorräte gehen wollten, um der Konkurrenz aus der Patsche zu helfen. Der Typ vom Orangenhochgenuß rückte schließlich einen halben Karton heraus, weil Axel ihm bis zum Ende des Jahrmarkts Gratis-Tacos versprach. Ab sieben ließ Sophie Carmen am Käse sparen. Um halb acht gingen die kleinen Tortillas aus, kurz nach neun dann auch die großen.

Seit zwanzig Jahren war er nun schon in diesem Geschäft, und noch nie waren ihm die Tortillas ausgegangen. Begeistert von dem Umsatz, den er erzielt hatte, und verzweifelt über das Geschäft, das ihm entging, lief Axel zu den drei anderen mexikanischen Stehimbissen auf dem Jahrmarkt und versuchte ihnen Tortillas abzukaufen. Ohne Erfolg. Er überlegte sich, ob er zum Großhändler fahren sollte, aber bis er mit den Tortillas zurückkam, war es ja doch zu spät. Morgen früh kam der Lastwagen der Garcias mit frischen Tortillas, dann konnte es weitergehen. Wenn er auch mit leeren Händen zum Taco Shop zurückging, hatte er jetzt doch ein besseres Gefühl. Er hatte es immerhin versucht.

Sophie stand erschöpft, doch mit hocherhobenem Haupt hinter der Theke und bot allen, die etwas bestellen wollten, Bohnen an. Axel blieb stehen und konnte beobachten, daß sie tatsächlich welche verkaufte. Seine Brust hob sich vor Stolz. Dieser Frau lag sein Geschäft wirklich am Herzen. Er hatte sie eigentlich auf die Zapata-Tortillas ansprechen wollen, brachte es aber nicht übers Herz, sie nach so einem mörderischen Tag mit dieser leidigen Sache zu konfrontieren. »Geh ruhig schon nach Hause, ich räum dann zusammen mit Carmen auf«, sagte er. Sophie nickte erschöpft. Als er ihr nachblickte, sagte er sich, sie ist jeden Cent wert, den ich ihr zahle. Vielleicht sogar jeden, den sie stiehlt.

Carmen und Kirsten, für die es nicht mehr viel zu tun gab, saßen auf Klappstühlen neben dem Stand und rauchten. Kirsten hatte ihr allererstes Päckchen Virginia Slim angebrochen und versuchte Carmen den eleganten Rauchstil abzugucken. Carmen ließ den Rauch vom Mund um die Oberlippe herum in die Nase strömen und nannte das einen französischen Lungenzug. Als Kirsten ihr das nachzumachen versuchte, mußte sie niesen und begann zu husten.

»Du mußt erst mal lernen, schön gleichmäßig durch die Nase ein-

zuatmen«, sagte Carmen. »Und du fängst am besten mit ganz wenig Rauch an.«
Kirsten nickte mit Tränen in den Augen und zog nur ein ganz kleines bißchen an ihrer Virginia Slim.
Juanita hockte auf einem Käsekarton und kaute an einem Fingernagel. Carmen bot ihr eine Zigarette an.
»Nein, danke«, sagte Juanita.
Carmen sagte zu Kirsten: »Juanita ist ein *höfliches* Mädchen.«
Und dann platzten sie vor Lachen, alle drei. Sie hatten einen langen Tag hinter sich.

James Dean stand auf den Gleisen hinter dem Parkplatz, warf Steine in die Luft und versuchte sie – im Dunkeln – mit einem alten Besenstiel zu treffen. Er traf nur so zirka einen von vier Steinen, und diesen einen drosch er meistens in den Boden. Aber wenn er mal einen richtig erwischte, sauste er in den Parkplatz hinüber. *Der* zum Beispiel. Perfekt. Er spitzte die Ohren und hörte ein Knirschen: Stein gegen Sicherheitsglas.
Heute nacht waren Tigger, Sweety und er die letzten gewesen. Als sie dann vor der Bar auf dem Gehweg standen, meinte Tigger, daß Dean ruhig bei ihnen im »Hauptquartier« übernachten könne.
Klingt gut, dachte Dean. Tigger fuhr einen altersschwachen, rußenden Cadillac Fleetwood, Baujahr 76 oder so, rostfleckig schwarz, mit getönten Scheiben und schwarzem Vinylverdeck. Dean stieg in seinen Maverick und folgte der Rauchfahne durch ein verwinkeltes Viertel, parkte hinter dem Cadillac am Straßenrand und folgte seinen neuen Freunden durch eine enge Gasse. Dann ging es über einen Zaun und durch ein eingeschlagenes Fenster in den Keller eines Hauses, bei dem die Tür und alle anderen Fenster mit Brettern vernagelt waren. Es roch nach Schimmel und frischer Farbe, Pisse und Kippen.
Tigger zündete eine Kerze an und sagte: »Ich muß erst noch anzapfen.«
Dean dachte zuerst an ein Faß, aber Tigger kletterte wieder aus dem Fenster und zog ein Verlängerungskabel hinter sich her.

Nach einer Minute flammte am anderen Ende des orangenen Kabels eine Baustellenlampe auf.
Die Einrichtung des ›Hauptquartiers‹ bestand aus zwei Matratzen, einem aufgeplatzten Sitzsack, ein paar hundert Bierflaschen und einem alten Fernseher. Unter die Flaschen hatten sich ein paar Sprühdosen verirrt. Die Wände waren mit Parolen und Bildern bedeckt. *Heil Hitler, White Power, Hau bloß ab.* Ein paar normale Kreuze, ein paar Hakenkreuze, ein paar Totenköpfe. An einer Wand eine riesengroße, stilisierte Vagina. Die rosarot leuchtenden Schamlippen reichten vom Boden bis zur Decke. Auf einem aufrecht stehenden Pappkarton ein Stoß zerlesener Zeitschriften: Der Legionär, Glorreiche Zeiten, diverse Pornomagazine.
»Das ist hier quasi unser Versammlungslokal«, sagte Tigger, als er wieder hereinkletterte. »Hier hängt unsere Clique rum.«
»Wie geht'n das mit dem Licht?« fragte Dean.
»Der Typ von nebenan hat einen Außenanschluß. Da kann man einstecken, das kriegt der gar nicht mit.«
Dean nickte. Das war ja ein richtiges Vier-Sterne-Hotel. In seinem Wagen hätte er vermutlich besser geschlafen. »Gibt's hier ein Klo?«
»Ja. Da drin. Das nannte sich früher mal Kesselraum. Das Klopapier liegt auf'm Boiler.«
Er hatte dann trotz allem recht gut geschlafen. Die Matratze war gar nicht übel, und wenn er auch Getrippel und Getrappel gehört hatte, war doch nichts auf ihm herumgelaufen, hatte ihn nichts im Schlaf gebissen.
Aber jetzt wurde ja alles ganz anders. Heute nacht würde er in einem richtigen Zimmer schlafen. Und morgen kam er, wenn man Tigger glauben konnte, zu einem Haufen sehr reinem, sehr billigem, sehr gefragtem Methedrin.
Dean warf einen Stein in die Luft und schwang den Besenstiel. Er traf, aber er erwischte den Stein so weit unten, daß er steil nach oben schoß und ganz in der Nähe wieder herunterkam.
Jetzt war es genug. Er hörte lieber auf, bevor er einen Stein an den

Kopf kriegte oder der Fahrer eines Wagens mit zerdepperter Windschutzscheibe angelaufen kam.

Axel kaufte ihr auf dem Weg zum Pickup eine Eisbombenlimonade. Sie mochte diese Dinger und knabberte immer zuerst an dem geriffelten Eisrand herum, damit sie das rotweißblaue Eis schön kalt an den Vorderzähnen spürte. Nach den zwölf Stunden Schwerarbeit nuckelte sie wie betäubt an ihrer Limo, während Axel etwas von einem großartigen Tag daherredete und seine sackleinene Umhängetasche mit den Tageseinnahmen liebevoll tätschelte.

»Ein großartiger Tag«, sagte er. »Du hast dich wacker geschlagen, Carmen. Du bist ein tolles Mädchen.«

»Mhm.«

»Wenn's bis zum Schluß gut läuft ... Ach, was soll der Geiz, auch wenn's nicht gut läuft, geb ich dir nach dem Jahrmarkt eine schöne Prämie. Kannst'n paar Kleider kaufen.«

Carmen biß in den Trinkhalm und musterte die Geldtasche.

»Das wär toll.«

»Du hast sehr fleißig gearbeitet, du hast es verdient.«

»Kann man wohl sagen.«

Axel sah sie durchdringend an. Er machte ihr die Beifahrertür auf, ging um den Wagen herum, stieg ein.

»Wenn du zu mir hältst, fährst du nicht schlecht, Carmen.«

»Mhm.«

»Ganz im Ernst. Halte zu mir, Carmen, dann wird es dir an nichts fehlen. Wir sind doch ein Team.«

Carmen ließ den Trinkhalm in den Becher fallen und sah ihn an. Er schaute ihr in die Augen, mit einem Blick, als würde er gleich losheulen.

»Okay«, sagte sie und wandte den Blick ab. Sie fand es schrecklich, wenn Axel sentimental wurde. Sie dachte an den Sechserpack, der im Motel auf sie wartete. Vielleicht war der Martini in den Dosen sogar kühl geblieben. Aber das war an sich egal. Warm lief er genauso gut rein.

Zweihundert Meter von ihnen entfernt saß Dean mit dem Rücken an Tommy Fabians Winnebago. Er spielte mit Axels Pistole, befühlte den Holzknauf, sog den stechenden Geruch des Waffenöls ein. Dean hatte noch nie eine Pistole abgefeuert. Er spannte den Hahn und visierte über den Lauf. Ganz schön schwer, das Ding. Vorsichtig löste er den Hahn wieder und legte die Waffe in den Schoß. Bei der Warterei war sein Elan zu einem großen Teil verpufft. Er bekam allmählich Hunger. Um sich die Zeit zu vertreiben, überlegte er sich noch einmal, wie er es am besten anging. Er konnte sich gut vorstellen, was der kleine Knirps für ein Gesicht machen würde, wenn er ihm plötzlich die Pistole unter die Nase hielt. Wie es dann weitergehen sollte, wußte er noch nicht so genau, aber eins wußte er: Dem kleinen Mann würde es nicht gefallen.

Er umklammerte den Knauf der Pistole und lauschte angespannt. Schritte näherten sich.

Und entfernten sich wieder. Es war noch zu früh.

Er lehnte den Kopf an den Stoßdämpfer des Wohnwagens und blickte zum Mond auf. Fast Vollmond. Durch den Parkplatz zog sich ein leises Gebimmel. Vielleicht jemand mit einem Handy. Dean dachte: Dein letztes Stündlein hat geschlagen, kleiner Knirps.

Jetzt wußte er, wie er es machen mußte. Er wartete, bis der kleine Knirps vor dem Wohnwagen stand, kam blitzschnell um die Ecke, hielt ihm die Pistole unter die Nase, überrumpelte ihn, bevor er noch den richtigen Schlüssel gefunden hatte.

In einem Wohnwagen ganz in der Nähe wurde das Radio angemacht. Discomusik aus den Siebzigern. Vor seiner Zeit. Dean schloß die Augen und lauschte der Musik und atmete immer tiefer.

Er schreckte hoch. An seinem Hinterkopf hatte es einen Ruck gegeben. Der Stoßdämpfer hatte sich bewegt. Er sprang auf. Die Pistole schnellte aus seinem Schoß und fiel auf den Boden. Er warf einen Blick um die Ecke.

Mist! Der Doughnut-Knirps war da. Stand schon auf dem Tritt-

brett und drehte den Schlüssel im Schloß. Wo war die verdammte Pistole hingefallen?
Keine Zeit. Der Knirps machte die Tür auf und trat ein. Dean stürzte sich auf die Tür, bekam sie gerade noch zu fassen, riß sie wieder auf. Der kleine Knirps fuhr herum, glotzte ihn mit offenem Mund an, drehte sich zur Seite und griff nach etwas. Dean packte ihn an den Fußknöcheln und riß ihm die Beine weg. Der Knirps schlug auf den Boden, daß der ganze Wohnwagen bebte, fuhr aber sofort herum und knallte ihm einen Baseballschläger auf die Schulter. Der Schmerz durchfuhr Dean wie ein Stromstoß, und der wirkte als Impuls: Er warf sich mit aller Kraft nach hinten, riß den kleinen Knirps zur Tür heraus und schleuderte ihn gegen das Rad des Sattelschleppers. Der Cowboyhut fiel ihm in den Schoß, der Baseballschläger flog ihm aus der Hand und landete ein paar Meter entfernt im Kies. Er sackte gegen das Rad des Sattelschleppers, die Augen quollen hervor, er bekam keine Luft. Dean holte den Baseballschläger. Dem Knirps gelang ein rasselnder Atemzug, er begann sich aufzurichten. Dann sah er Dean auf sich zukommen und riß den Arm hoch.
Dean donnerte ihm den Schläger auf den Unterarm. Der Knirps heulte auf und fiel wieder gegen das Rad. Der zweite Schlag traf ihn seitlich am Kopf. Sein Gesicht wurde ganz schlaff, die Augen zeigten in verschiedene Richtungen, über dem rechten Ohr breitete sich Blut aus. Als Dean das Blut sah, kippte ihm die Erde weg. Er fiel auf die Knie und schloß die Augen. In seinen Ohren rauschte es. Er schluckte. Das Rauschen war weg. Stimmen. Einer rief laut. Ihm drehte sich alles, aber er gab sich einen Ruck, sprang in den Winnebago und suchte hektisch nach der Geldtasche. Das gleißende Licht stellte alles so scharf, daß nichts deutlich zu erkennen war – wie bei einem Fernsehbild mit zu großem Kontrast. Da! Auf dem Boden! Er riß die Tasche hoch und sprang aus dem Wohnwagen. Der Doughnut-Knirps bewegte sich, er kroch davon. Nach dem zweiten Tritt in die Rippen krümmte er sich zusammen und schützte den blutigen Kopf mit den Händen. Dean sah an seinen Fingern etwas glitzern. Ein Ring mit einem

Hufeisen obendrauf. Dean trat auf den Kerl ein, bis die Arme schlaff herunterfielen.

Dann riß er ihm den Ring vom Finger.

Jemand rief: »He! Was ist da hinten los?«

Am Handgelenk schimmerte eine Uhr. Dean zerrte sie über die Hand, das Armband riß, er warf die Uhr weg und wollte loslaufen. Moment. Die Pistole. Er fand sie auf Anhieb. Seine Sinne waren unheimlich geschärft, er sah im Dunkeln wie eine Eule.

»He!« Am anderen Ende des Sattelschleppers tauchte jemand auf. »Was ist hier los?« Ein großer, muskulöser Mann mit schwarzem Bart.

Dean richtete die Pistole auf ihn. Er sah jede Falte und jede Pore im Gesicht des Manns. Er war zu atemlos für eine Antwort und ließ den Typen einfach näherkommen, bis er die Pistole sah.

einundzwanzig

Der hübsche Junge von der Doughnutbude, der Kirsten an Luke Perry erinnerte, kam schon zum Taco Shop herüber, als das Fett in der Friteuse noch gar nicht richtig heiß war. Kirsten beugte sich über die Theke.

»Morgen«, sagte sie.

Er lächelte ihr zu.

»Wie geht's?« fragte Kirsten. »Hast du schon Hunger?« O Gott, wie lahm sich das anhörte. Wenn sie wenigstens wüßte, wie er hieß. Ihn jetzt einfach zu fragen, wäre ihr aber auch komisch vorgekommen, wo sie doch schon seit drei Tagen Tacos gegen Doughnuts tauschten. Er kannte ihren Namen auch nicht, nannte sie aber einfach Blondie. Das gefiel ihr. Und bei sich nannte sie ihn Luke. Sie *liebte* diesen Namen: Luke.

»Ist Mr. Speeter da?« fragte er.

Kirsten schüttelte den Kopf. »Nee.«

Der Junge runzelte die Stirn und blickte nach rechts und links über den Grasplatz. »Du hast nicht zufällig Mr. Fabian gesehen?«

»Wen?«

»Meinen Chef.«

»Nee.« O Gott, dachte sie, höre ich mich etwa wie ein Dummchen an?

Er blickte an ihr vorbei, nach hinten, wo Sophie Salat schnippelte.

»Wir müßten bereits offen haben. Aber er ist gar nicht gekommen.«

Sophie kam nach vorne an die Theke, wischte sich die Hände an der Schürze ab. »Tommy ist gar nicht gekommen?«

»Er müßte eigentlich schon seit zwei Stunden da sein. Was sollen wir denn jetzt machen?« Er zeigte zur abgeschlossenen Doughnutbude hinüber, wo unter dem Vordach acht Mädchen in Kleine-Knirpse-T-Shirts standen und zu ihm herüberschauten. »Die überlegen schon, ob sie nach Hause gehen sollen.«

Seit Luke mit Sophie sprach, konnte Kirsten ihn in aller Ruhe anschauen. Hoffentlich lächelte er noch einmal, solange sie ihn aus nächster Nähe betrachten konnte, dann kräuselte sich nämlich seine Oberlippe so schön. Er hatte ein paar Pickel, aber da schaute sie nicht so genau hin, die waren ja nicht von Dauer. Aber was für Augen! So strahlend blaue Augen sollen später einmal alle meine neun Kinder haben, dachte sie.

Sophie streckte den Arm aus und verdeckte Kirsten die Sicht. »Da kommt Axel.«

Der Junge ging Axel entgegen und unterhielt sich mit ihm ein paar Meter vom Stand entfernt. Sophie begann wieder Salat zu schnippeln. Kirsten sah, daß Axel Luke einen Schlüsselring in die Hand drückte, ihm auf die Schulter klopfte, auf die Doughnutbude zeigte. Lukes Fernsehstargesicht nahm einen entschlossenen Ausdruck an, er nickte mehrmals. Dann ging er auf die Doughnutbude zu, streckte den Arm in die Höhe und winkte dem lustlosen Doughnut-Mädchen-Oktett mit dem Schlüsselring.

»Wo ist denn Carmen?« fragte Sophie, als Axel den Kopf durch die Tür steckte.

»Sie wird heute wohl mit dem Bus zur Arbeit kommen. Ich mußte schon ganz früh aus dem Haus. Tom Fabian hat mich um sechs Uhr früh angerufen. Aus dem Krankenhaus.«

Sophie schob den kleingeschnittenen Salat in eine Schüssel aus rostfreiem Stahl und drückte ihn mit dem Deckel nach unten.

»Hatte er einen Herzanfall?« Sie riß eine Zwei-Kilo-Tüte geriebenen Käse auf.

»Nein, es war ein Überfall. Jemand hat ihn zusammengeschlagen. Er sieht ziemlich schlimm aus. Kann kaum sprechen.«

»Wow!« machte Kirsten.

»Ich mußte die Schlüssel bei ihm abholen. Sonst wär er auf Händen und Knien aus dem Krankenhaus gekrochen und hätte seine Buden selber aufgeschlossen. Der Arzt hat drauf bestanden, daß er anruft.«

Er schaute über den Grasplatz zur Doughnutbude hinüber, wo neun Kleine-Knirpse-T-Shirts voll überschüssiger Energie sich in die Quere kamen.

»Schau dir das an«, sagte Sophie. »Tommy bräuchte unbedingt jemand, der seinen Laden leitet. Ich mein, einen richtigen Leiter, keinen Schüler.«
»Ach, ich weiß nicht«, sagte Axel. »Ich find, die machen das gar nicht schlecht. Und nachher kommt Sam O'Gara. Tommy hat ihn gefragt, ob er auf seinen Laden aufpaßt, solange er auf der Nase liegt.«
»Sam O'Gara?« fragte Sophie und ließ den Mund offenstehen.
Axel grinste sich eins. »Hey, das ist schon okay. Er braucht sich doch bloß hinhocken und Doughnuts futtern. Die Kids wissen, was sie machen müssen. Siehst du, jetzt haben Sie schon die Läden aufgeklappt. Noch zehn Minuten, dann wird da drüben gebrutzelt und eingetütet. Jetzt muß ich aber bei seinen zwei anderen Ständen aufschließen.«
Sophie blies die Backen auf. »Und was ist mit *unserem* Stand?«
»Was soll damit sein? Kannst du den Laden nicht ohne mich schmeißen?«
Sophie preßte die Lippen zusammen.
»Bin gleich wieder da«, sagte Axel. »Ach ja, wenn Sam aufkreuzt, dann geh doch schon mal mit ihm rüber und mach ihn mit Duane bekannt.«
»Wer ist Duane?« fragte Sophie.
Axel zeigte zur Doughnutbude hinüber, auf den Luke-Perry-Klon. Der Widerschein einer Gefühlsregung, die irgendwo zwischen Ekel und Entsetzen lag, huschte über Kirsten Lunds Gesicht. *»Duane?«*

Carmen trudelte gegen zehn ein, wieder mit Sonnenbrille. Dabei war es bewölkt und zog sich immer mehr zu, in der Ferne rollte sogar schon der Donner. Sie hatte versucht, das blaue Auge mit Make-up zu überdecken, es war ihr aber nicht gelungen.
Sie hatte heute nacht von James Dean geträumt. *Nicht* von dem kahlrasierten. Sie war an einem Strand … Puerto Penasco? Möglich. Es war ein schöner Strand. James Dean kam mit dem Motorrad angefahren, gab ihr eine Frühstückswurst, donnerte davon.

Sie konnte ihre Deans schon gar nicht mehr auseinanderhalten. Jedenfalls war sie heilfroh, daß er verschwunden war. Es war eine böse Zickzacklinie in ihrem Leben, aber jetzt lag sie hinter ihr. Er war wohl nach Omaha zurückgefahren. War einfach abgeschwirrt und hatte nur seinen doofen Gedichtband dagelassen. Aber das war schon okay, sie kam verdammt gut allein zurecht. Vielleicht ging sie auf eigene Faust nach Puerto Penasco. Oder ließ sich von Axel hinschicken. Womöglich gab es da unten eine Schwesternschule. Oder sie nahm sich einfach, was sie brauchte, steckte jeden Tag ein paar hundert Dollar extra in die Tasche.

Als sie den Taco Shop betrat, war sie mit der Frage beschäftigt, wieviel sie wohl nehmen könnte, ohne daß er es merkte. Axel packte sie am Handgelenk. »Komm, Carmen.« Er zog sie ziemlich grob wieder aus dem Stand hinaus.

Er hat meine Gedanken gelesen, durchzuckte es Carmen, jetzt werde ich verhaftet. Axel führte sie zu einem freien Picknicktisch auf dem Grasplatz, setzte sie auf die Bank und sich direkt daneben. Dann beugte er sich vor und drehte sich so zu ihr um, daß zwischen ihren Gesichtern kaum zehn Zentimeter waren. Er sagte: »Los, Carmen. Erzähl mir von deinem Freund.«

Carmen lehnte sich zurück. »Von was für einem Freund?« Sie zog die Handtasche auf den Schoß und kramte darin nach Zigaretten.

Axel ließ seine Hand auf ihren Unterarm fallen. »Erzähl mir keinen Scheiß, Carmen. Du weißt genau, von wem ich rede. Dein Freund hat heut nacht Tommy aufgelauert. Er hat ihn ausgeraubt und halb totgeschlagen. Und ich will jetzt von dir wissen, wer das eigentlich ist und wo ich ihn finde.«

»Puh!« Dean hatte es tatsächlich getan. Ein nervöses Lachen entschlüpfte ihrem Mund.

»Du findest das komisch? Er hätte ihn fast umgebracht. Wahrscheinlich *hätte* er ihn umgebracht, wenn Mack nicht dazugekommen wär.«

»Mack?«

»Big Mack. Der vom Lukas. Er sagt, daß das Bürschchen mit 'ner Pistole auf ihn gezielt hat.«

Carmen schüttelte ungläubig den Kopf. Sie hatte eine Szene wie aus einem Kinofilm vor Augen: Dean gegen Big Mack. Gegen den Mann, der den Lukas einhändig bis zum Anschlag hauen konnte. Und Dean mit Axels Pistole in der Hand. Ein richtiger Showdown.

Axels Hand quetschte ihr das Handgelenk zusammen. »Schieß los, Carmen. Du weißt, von wem ich rede.«

Carmen sagte: »Das tut weh.«

Axel ließ sie los.

»Ich kenne ihn eigentlich gar nicht«, sagte sie. »Er ist einfach irgendein Typ.«

»Wie heißt er?«

»Dean. James Dean.«

Axel schnaubte verächtlich.

»Er behauptet, daß er wirklich so heißt. Weißt du, ich hab ihn neulich erst kennengelernt, in Omaha, und dann ist er einfach nachgekommen. Ich hab gar nicht gewußt, daß er kommen will.«

»Aber du hast ihn bei dir wohnen lassen.«

Carmen zuckte die Schultern und steckte sich eine Zigarette zwischen die Lippen. »Ja. Aber jetzt isser weg.« Sie sprach mit der Zigarette zwischen den Lippen, suchte ihr Feuerzeug. Axel zupfte ihr die Sonnenbrille von der Nase.

»Er hat dich geschlagen, stimmt's?«

Carmen hob die Schultern.

»Du kannst von Glück sagen, daß er nicht geschossen hat.«

»Warum hätte er das tun sollen?«

»Was weiß ich. Weil er meine Pistole ausprobieren wollte. Die hat er doch, oder?«

Carmens Blick rutschte weg. »Ich hab zu ihm gesagt, laß das, aber was hätte ich machen sollen?«

»Man kann immer etwas machen.«

»Ja, klar.« Carmen fand das Feuerzeug, zündete sich die Zigarette an, blies blauen Dunst in die Luft. »Ich hätte mich erschießen lassen können. Tolle Sache, oder?« Axel stand jetzt vor ihr. Sie heftete den Blick auf seine Schuhe, die direkt auf sie zeigten.

Er legte die Hand unter ihr Kinn und hob sachte ihren Kopf.
»Du solltest das Auge behandeln lassen.«
»Axel, ich bin Krankenschwester! Fast, jedenfalls. Das ist harmlos. Ich will nur nicht, daß mich die Leute anstarren.« Sie zog den Kopf weg, zupfte ihm die Sonnenbrille aus der Hand, lehnte sich zurück.
Axel blieb reglos stehen, die Hand immer noch da, wo vorher ihr Kinn war, das Gesicht so steif und hart wie auf alten Photos, auf denen alle Männer Bärte hatten. Carmen spürte einen großen Regentropfen im Gesicht. Ein grauer Schleier trieb vom Osten her über den Festplatz. Noch ein Tropfen, diesmal am Knie. Und schon regnete es heftig, die Leute rannten unter das nächste Dach.
»Wo ist er, Carmen?«
Sie drehte ihre Zigarette nach unten und schützte sie in der hohlen Hand vor dem Regen. »Ich hab keine Ahnung. Wirklich nicht.« Und dann konnte sie es einfach nicht unterdrücken und mußte fragen: »Wieviel Geld hat er ihm abgenommen?«

Axel saß auf einem Barhocker in der Beefsteakbude und schaute in seine Plastiktasse – der Kaffee war ihm noch zu heiß. Die hineingerührte Sahne bildete einen fettigen Film, der unter den Leuchtstofflampen in allen Farben des Spektrums glitzerte. So viele Farben in seiner Tasse, und wenn er aufblickte, nichts als graue Regenschleier. Es ging ihm überhaupt nicht gut.
Er war nicht körperlich krank und auch nicht im Kopf; sein ganzes Leben kam ihm auf einmal wie eine Krankheit vor. Sein schönes, sorgfältig geregeltes Leben fiel auseinander wie ein überladener Burrito. Ein Skinhead hatte seinen Freund halb totgeschlagen. Derselbe kahle Affe – James Dean! Lachhaft! – hatte seine … hatte Carmen verprügelt. Und der Regen verdarb ihm das Geschäft. Und Sophie? Was war mit Sophie? Sie brachte ihre eigenen Tortillas mit, das stand außer Zweifel, aber in der Kasse fehlte kein Geld. Im Gegenteil. Er hatte in den letzten beiden Nächten den Tortilla-Verbrauch mit den Tageseinnahmen ver-

glichen, und beide Male waren zwischen zweihundert und dreihundert Dollar zu viel herausgekommen. Das gefiel ihm überhaupt nicht. Es würde ihm keine Ruhe lassen, bis er herausgefunden hatte, wie das kam.

Er schaute auf die Straße hinaus. Der glatte, schwarze Asphalt stand unter Wasser; der niederprasselnde Regen ließ es aufschäumen. Oder war er doch krank im Kopf? Gab es eine ganz einfache Erklärung für die Sache mit den Tortillas? Hatte er seine Pistole bloß verlegt? War Carmen gegen eine Tür gelaufen? Und Tommy im Vollrausch verunglückt? Regnete es denn überhaupt?

zweiundzwanzig

Auf der Liste der Dinge, die Axel nicht mochte, stand ganz oben ›Krankenhäuser‹. Er fand es unangenehm, wie es dort aussah, er fand es unangenehm, wie es dort roch, und am unangenehmsten fand er die Ärzte: ihr aufgesetztes Lächeln und ihre trockenen Hände und daß sie bei ihren dämlichen weißen Kitteln keinen einzigen Knopf offenließen.
Aber die Krankenschwestern sah er sich schon gern an.
Tommy Fabian lag in der Midway-Klinik, in einem Zimmer im vierten Stock. Axel stellte seine braune Papiertüte auf den Nachttisch und setzte sich auf den Plastikstuhl. Tommy hatte den Kopf auf die andere Seite gedreht und schaute zum Fenster hinaus, in den grauen Himmel hinauf. Eine klare Flüssigkeit tröpfelte aus einem Beutel in seinen linken Arm.
»Ich hab dir ja gleich gesagt, daß es Regen geben wird.« Tommy konnte nur in einem rauhen Flüsterton sprechen. »Das kostet uns beide viel Geld.«
Axel zuckte die Schultern. »Dafür ist es gestern gut gelaufen.«
»Stimmt. Jedenfalls tagsüber.« Tommy drückte auf einen Knopf. Das Bett begann sich zu bewegen und setzte ihn auf. Die linke Gesichtshälfte war unversehrt.
Jetzt drehte ihm Tommy den Kopf zu. Die rechte Gesichtshälfte war rötlichbraun und veilchenfarben gesprenkelt. Das rechte Ohr war ganz mit Verbandsmull überdeckt, der Kopf war rasiert, genäht und mit Pflastern beklebt. Die blaßblaue Iris des rechten Auges schwamm in kirschroter See.
»Gut siehst du aus«, sagte Axel.
»Arschloch«, krächzte Tommy.
»Okay, okay«, sagte Axel. »Du siehst beschissen aus.«
»Danke für das Kompliment. Was machen meine Läden? Hat Sam schon einen abgefackelt?«
»Ach, der kommt schon klar«, sagte Axel. Er überlegte sich, ob er es ihm erzählen sollte oder nicht.
»Sag schon, was ist passiert? Hat er 'ne Maschine kaputtrepariert?«

»Nein. Alles in Ordnung. Er wollte bloß einen von deinen Leuten rausschmeißen.«

»Wen? Da sind schon welche drunter, wo das vielleicht ganz sinnvoll wär.«

»Er wollte Duane feuern. Weil der ihm gesagt hat, daß er im Stand nicht rauchen darf.«

Tommy richtete sich auf. »Natürlich darf er das nicht! Herrgott, wenn das einer vom Kontrolldienst sieht, macht er mir den Laden dicht.« Mit schmerzverzerrtem Gesicht ließ er sich auf das Kissen fallen.

Axel sagte: »Jetzt reg dich nicht auf, Tom, das ist vom Tisch.«

»Das will ich hoffen! Dieser verfluchte Sam! Ich hab ihm doch gesagt, er soll sich einfach nur hinhocken und zugucken. Ich hätt's ja eigentlich wissen müssen!«

»Macht er ja jetzt. Ich hab ihm gesagt, daß er rausgehen muß, wenn er rauchen will.«

»Und statt daß er rausgeht, schiebt er sich jetzt wahrscheinlich einen Priem nach dem anderen in den Mund.«

»Stimmt genau. Aber ich hab zu Duane gesagt, ›laß ihn ja nicht in den Teig spucken‹.« Axel hielt eine Papiertüte hoch. »Ich hab dir'n paar Doughnuts gebracht.«

Tommy wollte mit der linken Hand nach der Tüte greifen, zuckte aber zusammen vor Schmerz und ließ die Hand gleich wieder auf die Decke fallen. Sein Unterarm war geschient.

Axel angelte einen gezuckerten Minidoughnut aus der Tüte. »Soll ich ihn dir in den Mund stecken?«

»Hau ab, Mann«, sagte Tommy. »Du weißt genau, daß ich kein so'n Zeug esse.«

»Aha. Ich soll abhauen.« Axel verspeiste den Doughnut selber und betrachtete Tommys rotes Auge, das zurückglotzte. Als er den Minidoughnut gut durchgekaut und hinuntergeschluckt hatte, schaute er in die Tüte und machte große Augen. »Was haben wir denn da?« Er zog eine Flasche heraus, einen Viertelliter Jack Daniel's, Black Label, ganz zuckrig von den Doughnuts. Tommy schob den rechten Arm über den Bauch herüber. Axel wischte

den Zucker von der Flasche, öffnete sie und gab sie Tommy in die Hand.
»Danke«, sagte Tommy.
»Gern geschehen.« Axel sah zu, wie Tommy ein Viertel des Whiskeys in einem Zug trank. »Hast du der Polente gesagt, wer dich zusammengeschlagen hat?«
Tommy sagte: »Von mir erfahren die Bullen gar nichts, Ax. Das weißt du doch. Ich kann selber auf mich aufpassen.«
»Wie man sieht, machst du das ganz toll.«
»Der ist von hinten gekommen. Sechs Riesen hat er mir abgenommen.«
»Wie war das noch gleich? ›Jetzt weiß er, daß man Tommy Fabian nicht dumm kommen darf‹. Bei dem kann die Angst nicht lange vorgehalten haben.«
»Dafür wird er in die Hosen scheißen, wenn ich ihn noch mal irgendwo seh.«
»Neben deinem Winnie hat man einen Baseballschläger gefunden.«
»Der gehört mir.«
»Der Arzt sagt, du mußt mindestens 'ne Woche hierbleiben. Du hast nämlich Blutgerinnsel.« Er zeigte auf die Flüssigkeit, die in Tommys Arm tröpfelte. »Die müssen dich erst wieder verdünnen.«
»Ich bleib doch keine Woche hier!« Er nahm noch einen kräftigen Schluck Jack Daniel's. »Mit Jack verdünnt sich das von selber.«
»Weißt du, wie der heißt?« fragte Axel.
»Wer?«
»Der kahle Affe. Der Kerl behauptet, daß er James Dean heißt.«
Tommy blinzelte. »James Dean? Ach, du meinst, wie der Typ von der Würstchenbude?«

Als Axel wieder auf den Jahrmarkt kam, sah er die drei Mädchen – Carmen, Kirsten und Juanita – einträchtig im Taco Shop beieinanderstehen und auf den fast völlig verlassenen Grasplatz herausschauen. Es regnete immer noch und wurde schon dunkel, und die paar Leute, die man sah, duckten sich unter ihre Schirme oder hielten sich Plastiktüten oder Zeitungen über den Kopf, wenn sie von einer Halle zur nächsten rannten.

Er mußte schon froh sein, wenn heute tausend Dollar hereinkamen. Niemand erzielte heute ein gutes Ergebnis, auch nicht die Verkaufsstände in den Hallen, wo sich die Menschen zu tropfnassen, zähen Massen zusammenballten. Regentage waren für alle schlecht. Sogar die Kleinen Knirpse, denen das Wetter weniger anhaben konnte als den meisten, vielleicht sogar allen anderen Verkaufsständen, sahen ziemlich tot aus. Ganze zwei Maschinen liefen. Und über die Maschinen hinweg sah er Sam O'Garas grüne Mütze, die sich hin und her bewegte, von einem Ende des Stands zum anderen. Sam ließ immer noch alle acht Doughnut-Mädchen arbeiten, obwohl es nichts zu tun gab. Sie standen alle auf der einen Seite und unterhielten sich. Axel nahm Kurs auf Kleine Knirpse Nr. 1.

»Hallo, Sam.«

Sam blickte auf und kam an die Tür. »Herrgott! Was sagt man dazu?« fragte er und umfaßte mit einer ausladenden Geste das gesamte Universum außerhalb des Imbißstands.

»Regen sagt man dazu, Sam.«

»Und was sagt der Wetterbericht, Ax? Hört's endlich auf?«

»Das würde jetzt auch nichts mehr nützen, Sam. Es ist schon nach acht. Da kommen sowieso keine Leute mehr auf den Jahrmarkt. Meinst du nicht, du solltest ein paar von deinen Leuten nach Hause schicken?«

Sam betrachtete die jungen Leute auf der anderen Seite des Standes. »Ich weiß nicht recht«, sagte er. »Und wenn's dann plötzlich rundgeht?«

»Heute geht's nicht mehr rund.«

»Ich mein, was versteh ich von Doughnuts? Ich verkauf heute zum erstenmal solche Dinger. Ich sag's dir, Ax! Dieser Tommy! Auch wenn man ihn krankenhausreif geschlagen hat, macht er mir noch Scherereien. Weißt du noch, damals in Deadwood?«

Axel nickte.

»Er kann einfach die Klappe nicht halten. Wahrscheinlich hat er gestern auch wieder das Maul zu weit aufgerissen.«
»Weißt du, Sam, du mußt das hier nicht unbedingt machen. Wenn du viel zu tun hast, kann auch *ich* die Kleinen Knirpse im Auge behalten.«
Sam ließ seine Schultern kreisen. »Ach, Quatsch. Wenn er will, daß ich sein Geschäft führe, mach ich das auch. Wie geht's dem Winzling überhaupt?«
»Es hat ihn ganz schön erwischt. Aber er hat's schon geschafft, daß alle Schwestern stinksauer auf ihn sind. Insofern sieht's gar nicht so schlecht aus. Die wollen ihn so bald wie möglich loswerden.«
»Na, hoffentlich. Ich hab nämlich einen Camaro in der Mache. Und wenn ich die Karre zum Laufen bringe, hab ich auch schon einen Käufer.« Er zog sich die Mütze tief in die Stirn. »Du meinst also, daß ich hier zu viele Leute hab?«
»Schick die Hälfte nach Hause. Bei den beiden anderen Ständen auch. Das ist reine Geldverschwendung. Wenn denen langweilig wird, kommen sie sowieso bloß auf dumme Gedanken.«
Sam nickte skeptisch und wischte sich mit dem Handrücken über den Mund. Es amüsierte Axel, daß Sam sich in seiner Haut nicht wohlzufühlen schien. Der Bursche war dermaßen von sich eingenommen, daß man sich richtig freute, wenn er auch mal ins Schwimmen kam.

Laut Carmen war Sophie um sieben nach Hause gegangen.
»Sie hat gesagt, daß ihr nicht gut ist. Ach, was weiß ich.«
»Ist sie krank?« fragte Axel.
»Nee, glaub ich nicht. Sie war wohl eher tierisch genervt vom Wetter. Man konnte praktisch nichts zu ihr sagen. Sie ist einem sofort ins Gesicht gesprungen. Vielleicht hat sie wieder ihre Hitzewallungen.«
Im Amphitheater gastierte am heutigen Sonntagabend das ›Christliche Rockfestival‹. Axel hatte gehört, daß im Vorverkauf ein Minusrekord aufgestellt worden war, und der Regen hatte die

Zahl der Besucher noch weiter schrumpfen lassen. Um halb zehn schickte er seine Leute nach Hause und machte den Taco Shop dicht, wartete also nicht einmal das bißchen Betrieb am Ende des ›Festivals‹ ab. Durchnäßte Jesus-Rocker würden sich wohl kaum für seinen Bueno Burrito begeistern.

Er klappte die Läden zu und begann mit dem allabendlichen Putz- und Zählritual. Die Zahlen stimmten wieder nicht. Er hatte den Tag mit 1.500 großen und 764 kleinen Tortillas begonnen. Selbst für einen Supersonntag mehr als genug, aber der Tag war ja eine große Pleite gewesen. Er hatte 1.407 Dollar eingenommen, was in etwa die Unkosten deckte. Wenn er den Umsatz jedoch anhand der Zahl der Tortillas ermittelte, kam er nur auf 260 Burritos und 126 Tacos und Tostadas. Auch heute waren demnach wieder dreihundert Dollar zuviel in der Kasse. Als wäre sein Vorrat um hundert Tortillas aufgestockt worden.

Das ergab doch keinen Sinn. Die Sache mußte irgendwo einen Haken haben. Aber er fand ihn beim besten Willen nicht.

Ein Satz von Axel ging ihr nicht mehr aus dem Sinn: »Ein schlechter Tag ist ein schlechter Tag. Das läßt sich nicht ungeschehen machen. Man dreht durch, wenn man's versucht.« Sophie glaubte zu verstehen, was er damit sagen wollte, aber es nützte nichts. Sie nahm den Regen persönlich. Sie fühlte sich verantwortlich. Gestern so ein toller Tag. Rekordumsatz. Axel war begeistert gewesen. Und heute war der Jahrmarkt im wahrsten Sinne des Wortes ins Wasser gefallen. Es tat ihr in der Seele weh, die Mädchen dafür bezahlen zu müssen, daß sie in den Regen hinausschauten. Wenn sie wenigstens eine von ihnen nach Hause geschickt hätte.

Aber sie hatte den ganzen Tag gehofft, es könnte doch noch aufhören, es könnten doch noch Leute kommen.

Sie schenkte sich ein zweites Glas weißen Zinfandel ein und horchte auf das gleichmäßige Geräusch des Regens. In Landfall konnte es hoch hergehen – in manchen Sommernächten wurde gefeiert oder gestritten bis zum Morgengrauen – aber an diesem verregneten Sonntag hörte man nur, wie der Regen auf die Aluminiumdächer prasselte und der Verkehr auf der Interstate 94 vorbeizischte.

Wenn Axel jetzt nur da wäre.

Dieser Wunsch trat zwar über die Schwelle des Bewußtseins, wurde aber sofort zurückgestoßen. Axel hatte gar keine Zeit. Zuviel Arbeit. Und er verschwendete doch sowieso keinen Gedanken an sie. Was tat sie nicht alles für ihn! Und er? Sagte er wenigstens danke? Ja, eigentlich schon. Aber sie tat ja noch viel mehr für ihn. Der Mann hatte keine Ahnung davon, wie früh sie jeden Morgen anfing und daß sie sogar für den Ausschuß aufkam. Wie viele leitende Angestellte würden das tun? Sophie biß die Backenzähne zusammen. Ein berauschender, aber nur flüchtiger Schauer des Opfermuts durchrieselte sie. Auf die eine oder andere Art würde sie dieses Jahr zum besten in der Geschichte des Taco Shops machen. Sie würde ihm zeigen, was eine gute Leiterin konnte. Wenn es am nächsten Wochenende richtig gut lief, lag ein Rekordergebnis noch im Bereich des Möglichen. Und wenn es beim Rohgewinn nicht klappte, präsentierte sie ihm eben einen Reingewinn, wie er noch keinen gesehen hatte. Das war zu schaffen, wenn sie mit weniger Aushilfen auskam, den Ausschuß eliminierte und für Umsatz sorgte wie ein Vollprofi, wenn sie so oft wie möglich eine Portion Nachos und eine große Cola losschlug. Sie würde ihm zeigen, was sie konnte! Und dann war eine Riesenprämie fällig. Dann konnte er gar nicht mehr anders.

dreiundzwanzig

Die Woche fing kühl an, um die 17 Grad, aber mit blauem Himmel, nur im Süden ein paar Federwölkchen. Die Daily News rechnete mit 110.000 Besuchern, für einen Wochentag ein ganz schöner Andrang, der den meisten Markthändlern ein reges, einträgliches Geschäft bescheren würde. Um elf Uhr hatte der Taco Shop schon soviel umgesetzt wie am ganzen Sonntag. Wie oft es das schon gegeben hatte, konnte Axel an fünf Fingern abzählen – und brauchte dazu keinen einzigen ausstrecken. Der erste Montag war meistens ein Scheißtag.

Sam O'Gara, der seinen zweiten Tag auf dem Jahrmarkt anfing, wurde schon übermütig. »Vielleicht leg ich mir auch so 'ne Bude zu und verkauf fritierten Stockfisch am Stiel«, sagte er. »Dann werd ich so reich wie du und Tommy.«

»Ich bin nicht reich«, sagte Axel in etwas gereiztem Ton. »Und so einfach ist das nicht.« Er hatte ganz schön gerackert, als er sein Geschäft aufbaute. Die ersten Jahre auf dem Jahrmarkt waren eine harte Zeit gewesen und hatten wenig abgeworfen. Es fuchste ihn, wenn die Leute in seinem Geschäft einen Goldesel sahen, den der Staat Minnesota ihm geschenkt hatte. Es war ein Geschäft wie jedes andere, womöglich härter als die meisten. Und der Gewinn war nicht annähernd so hoch, wie die Leute meinten. In einem guten Jahr brachte der Taco Shop dreißigtausend ein, und bei den County-Jahrmärkten kamen mit etwas Glück zwanzigtausend zusammen, man konnte also wirklich nicht behaupten, daß er im Geld schwamm. Es gab Leute, die am Fließband Schrauben anzogen und mehr verdienten.

Bei Tommy war das anders, der schwamm wirklich im Geld, und Sam war das nicht entgangen.

»Was meinst du? Was kostet ihn so'n Tütchen Doughnuts?«

Axel zuckte die Schultern. Sie standen auf dem Grasplatz, genau dort, wo er sich sonst immer mit Tommy traf. Von Zeit zu Zeit erschrak er, weil er wieder vergessen hatte, daß der Mann, der neben ihm stand, nicht Tommy war.

»Vielleicht einen Vierteldollar«, sagte Sam. »Dann verdient er an jedem einsvierzig. Und weißt du, wie viele von diesen Tütchen wir heute schon verkauft haben? Also, da könnt ich mich dran gewöhnen. Das wär verdammt viel einfacher als Autos reparieren. Da lehnt man sich gemütlich zurück und sackt die Knete ein. Wie wenn man einen vergrabenen Schatz gefunden hätte.«

»Wenn du dir das so einfach vorstellst, wirst du ja hoffentlich einen Versuch machen. Stockfisch am Stiel – ist doch 'ne pfundige Idee. Solltest du unbedingt ausprobieren.«

»Wirst du jetzt ein bißchen sarkastisch, Ax?«

Axel sagte: »Von den neuen Konzessionen sind schon nach sechs Monaten neunzig Prozent pleite. Aber die sind natürlich alle nicht auf die Idee mit dem Stockfisch am Stiel gekommen.«

Sam kratzte sich am Hals. »Die Chancen sind also immer noch besser als die auf einen Straight, und mit einem Straight habe ich oft genug abgeräumt. Und wenn's bei dir so gut läuft, bei einem Hinterwäldler, der sein Geld in Kaffeedosen steckt, dann *kann's* gar nicht so schwer sein.«

»Ich hab mein Geld nicht in Kaffeedosen«, sagte Axel.

»Sieh mal einer an! Wo hast du's jetzt? Hast du's in Schatzbriefe gesteckt?«

»Es geht dich einen Scheißdreck an, was ich mit meinem Geld mach, Sam.«

Sam ließ die Brauen hüpfen. »Ach ja?«

»Ich komme sehr gut allein zurecht. Ich brauche dich nicht als Anlageberater.«

»Papperlapapp«, sagte Sam und steckte sich eine Pall Mall zwischen die Lippen. »Wenn du dich als Hinterwäldler wohlfühlst, soll's mir recht sein. Aber wenn der kahle Kerl dich als nächsten überfällt, brauchst du gar nicht angelaufen kommen und mir was vorheulen.«

»Seit wann lauf ich zu dir und heul dir was vor?«

»Ich weiß schon gar nicht mehr, wie oft ich dir aus der Klemme geholfen habe.«

»Jetzt hör bloß auf, Mann. Ich brauch keinen Aufpasser. Klar?«

Sam sagte: »Weißt du was, Ax?« Er reckte den Mittelfinger hoch. »Du kannst mich mal.«

»Bis später«, sagte Axel. Für heute morgen hatte er genug von Sam O'Gara.

»Ich vertraue Carmen die Leitung im Taco Shop nur ungern an«, sagte Sophie. »Sie kommt mir wie ein Zombie vor. Ich hab sie dabei ertappt, daß sie zwei Burritos serviert, aber nur einen berechnet hat. Und dann hat sie den Käse vergessen. Gleich zweimal! Wir hätten den Stand Kirsten anvertrauen sollen. Oder Juanita. Allemal lieber als Carmen.«

»Carmen fängt sich wieder«, sagte Axel. »Das war der Ärger mit ihrem Freund. Aber jetzt haben sie sich getrennt.«

Sie gingen auf der Carnes Avenue zum ›Waffeleisen‹, wo sie frühstücken wollten.

»Manchmal hab ich den Eindruck, daß sie Drogen nimmt. Es wundert mich, daß sie in der Schule so gut mitkommt. Wenn sie wirklich so gut mitkommt, wie sie sagt. Was für ein Freund?«

»So'n kahlrasiertes Bürschchen.«

Sophie sagte: »Ah ja, den kenn ich, der war neulich bei uns am Stand.«

»Weißt du, das ist der Kerl, der Tommy zusammengeschlagen hat.«

»*Der* war das?«

»Ja. Und Carmen hat er auch geschlagen. Hast du gesehen, was er mit ihrem Auge gemacht hat?«

»Deswegen die Brille! Sie wird es wohl herausgefordert haben. Gehen wir jetzt frühstücken, oder stehen wir uns die Beine in den Bauch?«

Axel öffnete die Fäuste, seine Schultern lockerten sich. »Na gut«, sagte Axel. »Er ist ja sowieso schon über alle Berge. Sehen wir zu, daß wir zu Waffeln kommen.«

Sophie nippte an ihrem schwarzen Kaffee und beobachtete, wie Axel fünf Portionen Butter auf seiner Waffel verteilte und mit der

Gabel hin und her schob, bis in jeder Vertiefung der Waffel geschmolzene Butter schwamm. Dann nahm er das Kännchen mit dem Erdbeersirup und überzog mit dem dünnen Strahl die gesamte Waffel.

Das ›Waffeleisen‹ gehörte zu den älteren Geschäften auf dem Jahrmarkt, und hier gab es noch ein richtiges Frühstück. Viel mehr Umsatz machte man dort aber längst mit Waffeltüten, von Hand gerollt und ganz nach Wunsch mit den verschiedensten Eissorten gefüllt.

Sophie war unruhig. Axel fragte doch sonst nie, ob sie mit ihm frühstücken ging. Da war sicher etwas im Busch. »Du solltest das nicht essen«, sagte sie.

Axel trennte mit der Gabel ein großes Stück ab, spießte es auf und stopfte es sich in den Mund. Als er es hinuntergeschluckt hatte, entgegnete er: »Ich mach mir wegen was anderem Gedanken.«

»Du solltest dir schon Gedanken darüber machen, was du ißt.« Sie wußte wirklich nicht, warum sie ihn nicht in Ruhe ließ. Ständig mußte sie feststellen, daß sie ihn schon wieder reizte, dabei aber innerlich zusammenzuckte und damit rechnete, daß er sie schlagen würde. So war das nämlich bei ihrem Mann oder vielmehr Ex-Mann gewesen. Sie hatte spitze Bemerkungen gemacht, bis er zuschlug, und dann hatte sie noch mal ein bißchen gestichelt. Er hatte jedoch, beschränkt wie er war, ihre feineren Spitzen nie kapiert. Dann hatte er immer nur gefragt, wovon zum Teufel sie jetzt schon wieder sprach. Sie hatte ein Bild von seinem doofen Gesicht vor Augen und hörte sich auf ihn einschimpfen.

»Das läßt mir keine Ruhe«, sagte Axel.

»Wenn du kein solches Zeug essen würdest, hättest du noch deine eigenen Zähne.« Im Gegensatz zu ihrem Ex-Mann verstand Axel alle ihre Spitzen und schlug sie nie. Was sie nun auch wieder irritierte. Wieviel konnte ihm an ihr liegen, wenn es ihn kaltließ, was sie sagte?

»Meine Zähne sind futsch, ob ich das esse oder nicht. Aber es läßt mir keine Ruhe, daß ich nach Arbeitsschluß noch so viele Tortillas hab.«

»Um deine Zähne geht's doch gar nicht«, sagte sie. Dann spulte sie ein paar Sekunden zurück, und beim zweiten Mal verstand sie, was er gesagt hatte. Sie spürte, daß sie rot wurde. Seine grünen Augen ruhten auf ihr. Er hatte mal erzählt, daß er früher berufsmäßiger Pokerspieler war. Sie hatte ihm das nicht so ganz geglaubt, aber jetzt konnte sie es sich gut vorstellen. Sie blickte in ein konzentriertes, völlig undurchdringliches Gesicht.

»Es geht um dein Herz«, sagte sie leise.

»Weißt du, was ich nicht verstehe? Wenn du dir schon die Mühe machst, mich mit den Tortillas reinzulegen, wieso nimmst du dann das Geld nicht?«

Als Twen, in den sechziger Jahren, bevor sie ihren idiotischen Ex-Mann kennenlernte und schwanger wurde und Carmen bekam, hatte Sophie mal ein paar Monate lang mit pseudointellektuellen Aussteigern zusammengewohnt. Sie hatten drei geräumige Appartements über der Triangle Bar bezogen und eine Kommune gegründet; für den lockeren Zusammenhalt sorgten Geldknappheit, billiger Wein und großes Verständnis für seismische Erschütterungen – von abends um neun bis ein Uhr früh drehten die Blues Bands ihre Verstärker auf und ließen die Wände wackeln.

Und der Typ, mit dem sie damals zusammen war, ein früher Hippie und Gelegenheitsbassist bei Skogie And The Flaming Pachucos, der von allen Mr. Natural – oder kurz: Natch – genannt wurde, trampte mal nach Kalifornien und fuhr mit einem VW-Käfer zurück und brachte eine Zigarrenschachtel voller verfärbter Zuckerwürfel mit. Einen davon hatte Sophie eines Morgens in ihren Jasmintee gerührt, und kurz darauf hatte sie gemerkt, daß die Wände atmeten und ein imaginäres Miniradio in ihrem linken Ohr immer wieder die Erkennungsmelodie von *Bezaubernde Jeannie* spielte.

Ganz ähnlich fühlte sie sich jetzt, nur atmete diesmal der Tisch, und die Erkennungsmelodie war die von *Jeopardy*.

»Alles in Ordnung?« fragte Axel.

Sophie schüttelte den Kopf, was aber ›ja‹ bedeuten sollte. Augen-

blicke wie diesen hatte sie schon öfter erlebt. Zum Beispiel, als sie an den Straßenrand gewinkt wurde, weil sie viel zu schnell gefahren war. Oder als Carmen, die damals zehn war, ganz unerwartet aus der Schule kam und ihre Mutter im Bett antraf, rittlings auf dem nackten Nachbarn.
Wenn es so richtig peinlich wurde, erfaßte sie stets ein Gefühl der Unwirklichkeit.
»Hörst du überhaupt, was ich sage?«
Sophie räusperte sich, brachte aber keine Antwort heraus. Dabei hatte sie sich doch gar nichts vorzuwerfen! Axel war doch der Nutznießer! Woher nahm er das Recht, ihr Vorwürfe zu machen?
Axel sagte: »Willst du deinen Muffin nicht essen?«
Sophie betrachtete ihren unberührten Muffin mit Kleie. Oder hatte er ihr gar keinen Vorwurf gemacht? »Ich eß ihn später«, sagte sie.
Axel nickte und verzehrte ein weiteres großes Stück von seiner Waffel, ohne den Blick von ihr zu wenden. Sein linkes Auge machte sich selbständig und trieb davon, zuckte aber gleich wieder zurück. Das beobachtete sie neuerdings öfter bei ihm.
Axel legte die Gabel auf das Tablett und sagte: »Ich mache dir keinen Vorwurf, Sophie. Ehrlich nicht. Selbst wenn du ein paar Dollar abzweigen würdest ... Ich sage nicht, daß es so ist, aber selbst wenn es so wäre, würde es mir nichts ausmachen. Ich mein, du legst dich ungeheuer ins Zeug. Es macht mich nur wahnsinnig, daß ich nicht dahinterkomme, warum du Tortillas einschmuggelst.«
Sophie verschränkte die Arme. »Wenn die Mädchen Bueno Burritos machen, reißt oft eine Tortilla. Da müssen zu viele Sachen reingepackt werden.«
»Und?«
»Und ich soll mich doch auch darum kümmern, daß wir nicht so viel Ausschuß produzieren. Und du hast gesagt, wenn der Reingewinn steigt, zahlst du mir eine Prämie.«
Sie schob das Kinn vor und sah ihn herausfordernd an. Seine Miene hellte sich auf, die Lippen öffneten sich ein wenig, er

lächelte versonnen, das linke Auge trieb davon. Er sagte lange kein Wort.

Als sie zum Taco Shop zurückgingen, stand plötzlich Duane vor ihnen. Axel nahm den Arm von Sophies Schulter und war so verlegen, wie ein Schuljunge, den man auf dem Schulgelände beim Küssen ertappt hat.

»Mr. Speeter? Kann ich Sie einen Moment sprechen?« Der Junge schien ganz durcheinander zu sein.

»Natürlich.« Axel berührte Sophie am Arm. »Ich komm nach.«

Der Junge trat vor lauter Nervosität von einem Bein aufs andere. Man hätte meinen können, er müßte dringend pinkeln.

»Was ist denn?« fragte Axel.

»Sie kennen doch Mr. Sam?«

Axel nickte.

»Ich mein, er ist ja wirklich nett, aber ich glaub echt nicht, daß Mr. Fabian damit einverstanden wäre.«

Axel sagte: »Was ist denn, mein Junge?«

»Ja, also, er verändert quasi die Backmischung.«

Axel glaubte sich verhört zu haben. Er neigte den Kopf etwas zur Seite und wartete auf nähere Erläuterungen.

»Naja, er findet, daß in den Doughnuts zu wenig Salz drin ist.«

»Er verändert die Backmischung für die Doughnuts?«

»Also, wissen Sie, ein bißchen komisch schmecken die jetzt schon.«

Axel mußte es einfach noch einmal fragen: »Er verändert die Backmischung für die Doughnuts?«

»Man kann nicht sagen, daß sie *schlecht* schmecken, aber ich glaub echt nicht, daß Mr. Fabian damit einverstanden wär. Meinen Sie, Sie könnten mit ihm reden?«

vierundzwanzig

»Dafür könnte ich verhaftet werden«, sagte Axel.

»Du könntest höchstens wegen *Verkehrsbehinderung* verhaftet werden. Mensch, das ist 'ne Autobahn und kein Trampelpfad. Du fährst ja wie ein alter Mann.« Tommy Fabian hatte sich eine von seinen kleinen Zigarren angesteckt, die erste seit drei Tagen. »Ah! Tut das gut!«

»Es stinkt, als ob deine Verbände Feuer gefangen hätten.« Axel beschleunigte auf neunzig Stundenkilometer und schob sich auf die linke Spur. »Paß wenigstens auf, daß dir der Stumpen nicht schon in meinem Pickup den Rest gibt. Ich will nicht ins Gefängnis. Wie konnte ich mich bloß darauf einlassen? Ich hätte es dir gar nicht sagen sollen.«

»Mein guter Ruf steht auf dem Spiel«, sagte Tom. »Bei meinen Doughnuts muß immer alles genau stimmen. Salz! Dieser verfluchte Sam!«

»Er nimmt doch jetzt wieder die normale Backmischung, Tommy. Ich hab mich mal kurz mit ihm unterhalten. Jetzt ist er ganz schön sauer auf mich, aber die Sache ist bereinigt. Du hast da ein paar verdammt gute Leute. Duane legt sich für dich ins Zeug wie ein Ackergaul. Der schmeißt den Laden sogar besser als du. Es ist der dritte Tag ohne dich, und dein Laden ist noch nie reibungsloser gelaufen. Und das, obwohl du ihm Sam reingesetzt hast.«

»Komm, hör auf. Dann kann ich doch erst recht nicht länger wegbleiben. Wenn die Kids meinen, daß sie das auch ohne mich können, hören die doch gar nicht mehr zu, wenn ich was sage. Dann könnte ich genausogut den Mond anschreien.«

»Vielleicht solltest du ruhiger werden und deine Leute nicht mehr anschreien. Also, ich komm immer mehr davon ab, alles selber machen zu wollen. Und du bist nun mal ziemlich übel zugerichtet. Ich halt auch nicht viel von Ärzten, aber wenn sie sagen, daß du im Krankenhaus bleiben mußt, solltest du dir schon überlegen, ob du dich nicht wenigstens noch 'ne Weile schonen mußt. Laß es Sam und die Kids noch ein paar Tage

machen. Ich mein, man kann doch einfach nicht alles selber machen, oder?«
»Bei dir wird das wohl so sein. Aber die Ärzte setzen ihre Prioritäten doch ganz anders. Die wollen bloß sicher sein, daß keiner sie verklagen kann. Wenn ich wieder im Sattel sitze, heilt das alles sowieso schneller zu. Sag mal, hast du unseren kahlen Freund gesehen?«
»Der ist verschwunden.«
»Was?«
»Du hast recht gehabt, er war bei Carmen zu Besuch, aber er ist nicht mehr da. Er hat sich in sein Auto gesetzt und ist abgezischt. Den werden wir wohl nicht wiedersehen.«
»So ein Scheiß. Ich hab mich schon drauf gefreut, ihm auf'm Gesicht rumzutrampeln. Meinst du wirklich, daß er die Kurve gekratzt hat?«
Axel nahm die Ausfahrt zur Snelling Avenue. »Ja, glaub ich schon«, sagte er. Es kam ihm fast wie eine Lüge vor.
»Dieser Drecksack.«
Axel fuhr mit vierzig Stundenkilometern auf der Snelling Avenue bis zur Como Avenue, wo er nach Westen abbog. Als sie dann vor der Einfahrt zum Parkplatz in der Schlange standen, fragte Axel: »Sag mal, Tommy, weißt du'n bißchen was über Känguruhs?«
Tommy blinzelte irritiert. »Känguruhs?« Er blickte zu Axel hinüber, aber der schaute durch die Windschutzscheibe ins Leere. »Was ist mit denen?«
»Hast du mal gesehen, wie die kämpfen? Sie springen sich mit ihren großen Füßen an und reißen sich mit den Krallen den Bauch auf, bis einer von beiden in die Wüste hoppelt und stirbt.«
»Ach ja? Und worum kämpfen sie?«
»Um die Känguruhfrauen, um was sonst?«
»Ach, Quatsch. Es kann auch um das Sorgerecht oder ums Geld oder um politische Überzeugungen gehen.« Tommy schnipste seine Zigarre zum Fenster hinaus.
Axel sah seinen zerschundenen und verbundenen Freund von

der Seite an. »Red doch nicht so'n Blech«, sagte er. »Bei den Känguruhs doch nicht.«

»Ich muß mich setzen.« Tommy Fabian machte einen Schwenk nach rechts und ließ sich auf eine Bank fallen.
»Alles in Ordnung?« Axel setzte sich neben ihn. Sie waren auf dem Festplatz, auf der Nordseite des Kolosseums, auf halbem Weg zwischen dem Winnebago und der Doughnutbude auf dem Grasplatz. »Du siehst echt nicht so toll aus. Vielleicht solltest du umkehren und erst mal eine Weile schlafen.«
»Ich muß nur 'ne Minute verschnaufen. Wenn ich beim Stand bin, kann ich mich hinsetzen und ausruhen.«
»Komm, wir gehen zurück zu deinem Winnie. Schlaf erst mal 'ne Runde.«
Tommy schüttelte den Kopf. Die beiden Männer blieben schweigend sitzen und schauten den vorbeiströmenden Leuten zu. Ein herrlicher Tag, nicht heiß, aber schön warm, der Himmel ein fernes wolkenloses Blau. Der warme Wind sprang immer wieder um und verwirbelte sämtliche Gerüche des Jahrmarkts. Sogar hier, ganz am Rand, roch Axel den scharfen Fettgeruch brutzelnder Maisburger heraus, den strengen Zwiebelgeruch von der Hotdog-Bude und den sauren Dunst von verschüttetem Bier. Den erdigen Grundgeruch, über den sich die Essensaromen legten, lieferten die Schweine und Pferde, Schafe und Ziegen, Hühner und Gänse, Truthähne und Kaninchen und was sich sonst noch alles um Auszeichnungen bewarb in den Ställen und Ausstellungshallen, die den südlichen Teil des Messegeländes einnahmen. Wenn man die ganzen Gerüche so bewußt wahrnahm, wurde es einem schnell zu viel: Axel ging dazu über, durch den Mund zu atmen.
»Ich hab das dunkle Gefühl, daß er doch noch da ist«, sagte Tommy.
»Wer?«
»Der kahle Affe.«
»Bei Carmen ist er nicht mehr, soviel ist sicher.«
»Fragst du dich, wieso er mir und nicht dir aufgelauert hat?«

»Ich glaub, der wollte uns beiden ans Leder«, sagte Axel. »Er war in meinem Zimmer und hat meine Sachen durchsucht.« Er hatte es schon auf der Zunge, und sagte dann doch nicht, daß seine Pistole fehlte. Das hatte Zeit. Er wollte Tommy nicht auf dumme Gedanken bringen. Bis vor ein paar Jahren hatte Tommy nämlich immer eine kleine vernickelte Pistole im Gürtel getragen. Dann hatte er das Ding einmal, bei einem Streit mit dem Zucchini-Mann, herausgeholt und dem Kollegen unter die Nase gehalten. Der Zucchini-Mann hatte Krach geschlagen, die Polizei geholt, die Marktverwaltung eingeschaltet, es hatte jede Menge Sitzungen gegeben, bei denen beschlossen wurde, daß Tommy seine Pistole abgeben und sich – was ihn härter ankam – beim Zucchini-Mann entschuldigen mußte. »Ich hab doch gar nicht auf den Scheißkerl geschossen«, hatte Tommy gemault. Axel war ganz froh, daß Tommy, der wegen jedem Kinkerlitzchen an die Decke ging, keine Waffe mehr spazierenführte.
»Er hat aber nichts gefunden«, sagte Axel.
»Er hat nicht in deine Kaffeedosen reingeschaut?«
»Die hab ich nicht mehr.«
»Und was hast du mit dem Geld gemacht? Hast du es auf die Bank gebracht wie ein ganz normaler Mensch?«
»So was Ähnliches.«
Tommy holte tief Luft und stemmte sich von der Bank hoch. Axel sah ihm eine Weile nach und dachte: Mag sein, daß ich wie ein alter Mann fahre, aber wenn hier einer wie ein alter Mann *geht*, dann bist du das. Als ob die Welt aus Wackelpudding wäre.
Er mußte an einen verregneten, aber außergewöhnlich warmen Novembertag des Jahres 1940 denken, an dem er mit seinem Vater auf der Entenjagd war. Es war seine letzte Jagd vor dem Eintritt in die Handelsmarine, Vater und Sohn nur in Latzhose und Flanellhemd, Wasserstiefeln und leichtem Regenmantel. Sie hatten siebzehn Korken mit Ködern auf dem Long Lake schwimmen lassen, waren in den Rohrkolben in Deckung gegangen und suchten nun den verhangenen Himmel nach schwarzen Punkten ab, aus denen Enten wurden. Stockenten, Tauchenten, Krickenten, Ka-

nevasenten. Der alte Andy trug einen Stoffhut, der ihm auf den Ohren saß und die Ohrmuscheln oben auseinanderdrückte. Sie standen auf niedergetretenen Rohrkolben im Wasser und Axel wunderte sich, daß Andy überhaupt etwas sah mit seinen zusammengekniffenen Augen, die in den Runzeln ringsum fast verschwanden. Andy zeigte auf die andere Seite des Sees hinüber: »Siehst du das, Ax?«

Andy wollte ihn nicht, wie er erwartet hatte, auf eine näherkommende Entenschar aufmerksam machen, sondern auf die wild bewegte Wasseroberfläche. Dort drüben schlugen jetzt auf einmal die Wellen gegeneinander, während auf ihrer Seite der See noch spiegelglatt dalag. Sie sahen die Turbulenzen auf sich zurasen, der Sturm fegte in die Rohrkolben und bog sie zurück. Andys Hut wurde in die Luft gerissen und verschwand. Die Temperatur fiel schlagartig um zehn Grad. Axel sah Angst im Gesicht seines Vaters.

Es wurde immer kälter. Der Wind peitschte ihnen Eis und Schnee ins Gesicht. Bis zu ihrem Ford waren es fast zwei Kilometer. Sie kämpften sich auf dem unbefestigten Weg voran, stapften durch den gefrierenden Schlamm, aber auch schon durch Schneewehen, die Hände auf den Ohren, dann wieder unter den Achseln. Er hatte seinen Vater angeschaut, und er wußte noch genau, daß er gedacht hatte: Andy ist ein alter Mann, er hält das gar nicht durch.

Doch sie hatten es heil überstanden. Andy hatte noch zweiundzwanzig Jahre gelebt. Und jetzt, während Tommy Fabian weiterhumpelte, rechnete Axel zurück, und das Ergebnis stimmte ihn ein wenig traurig, denn der alte Andy war im Jahre 1940 erst zweiundsechzig gewesen, und Axel war jetzt schon elf Jahre älter.

Er holte Tommy ein. »Fühlst du dich auch manchmal alt?« fragte er.

Tommy schüttelte den Kopf. »Höchstens ein bißchen wund gescheuert.«

»Hast du nie daran gedacht, einen Teilhaber ins Geschäft zu nehmen? Jemand, der dich unterstützt, wenn du alt bist?«

»Auf gar keinen Fall.«
»Ich mach mir schon Gedanken über meine Zukunft«, sagte Axel. »Wenn ich krank werde, oder wenn sonst irgendwas ist, möchte ich den Laden nicht dichtmachen müssen.«
Sie hatten den Grasplatz erreicht. Tommy Fabian hörte gar nicht zu, er schaute nur noch hinüber zur Doughnutbude. Die meisten Maschinen liefen; an den Schlangen vor dem Stand war nichts auszusetzen. Tommy schien einfach nicht glauben zu wollen, daß es auch ohne ihn ging. Seine Angestellten, von denen die meisten ihren ersten Doughnut erst vor einer Woche gemacht hatten, brutzelten die kleinen Ringe so schwungvoll, als gehörte der Laden ihnen. Sam saß auf Tommys Hocker, eine unangezündete Zigarette im Mund.
Tommy wandte sich Axel zu und schüttelte baß erstaunt den Kopf. »Man muß eben immer am Ball bleiben und darf nicht alt werden«, sagte er. »Bloß nicht alt werden.«
»Ich weiß nicht recht, Tom. Die Alternative zum Altwerden ist nicht so mein Fall.«

Kirsten saß mit einer Zigarette auf dem Klappstuhl hinter dem Stand und blies den Rauch durch die Nase wie Madonna. Sie hatte mittlerweile das zweite Päckchen Virginia Slim ihres Lebens halb aufgeraucht. Es war praktisch die erste Pause, die sie heute machte, und jetzt fing es wieder an zu regnen. Aber da stand ja auch schon wieder Sophie mit ihrem bösen Blick in der Tür und fragte: »Ist dir die Arbeit ausgegangen?« Wenn Carmen hinter dem Stand ein Nickerchen machte, ging sie nie hinaus. Kirsten hatte gute Lust, aufzustampfen und einfach zu sagen: Ich pfeif auf deinen doofen Job, du alte … Frau.
Statt dessen ließ sie ihre Virginia Slim auf den Boden fallen und folgte Sophie in den Stand.
Carmen machte gerade, mit Bewegungen, als wäre die Luft aus Sirup, einen Bueno Burrito für einen aufgeweckten jungen Mann mit roten Backen und einer Schildmütze mit der Aufschrift ›Wayne-Viehfutter‹.

Sophie starrte ihre Tochter zornig an. »Herrgott, Carmen! Was ist los mit dir? Hast du Schlaftabletten genommen?«
Carmen sagte: »Hallo, Sophie.« Sie wickelte den Burrito ein, gab ihm zum Abschluß noch einen sanften Klaps, reichte ihn dem Kunden mit einem »danke« und drehte sich um, ohne den Geldschein in seiner Hand zur Kenntnis zu nehmen.
»Sie wollen gar kein Geld von mir?« fragte er. Carmen schien ihn gar nicht zu hören.
Sophie trat an die Theke, zupfte ihm das Geld aus den Fingern und gab ihm das Wechselgeld. Dann packte sie Carmen am Arm und riß sie herum. »Was ist los mit dir?«
»Ich weiß auch nicht. Warum fragst du?«
Einen Moment dachte Kirsten: Jetzt reißt sie ihr die Brille runter und kratzt ihr die Augen aus. Ein paar Kids kamen auf den Stand zu. Sophie packte ihre Tochter an den Schultern und schüttelte sie tüchtig durch; Carmens Kopf wackelte vor und zurück. Die Kids blieben stehen und sahen eine Weile zu. Als Sophie sah, daß sie wieder weggingen, ließ sie ihre Tochter los und schickte sie hinter den Stand, wo sie sich hinsetzen sollte.
»Wir brauchen Kleingeld«, sagte Carmen, als wäre nichts geschehen.
Sophie warf einen Blick in die Kasse. Es waren keine Vierteldollarstücke und keine Eindollarscheine mehr da.
»Na dann geh und sag Axel Bescheid. Er ist bei Tommy in der Doughnutbude.«
Carmen nickte, hängte sich die Handtasche um und ließ sich über den Grasplatz zur Doughnutbude hinübertreiben.

Axel und Tommy saßen auf Campingstühlen hinter dem Stand und sahen sich an, wie der einsetzende Regen dunkle Tupfen auf die Straße malte. Die Leute strebten den Gebäuden zu, manche hielten sich Plastiktüten über den Kopf.
Axel sagte: »Du warst ganz schön hart, Tom. Ich mein, du hast ja recht, aber Sam ist doch nicht dein Angestellter.«
»Er hat in meinem Stand geraucht!«

»Er wollte doch nur aushelfen, solang du auf der Nase gelegen hast.«
»Ich lieg aber nicht mehr auf der Nase! Der Bursche hat die Backmischung verändert!«
»Er wollte nur helfen.«
Tommy zuckte die Schultern und zündete sich die nächste Zigarre an. Seine Hand zitterte.
»Wie fühlst du dich?« fragte Axel.
»Bestens. Wie fühlst du dich denn?«
Axel nahm die Frage ernst. »Mich beschleicht immer öfter das Gefühl, daß ich ganz allein dastehe«, sagte er. »Weißt du, deshalb bin ich auf die Sache mit Sophie gekommen.«
»Ich kann nur sagen: Du spinnst! Die Frau bestiehlt dich Tag für Tag – und du machst sie zur Teilhaberin. Das ist doch nicht normal!«
»Ich hab dir doch gesagt, daß sie nicht stiehlt. Sie wollte nur gut dastehen.«
»Wenn du das glaubst, müßtest du eigentlich längst in der Mittelstraße sein und dich bei sämtlichen Losbuden eindecken.«
»Ich hab keine Lust mehr, immer alles allein zu machen.«
»Sag mal, wovon redest du? Was ist mit den ganzen Weibern, die bei dir da drüben die Arbeit machen?«
»Du weißt schon, was ich meine. Du *müßtest* es jedenfalls wissen! Schau dich doch an mit deinem verbundenen Kopf. Und wenn du aufstehen willst, wird dir sofort schwindlig –«
»Das war vorher noch so. Jetzt isses wieder gut.«
»Na, prima! Aber wenn du einen Teilhaber hättest, könntest du einfach zu Hause bleiben.«
»Vor ein paar Stunden hast du noch gesagt, daß man mich hier sowieso nicht braucht.«
»Dann würde es dich nicht einmal herziehen. Im übrigen haben wir doch von mir gesprochen, und ich hab einfach keine Lust mehr, den Laden allein zu schmeißen. Und Sophie legt sich ungeheuer ins Zeug. Ich hab manchmal das Gefühl, daß ihr der Laden mehr bedeutet als mir.«

»Wenn sie so toll ist – warum heiratest du sie dann nicht?«
»Zu alt.«
»Also, soo alt ist man mit dreiundsiebzig auch wieder nicht.«
»Ich mein doch nicht mich.«
Tommy, der gerade an seiner Zigarre gezogen hatte, bekam einen Hustenanfall. Er krümmte sich zusammen, und Axel klopfte ihm auf den Rücken. Als er wieder zu Atem gekommen war, sagte er: »Mensch, Ax, sie könnte deine Tochter sein.«
»Sie ist schon fast *fünfzig*«, sagte Axel.
Tommy tränten die Augen. »Ganz schön wählerisch für einen alten Schwengel, wenn du mich fragst.«
»Morgen geh ich mit ihr zum Anwalt und laß gleich alles festmachen«, sagte Axel. »Wenn schon, denn schon.«
»Herrgott Ax, warum wartest du nicht wenigstens, bis der Jahrmarkt vorbei ist? Jetzt kannst du doch gar nicht in Ruhe nachdenken.«
»Wenn ich mir das erst noch in Ruhe überlege, mache ich es vielleicht doch nicht. Ich will es aber machen, Tom. Und wenn der Jahrmarkt vorbei ist, vergesse ich ganz schnell, wie das ist, wenn man in so einem Geschäft allein dasteht.«
»Man steht immer allein da in so einem Geschäft«, sagte Tommy.
»Ja, wer kommt denn da? Wenn man vom Teufel spricht, erscheint seine Tochter. Wie läuft's denn so, Carmen?«
»Hallo, Tommy«, sagte Carmen. »Ganz okay.«
»Und wie geht's deinem Auge?« fragte Tommy. »Du hast ja scheint's ein phänomenales Veilchen unter deiner Sonnenbrille.
Carmen zuckte die Schultern und wandte sich an Axel: »Sophie hat gesagt, ich soll Wechselgeld holen gehen.«
Axel zog einen Schlüsselbund aus der Hosentasche und gab ihn Carmen. »Weißt du, wo der Pickup steht? Auf der anderen Seite vom Parkplatz, ganz außen, so ungefähr das zehnte Fahrzeug. Kleingeld ist hinten drin. Du mußt den runden Schlüssel nehmen.«
»Danke.« Carmen schwebte davon.
»Sei froh, daß er keinen Baseballschläger genommen hat«, rief ihr

Tommy nach. Carmen reagierte darauf überhaupt nicht. »Ich hab den Eindruck, sie ist gar nicht ganz da. Wenn sie bei der Bahn wäre, würde man sie in einen Becher pinkeln lassen.«
»Sie ist einfach nur müde«, sagte Axel.
»Wohl nicht zum Schlafen gekommen, weil sie die ganze Nacht mit dem kahlen Affen gevögelt hat.«
»Ich hab dir doch gesagt, daß er verschwunden ist. Er ist schon seit drei Tagen nicht mehr da.«
»Du hast ihn seit drei Tagen nicht mehr *gesehen*. Typen wie der gehen nicht einfach weg, die muß man weg*jagen*. Wie Hunde, die Hunger haben. Die legen sich bloß ins hohe Gras und warten ab.« Er blickte auf und zeigte zum blauweißen Space Tower hinüber, einem dreißigstöckigen Büroturm mit einem Aufzug, der sich drehte. »Vermutlich sitzt er im Moment da oben und schaut zu uns runter.«

fünfundzwanzig

Als Carmen beim Pickup ankam, war ihr, als hätte sie vor ein paar Sekunden noch bei Axel und Tommy an der Doughnutbude gestanden. Ihre Haare waren naß. An ihren Spaziergang zu dem Wagen fehlte ihr die Erinnerung. Sie setzte sich auf den Fahrersitz, legte die Hände auf das Lenkrad und hoffte, daß ihr wieder einfallen würde, warum sie hierhergekommen war. Es begann heftiger zu regnen: Sie sah durch die Scheibe, wie die Welt verschwamm. Dean war seit fast drei Tagen verschwunden. Sie sah ihn womöglich nie wieder. Sie müßte an sich darüber froh sein, das war ihr schon klar. Ein Faustschlag aufs Auge war kein Vergnügen, und mit einer verspiegelten Sonnenbrille sah man im Regen nicht gut. Dafür versetzte sie jetzt die Langeweile in einen fast schon katatonischen Zustand. Sie sah ihre Zukunft als eine Abfolge von grauen Tagen und Nächten, die nicht enden wollten und nach brutzelnden Tortillas rochen. Sie wünschte sich schon fast, daß ein Kerl daherkam und ihr noch ein blaues Auge schlug.

Es dauerte eine ganze Weile – mehr als eine Minute, aber weniger als eine halbe Stunde –, bis ihr wieder einfiel, warum sie hier war. Sie sollte Kleingeld holen. Sophie war das Wechselgeld ausgegangen.

Auf der Pritsche des Pickups war alles so ordentlich aufgebaut wie in Axels Zimmer im Motel 6. An der linken Seitenwand waren die Kartons mit Bechern und Servietten und Plastikgabeln aufgereiht, an der rechten die Kartons mit Gewürzen, Chips und anderen haltbaren Lebensmitteln. Carmen spürte den Regen auf den bloßen Armen. Sie stand hinter dem Pickup und schaute durch die geöffnete Ladeklappe hinein. Wo er wohl das Wechselgeld aufbewahrte? Sie müßte es eigentlich wissen. Die Ladefläche war mit grüner Packleinwand ausgelegt. Sie kletterte hinauf. Am anderen Ende, an der Rückwand des Führerhauses, ging die Leinwand ein Stück nach oben, wie über eine Stufe. Carmen schlug die Leinwand zurück und legte eine lange Holzkiste frei. Und in der Kiste stand Kaffeedose an Kaffeedose. Durch den Valium-

nebel hindurch spürte sie ihre Aufregung, als sie eine Dose öffnete. Sie war mit Zuckerpäckchen gefüllt.
In der zweiten Dose waren Salzpäckchen. Sie öffnete auch alle anderen Dosen. Tacosoße, Meerrettich. Meerrettich? Noch einmal Zucker. Kaffeesahne. Sie machte die Dosen wieder zu, zog das Packpapier über die Kiste und machte sich ein paar diffuse Valiumgedanken darüber, warum Axel wohl so ein Zeug in Kaffeedosen hortete. Und wo war das Kleingeld? Sie müßte es wissen, sie hatte letztes Jahr auch mal welches geholt. Sie ging die Vorräte durch, die um sie herumlagen: Becher, Servietten, Haushaltsrollen, Gabeln, Chilidosen, Chips, Tacosoße ... Moment. Gleich am Anfang. Bei den Bechern. Sie öffnete den Karton und griff hinein. Richtig. Die Geldtasche. Sie machte sie auf, kippte den Inhalt auf den Boden, nahm eine Rolle Fünfcentstücke, fünf Rollen Vierteldollar, drei Bündel Dollarscheine und steckte alles in ihre Handtasche. Übrig waren jetzt noch zwei Rollen – Centstücke und Fünfcentstücke – und zwei Geldbündel, beide mit Fünfern, Zehnern und Zwanzigern. Sie zog aus beiden einen Zwanzigdollarschein hervor und faltete sie zu einem kleinen Viereck zusammen, das sie in ihre Gesäßtasche schob.
Auf dem Weg zurück zum Taco Shop überlegte sie sich, was Axel mit seinem Kaffeedosengeld gemacht haben könnte. Sie war ziemlich sicher, daß es noch irgendwo sein mußte, er konnte es unmöglich ausgegeben haben, so schäbig, wie er war. Hatte er es auf eine Bank gebracht, wo es bei jedem halbwegs vernünftigen Menschen schon lange wäre? Aber Banken waren ihm ein Greuel. Er traute ihnen nicht. Es paßte ihm schon nicht, wenn er auf der Bank Wechselgeld besorgen mußte, und dann blieb er immer am Schalter stehen und zählte zweimal nach, was furchtbar peinlich war. Plötzlich war Carmen völlig desorientiert, und in ihrem Kopf wirbelte es nur so. Sie genoß das Gefühl zu schweben. Dann konnte sie weitergehen. Ihr Haar war naß und schwer. Es regnete noch, aber nicht mehr so heftig. Der Parkplatz bestand fast nur noch aus Pfützen. Um die größeren ging sie herum, durch die kleineren platschte sie hindurch, es waren einfach zu viele.

James Dean saß auf dem aufgeplatzten fleckigen Sitzsack und sah Tigger beim Tätowieren von Sweetys Stirn zu.

»Sweety hat sogar Stirnmuskeln«, sagte Tigger, während er Blut und Tinte abwischte. Sweety wandte sich Dean zu und ließ eindrucksvolle Wülste über seine Stirn wandern. FICK MICH stand da in sorgfältig gemalten schwarzen Buchstaben. Sweety hatte sich diese Botschaft selber ausgedacht, Dean hatte beim Vorzeichnen mit Filzstift geholfen, und Tigger tätowierte sie nun ein, indem er mit einer Stecknadel in die Haut stach und mit einem roten Tintenkuli die Farbe hineintupfte.

»So ist das aber nicht von Dauer«, sagte Dean. »Wenn es halten soll, müßt ihr Styroporasche nehmen. So wie wir in Lincoln.«

Tigger sagte: »Wir sind aber nicht in Lincoln, und wir haben auch kein Styropor.«

»Wann kommt'n der Typ?« fragte Dean.

»Der kommt schon. Pork läßt mich nicht hängen.«

»Hast du gestern auch schon gesagt.«

»Gestern war er in Wisconsin. Da hat er meine Nachricht gar nicht erhalten.«

»Ach, dieser Idiot«, sagte Sweety. Dann biß er die Zähne zusammen, weil Tigger weitermachte, mit ein paar Stichen am Buchstaben C.

»Halt still«, sagte Tigger. »Du willst doch, daß es gut aussieht, oder?« Dann arbeitete er schweigend weiter.

Dean langweilte sich zu Tode. Eine Stunde wollte er Pork noch geben, dann würde er sein Geld nehmen und gehen. Je mehr Zeit er mit Tigger und Sweety verbrachte, desto weniger versprach er sich vom Drogenhändler ihrer Wahl.

Zwei Tage hatte er, draußen an der Autobahn, im Golden Steer gewohnt, sein Geld nachgezählt, MTV geguckt, und darauf gewartet, daß Tigger ein Treffen mit Pork arrangierte, dem Mann mit dem Meth. Er hatte sich überlegt, daß er am besten den größten Teil seiner 6700 Dollar investierte und gleich ein halbes Kilo einkaufte. Der Preis war unglaublich, falls der Stoff okay war. Wenn er die Ware dann an Stinger verkaufte, einen Typen, den er in Lincoln kennengelernt hatte, konnte er sein Kapital locker verdoppeln. Jedenfalls wenn bei Stinger alles nach Plan gelaufen war, wenn er schon draußen und wieder in Sioux Falls und auch wieder ins Drogengeschäft eingestiegen war, und wenn er wirklich soviel Geld flüssigmachen konnte, wie er immer behauptet hatte. Es war also nicht auszuschließen, daß es mit Stinger doch nicht klappte, aber es gab schließlich immer irgendwelche Leute, die einen Trip schmeißen wollten.

Das Warten hatte ihm nichts ausgemacht, das Golden Steer war ganz in Ordnung. Aber dann hatte es gestern, irgendwann spätnachts, direkt vor seinem Zimmer gerumst, und als er zum Fenster hinausschaute, sah er einen Cadillac, der gegen seinen Maverick geknallt war, voll hinten drauf auf den Kofferraum. Der betrunkene Fahrer ging schwankend auf und ab, brabbelte vor sich hin und trat alle paar Sekunden gegen seinen Cadillac.

Fast wäre Dean hinausgegangen und hätte dem Kerl die Fresse poliert, aber dann sagte er sich, daß es nicht lange dauern konnte, bis die Bullen auftauchten. Zuerst würden sie sich nur für den Cadillac-Fahrer interessieren, früher oder später dann aber auch einen Blick auf den Maverick und die Nummernschilder aus Nebraska werfen, und wenn sie dann auf die dumme Idee kamen, die Autonummer zu überprüfen, mußte er ja nicht unbedingt dabeisein.

Er hatte seine Sachen in die Reisetasche geworfen, war zu Fuß zur Concord Avenue hinuntergegangen, hatte ein Taxi kommen lassen, und wohnte jetzt bei Tigger und Sweety.

Vor dem Fenster waren Schritte zu hören.

»Da ist er ja.« Tigger legte die Stecknadel auf den Tisch. »Bist du das, Pork?«

Ein Paar schwarze Schnürstiefel kamen zum Kellerfenster herein, gefolgt von einem stämmigen Mann mit Stoppelkopf und Stoppelkinn und wachsamen dunklen Augen.

»Das ist Pork«, sagte Tigger.

Pork trug einen gesprenkelten Tarnfarbenpullover und eine ausgebeulte olivgrüne Hose mit großen aufgenähten Taschen. Er war

ungefähr so groß wie Dean, aber zwanzig Kilo schwerer, seine Finger waren kurz und dick, und den etwas vom Körper abgespreizten Armen sah man die Stunden auf der Ruderbank an. Dean kannte keinen, der eine solche Figur hatte, ohne mindestens fünf Jahre in Lincoln verbracht zu haben.
»Hier drin stinkt's«, sagte Pork grinsend und musterte Sweety. »Was ist denn mit deinem Kopf passiert, Sweety?«
»Da tätowier ich ihm was ein«, sagte Tigger. »Der Spruch war aber seine Idee.«
Pork sah es sich genauer an. »Na, hoffentlich landest du mit dem Spruch auf der Stirn nicht im Knast.«
»Die sollen's ruhig versuchen«, knurrte Sweety.
»Machen sie auch, das kannst du mir glauben.« Er sah Dean an. »Und du bist also dieser Typ?«
Dean, der schon halb in seinem Sitzsack versunken war, antwortete mit einem leichten Kopfnicken.
»Wie gut kennst du ihn, Tig?«
»Der Mann ist in Ordnung«, sagte Tigger.
Pork steckte die Hände in die Gesäßtaschen, zog die Augenbrauen hoch, hob den Blick zur Decke und schüttelte ungläubig den Kopf. Dean konnte es ihm nicht verdenken. Wer würde einem Typen wie Tigger schon glauben? Er hatte den Eindruck, daß Pork okay war, daß man mit ihm handelseinig werden konnte. Er sah aus wie ein Mann, der Lehrgeld gezahlt hatte und Bescheid wußte.
»Hör zu«, sagte Dean. »Du kennst *mich* nicht, ich kenn *dich* nicht. Alles paletti. Wenn du nicht interessiert bist, kann ich mich auch woanders eindecken.«
»Nur keine Hektik«, sagte Pork, der sich Dean gerade näher ansah und mit dem Blick an der Jacke hängenblieb, am Stift von der Diebstahlsicherung. »Wieso schneidest du das Ding da nicht raus?« fragte er.
Dean betrachtete den Plastikstift an seinem Jackenärmel. »Gefällt mir eigentlich ganz gut.«
»Weil jeder gleich sieht, daß du ein starker Typ bist, wenn du die Straße langgehst?«

Dean zuckte die Schultern. »Die Leute können denken, was sie wollen.«
Pork schüttelte zwar den Kopf, aber die gestohlene Jacke schien ihn zu beruhigen. Welcher Bulle würde mit so einem Ding am Ärmel rumlaufen?
»Was willst'n anschaffen?«
»Was hast'n zu bieten?« fragte Dean zurück.
»Tigger sagt, daß du nach Speed gefragt hast.«
Dean zuckte die Schultern.
»Kann ich besorgen.«
»Gut.«
»Wieviel willst du?«
»Ich dachte an ein halbes Kilo, wenn der Preis stimmt, den Tigger mir gesagt hat.«
»Geht in Ordnung. Du willst die Ware vermutlich testen.«
»Hast du sie dabei?«
Pork lachte. »Hast du vielleicht das Geld dabei?«
Dean schüttelte zwar den Kopf, hatte es aber tatsächlich dabei. Er hatte sich das ganze Geld in die Jackentaschen gestopft.
Pork sagte: »Dann machen wir doch einfach eins nach dem anderen. Wie wär's mit 'ner kleinen Kostprobe morgen abend? Können wir uns bei dir treffen? Hast du 'ne Bude? Ich mein natürlich nicht dieses Drecksloch hier.«

sechsundzwanzig

Am Donnerstag morgen um halb elf empfing Frank Knox Axel und Sophie an der Tür seines ramponierten Tudorhauses in South Minneapolis. Aus dem Haus roch es nach Lysol und noch nach etwas anderem, das Sophie nicht einordnen konnte. Knox begrüßte Axel mit einem Kopfnicken, lächelte Sophie zu und sagte: »Sie müssen Sophie Roman sein.« Er gab ihr aber nicht die Hand, sondern wich geradezu zurück, bevor er sich umdrehte und ihnen voranging, zuerst durch den vollgestellten Flur und dann eine Holztreppe hinauf, bei der alle Stufen zur Hälfte mit Notizbüchern, losem Papier und dicken Aktenmappen vollgestellt waren.

Knox bewegte sich zwischen seinem Papierkram mit der geschmeidigen Grazie einer Katze, ohne etwas zu berühren.

Die Kanzlei war früher wohl das Elternschlafzimmer gewesen. Sophie blieb an der Tür stehen, dieser Raum war ihr nicht ganz geheuer. An einer Wand waren die verschiedensten Aktenschränke aneinandergerückt. Keine zwei von ihnen hatten die gleiche Höhe oder Breite oder Farbe, bei allen standen mindestens zwei Schubfächer offen, und auf jedem stapelten sich Papiere und Aktenmappen, die nur in jahrelanger Arbeit aufgeschichtet worden sein konnten. Auch auf dem Boden massenhaft Papierkram, zum größten Teil an den Wänden entlang. Die Höhe der Stapel war – mit einer sehr wackligen Ausnahme – auf etwa einen Meter zwanzig begrenzt. Und alles schien sich ein bißchen nach innen zu neigen, hin zum Zentrum des Raums, angezogen von den Büchern und Akten, die sich auf dem Schreibtisch türmten. Sophie hatte Angst, das alles könnte sie unter sich begraben.

Axel legte ihr die Hand auf den Rücken, um sie zum Eintreten zu ermuntern. Knox nahm von zwei Holzstühlen Akten weg und wischte sich am abgewetzten Revers seines schwarzen Anzugs die Hände ab. Axel dirigierte Sophie zu dem einen der beiden Stühle und setzte sich auf den anderen.

Frank Knox saß schon hinter dem Schreibtisch und lächelte

ihnen zu. Er hatte ein aschfahles Gesicht und dünnes Haar. Über den Papierberg hinweg sah man gerade noch das Kinn, vor dem er jetzt die Hände verschränkte. Sie sahen aus, als wären sie mit grauem Pulver bestreut, womit seine gelben Fingernägel kontrastierten. Eine Bifokalbrille mit großen Gläsern und schwarzem Gestell ließ sein Gesicht ganz unwirklich erscheinen. Als wäre der ganze Mann aus grauem Pulver und würde nur von seinem abgewetzten Anzug zusammengehalten. Er kam Sophie wie ein Gespenst vor.

»Darf man Ihnen gratulieren?« fragte er und schob mit einem grauen Zeigefinger seine Brille den Nasenrücken hinauf.

Sophie nickte ernst und verschränkte die Arme vor der Brust. Der Geruch, der in der Luft hing, kam ihr bekannt vor. Eine chemische Substanz, aber welche?

Knox sah Axel an und hob die Augenbrauen.

Axel sagte: »Frank hat für uns einen Vertrag aufgesetzt. Frank? Erklärst du Sophie, wie wir's machen werden?«

Knox nickte, und seine Brille rutschte wieder herunter. Er räusperte sich und begann mit seinem Vortrag.

Als er ihn beendete, waren Sophies Lippen ein dünner Strich, ihr Gesicht war gerötet, ihre Brüste schmerzten vom Druck der energisch gekreuzten Arme. »Du hast doch gesagt, du willst mich zur Partnerin machen«, sagte sie, ohne Axel anzusehen.

Axel war so locker, wie Sophie verspannt war. »Das versuchen wir ja gerade in die Wege zu leiten«, sagte er mit einem breiten Lächeln. »Das muß man richtig einfädeln.«

»Wieso redet er dann von zehn Prozent?«

»Entschuldigen Sie mich«, sagte Knox. »Bin gleich wieder da.« Er ging zur Tür hinaus.

Axel flüsterte: »Jetzt wäscht er sich die Hände und tötet alle Keime ab.«

»Was ist denn das für ein Geruch hier?«

»Weingeist. Damit wäscht er sich die Hände.«

»Und warum jetzt plötzlich nur zehn Prozent? Du hast doch gesagt, daß wir gleichberechtigte Partner werden.«

»Pro *Jahr* zehn Prozent«, sagte Axel. »In fünf Jahren gehört dir die Hälfte von Axel's Taco Shop. Wir müssen es so machen, sonst kommt das Finanzamt.«
Sophie schüttelte den Kopf.
»Ich kann dir nicht einfach das halbe Geschäft auf einmal überschreiben«, sagte Axel. »Wir geben hunderttausend Dollar als Wert des Unternehmens an – in Wirklichkeit isses übrigens doppelt soviel wert. Aber auch schon für fünfzig Riesen werden Steuern fällig, die du gar nicht bezahlen kannst. Wenn ich dir das jetzt einfach überschreib, kriegst du einen Steuerbescheid über zwanzigtausend Dollar.«
»Fünf Jahre? Und was ist, wenn du ...«
Axel wartete eine Weile, aber sie führte den Satz nicht zu Ende.
»Wenn ich sterbe?«
Sophie nickte.
»Dann mußt du dich mit 'nem neuen Partner arrangieren, weil dann mein Geschäftsanteil an meine Erbin fällt.«
»Deine Erbin?«
»Alice.«
Sie sah ihn überrascht an. »Alice aus Kalifornien? Du hinterläßt es Alice?«
»Ja«, sagte er grinsend. Alice Zimmerman war Axels Schwester, ein furchtbarer Drache, der mit den Jahren – und im Gegensatz zum normalen Alterungsprozeß – größer, lauter und kräftiger geworden war. Axel hatte sie in den letzten zehn Jahren nur einmal gesehen, vor zwei Jahren, als sie völlig überraschend aus San Diego eingeschwebt war, zu einem siebentägigen Besuch, nach dem Axel Magenschmerzen hatte und mit unerbetenen Ratschlägen eingedeckt worden war, die für ein ganzes Leben gereicht hätten. Alice hatte nie viel von Axel und seinen Freunden gehalten, und von den Frauen schon gar nicht.
»Du magst sie doch gar nicht. Du hast gesagt, daß du sie dein Lebtag nicht wiedersehen willst.«
»Muß ich ja auch nicht.«
»Alice kann mich nicht ausstehen.«

Axel schüttelte mitfühlend den Kopf. »Stimmt, das könnte schwierig werden. Aber vorläufig brauchst du dir darüber nicht den Kopf zerbrechen. Ich habe beschlossen, mit dem Sterben noch zu warten.«

Auf der Rückfahrt zum Festplatz hielt Axel das Gespräch in Gang, indem er Sophie vorschwärmte, wie toll sich die Partnerschaft entwickeln würde. Sophie konzentrierte sich auf den Verkehr, packte mit der Hand die Armlehne und versuchte mit dem rechten Fuß Gas zu geben. Sie saß nicht gern auf dem Beifahrersitz.

»Ich fahr schnell bei den Schildermalern vorbei. Die sollen jemand vorbeischicken, der deinen Namen an den Stand malt. *Inhaber: Axel und Sophie Speeter.*«

Sophie sah ihn mit strenger Miene an. »Sophie *Roman*«, sagte sie.

Axel bekam einen roten Kopf.

»Du wirst ja rot!« rief Sophie und lachte schallend.

»Jedenfalls sollen die das neu malen.«

Sie fuhren schweigend weiter. Er legte ihr die Hand in den Nacken. Das war angenehm. Sie hatte ihn noch nie rot werden sehen.

»Das wird eine tolle Sache«, sagte er noch einmal. »Wir sind ein richtig gutes Team.« Allmählich begann Sophie ihm das schon zu glauben. Sie hob die Hand zu ihrem Nacken und legte sie auf seine.

Axel's Taco Shop stand noch, als sie zurückkamen. Carmen und Kirsten hatten mehrere kleinere Krisen bewältigt, einige auch nicht, aber nach wie vor standen die Leute Schlange und schoben Geld über die Theke. Und darauf kam es an. Sophie band sich eine Schürze um und stürzte sich in die Arbeit. Axel spazierte davon, durch die Carnes Avenue, ohne ein bestimmtes Ziel.

Die Entscheidung, Sophie zur Teilhaberin zu machen, war rasch gereift – wie beim Kauf des neuen Pickups und bei der Finanzierung von Carmens Ausbildung. Er war froh, daß er die Idee in die Tat umgesetzt hatte, solange sie neu und frisch war und noch nicht in Zweifel gezogen und zergliedert und zerpflückt. Diese Impulsivität hatte ihn sein ganzes Leben begleitet. Sie regte sich nicht mehr so oft wie früher, aber er freute sich jedesmal, wenn ihn wieder etwas packte, weil es ihm zeigte, daß auch noch der junge Mann von früher in ihm steckte.

Jetzt brauchte er sich also gar nicht mehr zu überlegen, ob er Sophie denn tatsächlich in seinem Leben haben wollte. Es war gar nicht mehr zu ändern. Jetzt waren sie Partner, in guten und in schlechten Tagen. Das gleiche Gefühl wie jetzt hatte er beim Pokern gehabt, wenn er alles auf ein gutes Blatt setzte, und als er den Taco Shop kaufte, und als er sein Geld bei Sam hinterm Haus vergrub.

Er nahm eine plötzliche Aufwärtsbewegung wahr und hob den Kopf, er sah einen runden Metallkäfig senkrecht in die Luft fliegen und dann aus dreißig Metern Höhe erdwärts stürzen. Der ›Schleudersitz‹ war eine der neuesten Attraktionen des Jahrmarkts. Man wurde wie von einer Riesensteinschleuder in die Luft geschossen und schnellte dann wie beim Bungee-jumping auf und ab.

Es kostete sechzig Dollar pro Person, und trotzdem war immer eine Schlange vor dem Schleudersitz, lauter wagemutige Leute, die festgeschnallt und in den Himmel geschossen werden wollten. Lächelnd sah sich Axel an, wie der Käfig zwischen den zwei dreißig Meter hohen Türmen auf und ab sauste. Er glaubte zu wissen, warum die Leute soviel dafür bezahlten – worin der eigentliche Reiz lag: in dem Entschluß, das Wagnis einzugehen, in dem Gefühl, das einen überkam, während man festgeschnallt wurde, direkt bevor's losging.

siebenundzwanzig

Axel ließ das Vorhängeschloß einschnappen und ging ein letztes Mal um das Restaurant herum. Alles in Ordnung. Die meisten Marktstände auf dem Grasplatz hatten schon geschlossen oder machten gerade zu. Sophie war schon nach Hause gegangen. Carmen ließ sich auf eine Bank fallen und rauchte eine Zigarette. Wie so oft wünschte sich Axel, er würde noch rauchen. Nach einem langen Arbeitstag eine gute Zigarette – das war ein schöner Abschluß, da spürte man ein wenig Wärme.

Die Doughnutbude hatte noch offen und verköstigte die letzten paar Konzertbesucher, die aus dem Amphitheater kamen. Tommy Fabian saß auf seinem Hocker, als könnte er jeden Moment herunterfallen.

Axel mußte fünfzehn Minuten auf ihn einreden, bis er ihn soweit hatte, daß er Schluß machte; bis seine Leute dann die Maschinen abgestellt und alles geputzt hatten, wurde es fast Mitternacht. Axel half Tommy beim Abschließen.

Carmen war auf ihrer Bank eingenickt. Axel schüttelte sie sachte wach. »Komm, Mädchen, wir machen uns auf den Weg.«

Sie gingen schweigend zum Parkplatz. Tommy hatte die Hand ins Hemd gesteckt und hielt sich beim Gehen die Seite. Auch Carmen sah aus, als könnte sie jeden Moment umkippen. Erst als sie den Winnebago schon fast erreicht hatten, kam Axel der Verdacht, daß Tommy sich gar nicht die Seite hielt, sondern etwas unter dem Hemd versteckte.

Er stupste ihn am Ellbogen an. »Was hast'n da, Tom?«

Tommy blitzte ihn grimmig an. »Ich will nichts hören, Ax.«

»Wenn die Verwaltung mitkriegt, daß du wieder eine Pistole einsteckst, kann dich das die Konzession kosten.«

»Falls mir der kahle Affe über den Weg läuft, isses mir das wert.«

Als sie auf den Motelparkplatz einbogen, wurde Carmen wach genug, daß sie fragen konnte: »Wieso ist Sophie eigentlich auf einmal so kraß?«

»Kraß? Wie meinst'n das?«
»Den ganzen Tag hat sie an mir herumkritisiert. Sie hat auf einmal den Eindruck, daß ich in die Tacos zuviel Fleisch reinmach. Man könnte meinen, daß ich Geld herschenke, so wie sie sich aufführt.«
Axel bemühte sich um eine ernste Miene. »Ach ja?«
»Ja! Sie ist auf einmal ein richtiger Drache. Ich versteh das nicht.«
Axel mußte sich das Lachen verbeißen. Die Partnerschaft mit Sophie versprach ein voller Erfolg zu werden. »Hm«, machte er grinsend. »Und wieviel Fleisch geht dabei drauf?«
Carmen machte die Beifahrertür auf und sagte: »Du bist ja genauso abgedreht.«
»Geh erst mal schlafen«, sagte Axel. »Morgen fühlst du dich wieder besser. Und versuch vor dem Ansturm am Mittag dazusein, ja?«
Sie schlug die Wagentür zu und winkte ihn weg. Carmen war hundemüde, hatte Kopfweh und langweilte sich schrecklich.
Sie hörte ihn schon, bevor sie die Tür geöffnet hatte.
Dean saß auf dem Schreibtisch, hatte die Füße mitsamt den Stiefeln auf den Stuhl gestellt und las aus seinem Gedichtband vor. Er blickte nur kurz hoch, als Carmen eintrat, und las gleich weiter. Ihm gegenüber, auf dem Bett, saß ein Riese, bei dem jeder Oberarm einen Umfang hatte wie ihre Taille. Er trug ein olivgrünes, ärmelloses T-Shirt, eine khakifarbene Baumwollhose und Stiefel wie Dean, nur größer. Sein Kopf war kahlrasiert, seine Stirn ein einziger angeschwollener, verschorfter Bluterguß. Er sah nicht auf, als sie eintrat, sein Blick war auf Dean geheftet, die Arme waren abgewinkelt und angespannt, das Kinn zuckte alle paar Sekunden.
»Kein Mensch hat Heimsuchung genug, als daß er nicht durch sie gereift und reifer gemacht und durch die Heimsuchung genau passend für Gott gemacht werde«, las Dean vor.
Hinter dem Riesen, der den größten Teil des Betts beanspruchte, lag ein Typ um die siebzehn, auch ein Skin, in einer zerrissenen

schwarzen Jeans und mit Cowboystiefeln aus Schlangenleder, die nur noch silbernes Klebeband zusammenhielt. Er hatte die Hände hinter dem Kopf verschränkt und schaute zu den Deckenplatten hinauf. Carmen schloß die Tür und lehnte sich dagegen.
»Wie seid ihr denn reingekommen?« fragte sie Dean.
Der Junge mit den Cowboystiefeln drehte ihr den Kopf zu. »Pork hat das Schloß geknackt«, sagte er und ließ sie seine gelben, fleckigen Zähne sehen.
»Pork?«
Dean las weiter: »Diese Seele, befreit aus Gefängnis und Gefühlserregung, hat gleichwohl noch ein wenig Unmut.«
Das ist mir jetzt echt zu abgedreht, dachte Carmen, ging rasch zwischen Dean und dem Riesen durch und hoffte auf ein bißchen Zeit zum Nachdenken im Bad. Dort stieß sie jedoch auf einen weiteren Eindringling, der sich über den Kasten der Klospülung beugte und mit der Rasierklinge weiße Klümpchen zu Pulver zerhackte.
»Was hast'n da?« fragte Carmen, die sich schnell von ihrem Schreck erholte. »Koks?«
Der Mann drehte ihr den Kopf zu und musterte sie mit einem anzüglichen Grinsen, hackte aber munter weiter auf die weißen Klümpchen ein.
Er sah noch wilder aus als die anderen, was vielleicht an einer dichtbehaarten Stelle im Gesicht lag, einem Fellchen, das die Augenbrauen mit der langen, fleischigen Nase verband. Und rasiert hatte er sich auch schon länger nicht mehr; auf dem Kopf und im Gesicht sprossen dichte, dunkle Stoppeln.
»Wir schnupfen doch keinen Yuppie-Stoff«, sagte er.
Carmen verfolgte mit Interesse, wie er Linien auf dem weißen Porzellan auslegte. »Was dann?«
»Speed. Du bist vermutlich Carmen. Ich bin Pork.«
»Pork?« Carmen deutete mit dem Kopf auf die Linien. »Taugt das was?«
Pork grinste. »Reines Methedrin. Mit einem Viertelgramm kannst du in einem Rutsch nach L.A. fahren.« Er rollte einen Fünfdollar-

schein zu einem bleistiftdicken Röhrchen zusammen. »Wie wär's mit 'nem kleinen Muntermacher?« fragte er und hielt es ihr hin. Als Pork dann ein paar Minuten später den Deckel des Spülkastens ins Zimmer trug, spürte Carmen die Amphetamine schon durch ihren Körper strömen, das quälende Pulsieren in der Nase ließ nach.

Der Junge mit den zerrissenen Jeans saß jetzt neben dem Riesen auf dem Bett, und Dean erklärte ihm irgendwas. Auch der Riese hatte sich ein bißchen vorgebeugt und hörte aufmerksam zu. Die Wörter purzelten nur so aus Deans Mund.

»Das bist nicht nur du für dich allein, Tigger. Das ist doch der Knackpunkt bei der Sache. Das sind alle. Es ist quasi so, daß du ein Teil vom Nigger und vom Yuppie und von der Nutte bist, und daß die alle ein Teil von dir sind.«

»Ach, Quatsch«, sagte Tigger.

»Hör zu«, sagte Dean. »Was machst du, wenn du direkt auf der Nasenspitze einen Mordspickel hast, so ein richtig weißes Ding? Dann drückst du ihn aus, stimmt's? Und das ist nicht nur dein gutes Recht, es ist quasi deine Pflicht. Du willst ja nicht, daß es den Leuten schlecht wird, wenn sie dich anschauen, oder? Und was machst du, wenn deine kleine Schwester, die ein Teil von dir ist –«

»Ich hab keine Schwester.«

»Aber mal angenommen, du hättest eine, und sie wär quasi ein Teil von dir, das ist sie ja auch, aber dann geht sie plötzlich auf den Strich und nimmt Koks und Heroin und treibt sich mit Niggern rum. Was ist dann deine Pflicht?«

»Also, dann komm ich mit Sweety, und wir geben ihr Zunder und den Niggern auch.«

»Siehst du! Und du machst das nicht einfach nur so, sondern weil du es machen mußt, weil sie nämlich ein Teil von dir sind. Und genau davon redet John Donne. Es ist deine verdammte Pflicht und Schuldigkeit, und dann werden eben ein paar Fressen poliert.«

Der Riese, der die ganze Zeit energisch genickt hatte, legte Tigger

einen fleischigen Arm um den Kopf und klopfte ihm mit den Knöcheln auf den Dickschädel. »Den muß man erst mal ein bißchen weichklopfen, der hört doch gar nicht zu.«
Tigger wand sich aus seinem Griff. »Mensch Sweety, was soll der Scheiß?«
»Mensch, Sweety, was soll der Scheiß«, äffte Sweety ihn nach, so piepsig er konnte.
»Hey.« Pork stand immer noch mit dem Spülkastendeckel da. »Ich muß das irgendwo hinstellen.«
Dean rutschte vom Schreibtisch herunter. »Hierher«, sagte er und betrachtete das Speed, sechs saubere Linien, schön parallel, weiß auf weiß.
»Carmen und ich, wir beide haben das Bewußtsein schon erweitert. Das hier ist für euch, Leute. Kann's losgehen, Deano?«
»Mach mal lieber du den Anfang«, sagte Sweety zu Tigger. »Dein Bewußtsein hat's am nötigsten.«
Tigger sagte: »Du kannst mich mal, Sweety«, nahm Pork aber rasch den zusammengerollten Geldschein aus der Hand und ließ seine zwei Linien schnell verschwinden, in jedem Nasenloch eine. Dann ließ er sich mit dem Rücken auf das Bett fallen und legte die hohlen Hände auf die Nase.
Pork lachte. »Brennt ganz schön, was? So ist das, wenn der Stoff gut ist.«
Als sie auch noch Sweety und Dean beim Schnupfen zugesehen hatte, machte Carmen den Kühlschrank auf und teilte Martinidosen aus.
»Ja«, sagte Sweety, »wir machen 'ne Party.«
»Wo kommt ihr her, Jungs?« fragte Carmen.
»Aus dem Hauptquartier«, antwortete Tigger.
»Und hier rüber sind wir mit dem Cadillac von Tigger gefahren«, ergänzte Dean. »Mensch Tigger, da hast du vielleicht einen häßlichen Straßenkreuzer.«
Tigger grinste. »Meine schwarze Schönheit.«
»Der reinste Panzer, Mann.«
»Schöner großer V-8-Motor, fünfhundert Kubik.«

»Wir sind dann also hier rübergefahren und haben es uns gemütlich gemacht und John Donne gelesen und an Sweetys Stirn gearbeitet. Die Typen haben vorher noch nie was von John Donne gehört, kannst dir das vorstellen? Wir haben den ganzen Tag rumgehockt und auf Porkie gewartet –«

»Ich bin aufgehalten worden«, sagte Pork.

»Es hat sich gelohnt.« Dean kniff sich in die Nase. »Der Stoff ist echt stark. Ich nehm ihn. Komplett. Na, jedenfalls haben wir hier rumgehockt und gewartet, aber immerhin ist Tigger jetzt mit Sweetys Tätowierung fertig. Wie findest du sie?«

Carmen hatte einfach nur ihre Dröhnung ausgekostet und keine Ahnung, wovon die Rede war. »Seid ihr aus Omaha?« fragte sie und zog eine Zigarette aus dem Päckchen.

»Gib mir auch eine«, sagte Sweety. »Oder lieber zwei.« Carmen gab ihm zwei Zigaretten.

»Wir sind aus Frogtown«, sagte Tigger.

»Da hab ich sie entdeckt«, sagte Dean.

»So'n Quatsch«, sagte Sweety. »Wir haben dich entdeckt. Du hast nicht mal gewußt, wo du bist.« Er steckte sich gleich beide Zigaretten zwischen die Lippen. Carmen gab ihm Feuer.

Dean sagte zu Carmen: »Ich war da in so 'ner Bar, wo lauter Fabrikärsche rumhängen, und dann ist Tigger zu mir hergekommen.«

»Er ist mir voll auf den Fuß getreten«, sagte Tigger.

»Und dann haben wir eben miteinander gequatscht.«

»Skins halten zusammen«, sagte Sweety und zog kräftig an seinen Zigaretten.

»Und dann hab ich sie gefragt, ob sie wissen, wo man hier Speed kriegt.«

Carmens Kopf schwang ein wenig vor und zurück. Sie versuchte der Unterhaltung zu folgen, behielt aber fast nichts. Ihr Blick blieb an Sweetys Stirn hängen. »Was ist mit deinem Kopf passiert?«

Grinsend spannte Sweety seine Stirn an.

»Das ist 'ne Tätowierung«, sagte Dean.

Carmen brauchte einige Sekunden, bis sie es lesen konnte.

»Fick mich?«
»Du hast es erfaßt, Puppe. Fick mich, fick mich, fick mich.« Er stand auf und ging mit ausgestreckten Armen auf sie zu.
Dean zog Axels Pistole unter der Jacke hervor, zielte auf ihn und sagte: »Peng.«
Sweety riß die Hände an die Brust und fiel mit dem Rücken auf das Bett. »Uuhhh. Du hast mich voll erwischt. Ich bin ein toter Mann.«
Tigger kicherte.
Dean pustete imaginären Rauch von der Mündung der Pistole und schob sie wieder unter die Jacke. »Diese Burschen darf man keine Minute aus den Augen lassen«, sagte er zu Carmen. »Das sind wilde Tiere.«
Dean redete munter drauflos. Als er, etwa eine Stunde später, Carmen und den Skins gerade erzählte, wie er es dem Kleinen Knirps gegeben und wieviel Geld er ihm abgeknöpft hatte und wie einfach das gewesen war, meldete sich hinter seinem linken Augapfel ein kleiner Mann und sagte, halt doch die Klappe, jetzt plaudre doch nicht alles aus, du brauchst diesen Leuten doch nicht jeden Gedanken anvertrauen, der dir durch den Kopf geht. Der kleine Mann sprach jedoch nur für einen kleinen Teil von Deans Bewußtsein und konnte nichts ausrichten gegen das Methedrin, das ihm die Zunge löste. Er quasselte ja wie ein Speed-Junkie!
Dean fiel sich mit lautem Gelächter selbst ins Wort.
»Was freut dich denn so?« fragte Tigger.
»Daß ich quassle wie ein Speed-Junkie!«
So was Witziges hatten sie den ganzen Abend noch nicht gehört, da waren sich alle einig. Dean sonnte sich in ihrer Bewunderung, seine Brust hob sich, er beschloß, ihnen noch mal ein bißchen John Donne vorzulesen, aber als Pork ihn zum Buch greifen sah, sagte er schnell zu Carmen:
»Dein Arbeitgeber scheint ja richtig reich zu sein.«
»Er hebt sein Geld in Kaffeedosen auf«, sagte sie.
»Erzähl keinen Scheiß!« rief Dean. »Wir haben doch reinge-

schaut in seine verdammten Kaffeedosen. Und was war drin? Bloß der letzte Scheiß!«

»Da war's aber drin. Ich hab's doch gesehen. Was kann ich dafür, daß er das Geld weggeschafft hat?«

»Ach, was soll's. Nur der Doughnut-Mann hat jede Menge Kohle.«

»Der kommt jetzt wieder zur Arbeit«, bemerkte Carmen

»Ohne Scheiß?« fragte Dean verwundert. Er hatte ihn also doch nicht totgeschlagen.

»Vielleicht solltest du noch mal bei ihm absahnen«, schlug Pork vor.

Dean lachte. »Gute Idee.«

»Da bin ich nicht so sicher«, schaltete sich Carmen ein. »Axel geht jetzt immer mit ihm zu seinem Winnie.«

»Na, dann kriegen eben beide eins auf die Nuß«, sagte Pork.

Jetzt stürzte sich Tigger ins verbale Getümmel: »Warum sprengen wir nicht einfach das Tor und räumen im großen Stil ab. Mann, das wär's doch! Mindestens 'ne Million!«

Pork sagte: »Hab ich dir schon gesagt, was du für ein verdammter Schwachkopf bist, Tigger?«

In Sweetys Brust war ein Grollen zu hören.

»Ganz im Gegensatz zu dir, Sweety«, sagte Pork schnell. »Du bist einer der intelligentesten arischen Teufelskerle, die ich kenne. *Und* ein Brocken von Mann.« Er zog ein zusammengefaltetes Blatt Papier aus der Tasche. »Was haltet ihr von einem kleinen Nachtisch?«

Jetzt strahlte Sweety über das ganze Gesicht, und man konnte den Schorf auf seiner Stirn knacken hören.

Um sechs fing im Frühprogramm die Sesamstraße an, und ein paar Minuten später knurrte Sweetys Magen.

»Er hat Hunger«, übersetzte Tigger. »Wir müssen essen gehen.«

»Ich hab auch Hunger«, sagte Dean. »Hey, Pork! Was ist mit dir?«

Pork nickte. Dean musterte Carmen, die zusammengekuschelt auf dem Boden lag. »Hast du auch Hunger, Carmen?«

Carmen gab keine Antwort. Sie hatte vor zwei Stunden ein paar Valiumtabletten eingeworfen und lag jetzt, in die Tagesdecke gewickelt, auf dem Boden und schnarchte.
Sie fuhren in Tiggers Wagen zu einem Perkin's. Sweety wollte das Frühstückssteak und sechs Rühreier haben, und Tigger erklärte der verängstigten Bedienung, wie sie zubereitet werden sollten:
»Er mag sie kaum gebraten. Die Eier verrühren, rein in die Pfanne und gleich wieder raus auf den Teller. Er mag's quasi noch flüssig. Und ein bißchen Toast extra, zum Auftunken. Alles klar?«
Die Bedienung sagte: »Ein Steak und sechs Rühreier, ganz wenig gebraten.«
»Okay. Sind Sie sicher, daß Sie verstanden haben, wie wenig gebraten er sie will?«
Die Bedienung nickte.
»Er will sie *noch* weniger gebraten.«
Dean unterhielt sich derweil mit Pork.
»Kann ich besorgen, aber erst heut abend.«
»Prima.«
»Gestern war ja noch nicht klar, ob du's nimmst, sonst hätt ich's gleich mitgebracht. Aber ich trag eben nicht gern Ware mit mir rum.«
»Kein Problem. An das Geld komm ich jederzeit ran.«
Zwei dicke Geldbündel in den Innentaschen seiner Jacke drückten ihm gegen die Rippen.
»Was habt ihr heut vor, Jungs?« fragte Tigger. »Ziehen wir los?«
Pork kratzte sich mit der Gabel am Kinn. »Ich hab mir gedacht, ich hau mich aufs Ohr.«
»Das ist doch für'n Arsch«, grollte Sweety.
»Vergiß es«, sagte Tigger. »Wir machen irgendwas. Was machen wir, Jungs?«
Dean sagte: »Geht ihr nie auf den Minnesota-Jahrmarkt?«
Alle drei sahen ihn erstaunt an.
»Ich mein, man könnt doch mal vorbeischauen und was futtern, Doughnuts oder so. Und die Monstrositätenschau angucken.«

achtundzwanzig

Als das Zimmermädchen Midges Flores am Freitag, kurz vor Mittag, bei Nummer neunzehn anklopfte, hoffte sie, niemanden anzutreffen. Sie legte das Ohr an die Tür, lauschte, klopfte wieder, diesmal lauter. Midges mochte das Mädchen von Zimmer neunzehn nicht, und diesen Glatzkopf schon gar nicht. Am Wochenende hatte er sie beim Bettenmachen die ganze Zeit angeglotzt und kein Wort gesagt, nur mit dem Fingernagel zwischen den Zähnen herumgestochert. Und das Mädchen war ein Dreckschwein. Midges klopfte noch einmal. Keine Reaktion. Erleichtert schloß sie mit ihrem Generalschlüssel auf.

Was für eine Unordnung. So schlimm war es noch nie gewesen. Das ganze Bettzeug lag auf dem Boden, es stank nach Zigaretten, Schweiß und Alkohol. Erst als sie ihren Putzwagen schon in das Zimmer geschoben hatte, sah sie das Mädchen auf dem Boden liegen.

»Oh! Entschuldigen Sie«, sagte Midges.

Das Mädchen blieb einfach liegen. Midges zog ihren Wagen rückwärts zur Tür, machte aber gleich wieder halt. Das Mädchen lag völlig regungslos da.

»Hey! Alles in Ordnung?« Midges fuhr sich mit der Zunge über die Lippen, ihr Puls begann zu jagen. War das Mädchen tot? Midges hatte im Motel schon alles mögliche gefunden: Geld und Drogen, Kleider und Kinder, spektakuläre Polaroidfotos und einmal sogar eine zweieinhalb Meter lange Boa constrictor, das Haustier eines Gastes ... Aber noch nie eine Leiche. Sie beugte sich über das Mädchen, das auf dem Rücken lag, vollständig bekleidet, die Bluse allerdings nur von einem Knopf zusammengehalten.

Sie sah wirklich aus wie tot. Midges erstarrte. Und wenn sie ermordet worden war? Und der Täter sich noch im Zimmer versteckte? Er konnte im Bad sein. Er konnte unter dem Bett liegen. Der Glatzkopf. Sie hatte die Hand schon ausgestreckt und zwang sich, noch schnell zu fühlen, ob sie nicht doch noch einen Puls hatte. Ohne die Badezimmertür aus den Augen zu lassen, legte sie ihr die Finger an den Hals. Plötzlich schlug das Mädchen die Augen auf.

Midges riß die Hand weg, machte zwei Schritte nach hinten, schrie auf. Sie war gegen ihren Putzwagen gestoßen.

Blinzelnd stemmte sich Carmen hoch. »Was'n los?« fragte sie. »Wo sind denn alle?«

Sophie gestand sich nur ungern ein, daß Kirsten und Juanita schneller, freundlicher und zuverlässiger waren als ihre Tochter, diese Schlafwandlerin. Die beiden machten ihre Arbeit, maulten nicht übermäßig und hätten niemals zu ihr gesagt, schieb dir den Burrito doch in den Arsch. Sophie wußte das zu schätzen. Und sie fand es gut, daß auch ein richtiges mexikanisches Mädchen im Taco Shop Burros rollte, Hackfleisch briet und ab und zu bediente.

Das Wochenende ließ sich sehr gut an. Das Regenwetter mitten in der Woche hatte viele Leute von einem Besuch abgehalten; dafür kamen sie jetzt eben in hellen Scharen zum letzten Wochenende des Jahrmarkts, um Weißkäse und Maisburger zu essen, himmelwärts zu fliegen und erdwärts zu stürzen, auf dem Landmaschinenhügel und beim preisgekrönten Sechshundert-Kilo-Schwein vorbeizuschauen – und natürlich auch bei Axel's Taco Shop. Es war jetzt zwanzig vor zwölf, und schon seit zehn riß der Strom der Kunden nicht mehr ab.

Mit der Arbeit schienen sie am besten zurechtzukommen, wenn Kirsten vorne blieb und bediente, Juanita hinten die Tacos, Burros und Tostadas machte und Sophie die Bestellungen nach hinten und die fertigen Gerichte nach vorn brachte, Juanitas Vorräte auffüllte, Getränke einschenkte, das Fritieren übernahm und was sonst noch so anfiel.

Juanita wollte Pause machen. Jedesmal wenn sie fertige Snacks über die Edelstahlplatte schob, drängelte sie.

Sie sagte: »Ich muß aufs Klo.«

»Wenn Carmen da ist.« Sophie nahm die zwei Buenos von der Platte. »Sie muß gleich kommen.«

Als Sophie als nächstes eine Portion Bohnen abholte, sagte Juanita: »Ich muß aufs Klo, ich hab die Periode.«
»Die hatten Sie doch letztes Wochenende schon«, entgegnete Sophie. »Sind Sie ein Kaninchen, oder was?«
»Bei Carmen weiß man nie, ob sie überhaupt kommt.«
»Jetzt warten Sie eben.« Sophie ging mit den Bohnen zur Theke. Als sie sich wieder umdrehte, war Juanita verschwunden. »Herrgott!« Sie ging hinter die Arbeitsplatte, legte drei Tortillas aus, verteilte auf jeder Bohnen.
»He!« rief Kirsten über die Schulter. »Wie kommt die bitte zu einer Pause? Ich brauche noch zwei Tacos mit Bohnen als Beilage.«
Sophie rollte die Burritos zusammen, langte aus dem Abtropfsieb der Friteuse zwei Tortillas, belegte sie, wickelte sie ein und winkte Kirsten zu sich her, damit sie die fertigen Snacks holte. »Sie ist gleich wieder da«, sagte sie.
»Ich war heute morgen als erste da. Das ist unfair. Ich fang früher an, und sie darf Pause machen.«
Juanita kam erst nach zwanzig Minuten zurück. »Da muß man Schlange stehen, das geht nicht schneller«, hielt sie Sophies vorwurfsvollem Blick entgegen. Vermutlich stimmte das sogar – vor den Damentoiletten waren die Schlangen länger als vor dem Weißkäsestand. Jetzt hatte sich auch vor dem Taco Shop eine kleine Schlange gebildet: sechs hungrige Leute studierten die Tafel mit der aufgemalten Speisekarte. Sophie legte mit Vergnügen einen Zahn zu und stellte sich der Herausforderung. Pro Kunde wanderte jetzt ja ein Dollar in ihre Tasche.
Carmen kam zwanzig nach zwölf.
»Seht mal, wer da kommt«, sagte Sophie. »Wir dachten nicht, daß du noch herfindest.«
»Kann ich jetzt Pause machen?« fragte Kirsten und zog auch schon die Schlaufe an ihrer Schürze auf. Sophie nickte und nahm ihren Platz an der Theke ein.
Carmen betrachtete die Leute, die bedient werden wollten, und dann Juanita, die sechs Sachen auf einmal zu machen versuchte.
»Was soll ich dir abnehmen?« fragte sie Juanita.

»Ich brauche Tortillas, Käse und Bohnen. Und mach doch mal schnell zwei de Luxe für den Typ mit dem roten Hut.«
Carmen überlegte sich, ob sie nicht gleich wieder davonspazieren und in der Menge untertauchen sollte. Am besten gleich runter vom Festplatz und am Straßenrand den Daumen raushalten, von einem Mercedes-Fahrer mitgenommen werden, ein paar Drinks reinziehen …
»Würdest du deinen trägen Hintern in Bewegung setzen?« fragte Sophie.
Carmen riß eine Tortilla-Tüte auf und begann mit dem Fritieren. Jetzt blieb sie eben erst mal ein Weilchen. Wenn es ihr zuviel wurde, konnte sie ja jederzeit gehen. Sie hatte noch ein bißchen Methedrin, in einem winzigen Viereck aus Papier, tief in der Hosentasche. Heute nacht hatte Pork, auf der Suche nach einem guten Bild, ein Magazin durchgeblättert und schließlich ein Photo von Nancy Reagan herausgerissen. Er hatte Nancy die Nase kräftig mit Methedrin gepudert und sie dann zu einem kleinen Viereck mit umgeknickten Ecken gefaltet, das er Carmen überreicht hatte. »Weil du uns dein Zimmer zur Verfügung gestellt hast.«
Sie legte sechs Tortillas nebeneinander und begann Burros zu machen. Als sie den sechsten zusammengerollt und eingepackt hatte, bewegte sie sich bereits im Rhythmus des Taco Shops und fand beinahe schon Spaß daran. Carmen konnte durchaus schnell und präzise arbeiten, erst recht, wenn sie den Tag mit einer Nase Speed begonnen hatte.

Vor den nächstgelegenen Toiletten, hinter der Riesenrutschbahn, war die Schlange bei den Frauen zehn Meter lang. Kirsten machte sich auf etwa zehn Minuten Anstehen gefaßt und sah neidisch auf die andere Seite hinüber, wo ständig Männer hineingingen und herauskamen und niemand warten mußte. Sie mußte viel zu dringend pinkeln, um sich so richtig darüber aufregen zu können, aber es ging ihr echt auf die Nerven, wie lange manche Frauen brauchten. Sie hatte Freundinnen, die darauf schimpften, daß Toiletten von Männern gebaut wurden, denen es piepegal war,

daß Frauen nun mal länger brauchten. Kirsten war anderer Ansicht. Sie brauchte nicht länger als ein Typ, sie war vielleicht sogar schneller fertig. Natürlich nicht, wenn sie die Periode hatte, aber auch dann saß sie nicht bloß da und schaute zwischen ihren Beinen hinunter, wie das manche Frauen machten.
O Gott, sie mußte wirklich ganz dringend pinkeln!
Am besten berührte man den Toilettensitz mit dem Hintern nur leicht oder gar nicht – in einem Klo wie diesem gar nicht – und dann: pinkeln, abwischen und Platz machen für die nächste, die möglicherweise auch ganz dringend mußte.
Kirsten verlagerte das Gewicht von einem angespannten Bein auf das andere. Am liebsten hätte sie sich einfach hingehockt und es laufen lassen. Nein, solche Phantasien waren jetzt ganz verkehrt. Aber vielleicht hatte sie ihre Muskeln allzu fest angespannt. Sie versuchte den Bauch ein wenig zu entspannen und stellte sich vor, daß sich in ihrem Unterleib ein riesengroßer Hohlraum befand. Platz für einen ganzen See. Sie beneidete die Leute, die vorbeiströmten, die Leute, die nicht pinkeln mußten. Ihr Blick hüpfte von Kopf zu Kopf – und blieb vor dem Maisburgerstand an einem Glatzkopf hängen. Da standen vier Skins, und einer kam ihr bekannt vor. Der im orangenen T-Shirt.

Sweety stopfte sich den ganzen Maisburger auf einmal in den Mund und glotzte mit prallen Backen das Mädchen an, das ihn bedient hatte. Sie wich seinem Blick aus. Er grinste und ließ sie die breiige, senfgelbe Masse sehen, die zwischen seinen Zähnen herauszuquellen begann.
»Jetzt komm schon«, sagte Tigger. »Wir fahren Achterbahn.«
Sweety brachte die Lippen wieder über dem Maisburger zusammen, setzte sich in Bewegung und begann den Unterkiefer vor und zurück zu schieben, um den Brei in seinem Mund zu bearbeiten. Pork warf Dean einen vielsagenden Blick zu, hob die Schultern und folgte den beiden anderen.
Dean fühlte sich wie ein bionischer Mann, wie ein Terminator. Und seit er die Jacke in Tiggers Wagen gelassen hatte, schwitzte

er auch nicht mehr wie ein Schwein. Es gefiel ihm, wie sich die Pistole im Hosenbund anfühlte, und wie sie das T-Shirt wölbte. Er wollte ganz locker den Jahrmarkt durchstreifen, ein bionischer Mann und seine bionischen Leoparden. Sein Motor surrte, beim Gehen machten seine Gelenke klick, klick, klick.

Carmen bewunderte das Gesicht, das sie geschaffen hatte. Eine runde Tortilla mit einer glatten Schicht Bohnenpüree, zwei schwarze Oliven als Augen, eine grüne als Nase, ein blendend weißes Saure-Sahne-Lächeln, Haare aus fein geschnitzeltem Salat. Wer sah so aus? Sie nahm den Salat wieder weg. James Dean! Nein. Irgendwas stimmte noch nicht ganz. Sie rückte die Oliven ein bißchen weiter auseinander.

»Ich habe keinen Salat mehr«, sagte Juanita.

»Ich brauche drei de Luxe und zweimal Bohnen«, rief Sophie nach hinten. »Carmen! Was treibst du denn da?«

»Sie macht wieder Gesichter«, sagte Juanita.

Sophie schrie: »Carmen!«

Carmen machte vor Schreck einen kleinen Satz.

»Ich hab dir doch gesagt, daß du das lassen sollst. Hör auf mit dem Unsinn und mach deine Arbeit, Mädchen!«

Mit Bedauern rollte Carmen das Tortilla-Gesicht zu einem Burrito zusammen, wickelte ihn ein und fing mit dem nächsten an.

Als Axel auf den Taco Shop zuschlenderte, rannte Kirsten auf ihn zu. »Mr. Speeter!« stieß sie atemlos hervor. »Ich hab ihn gesehen!«

Axel legte ihr die Hände auf die Schultern. »Wen haben Sie gesehen?«

»Den Kerl, der Mr. Fabian überfallen hat. Diesen Skinhead.«

»Wo?«

Kirsten zeigte in Richtung Carnes Avenue. »Bei der Riesenrutschbahn. Zusammen mit ein paar anderen Skinheads.«

Axel nahm die Hände von ihren Schultern und ging über den Grasplatz zurück, die Backenzähne so fest aufeinader gepreßt, daß sich seine Brücke durchbog.

neunundzwanzig

»Dieser verdammte Tigger macht immer den gleichen Mist«, sagte Pork. Er steckte die Hand in die Tasche, und als er sie wieder herauszog, war sie zur Faust geballt und mit Messing armiert. »Mit dem kann man hingehen, wo man will, der kleine Scheißkerl bringt immer jemand zur Weißglut.«
Zwei junge Naturburschen mit Cowboyhut hatten Tigger an den Caravan der Frau ohne Kopf geschubst. Der eine hielt ihn an den Armen fest, der andere gab ihm saftige Ohrfeigen und schrie nach jeder: »*Was* hast du gesagt?«
Tigger antwortete immer wieder: »Arschloch.« Alle drei schienen Spaß an der Sache zu haben.
Sweety stürmte los und rammte einem der beiden die ausgestreckte Faust gegen den Hals. Der Cowboy krachte an die Aluminiumwand und rutschte auf den Boden. Dean hielt sich hinter Pork, der dem anderen Cowboy auf den Rücken sprang und ihm ein paarmal den Schlagring gegen die Schläfe knallte. Der Cowboy drehte sich im Kreis und versuchte ihn abzuwerfen, aber jetzt griff Sweety ein und donnerte ihm beide Fäuste von unten gegen die Kinnlade. Ein Knirschen war zu hören, bei dem es Dean fast hochgekommen wäre. Tigger, dem Blut aus der Nase lief, trat auf den anderen Cowboy ein, der so benommen war, daß er sich nicht wehren konnte. Pork zerrte Tigger am Arm von seinem Opfer weg. Es waren schon Leute stehengeblieben und schauten zu.
»Nichts wie weg hier«, sagte Pork. Sie gingen an den Gaffern vorbei und räumten das Feld. Pork schien eine Stinkwut zu haben und wischte sich Schmutz von den Schultern, Sweety hatte Tigger in den Schwitzkasten genommen und klopfte ihm mit den Knöcheln auf den Kahlkopf, Tigger machte autsch, autsch, autsch …
»Was ist da eigentlich passiert?« fragte Dean.
»Unser Tigger hat Schwierigkeiten im Umgang mit Menschen«, erläuterte Pork. »Er kann keine drei Wörter von sich geben, ohne

daß jemand Lust bekommt, ihm auf der häßlichen Visage rumzutrampeln.«
Deans Puls beruhigte sich allmählich wieder. Sweety hatte Tigger losgelassen, und die beiden hatten Dean und Pork eingeholt. Tigger hatte einen roten Kopf und ein breites Grinsen im Gesicht. Dean sagte: »Wisch dir doch mal die Nase ab, ja?«
Tigger lachte und schmierte sich das Blut an den Ärmel. »Die Scheißtypen waren total baff«, sagte er und bekräftigte es mit einem Fußtritt in die Luft. »Sweety, wie ein Panzer! Piff, paff, puff. Hammerhart, Mann.«
»Früher oder später gehen wir drauf wegen dir«, sagte Pork. »Wenn du mal einen anmachst, wo sich dann rausstellt, daß er mit sechs Kumpels unterwegs ist.«
»Das wär schon okay«, sagte Sweety.
Pork setzte eine grimmige Miene auf. »Ich weiß nicht, wie's euch geht, Jungs, aber ich könnt jetzt ein bißchen Speed vertragen.«
Auf dem Jahrmarkt liefen mehr als hunderttausend Leute herum, da mußte man erst mal ein Plätzchen finden, an dem vier Typen für sich allein waren und Speed schnupfen konnten. Tigger erinnerte sich an einen versteckten Winkel, drüben beim Amphitheater, hinter der Eierbrötchenbude und dem Stand mit dem mechanischen Pferderennen, aber dann stellte sich heraus, daß sich dort schon Schüler breitgemacht hatten, die einen Joint kreisen ließen. Tigger wollte sie mit einem Tritt in den Arsch hinausbefördern; Pork fragte ihn, worauf er jetzt eigentlich Bock hatte, auf eine Schlägerei oder auf eine Dröhnung? »Ich mein, man muß sich schon überlegen, was einem wichtiger ist, und eine Schlägerei haben wir ja schon hinter uns.«
Sie suchten also weiter. Als sie zwanzig Minuten herumgelaufen waren, sagte Sweety: »Wir setzen uns jetzt einfach hin und ziehen uns das Zeug rein.«
»Hier hat's zu viele Bullen«, entgegnete Pork.
»Ich seh keine Bullen.«
»Das machen wir jetzt einfach«, sagte Tigger. »Was meinst du, Dean?«

Dean zuckte die Schultern.
»*Ihr* seid nicht auf Bewährung«, maulte Pork. »Euch passiert nicht viel, wenn ihr hopsgeht. *Mich* lochen sie noch mal drei Jahre in Stillwater ein.«
»Das is'n Argument«, fand Dean.
»Ihr braucht ja nicht mitmachen«, sagte Tigger.
»Mann, das ist mein Stoff!«
»Ihr könnt ja aufs Klo gehen. Sweety und ich, wir schnupfen jetzt einfach hier.« Er zeigte auf das braune Gras zwischen dem Randstein und dem Gehweg. »Die können uns alle mal.«
Pork fand das nicht in Ordnung, rückte den Stoff aber trotzdem heraus, weil er kein Gegenargument parat hatte. Dean und Pork überquerten die Straße und schauten von der anderen Seite aus zu, wie sich Sweety und Tigger vor hunderttausend Leuten ins Gras setzten und Speed schnupften. Sie löffelten das Methedrin mit einem Eiscremestiel von dem aufgefalteten Papier, und wer sich nach ihnen umdrehte, wurde angeglotzt, bis er wegsah. Pork zog die Augenbrauen zusammen, weil Sweety sich eine zusätzliche Prise gönnte, bevor er das Blatt wieder zusammenfaltete. Sweety schaute grinsend herüber und winkte.

Das Spiel nannte sich Autoscooter, und Dean kriegte den Dreh einfach nicht raus. Sweety und Tigger hielten ihn auf dem Boden fest, und sobald er sich rührte, setzte es vom einen oder vom anderen einen Schlag in die Seite. Er war heilfroh, als es überstanden war. Pork, der zugeschaut hatte, boxte ihn lachend auf die Schulter. »Jetzt weißt du, warum ich bei Autoscooter nicht mitmache«, sagte er.
Dean massierte sich die Schulter. »Kommt, wir gehen mal gucken, ob Carmen schon da ist. Ich krieg langsam Hunger.«
»Laß dich nicht aufhalten«, sagte Sweety. »Wir bleiben in der Nähe. Ich will mir die Monstrositäten angucken.«
»Vielleicht kriegen wir die Burritos sogar umsonst. Carmen schiebt uns sicher was rüber.« Dean wollte jetzt nicht allein sein. Er hatte von dem Methedrin einen guten Kick und spürte, wie

sich eine richtig schöne Skinhead-Energie aufbaute. »Kommt schon. Wir schauen vorher noch beim Biergarten vorbei. Ich schmeiß 'ne Runde.«

»Komm schon, Sweety«, sagte Pork. »Wir machen einen Besuch bei Deans Braut. Die Monstrositäten können wir auch nachher noch angucken.«

Sweety klapperte mit den Zähnen und ließ den Kopf vor und zurück schwingen. Er sah aus wie eine Riesenechse, die auf Raubzug geht. Dean wollte nachhaken, aber Pork schüttelte den Kopf, zeigte in Richtung Biergarten und ging los. Dean schloß sich an.

»Wenn er sich so aufplustert, muß man aufpassen«, sagte Pork. Dean warf einen Blick über die Schulter. Sweety ging hinter ihnen her und Tigger trottete ihm nach. »Er läuft uns ja sowieso nach, aber wenn er so drauf ist wie jetzt, darf man ihn nicht bequatschen. Ich hab mal gesehen, wie er mit irgend so 'nem Typen Kugelstoßen geübt hat. Er hat ihn einfach hochgehoben und drei Meter weit gestoßen.«

»Und warum?«

»Warum der durch die Luft geflogen ist? Er hat 'ne Baseballmütze aufgehabt, und Sweety hat was gegen die Dinger. Das *könnte* der Grund gewesen sein, aber bei Sweety weiß man das nie so genau. Der Typ ist auch gleich aufgesprungen und weggerannt, da ist also nichts passiert. Aber als Sweety mal auf 'nen Polizisten losgegangen ist, haben plötzlich drei Bullen auf ihn eingeprügelt, bloß Sweety war das egal, der hat einfach zurückgeschlagen. Die haben ihm ständig ihre Schlagstöcke über den Schädel gezogen und trotzdem ewig gebraucht, bis er zu Boden gegangen ist. Alle drei Bullen haben sich blutige Nase geholt und bei Sweety war der ganze Schädel voller Blut, aber die Sache hat ihm Spaß gemacht. Der Mann hat keinen Verstand, aber soviel Kraft wie Godzilla. So haben wir früher ja auch zu ihm gesagt, aber Sweety gefällt ihm besser.«

»Und was heißt das?«

»Daß ihm scheißegal ist, was passiert, wenn er so drauf ist wie jetzt. Dann muß man ganz vorsichtig mit ihm umgehen. Ein paar

Bierchen beruhigen ihn vielleicht ein bißchen. Das schmeckt ihm. Da kriegt er bessere Laune, jedenfalls meistens.«
Dean schmiß eine Runde Bier und dann noch eine. Sweety machte ihn nervös, weil er ständig Leute anglotzte und ihnen die Zunge herausstreckte. Und dann hatte er ja auch noch FICK MICH auf der Stirn stehen, und wie sein Kinn zuckte, gefiel Dean auch nicht. Er fragte: »Wie wär's mit 'nem Hot dog, Jungs?« Keiner wollte einen, also tranken sie noch ein Bier. Mal abgesehen von den Bedenken wegen Sweety ging es Dean nach wie vor großartig. Ein schönes Kribbeln lief ihm den Nacken rauf und runter, und seine Augen wurden immer besser. Er sah alles gestochen scharf. Er hing mit Typen rum, mit denen er so richtig schön gefährlich rüberkam, und er war so richtig schön auf Methedrin, made in America, toller Stoff, der dich schneller und stärker und klüger macht und auch noch deine Sehkraft verbessert. Er fand es toll, daß er alles gestochen scharf sah. Ganz anders als bei Koks oder Gras – aber Koks war ja auch nur was für Nigger und Yuppies, und Gras war nur für Punks und Hippies. Echt ein gutes Gefühl. Ganz was anderes als diese Valiumtabletten, von denen Carmen ständig einschlief. Methedrin straffte die Muskeln und gab ihm enorm viel Energie, und in der Nähe seiner neuen Freunde hatte er ein gesundes Selbstvertrauen. Die Pistole steckte sehr angenehm im Hosenbund, der Lauf berührte gerade noch seinen Schwanz, der Griff wurde von Carmens Bugs-Bunny-T-Shirt gerade so verdeckt. Wenn man genau hinschaute, konnte man erkennen, was sich unter dem dünnen Stoff abzeichnete. Am besten fühlte sich die Pistole beim Gehen an. Kein so ein gutes Gefühl hatte Dean bei Sweety, weil sie jetzt in einem großen Raum voller Männer waren, von denen jeder zweite eine Baseballmütze trug, und weil Sweety völlig überdreht am Tisch saß, mit starrem Blick, mahlendem Kiefer und angespannten Nackenwülsten. Sein Kopf schwang vor und zurück, seine Lider begannen immer wieder zu flattern. Er erinnerte Dean an eine doppelläufige Schrotflinte, die er in Omaha gesehen hatte. Bei der hatte jemand die Gewehrläufe mitsamt den halben Kammern abgesägt,

so daß die Schrotpatronen vorne herausschauten. Man konnte abdrücken – aber was passierte dann? Niemand hatte sich damit zu schießen getraut. Und genau so wirkte Sweety auf ihn, als wären seine Augen zwei rote, mit Schrot gefüllte Patronen, die drei Zentimeter vorstanden und nur nach einem Anlaß zum Platzen Ausschau hielten.

Sweety leerte sein drittes großes Bier, und Pork schenkte ihm aus seinem Plastikbecher nach. Tigger ritzte mit dem Autoschlüssel das Wort FICK in die Tischplatte; er sah auf Sweetys Stirn nach, wie man es schrieb. Pork redete mit leiser Stimme auf Sweety ein, aber der schien ihn gar nicht zu hören. Eine Gruppe von Studenten, alle mit einem großen Bier in der Hand und einer Baseballmütze mit dem Logo der Uni auf dem Kopf, setzte sich an den Nebentisch. Sweety drehte ihnen langsam den Kopf zu und glotzte sie an. Jetzt isses soweit, dachte Dean.

Pork war aufgesprungen und zog Sweety am Arm, ließ dann plötzlich los und ging auf den Ausgang zu. Dean folgte ihm, ohne sich ein einziges Mal umzusehen.

»Vielleicht kommt er nach«, sagte Pork. »Er ist ein verrückter Hund, aber auch ein anhängliches Tierchen und gar nicht gern allein.«

Sie standen auf der Straße und blinzelten in die Nachmittagssonne, als Tigger und Sweety sie einholten. »Siehst du?« sagte Pork.

»Wo wollt ihr denn hin?« fragte Tigger.

Pork zuckte die Schultern und sah Sweety an. »Alles klar?«

Sweety sagte: »Was für Arschlöcher.«

»Wer?« fragte Tigger.

»Hau ab, Mann«, schnaubte Sweety. »So ein Scheißladen. Was machen wir eigentlich hier?«

»Willst du nach Hause?« fragte ihn Pork. »Oder sonst irgendwohin?«

»Willst du einen Taco?« fragte Dean.

Sweety drehte ihm den Kopf zu. »Ja. Genau. Ein Taco. Das isses.«

»Na, dann los.«

Jetzt hatte Dean wieder das gute Gefühl von vorher. Sie waren alle wieder auf Kurs und steuerten gemeinsam den Taco Shop an, Dean an der Spitze. Hinter ihm Sweety, einen Kopf größer als die anderen, dann kam Pork und dann Tigger – und zu viert sandten sie so gefährliche Schwingungen aus, daß die Leute den Blick schnell weiterwandern ließen.

»Die ganzen Typen hier draußen sind reich«, sagte Dean.

Pork war auf seinem eigenen Trip und nickte zu einer Musik, die nur in seinem Kopf spielte. Dean glaubte eigentlich nicht, daß ihm jemand zuhörte, aber er redete trotzdem weiter.

»Jede Menge Kohle, Mann. Eigentlich müßte man jeden Tag einen anderen erleichtern, ein richtiges Geschäft draus machen. Das wär was für John Donne. Den Geldsäcken klarmachen, daß sie ihren Reichtum teilen müssen.«

Dean durchforschte sein Gehirn, um zu sehen, wie das gehen könnte, um den Gesamtplan zu finden, der sicher bald auftauchte. Dann konnte er ihn Pork und Tigger und Sweety erläutern. Ihnen zeigen, wie intelligent er war. Pork würde mit einem anerkennenden Blick zum Ausdruck bringen, daß dieser Dean echt Ahnung hatte. Er stellte sich vor, wie er Axel ausquetschen würde, langte unter das T-Shirt und legte die Hand auf den warmen Holzgriff der Pistole und sah sich schon mit dem kalten Stahl des Laufs zwischen die Zähne des alten Manns fahren. Das würde auf jeden Fall zum Gesamtplan gehören, der allerdings noch auf sich warten ließ. Den Taco-Typ an seiner eigenen Pistole nuckeln lassen.

Aber die ganze Geschichte war ja wohl Carmens benebelter Phantasie entsprungen. Es sprach nichts dafür, daß der alte Mann einen Haufen Geld hatte. Und auf alle Fälle war er verdammt sicher, daß es nicht im Motelzimmer lag. Widerstrebend ließ er den Traum davonschweben. Er mußte sich wohl erst mal mit ein paar Gratis-Tacos zufriedengeben und dann mit der Kleine-Knirpse-Knete seinen Drogendeal durchziehen. Das war doch auch nicht schlecht. Er würde nach Sioux Falls fahren und aus seinen sechs Riesen zwölf machen und dann ... Mal sehen. Vielleicht in den Großhandel einsteigen. Er sah die Welt gestochen scharf und voller Möglichkeiten. Sie kamen zur Imbißhalle, schwenkten um die Ecke auf den Grasplatz, durchschnitten vor einer florierenden Pommesbude einen Pulk von Leuten und hielten auf Axel's Taco Shop zu.

Pork sagte: »Der Typ hat eine Million Dollar in bar rumliegen?«

»Behauptet Carmen«, sagte Dean. »Kann man wohl vergessen.«

Sie kamen an der Doughnutbude vorbei. Dean blickte hinüber und blieb abrupt stehen. Sweety lief gegen ihn und wollte wissen, was das sollte. Dean zeigte auf den Stand. »Siehst du den Kerl mit dem verbundenen Kopf? Den Knirps mit dem Hut? Ich glaub's einfach nicht. Der ist schon wieder auf den Beinen? Ich bin wohl nicht gerade in Topform.«

Der kleine Knirps blickte von seiner Arbeit auf, die Zuckertüte fiel ihm aus der Hand, er verschwand durch die Hintertür aus dem Stand. Dean lachte aus vollem Hals. »Der Kerl hat die Hosen gestrichen voll. Habt ihr das gesehen?« Er wandte sich zu Pork und Tigger um.

Pork grinste ihn an, wurde aber plötzlich ernst und ging rückwärts auf Distanz. »Ich glaub nicht, daß der Schiß hat.« Dean drehte sich um und sah den kleinen Knirps mit knallrotem Kopf auf sich zukommen. Er hinkte und hatte irgendwas in der Hand.

»Mist.« Dean wich zurück, stieß gegen Sweety, wich zur anderen Seite hin aus. Die Kids in der Doughnutbude beugten sich neugierig über die Theke, die Leute vor dem Stand drehten sich um. Dean machte kehrt, rannte den Grasplatz hinauf, blieb nach zwanzig Metern stehen, blickte zurück. Wo war der Typ denn jetzt? Ach da. Was hielt er in der Hand? Der hinkende Knirps kam langsam, aber unbeirrt näher. Aber jetzt war klar, daß er ihn jederzeit abhängen konnte. Dean beruhigte sich. Er konnte ihn ruhig kommen lassen. Erst als ihn nur noch sechs Meter von ihm trennten, sah er, was der Knirps in der Hand hatte. Einen silbrig glänzenden Revolver. Er prallte zurück, hielt eine Hand wie einen Schild vor sich hin, und zog mit der anderen die Pistole aus dem Gürtel. Der Knirps wurde von Leuten verdeckt, tauchte wieder auf, kam immer noch auf ihn zu. Dean zielte auf ihn, versuchte die Waffe ruhig zu halten. Der Knirps hob seinen Revolver, hielt ihn mit beiden Händen, zielte ihm auf die Brust. Dean drückte ab, aber es löste sich kein Schuß. Mist. Warum nicht? War sie noch gesichert? Er senkte den Blick auf die Waffe, wich zurück, stolperte und stürzte mit dem Rücken auf den Boden. Im Fallen sah er noch Sweetys breiten Wanst, und dann hörte er einen lauten Knall, einen weniger lauten Knall und Schreie.

dreißig

Sophie kniete gerade auf dem Boden, um einen Coca-Cola-Container auszutauschen, als Kirsten rief: »Was ist denn da los? *O Gott!*« Sie klang so erschrocken, daß Sophie hochfuhr und den Kopf an die Thekenkante schlug. Die Hand an den schmerzenden Kopf gedrückt, blickte sie auf den Grasplatz hinaus, konnte aber nichts Außergewöhnliches entdecken. Dann sah sie Carmens kahlköpfigen Freund rückwärts durch die Menge stolpern, Leute anrempeln und einem kleinen Jungen das Eis von der Waffel schlagen, wofür er von der Mutter einen Anpfiff bekam, aus einem Mund voller Weißkäse. Und wie das Freundchen Mund und Augen aufsperrte! Sophie mußte lachen. Was trieb der denn da?

Wieder schrie Kirsten: *»O Gott«*, nur lauter als beim erstenmal und direkt in ihr Ohr.

Carmen drängte sich zwischen ihnen an die Theke. »Was'n los?«

Jetzt sah Sophie, daß Tommy Fabian auf Dean zuhinkte und mit etwas Glänzendem auf ihn zeigte, das er zuerst in einer und dann in beiden Händen hielt. Plötzlich stand zwischen den beiden, wie aus dem Nichts aufgetaucht, ein kahler Koloß mit schwarzer Lederjacke. Sophie sah ihn auf Tommy hechten, erkannte jetzt erst – am Blitz und am Rückstoß – was Tommy in den Händen hielt, hörte die Mauer der Imbißhalle den harten Knall zurückwerfen, sah Tommy unter dem Koloß verschwinden, hörte den zweiten Knall nur noch gedämpft. Die beiden Männer wälzten sich auf dem Boden und knallten gegen eine blaue Tonne, deren Inhalt zu explodieren schien. Weiße Plastikbecher gingen auf den Grasplatz nieder. Die Leute in nächster Nähe ergriffen die Flucht, andere liefen herbei, um nichts zu verpassen. Der Koloß kam auf die Füße. Er riß Tommy an einem Arm und einem Bein in die Höhe, drehte sich wie ein Diskuswerfer im Kreis, wirbelte seinen Gegner mehrmals herum, ließ los. Tommy flog durch die Luft, drehte sich um die eigene Achse, knallte gegen einen Laternenpfahl. Beim Aufprall hörte Sophie ein sonderbares Knacken. Ein

Mann mit weißem Hemd und schwarzen Hosenträgern tauchte aus der Menge auf. Plötzlich erkannte sie in ihm Axel, wie sie einen bekannten Schauspieler erkannt haben könnte, der eine ungewohnte Rolle spielte. Sophie beugte sich über die Theke aus dem Stand hinaus und rief laut, um ihn zu warnen, aber ihre Stimme ging im Lärm der Menge unter.

Axel war sich schon ein bißchen doof vorgekommen, als er gleich zweimal auf der Carnes Avenue hin und her gegangen war, von der Riesenrutschbahn bis zur Mittelstraße, und sich nach jedem Glatzkopf umgedreht hatte. Kein kahler Affe.

Und was hatte er eigentlich vor mit dem Jungen, falls er ihn fand? Wollte er ihn tüchtig ausschimpfen? Windelweich prügeln? Überwältigen und der Polizei übergeben? Er schüttelte den Kopf und grinste vor sich hin. Da war mal wieder ein alter Trottel ganz aus dem Häuschen geraten, weil er vor Wut nicht mehr klar denken konnte. Das Mädchen hatte sich vermutlich verguckt. Teenies hatten eben viel Sinn für Dramatik.

Als er nur noch ein paar Meter vom Taco Shop entfernt war, hörte er Kirstens *»O Gott!«* Jetzt ist Carmen mit der Hand in die Friteuse gerutscht, war sein erster Gedanke. Er rannte zur Tür. Alle drei, Sophie und Kirsten und Carmen, schauten auf den Grasplatz hinaus. Da hat jemand einen Schlaganfall, war sein zweiter Gedanke. Dann hörte er einen Knall, unverkennbar ein Schuß, laut und hart, und noch einen, diesmal gedämpft.

Axel fürchtete, daß er sich denken konnte, wessen Pistole das war. Er lief um den Stand herum – und sah Tommy Fabian durch die Luft rotieren, mit ausgebreiteten Armen und Beinen, wie ein Fallschirmspringer. Axels Sinne waren fast schon schmerzhaft geschärft und einen Augenblick blieb die Zeit stehen: Er sah den schwarz gekleideten Koloß, mitten im Schritt erstarrt, sah Tommy gegen den Laternenpfahl krachen, sah den kahlen Affen, der auf dem Hintern im Gras saß und am Abzugshebel der Pistole herumfummelte, die dahin zeigte, wo Tommy gerade noch gewesen sein mußte. Axel lief los, warf sich gegen die Luft, die so dick wie

Sirup geworden war, hörte einen gedehnten Schrei, spürte seinen Hals vibrieren und merkte, daß *er* so sonderbar schrie.
Der kahle Affe drehte ihm den Kopf zu, riß die Augen auf, sprang auf, fuhr mit der Waffe herum. Axel sah, wie er mit dem Daumen den Hahn fand, wie er ihn spannte, wie sich die Mündung auf seine Brust richtete. Er konnte noch abstoppen, stand auf Armeslänge vor dem Affen, starrte auf das schwarze Loch. Die Hände des Jungen zitterten, an einem Finger glitzerte etwas. Ein Ring mit hufeisenförmig angeordneten Diamanten.
Tommys Ring am Finger dieses Kerls – das schaltete seinen Selbsterhaltungstrieb aus. Er hechtete auf das Bürschchen, schlug die Pistole mit der Hand nach unten und umklammerte den warmen Stahl, spürte in einem Finger einen stechenden Schmerz, landete mit der Schulter auf dem Boden, rollte sich ab, kam mit der Pistole in der Hand wieder hoch, schlug sie dem Kerl mit aller Kraft auf den kahlen Kopf. Schmerzen jagten Axels Arm hinauf, explodierten im Ellbogen und in der Schulter. Er hätte gedacht, daß der Kerl sich flachlegen und liegenbleiben würde, aber der Affe sprang auf und sauste davon wie ein aufgescheuchtes Kaninchen. Ziemlich schnell war der schimmernde Schädel in der Menge verschwunden.
Axel spannte den Hahn, zog den aufgerissenen Finger darunter hervor, sicherte die Waffe. Seine rechte Hand war taub.
Der Koloß war auf die Hände und die Knie gefallen. Axel lief um ihn herum. Bei Tommy baumelte der Kopf an der Seite herunter. Axel versuchte ihn hinzuschieben, wo er hingehörte, hoffte, er könnte rückgängig machen, was geschehen war, wenn er den Hals nur schnell genug wieder geradebog. Keine Reaktion, kein Stöhnen, kein Lebenszeichen. Axel blickte auf und sah den Koloß auf sich zukriechen.
»Was hast du getan?« schrie er ihn an. Die Wörter wälzten sich ganz tief und ganz langsam aus seinem Mund, als müßte er durch Zuckersirup schreien.
»Mir ist schlecht«, sagte der Koloß. Er hatte einen seltsamen Bluterguß auf der Stirn, ein pulsierender Blutstrahl kam aus sei-

ner Brust. »Ich muß mich hinlegen.« Er neigte sich nach links und fiel ins Gras.
Axel versuchte sich klarzumachen, was geschehen war. Die Leute waren zurückgewichen und standen in einem großen Kreis um ihn herum. Er betrachtete den blutenden Mann, dann wieder Tommy. Er verstand überhaupt nichts. Die Leute kamen näher, angezogen von dem vielen Blut. Als Axel eine Sirene hörte, stand er auf. Zwei Polizisten schoben sich durch die Menge. Er steckte die Pistole in die Hosentasche, verschwand in der Menge, ging zum Taco Shop. Er konnte sowieso nichts mehr tun.

Erst der Zaun am nördlichen Ende des Festplatzes brachte James Dean zum Stehen. Er ließ sich dagegenfallen, preßte das Gesicht gegen den Maschendraht, schnappte nach Luft. Die Erinnerung an seine Flucht bestand aus einer Serie überbelichteter Schnappschüsse. Vom Hinterkopf her schossen ihm höllische Blitze durchs Hirn. Hatte ihn eine Kugel getroffen? Dean brachte es nicht fertig, seinen Hinterkopf zu berühren. Womöglich würde er in einen weichen Brei aus herausgequollener Gehirnmasse greifen. Er löste die verkrampften Hände aus dem Maschendraht, drehte sich mit dem Rücken zum Zaun, rutschte daran hinunter ins Gras, zog die Beine an und umfaßte sie mit den Armen.
Sein Herz hämmerte wie wild. Konnte man in seinem Alter schon einen Schlaganfall bekommen?
Urplötzlich war der Doughnut-Typ mit der Pistole auf ihn losgegangen. Um ein Haar hätte es ihn erwischt. Und dann hatte er *seine* Pistole verloren. Wie konnte das nur passieren? Er hatte sie doch in der Hand gehabt. Auf einmal war das Gesicht des alten Manns direkt vor seinem aufgeblitzt, und dann hatte ihn – wumm! – etwas am Kopf getroffen, und plötzlich war er schneller gerannt als je zuvor.
Die Neugier wurde größer als die Angst. Vorsichtig betastete er seinen Hinterkopf. Er war angeschwollen und sehr empfindlich, aber es fehlte nichts und blutete auch nicht. Das Hirn war noch in

der Schale, jetzt fiel ihm das Aufstehen leichter. Er mußte hier weg. Er mußte unbedingt zu Tiggers Auto.
Bis ans andere Ende des Festplatzes brauchte er zwanzig Minuten, und genau in dem Moment, in dem er sich durch das Drehkreuz schob, fuhr Tiggers Rostlaube vom Parkplatz auf die Como Avenue. Dean rannte auf die Straße. »Wartet auf mich!« Er sah, daß Pork den Kopf drehte und ihn durch die getönten Scheiben ansah, aber der Wagen bog trotzdem in die Straße ein und wurde schneller und hinterließ nur eine bläuliche, gasige Wolke. Ein hupender Kombi scheuchte Dean auf den Gehweg. Pork hatte ihn doch gesehen. Sie hatten ihn mit Absicht zurückgelassen. Ihm wurde schwindlig und speiübel. Er setzte sich auf den Randstein, schloß die Augen, drückte sie zu, bis hinter den Lidern Blitze zuckten. Plötzlich fiel ihm ein, daß seine Jacke bei Tigger auf dem Rücksitz lag, die Taschen voller Geld.

Ein Krankenwagen kämpfte sich hupend durch die Menge, ließ ab und zu die Sirene aufheulen. Als er den zertrampelten Grasplatz erreicht hatte, hielt er an. Zwei Sanitäter liefen auf Tommy und den kahlen Koloß zu. Nach einer kurzen Untersuchung fiel die Anspannung von ihnen ab, ihre Bewegungen wurden langsamer und bedächtiger.
Ein strohblonder Polizist, in dessen Stimme noch Spuren vom Schwedisch des Großvaters mitschwangen, fragte Axel, ob er gesehen hatte, was passiert war. »Bis ich hier war, gab's schon nichts mehr zu sehen«, sagte Axel. »Da war alles vorbei.« Der Polizist notierte sich dennoch Namen und Adresse, bevor er sich an Sophie wandte.
Axel packte Eis in ein Handtuch und hielt es sich an den Ellbogen.
Sophie wollte auch nichts gesehen haben, weil sie gerade unter der Theke einen Cola-Container ausgewechselt hatte. Und Carmen, die sich hinter dem Stand ins Gras gesetzt und die Arme um die angezogenen Beine gelegt hatte, war angeblich vollauf damit beschäftigt gewesen, einen Bueno Burrito zu machen. Auch bei

ihnen notierte der Polizist Namen und Adresse. Mehr Glück hatte er bei Kirsten Lund, die mit Begeisterung weitergab, was sie miterlebt hatte. Sie schilderte alles bis ins kleinste Detail, zeigte ihm, was sich wo abgespielt hatte, spielte ihm vor, wie Tommy die Pistole gehalten hatte, verdeutlichte mit ausladenden Gesten, wie er durch die Luft geflogen war. Ihr Gesicht war gerötet, sie strahlte. Axel hatte sie noch nie so temperamentvoll erlebt, die nordische Zurückhaltung wie fortgeblasen von den packenden Gewaltszenen.

Der strohblonde Polizist schrieb eifrig mit und fragte bei einer Reihe von Punkten nach. Auch Axel hörte aufmerksam zu, als Kirsten schilderte, was vor zwanzig Minuten passiert war.

Wie nicht anders zu erwarten, war Tommy der Schütze gewesen. Und der Koloß hatte ihm das Genick gebrochen. Und der kahle Affe hatte auch mitgemischt. Es wunderte Axel kein bißchen, daß Tommy versucht hatte, dieses Bürschchen mit der Waffe in der Faust zu stellen. Das verstand sich bei Tommy fast schon von selbst. Er wollte ihn wohl dingfest machen und der Polizei übergeben. Oder gleich über den Haufen schießen. So oder so – es war ihm nicht gelungen.

Der Krankenwagen schob sich rückwärts durch die Menge in Richtung Carnes Avenue. Der Polizist bat Kirsten, ihm noch einmal ganz genau zu sagen, ob der Mann von der Doughnutbude schon geschossen hatte, bevor sich der schwere Mann auf ihn stürzte. Oder hatte er da nur mit der Waffe gedroht? Axel dachte: Was soll denn das noch? Beide sind tot. Kirsten wiederholte ihre Schilderung und erweiterte sie um eine kurze Beschreibung von Mr. Fabians wutschnaubendem Gesicht. Und dann, fuhr sie fort, wollte Mr. Speeter ihm helfen und lief zu ihm hin, und dann wäre der Koloß fast auf ihn gestürzt. Der Polizist zog die Augenbrauen zusammen und sah Axel an; der nickte mit einem grimmigen Lächeln. Zu seiner Erleichterung hatte Kirsten nicht gesehen – oder zu erwähnen versäumt –, daß eine zweite Pistole im Spiel gewesen war, die jetzt in Axels rechter Hosentasche steckte.

Axel legte die Hand auf die Pistole und verspürte einen gewissen

Stolz. Er hatte den kahlen Affen kurz entschlossen entwaffnet. Und ihm obendrein eine ordentliche Beule verpaßt. Der kleine Scheißer mußte einen dicken Schädel haben, wenn er nach so einem Schlag noch davonrennen konnte. Aber mit Axel Speeter würde er sich wohl nicht mehr so schnell anlegen. Er holte tief Luft, sog die Gerüche seines Restaurants ein – das heiße Öl, das würzige Aroma frischer Salsasoße, die berauschenden Düfte von Sophie, Kirsten und Carmen. Er roch sogar sich selber, das alte Männchen, das ein bißchen muffelte, nachdem es seine Weibchen verteidigt hatte. Lächelnd rückte Axel den Eisbeutel am Ellbogen zurecht und kam sich vor wie ein altes ergrautes Känguruh. Dann traf es ihn wieder mit voller Wucht. Tommy Fabian war tot. Er machte die Augen zu, verschloß sich gegen das farbige Bild und die hitzige Atmosphäre auf dem Jahrmarkt und ließ die bittere Wahrheit in seinen Eingeweiden wühlen.

einunddreißig

James Dean saß vor dem Zaun auf der Bordsteinkante und wartete darauf, daß seine Benommenheit nachließ. Er brauchte eine Idee, einen Impuls, einen Grund, sich zu bewegen. Ganz egal, was für einen. Ein Hungergefühl, ein Jucken, das zum Kratzen reizte, eine Frage, die nach einer Antwort verlangte. Er sah Pork aus dem Auto herausschauen, sah den Doughnut-Mann mit der silbrigen Waffe im Anschlag, sah Sweetys breiten Rücken in der schwarzen Jacke. Und Tigger, der ihn beim Autoscooter verarschte, der ihn keine Bewegung machen ließ und lachte. Jetzt konnte er sich wieder nicht bewegen. Und wozu auch? Man hatte ihm alles genommen, er wußte nicht weiter.

Ein Pferd blieb direkt vor ihm stehen, noch ein Schritt und es hätte ihm den Fuß zerquetscht. Er blickte auf und sah einen behelmten Bullen im Sattel sitzen, der sich ein wenig zu ihm herunterbeugte und fragte, ob ihm etwas fehlte.

Dean behauptete, daß ihm überhaupt nichts fehlte, daß er nur auf einen Kumpel wartete.

Der Bulle ließ seinen Blick auf ihm ruhen, bis er aufgestanden war, dann trappelte das Pferd wieder am Zaun entlang, hinterließ aber einen dampfenden Haufen Scheiße. Dean versuchte sich an eine Stelle bei Donne zu erinnern, die er schon vor Wochen gelesen hatte. Indem man einen Teil von seinem Körper abschnitt, konnte man bewahren, was dann noch da war, aber noch besser war es, wenn man sich etwas von einem Toten abschnitt. Oder so ähnlich. Er hätte das Buch gern bei sich gehabt, aber es lag in Carmens Zimmer.

Dean setzte einen Fuß vor den anderen, immer am Bordstein entlang.

Alles war auf einmal so kompliziert und trostlos. Er brauchte eine neue Idee, die ihn auf Trab brachte. Oder nur noch mal ein bißchen Speed? Er begann im Kopf aufzulisten, was er sonst noch gut gebrauchen könnte.

Sein Buch. Das lag im Motel.

Carmen? Fehlte sie ihm? Er sehnte sich nicht direkt nach ihr, aber er hätte gern ein bißchen Gesellschaft.
Sein Geld. Mist. Wie hatte er es in Tiggers Auto lassen können? Was hatte er sich bloß dabei gedacht? Saublöd. Er kannte nicht einmal ihre richtigen Namen, und im Telefonbuch stand garantiert kein Tigger, und auch kein Pork.
Er blieb stehen. Ob die beiden so blöd waren, sich wieder in ihrem Keller blicken zu lassen, nachdem sie ihn ausgeraubt hatten? Wohl kaum. Vielleicht sollte er sich trotzdem auf die Lauer legen. Was hatte er schon zu verlieren? Er kramte in seinen Taschen herum und holte seine ganzen Piepen hervor: ein Dollarschein, ein Fünfer, zwei Zwanziger. Er brauchte vor allem Geld, und zwar bald.
Weiter vorne bog ein Krankenwagen vom Festplatz in die Como Avenue ein. Das Blaulicht war ausgeknipst. Er mußte schleunigst verschwinden. Am besten stieg er erst mal in irgendeinen Bus und überlegte sich später, was er anstellen wollte. Er hatte kaum kehrtgemacht, um zu den Bussen zu gehen, als er Axel sah. Der alte Mann ging keine zwanzig Meter vor ihm so langsam über die Straße, als ob er schon so zirka zweihundert wäre. Dean blieb wie angewurzelt stehen. Axel sah ihn nicht. Zorn und Angst trieben Dean die Hitze ins Gesicht. Er schaute ihm nach, bis er auf dem Parkplatz verschwunden war. Als er ihn nicht mehr sah, wich die Hitze aus seinem Gesicht und strömte ihm direkt in die Eier.
Ein schönes Gefühl. Und schon sah er alles in einem ganz anderen Licht, als wäre er um eine Ecke gebogen, aus einer dunklen Gasse in den hellen Sonnenschein. War wirklich alles Scheiße? Konnte man nicht genausogut sagen, daß er ein Glückspilz war? Er hatte in dem ganzen Chaos nur eine Beule davongetragen. Er hätte auch erschossen werden können wie Sweety, man hätte ihm das Genick brechen können wie dem kleinen Knirps. So war es aber nicht. Er war noch im Spiel, und wer sollte ihn stoppen? Der alte Mann hatte sich schon verausgabt. Und beim nächsten Mal trat Dean kampfbereit an, da hatte er alles im Griff.
Alles nur eine Frage des richtigen Blickwinkels. Man mußte

Köpfchen haben und brauchte die richtige Einstellung. Und Selbstmitleid konnte man sich einfach nicht leisten. Genau wie im Knast. Ruhig bleiben, schlau sein, bloß keine Gefühlsduselei.
Eine Zeile aus dem Buch fiel ihm ein. Daß er John Donne gelesen hatte, war natürlich vor allem Angabe gewesen. Mickey sollte sehen, daß er nicht der Analphabet war, für den sie ihn hielt, und später wollte er Carmen verwirren und Tigger, Sweety und Pork beeindrucken. Aber ein paarmal hatte er sich doch ganz allein hingesetzt und den Sinn zu verstehen versucht. Das war etwas anderes als eine Zeitung oder ein Magazin. Wenn er ein paar Seiten gelesen hatte, verschwamm die Schrift zu sinnlosen grauen Strichen.
Später gingen ihm dann doch ein paar Zeilen durch den Kopf. Vor allem eine kam immer wieder. Echt Scheiße, daß er das Buch bei Carmen gelassen hatte. Aber diese eine Zeile hatte er Wort für Wort im Kopf: Diese Seele, befreit aus Gefängnis und Gefühlserregung, hat gleichwohl noch ein wenig Unmut …

Carmen erinnerte sich an etwas von früher. Als sie noch ein kleines Mädchen war und mit Sophie in einem Hochhaus wohnte, hatte sie gelernt, die Welt als Zeichentrickfilm zu sehen. Manchmal tat sie das bewußt, manchmal geschah es ganz von allein. Die Farben wurden satt und flächig, die Menschen bekamen einen schwarzen Umriß und bewegten sich so ruckartig wie Jogi-Bär. In ihrer Comic-Welt hatte sie auch selber einen schwarzen Umriß, und sie konnte ihre Arme und Beine ganz lang oder ganz kurz machen, anders einfärben und auch völlig verschwinden lassen. Meistens war das nachts im Bett, wenn sie die Augen geschlossen hatte, aber manchmal gelang es ihr auch im Freien, am hellen Tag. Sie hatte aus der Welt aber schon lange keinen Zeichentrickfilm mehr gemacht und sich schon gar nicht mehr daran erinnert – bis Sweety sich die Kugeln einfing, Tommy Fabian durch die Luft flog, Dean davonraste und die Bullen Fragen stellten. Plötzlich waren die schwarzen Umrisse und die knalligen Farben wieder da.

Carmen betrachtete ihre Hand und streckte ihre Finger.
»Was machst du da?« fragte Sophie.
Sophie sah hübsch aus als Comicfigur. Viel hübscher als sonst, und ganz ohne Falten. Sie sah aus wie Wilma Feuerstein. »Ich schau mir meine Hand an«, sagte sie.
»Das sehe ich. Wir sind nicht zum Vergnügen hier, vergiß das nicht. Die Leute hören nicht auf zu essen, bloß weil man jemand umgebracht hat.«
Carmen blickte zur Theke. »Wir haben doch gar keine Kundschaft«, sagte sie. »Was gibt's denn zu tun?«
»Frag nicht lange. Putz irgendwas. Ach, laß! Mach Pause. Du bist in einer halben Stunde wieder da, ja? Ich halte mit Kirsten die Stellung. Nun, geh schon! Du bringst uns noch in Gefahr. Du und dein Freund.«
»Mein Freund?« fragte Carmen.
»Der mit der Pistole. Bloß weil ich der Polizei nichts gesagt habe, brauchst du nicht meinen, ich hätte nichts gesehen."
»Sprichst du von Dean? Aber Tommy hat doch geschossen.«
»Dein Freund hatte auch eine Pistole in der Hand. Jetzt geh schon. Mach Pause.«
Carmen zuckte die Schultern und verließ den Stand. Was Dean noch alles einfallen würde, wußte man wirklich nicht. Ihm und seinen überdrehten, glatzköpfigen Kumpels. Gott sei Dank hatten sie damals Axels Geld nicht gefunden. Mit Dean nach Mexiko. So eine Schnapsidee! Ein befreiender Wirbel stieg in ihr auf. Sie machte einige Tanzschritte, ein paar Leute wichen ihr aus. Sie hatte Bilder vor Augen von einem mexikanischen Dorf an der See, von einem dicken Bündel U.S.-Dollar in ihrer Handtasche, und von eisgekühlten Margaritas. Und ein Bild von einem Mann. Nicht James Dean. Ein Neuer. Mit Haaren. Locken. Auf dem Kopf und auch auf der Brust, wo ein hübsches Goldkettchen fast darin verschwand. Die Sonne brannte vom Himmel herunter, über die Brandung kam eine kühle Brise …
Auf einmal verblaßten die Bilder, und ihr wurde wieder bewußt, daß sie allein war, fast kein Geld hatte, und mitten unter hundert-

tausend Maisburger fressenden Hinterwäldlern stand. Sie war nichts und niemand und ging nirgendwohin. Als ihr das so richtig klar geworden war, hätten ihre Knie fast nachgegeben. Sie hatte Bauchschmerzen, spürte einen Druck im Nacken und stolperte zu einer leeren Bank, ein paar Meter entfernt. Carmen wußte, was mit ihr los war. Sie kam runter vom Methedrin, sie kriegte den Flattermann. Bei Dexedrin und Koks hatte sie das schon mitgemacht, bei Speed noch nie. Das war anders. Schlimmer. Sie saß auf der Bank, drückte die Augen zu, zwang sich, gar nicht mehr daran zu denken, wie es ihr ging, sondern wieder an das Bild von dem Geldbündel. An Geld denken tat gut. Wenn man abstürzte, mußte man sich an die guten Gedanken klammern. Das war der Trick bei der Sache. Wenn man die schlechten aufkommen ließ, wurde es schlimm. Sie rief im Kopf ein Bild von Axels Kaffeedosen ab.

Dosen über Dosen. Ihr Brustkorb hob sich, die Brustwarzen richteten sich auf. Der Gedanke an das viele Geld wirkte auf ihren Körper wie ein Kopfsprung in warmes Wasser. Sie sah sich am Ozean entlangspazieren und zu einem mexikanischen Strandhaus gehen, sah in ihrem Schlafzimmer ein Regalbrett voller Kaffeedosen, Dosen voller Scheine.

Axels Nylonsocken schossen ihr durch den Kopf, und das wirkte wie ein Faustschlag in den Magen. Sie stürzte wieder ab. Was hatte sie von dem Geld, wenn sie nicht wußte, wo es war? Sie versuchte sich vorzustellen, wo es versteckt sein könnte, aber wenn sie abstürzte, konnte sie nicht klar denken. Sie biß die Zähne zusammen, bis die Schmerzen im Kiefer ihre Gedanken zerbersten ließen, und richtete die Aufmerksamkeit auf ihre Umgebung.

Nur ein paar Meter weit weg verkaufte ein Comic-Indianer seinen Comic-Kunden Comic-Pfannenbrote. Die Umrisse waren klar zu erkennen, die Farben kamen ihr ganz blaß vor. Sie sah dem Mann zu, bis seine Bewegungen sich zu wiederholen begannen.

Carmen zündete sich eine Zigarette an, lehnte sich zurück, schloß die Augen. Das brachte sie wieder etwas auf Touren, ein sanftes Beben lief durch ihren Körper, gar nicht unangenehm. Sie stellte sich vor, daß sie über dem Jahrmarkt schwebte. Wo könnte Axel sein Geld versteckt haben? In seinem Zimmer. In seinem Pickup. Sonst fiel ihr nichts ein. Im Zimmer oder im Pickup. Wie war das eigentlich immer am Abend? Was machte er da mit seinem Geld? Er steckte es in seine Umhängetasche, sie gingen zum Wagen, er setzte sie vor ihrem Zimmer ab. Und am nächsten Morgen fuhren sie wieder zum Jahrmarkt. War dann die Tasche leer? Vermutlich schon. Sie ließ ihre Gedanken in ein imaginäres Mexiko davontreiben.

Als sie die Augen aufschlug, war der Zeichentrickfilm aus. Alles war wieder langweilig und dreidimensional. Wie lange saß sie eigentlich schon hier? Hatte sie geschlafen? Sie wußte es nicht. Als sie aufstand, merkte sie an einem komischen Gefühl in den Beinen, daß sie eine ganze Weile auf der Bank gesessen hatte.

Die Atmosphäre war anders geworden. Die Leute, die tagsüber den Jahrmarkt bevölkerten, machten sich schon auf den Heimweg, genehmigten sich einen letzten Snack und rückten in dem unangenehmen Geschiebe zu den Drehkreuzen vor. Eltern trieben ganze Scharen erschöpfter Kinder vor sich her und achteten gar nicht auf die unvermeidliche Quengelei der Kleinen, die unbedingt noch bleiben wollten.

Es war noch hell, aber es waren auch schon Leute da, die erst nach der Arbeit auf den Jahrmarkt kamen, zu zweit, zu dritt, zu viert, Teenager und Biertrinker und Besucher der Veranstaltung im Amphitheater. Manche wollten im Dunkeln Riesenrad fahren, manche wollten im Geblitze und Gedonner der Mittelstraße herumspazieren und vielleicht einen riesigen Barney Geröllheimer gewinnen. Man sah weniger Farmer, weniger Kinder und weniger Alte. Die Leute sahen frischer aus, sie waren noch nicht mit Unmengen von Zucker und Fett vollgestopft.

Bevor sie zum Imbißstand zurückging, suchte Carmen eine Toilette auf. Dort faltete sie das Blatt Papier auseinander, das sie von Pork bekommen hatte, schleckte die letzten Spuren Methedrin von Nancy Reagans Gesicht und spülte es hinunter.

Sophie steckte gerade Tortillas in die Friteuse, als Carmen in den Stand trat.
»Tut mir leid, daß es so lange gedauert hat.«
»Du bist entlassen«, sagte Sophie.

Axel probierte in seinem Pickup am Radio herum, bis er auf einen Sender mit klassischer Musik stieß. Er dachte, daß ihm Tonfolgen ohne Worte wohltun würden. Nein. Die Klänge waren zu komplex, zu intensiv. Er schaltete das Gerät aus, blieb in der Stille sitzen und überließ sich den aufblitzenden Erinnerungen an Tommy, als er noch lebte, und an Tommy, als er schon tot war. Er versuchte, möglichst wenig an den kahlen Affen zu denken, um Zorn und Trauer in einer erträglichen Balance zu halten. Immer wieder traten ihm Tränen in die Augen. Er wollte sie kommen lassen, alles wegspülen lassen, aber dann biß er doch die Zähne zusammen, und der Zorn drückte ihm die Augen zu, und dann waren sie wieder trocken. Es war noch zu früh, um zu trauern. Er saß einfach da, und seine Gedanken schlugen mal diese und mal jene Richtung ein – wie ein Autofahrer, der sich in einer fremden Stadt verfahren hat.
Carmen klopfte an die Scheibe. Er schreckte hoch, fuhr mit dem Handrücken über ein trockenes Auge, kurbelte die Scheibe herunter. »Was ist?« fragte er mit rauher Stimme.
Carmen zog an ihrer Zigarette und tippte mit der Spitze eines pinkweißen Reebok auf die gestampfte Erde.
»Was ist?« fragte er noch einmal und zwang sich zu einem freundlichen Ton.
Sie schnipste ihre Zigarette senkrecht nach unten, trat sie aus, verschränkte die Arme und blickte zu Axel auf. »Kann Sophie mich feuern?«
»Warum sollte sie das tun wollen?«
»Was weiß ich. Sie behauptet, daß ich entlassen bin.«
»Was hast du angestellt?«
»Gar nichts. Ich mach Pause, und dann komm ich wieder in den Stand, und Sophie sagt, ›du bist entlassen‹.«

Axel wartete auf eine nähere Erläuterung.
»Vielleicht bin ich ein paar Minuten zu spät gekommen. Keine Ahnung. Kann sie mich feuern? Ich mein, bei wem arbeite ich denn? Bei Sophie oder bei dir?« Die verschränkten Arme drückten gegen die üppigen Brüste unter dem T-Shirt von Axel's Taco Shop.
Halb ängstlich, halb ärgerlich sah sie ihn an und wartete ab, wie er entscheiden würde.
Axel sagte: »Was kann ich da machen, Carmen? Sophie leitet den Imbißstand. Ich kann nicht einfach sagen, daß sie dich wieder einstellen muß.«
»Dann wirf *sie* raus!«
»Warum?«
»Ich schmeiß den Laden besser als Sophie. Sie ist so schäbig, daß sie uns die Oliven zählen läßt. Ich hab vier Olivenscheiben auf eine Tostada getan, und schon macht sie mich fertig. Aber die Leute *mögen* Oliven.«
»Ich *kann* sie gar nicht rausschmeißen, Carmen. Deine Mutter und ich sind jetzt Partner.«
»Was?«
»Ich hab sie ins Geschäft genommen, und im Stand hat sie jetzt das Sagen. Aber geh doch mal zu ihr hin. Vielleicht läßt sie mit sich reden ...« Er hob die Schultern. Carmen zündete sich gleich die nächste Zigarette an.
»Auf gar keinen Fall. Du kennst meine Mutter nicht.«
Sie hat recht, dachte Axel. Sie haben beide recht. Sophie hatte Carmen vermutlich aus gutem Grund gefeuert und würde sich nicht so leicht umstimmen lassen. Einen Tag lang würde sie mindestens kochen vor Wut. Mindestens. Und wenn er zu ihr sagte, stell sie doch wieder ein, dann sträubte sie sich sowieso bis zum Schluß dagegen. Er seufzte auf und fragte sich, wie er seine Familie zusammenhalten konnte.
Carmen ging im Kreis herum, immer wieder durch den Schatten des Pickups. Die Sonne stand nahe am Horizont. Sie rauchte ihre Zigarette mit raschen, ruckartigen Bewegungen. Meine Familie.

Das war ihm noch nie in den Sinn gekommen. Oder doch? Vielleicht hatte er nur das *Wort* Familie vermieden. Und wozu machte das Carmen? Zu seiner Tochter? Eigentlich schon. Oder auch nicht. Jedenfalls war ihm klar, daß er sich am besten aus dem Streit der Frauen heraushielt, sie selber damit fertigwerden ließ.

Genauso klar war ihm, daß er das nicht fertigbringen würde.

»Weißt du was? Ich red mal mit Sophie. Du gehst ihr heute abend aus dem Weg, morgen sehen wir dann weiter.«

»Und was mach ich den ganzen Abend? Kann ich mit dem Pickup zum Motel fahren? Ich hol dich dann ab.«

Axel zögerte mit der Antwort. Er konnte sich vorstellen, daß er dann um ein Uhr früh, die Geldtasche umgehängt, auf dem verlassenen Parkplatz stand, während Carmen im Motel 6 auf dem Bett lag und den Fernseher anschlief.

»Ich hab 'ne bessere Idee«, sagte er. »Nimm doch einfach den Bus.«

Als Axel auf den Stand zuging, funkelte der Himmel. Das allabendliche Feuerwerk. Sophie brutzelte gerade eine letzte Friteuse Tortillas für die kleine Belebung des Geschäfts nach der Veranstaltung im Amphitheater. Sie sah ihn nur mit angespannten Kinnbacken an und setzte ihn nicht ins Bild. Kirsten war schon nicht mehr da, ihre Schicht hatte bis neun gedauert. Sonya, die Aushilfe, hatte sich auf die Theke gestützt und sah den Grüppchen nach, die den Ausgängen zustrebten. Am besten ließ er sich jetzt gleich von Sophie sagen, was vorgefallen war.

»Wo ist Carmen?« fragte er.

»Ich habe sie entlassen«, antwortete Sophie.

»Oha! Aber sie hat es wohl nicht anders verdient.« Am besten ließ er das vorläufig so stehen. »Wie ist es denn heute gelaufen?«

»Sie hat drei Stunden Pause gemacht«, rechtfertigte sich Sophie. »Das brauche ich mir von keinem der Mädchen gefallen lassen.«

»*Du* schmeißt hier den Laden, Sophie. Wie isses denn heute gelaufen?« Er zeigte auf die Kasse unter der Theke.

»An die sechstausend, würde ich sagen. Vielleicht auch drüber. Und Carmen war uns überhaupt keine Hilfe.«

»Dann muß es hier aber rundgegangen sein. Wen hast du morgen hier?«

»Juanita fängt um acht an, Kirsten kommt um zwölf. Sonya kommt morgen nicht.«

Axel nickte. »Morgen herrscht bestimmt Hochbetrieb. Das Wetter soll richtig gut werden, und im Amphitheater tritt Kenny Rogers auf. Soll ich noch 'ne Aushilfe organisieren?«

»Wir haben nur noch drei Tage vor uns. Ich möchte niemand mehr anlernen.«

»Kann ich gut verstehen.«

Sonya sagte: »Ich brauche zwei Tacos, einen Bueno, einmal Nachos.« Axel schaute Sophie bei der Zubereitung der Snacks zu. Er sah ihr an, daß sie erschöpft war. Mit so einer angestrengten Präzision bewegte man sich nur, wenn man praktisch keine Energiereserven mehr hatte.

»Dann wär's vielleicht doch ganz sinnvoll, Carmen in Reserve zu haben«, sagte Axel. »Nur für den Fall, daß du sie brauchst. Für's Mittagsgeschäft. Damit du auch mal Pause machen kannst.«

Sophie konzentrierte sich auf ihre Tacos und sagte erst mal gar nichts. Axel ließ ihr Zeit, seinen Vorschlag zu verdauen.

»Woher weißt du, ob sie überhaupt auftauchen würde?« fragte Sophie, nachdem sie Sonya die bestellten Snacks gegeben hatte.

»Vielleicht kommt sie auch nicht, aber dann stehen wir auch nicht schlechter da als jetzt.«

»Ich habe sie entlassen.«

»Ja, klar. Ich dachte mir nur, wir könnten uns doch alle Möglichkeiten offenlassen.«

»Laß du dir ruhig alle Möglichkeiten offen. Ich habe einen Imbißstand zu führen. Ich kann's mir nicht leisten, auf Carmen zu zählen.«

»Stimmt«, sagte Axel. »Man kann nicht auf sie zählen.«

»Sie ist völlig unzuverlässig.«

»Aber angenommen, sie taucht auf, und bei uns herrscht Hochbetrieb. Dann hättest du vielleicht doch Verwendung für sie.«
»Wir brauchen sie nicht.«
»Weiß ich. Aber vielleicht hätten wir Verwendung für sie.«
Sophie zuckte die Schultern. »Was mich angeht, ist sie entlassen. Wenn sie hier aufkreuzt, arbeitet sie bei dir. Und den Lohn bezahlst du von deinem Anteil.«
»Ich red mal mit ihr«, sagte Axel.

Timothy Alan Skeller alias Tigger ließ sich durch das Fenster in den Keller hinunter, die spitzen Isolierbandstiefel schrappten an der Schlackensteinwand entlang, bis er die letzten dreißig Zentimeter auf den Boden sprang. Er tastete im Dunkeln nach dem Ende des Kabels und brummte vor sich hin: »Wo is'n das Scheißding.« Eine Bierdose ächzte unter seinem Stiefel. Er kramte in seinen Taschen herum. Zwei Münzen fielen heraus und klapperten auf den Beton. »Verdammte Scheiße!« Er fand die Streichhölzer schließlich in der Gesäßtasche, riß eines aus dem Briefchen und versuchte es anzureiben, was ihm beim dritten Mal dann auch gelang. Ein rötlicher Lichtschein flackerte auf.
Das Kabel war nicht, wo er es hatte fallen lassen. Er konnte eine halbe Sekunde rätseln, wo es hingekommen war, dann wurde es ihm über den Kopf geworfen und zog sich über seinem Adamsapfel zu.

zweiunddreißig

Axel zog die Schuhe aus, stellte sie ans Fußende des Betts und legte seine Pistole auf den Nachttisch. Dann schob er sich ganz vorsichtig auf die Tagesdecke, verschränkte die Arme vor der Brust und starrte zur Zimmerdecke hinauf. Er konnte jetzt bestimmt nicht schlafen, dazu schwirrte ihm zu viel im Kopf herum. Er schloß die Augen und haschte nach einem tröstlichen Gedanken. Nach ein paar Minuten ließ er die Hosenträger aufschnappen. Den Druck auf den Schultern war er damit los, aber sein Arm pochte, sein Finger brannte, im Kreuz hatte er einen dumpfen Schmerz, der von dem Geld unter der Matratze kam – schon mehr als zwanzigtausend Dollar. Es war zweifelhaft, ob er das Geld tatsächlich spürte. Er hatte es schließlich in die Sprungfedern gesteckt. Theoretisch dürfte man nichts davon merken, wenn man auf der Matratze lag. Aber es war ja auch egal, ob es eine körperliche Empfindung war. Er hatte es jedenfalls im Kreuz.

Sie waren schon einmal in seinem Zimmer gewesen. Das neue Schloß bot keine Gewähr dafür, daß sie nicht wiederkamen, und nächstes Mal suchten sie vielleicht ein bißchen gründlicher. Carmen konnte sich doch denken, daß er die Tageseinnahmen in seinem Zimmer versteckte. Ob sie immer noch mit diesem kahlen Affen rummachte? Er holte tief Luft. Sie ließ sich von Impulsen leiten, die ihm unbegreiflich waren. Warum hatte sie sich überhaupt mit diesem Bürschchen eingelassen? Er hätte es verstanden, wenn Dean gut aussehen oder wenn sonst irgendwas für ihn sprechen würde. Aber vielleicht machte sie auch nur eine spätpubertäre Phase durch und legte es darauf an, die Eltern zur Verzweiflung zu treiben – Mist! Jetzt hatte er schon wieder so getan, als wäre sie seine Tochter. Er war wie erschlagen. Bei dem Kampf gegen diesen Kerl mußte er jeden Muskel im Körper eingesetzt haben. Er spürte schon, daß seine Gliedmaßen steif wurden, sein rechter Ellbogen fühlte sich an wie eine pochende Betonkugel. Morgen früh würde ihn das Aufstehen hart ankommen.

Wie sich wohl der kahle Affe fühlte? Ob er Kopfweh hatte? Hoffentlich hatte er dermaßen höllische Kopfschmerzen, daß er dahin verschwand, wo er hergekommen war. Schön wär's, aber er fürchtete, daß diese Geschichte noch nicht ausgestanden war. Er hatte bei dem kahlen Affen das gleiche ungute Gefühl wie vor dreißig Jahren bei den Typen in Deadwood.
Das Geld unter der Matratze mußte er unbedingt wegschaffen. Er konnte es nicht einfach in seinem Zimmer lassen. Es mußte dorthin, wo alles andere schon war. Bei der Einrichtung seines unterirdischen Depots hatte er sich nicht klargemacht, wie schwierig sich weitere Einzahlungen gestalten würden. Schon der Gedanke an die Buddelei ließ seinen Arm heftiger pochen.

Sam O'Gara fand Anrufe mitten in der Nacht vor allem deshalb unmöglich, weil dann sofort Chester aufheulte. Und wenn Chester aufheulte, sprang Festus auf das Bett und leckte ihm das Gesicht wie verrückt. Es war jedesmal so, als löste das klingelnde Telefon im Schlafzimmer eine Art Fliegeralarm aus, der in Hundespucke absoff. Er setzte sich auf und warf die Decken mitsamt Festus vom Bett. »Festus! Du und deine verdammte Zunge! Chester! Halt die Schnauze! Ich hack dir die Eier ab!« Er schwang die Beine aus dem Bett und stolperte Richtung Küche, zum Telefon, einem museumsreifen Princess mit Wählscheibe. Beim nächsten Klingelton heulte Chester schon wieder auf. »Verdammt noch mal, ich komm ja schon!« Er riß den Hörer von der Gabel und schrie in die Sprechmuschel: »Wenn jetzt kommt, ›tut mir leid, ich hab mich verwählt‹, find ich raus, wer du bist, und schieb dir den Apparat in den verquälten Arsch, du dämlicher Döskopf, du.«
»Hallo, Sam, ich bin's.«
»Mensch, Ax! Was meinst du, was hier los ist, wenn das Telefon klingelt?«
»Laß mich raten. Du stößt einen Haufen Flüche aus, bevor du abnimmst.«
»Das ist bei weitem nicht alles, Ax.« Chester und Festus saßen

vor ihm und hechelten zufrieden, nachdem sie ihr Teil getan hatten.
»Ich muß dir was sagen, Sam.«
Hätte ich bloß nicht abgenommen, dachte Sam und schüttelte den Kopf. Festus begann nervös zu jaulen. Chester ließ sich auf den Boden plumpsen und legte die Schnauze auf die Pfoten.
»Ich versteh selber nicht, warum ich dich erst jetzt anrufe, Sam. In meinem Kopf muß es ziemlich chaotisch zugegangen sein. Ich hab jetzt erst dran gedacht.«
»Mensch, Ax«, sagte Sam mit belegter Stimme. »Willst du mir sagen, daß jemand gestorben ist?«
»Tommy.«
»O Gott.«
Das war der andere Grund, aus dem er Anrufe mitten in der Nacht scheußlich fand. Immer war etwas Schlimmes passiert, was er gar nicht wissen wollte.

Tigger hatte eine Hand am Lenkrad und betastete mit der anderen sachte seinen Hals. »Echt Mann, ich schwöre dir, daß das nicht meine Idee war.« Er hatte eine heisere Stimme. »Der verdammte Pork wollte dich nicht mitnehmen.« Er schluckte und zuckte zusammen.
»Du bist gefahren«, sagte Dean.
»Er hat gesagt, wenn ich anhalte, macht er mich kalt.«
»Und er hat meine Jacke mitgenommen.«
»Was hätt ich denn machen sollen? Du hast den Kerl doch erlebt. Ich mein, Sweety, das war ein Koloß, aber Pork – der ist wirklich zum Fürchten.«
»Mehr als ich?« fragte Dean.
Tigger sah verstohlen zu Dean hinüber und gleich wieder auf die Straße. »Nee, im Moment nicht«, sagte er.
»Wo ist denn jetzt dieser Laden?«
»Wir haben's gleich geschafft, Mann.«
»Und du meinst, daß er noch da ist?«
»Er geht als letzter, das ist sicher.«

»Gut.«
»Da isses.« Tigger bog auf einen kleinen Parkplatz ein, der mit Pickups, Chevrolet Camaros und Harley-Davidsons vollgestellt war. Auf einem flackernden roten Neonschild stand: WACHSTATION.
Dean fragte: »Wieso bist du eigentlich nicht da drin geblieben und hast weitergetrunken?«
Tigger fuhr in eine der wenigen Parklücken. »Sie haben mich rausgeschmissen, diese Schweine.«
»Zeig mir, wo seine Maschine steht.«
Tigger zeigte auf eine Harley in Blau und Silber. »Die da, mit der Südstaatenflagge auf'm Tank. Kann ich jetzt nach Hause?«
»Nein.« Dean zog den Autoschlüssel ab. »Wir sind jetzt Partner, Blödmann. Partner halten zusammen.«
Tigger legte den Kopf in den Nacken und blinzelte Dean an. Speed und Schlafmangel ließen ihn verdammt alt aussehen – so zirka dreiundzwanzig Jahre alt. »Wie meinst'n das?«
»Du willst doch Kohle machen, oder?«
»Aber … sicher.«
»Gut. Dann sind wir Partner.«
»Also quasi halbe-halbe?«
»Da einigen wir uns noch«, sagte Dean, als er die Autotür öffnete. »Ich brauch erst mal was aus'm Kofferraum.«
»Da ist doch gar nichts drin.«
»Gar nichts? Du hast doch wohl ein Ersatzrad, oder?«
»Schon. Aber es ist platt.«
»Sonst nichts? Gehört da nicht noch was dazu?«
Tigger dachte angestrengt nach. »Meinst du 'nen Wagenheber?«
»Ich dachte eher an ein Montiereisen. Hast du doch sicher, Partner?«
Tigger schüttelte den Kopf. »Nee.« Dann hellten sich seine Züge auf. »Aber ich hab ein Brecheisen.«

Pork fühlte sich knallhart und blitzschnell. Seine neue Jacke war an den Schultern zu eng, schränkte ihn in seinen Bewegungen ein, ließ seinen Oberkörper beim Gehen hin und her schwingen. Das verlieh ihm einen Paß-bloß-auf-Gang, wie ihn auch Gewichtheber hatten, nur sah es bei ihm viel gefährlicher aus. Ein gutes Gefühl. Und besonders gut fühlte sich das Geld an, das sich rechts und links an seine Seiten schmiegte. Wer hätte gedacht, daß es so einfach sein würde? Dieser dämliche Dean hielt sich für wunder was für einen Gangster. So ein Idiot! Pork hatte seinen Augen nicht getraut, als er die Hände in die Jackentaschen gesteckt und jede Menge Zwanziger darin gefunden hatte.

Mit so einem Haufen Geld hätte er in der Wachstation viele Freundschaften schließen können, aber das war nicht sein Stil. Freunde konnte jeder haben. Pork wollte sich Respekt verschaffen. Er trat als einsamer Rocker auf, hockte sich an einen Tisch ganz hinten, wedelte mit ein paar Scheinen, ließ eine Flasche Jack Daniel's kommen, sah sich an, was in dem Laden abging, betrachtete sich als eine Art Mafiaboß. Leute würden bei ihm stehen bleiben, nicken, wieder gehen. Das war stark. Eins von den Weibern setzte sich zu ihm. Sie wartete ein Weilchen, dann nahm sie seine Hand und legte sie auf ihre Titte. Er kniff sie richtig fies und war sie ganz schnell los. Mit den Weibern hier brauchte er sich wirklich nicht abgeben, er konnte sich was Anständiges leisten. Im Moment wollte er sowieso seine Ruhe haben und den Amphetamintrip bloß mit ein paar Gläschen Jack aufpeppen.

Als die Bar schloß, war ihm danach, sich auf seine Harley zu schwingen, aufs Land zu düsen, sich von der Nachtluft durchpusten zu lassen. Aber er blieb noch sitzen und sah zu, wie nacheinander alle anderen den Club verließen. Er ging am liebsten als letzter. Das kam immer gut. Da sah jeder gleich, daß er ganz viel Zeit hatte. Er ließ den Barmann ein paarmal herschauen, dann stand er auf. Im Paß-bloß-auf-Gang zur Bar, zwei Zwanziger hingeknallt, dann zur Tür. Als er auf den Parkplatz kam, sah er irgend so einen Arsch auf seiner Harley sitzen. Ein dicker Hund! Eher erstaunt als erbost ging er auf seine Maschine zu. In dem flackernden Licht des Neonschilds sah man nur sehr undeutlich.

Erst als er bis auf ein paar Schritte herangekommen war, erkannte er in dem Typen auf seiner Harley Tigger.
Pork sagte: »Mensch, wieso bist *du* jetzt wieder hier?« Er sah Tiggers Augen wegrutschen, an ihm vorbeischauen. Diesen Blick sah Pork nicht zum erstenmal. Diesem Blick begegnete man auf dem Gefängnishof, kurz bevor einer was zwischen die Rippen kriegte. Instinktiv duckte er sich, fuhr herum, riß den Arm hoch, um das Gesicht zu schützen. Ein wuchtiger Schlag traf ihn am Ellbogen. Er sah Deans Gesicht und eine verschwommene Bewegung, und dann durchzuckten ihn höllische Schmerzen. Der zweite Schlag hatte ihn seitlich am Hals getroffen. Er stürzte gegen das Motorrad und auf den Boden. Die Harley fiel um, und die Fußstütze bohrte sich Pork in die Niere. Die drei getroffenen Punkte – Ellbogen, Hals und Niere – bildeten ein Dreieck des Schmerzes. Schwarze Blasen stiegen vor seinen Augen auf, einen Augenblick glaubte er, das Bewußtsein zu verlieren. Er kniff die Augen zu, drehte sich auf die Seite, spürte unter den Handflächen den grobkörnigen Boden, japste nach Luft. Er hörte die Luft in seine Lunge strömen, schmeckte den Staub auf der Zunge, machte die Augen auf, er hatte den Erdboden direkt vor sich, ganz nah und fest.
Das Schlimmste ist überstanden, dachte Pork. Er weiß, daß er mich fertiggemacht hat, daß er haben kann, was er will. Er braucht es nur zu sagen.
Pork drehte den Kopf langsam auf die Seite. Nicht der richtige Moment, den knallharten Macker zu markieren. Deans Gesicht tauchte in seinem Blickfeld auf, erschlafft und erloschen. Kein gesprächsbereites, nicht einmal ein kampfbereites Gesicht. Ein mordgieriges Gesicht. Das gebogene Ende der Brechstange schimmerte im roten Neonlicht. Pork versuchte wegzurollen, konnte aber nur noch die Hand vor das Gesicht reißen, bevor die Eisenstange auf ihn herunterfuhr. Die Wucht des Schlags knickte seine Finger ab, rammte die Hand gegen den Backenknochen, den Kopf in die Erde. Er roch die Erde, die sich auftat, um ihn zu verschlingen, und hörte das dumpfe Klatschen von Eisen auf Leder auf Fleisch. Dann hörte er nichts mehr.

dreiunddreißig

Der Morgen begann kühl und feucht, mit einem Taupunkt um die fünfzehn Grad. Die Tische und Bänke auf dem Grasplatz hatten sich über Nacht mit einem fettig schimmernden Film überzogen, der erhalten blieb bis nach acht, bis die Sonne höher gestiegen war und wärmer schien. Axel saß auf seinem metallenen Klappstuhl, hielt sich in einem Handtuch Eis an den Ellbogen und hörte sich an, wie Sophie und Juanita den Imbißstand auf Vordermann brachten. Sophie gab ihre Anweisungen mit ruhiger Stimme, nicht in ihrem normalen Befehlston. So langsam kamen auch schon Besucher auf den Festplatz. Alle drei Kleinen Knirpse waren geschlossen. Ein Fernsehteam kam angefahren und filmte den totenstillen Stand auf dem Grasplatz, vermutlich für eine aktuelle Reportage über Gewalttaten auf dem Jahrmarkt.

Leute, die sich schon seit dreißig Jahren auf dem Jahrmarkt ihre Minidoughnuts holten, marschierten zum Stand, linsten durch die Sperrholzläden, konnten gar nicht glauben, daß ihnen das rituelle Mahl versagt bleiben sollte. Oft kamen sie dann zu Axel's Taco Shop, nicht um Tacos zu kaufen, sondern um sich nach den Minidoughnuts zu erkundigen.

Wenn sie Sophie fragten, wo es sonst noch Doughnuts gab, wurden sie zu Tom Thumb Doughnuts in die Mittelstraße oder in die Judson Avenue zu Minikringel geschickt. Wenn sie Axel fragten, wurden sie darüber informiert, daß der Besitzer verstorben war, und erfuhren sonst gar nichts. Er brachte es nicht übers Herz, die Kunden seines Freundes zur Konkurrenz zu schicken. Auch wenn das Tommy vielleicht gar nicht mehr interessierte, war es Axel noch lange nicht egal. Ihm war wirklich nicht danach, sich alle fünf Minuten darauf stoßen zu lassen, daß sein ältester und bester Freund nicht mehr lebte. Und wenn er noch nicht tot gewesen wäre und gesehen hätte, daß alle diese Leute ohne Doughnuts abzogen, hätte ihn *das* umgebracht.

Ab und zu kam einer von Tommys Schaustellerfreunden von der Mittelstraße herauf und blieb still vor dem Imbißstand stehen,

um Abschied zu nehmen und eine Zigarette zu rauchen. Ein paar von ihnen gingen dann den Grasplatz noch ein Stück weiter hinauf, um ein paar Worte mit Axel zu wechseln. Sie schienen Tommys Tod allesamt philosophisch zu betrachten. Und einer, Froggy Sims, der alternde, kettenrauchende Mikro-Mann von Wanda Winzig, der kleinsten Frau der Welt, wollte gar nicht mehr gehen.
»Ja, Tommy war ein famoser Bursche. Ein Schausteller von altem Schrot und Korn.« Froggy pflanzte sich die Zigarette ins zerknitterte Gesicht, machte Fäuste und klackte seine Ringe aneinander. Als Axel das zum erstenmal sah, hatte er sich gefragt, ob das irgend so eine sonderbare Schaustellergebärde war. Tommy hatte ihm dann erklärt, daß Froggy das nur machte, damit man auch ja seine Klunker nicht übersah.
Tommy hatte den alten Froggy nicht besonders gemocht, ihm aber immer Doughnuts spendiert.
Axel rückte den Eisbeutel am Ellbogen zurecht. Es ärgerte ihn, daß dieser Kerl hier herumlungerte und sich für Tommys besten Freund ausgab. Dabei hatte er den Eindruck, daß Froggy vor allem seiner Bezugsquelle für kostenlose Doughnuts nachtrauerte. Der Mann trug zirka fünftausend Dollar in Gold zur Schau, die falschen Zähne nicht mitgerechnet – und brachte es fertig, fast einen Kilometer quer über den Jahrmarkt zu latschen, um Essen zu schnorren.
»Wir haben mal zusammen eine Schaubude betrieben. Das waren noch Zeiten, kann ich dir sagen.«
»Glaub ich gern«, sagte Axel. »Sag mal, Froggy, möchtest du einen Taco oder sonst irgendwas?« Vielleicht wurde er ihn damit los.
Froggy setzte eine verdutzte Miene auf. »Ha, das ist aber nett von dir, Ax.«
Axel setzte ein Lächeln auf und bestellte bei Juanita für Froggy einen Taco und eine Coke.
Froggy fragte: »Du hast keine Pepsi?«
Um halb zehn hatte es schon neunundzwanzig Grad. An so einem heißen Spätsommertag verwandelte sich ganz Minnesota in eine

Sauna. Und jeder dritte sagte im Laufe des Tages: »Eigentlich gar nicht so heiß, aber schwül!«
Das Eis hatte geholfen. Axel beugte den Arm. Er war nicht mehr geschwollen und fühlte sich fast schon normal an. Er schaute über den Grasplatz zur Kleine-Knirpse-Ruine hinüber. Tommys Geist schwebte über dem Grasplatz und schaute auf den kümmerlichen Überrest seines Lebens herab. Wie man sich da fühlte, das wollte Axel gar nicht erfahren. Niemals.
Jemand blieb vor dem Kleine-Knirpse-Stand stehen und kam dann langsam auf Axel zu.
»Hallo, Ax«, sagte Sam.
Axel blickte auf. »Was machst'n du hier?«
Sam zündete sich eine Zigarette an. »Weiß ich auch nicht so genau«, sagte er. »Ich hab immer an Tommy gedacht und überhaupt nichts geschafft.«
Axel nickte. Alles klar. Noch einer von Tommys Freunden, der Abschied nehmen wollte.
»Ich hätte eigentlich nicht gedacht, daß er als erster von uns geht, Ax.«
»Nein? Auf wen hast du getippt?«
Sam spuckte einen Tabakkrümel aus, warf einen kritischen Blick auf seine Zigarette und strahlte Axel an: »Eigentlich eher auf dich.«
»Besten Dank.« Axel fand das überhaupt nicht komisch.

Carmen, noch in den Kleidern von gestern, wachte mit Kopfweh auf. Es war aber kein heftiges Kopfweh. Es war sogar das erträglichste, das sie diese Woche bisher gehabt hatte.
Jemand hämmerte an ihre Tür. Sie hatte das Gefühl, daß schon eine ganze Weile gehämmert wurde.
»Moment!« Sie sah auf die Uhr: Zehn Uhr vierzehn. »Wer ist'n da?«
»Direktion!«
Carmen machte die Tür auf. Bill Quist stand davor und schaute lächelnd an ihr vorbei ins Zimmer.

»Wo ist denn Ihr Freund?«
»Was wollen Sie?«
»Sie haben gar nichts mehr von sich hören lassen. Wohnt ihr Freund noch bei Ihnen?«
»Nein. Er ist nicht mehr da.«
»Ah. Mr. Speeter hat angerufen. Sie sollen zur Arbeit kommen.«
»Man hat mich gefeuert.«
Quist zuckte die Schultern. »Davon weiß ich nichts. Er hat mich nur gebeten, Sie zu wecken und Ihnen zu sagen, daß Sie kommen sollen.«
»Dann hätte er aber auch gleich in meinem Zimmer anrufen können.«
»Hat er den ganzen Morgen versucht.« Er zeigte auf das Telefon. »Sie haben nicht aufgelegt.«
Carmen erinnerte sich an einen Traum, in dem sie ein unaufhörliches Klingeln zum Verstummen gebracht hatte.
»Sind Sie klargekommen mit dem Schlüssel, den ich Ihnen geborgt habe?«
»Was für'n Schlüssel?«
Quist lachte. »Richtig! Wer sagt denn was von einem Schlüssel? Aber Sie wollten mir Geld geben, Sie erinnern sich?
»Nein. Hat Axel sonst noch was gesagt?«
»Er hat nur gesagt, daß sie zur Arbeit kommen sollen. Sagen wir, zwanzig Dollar jetzt, den Rest später?«
Carmen knallte die Tür zu.
Quist blinzelte die geschlossene Tür an, er lächelte auch jetzt noch. Dann zuckte er die Schultern und ging über den Parkplatz zu seinem Büro zurück. War einen Versuch wert gewesen. Hätte ja sein können.

»Willst du etwa gehen?«
»Ich hab Carmen angerufen. Kann nicht mehr lange dauern, bis sie da ist.« Axel fand eine Papiertüte und begann sie mit Burritos zu füllen.
»Aber –« Sophie warf einen Blick auf die Schlange vor dem Re-

staurant und schüttelte fassungslos den Kopf. »Du willst *jetzt* gehen? Du überläßt alles mir und Juanita?«
»Kirsten und Carmen müßten bald da sein.«
Juanita rief über die Schulter. »Könnte mir hier jetzt mal jemand helfen?«
»Sofort«, sagte Sophie und musterte Axel mit finsterem Blick. »Kirsten müßte schon seit einer Stunde hier sein – und du kennst doch Carmen!«
Axel sagte: »Ich bin in einer Stunde wieder da. Hör mal her, ich hab Sam gefragt, ob er mithilft. Der Mann braucht 'ne Beschäftigung. Er ist nur noch schnell aufs Klo, dann kommt er.«
»Sam O'Gara? Auf den kann ich verzichten. Ich hab gehört, was er mit Tommys Doughnutmischung angestellt hat.«
»Wie du meinst. Ich muß los, Sophie. In ein paar Stunden bin ich wieder da, okay?« Er schob die Papiertüte mit den Bueno Burritos in seine Umhängetasche und ging über den Grasplatz davon. Er hörte Sophie rufen, daß das überhaupt nicht okay war, absolut nicht, aber er ging einfach weiter.

»Was hat er denn jetzt vor?«
»Woher soll ich das wissen?«
»Er hat seine Tasche dabei.«
»Und da ist das Geld drin?«
»Ein Teil davon garantiert. Auf geht's, Partner!«
Dean erhob sich, den Cowboystrohhut tief in die Stirn gezogen. Er kam sich lächerlich vor mit dem Hut, dem hellblauen Hemd im Westernstil und dem knallroten Halstuch. Das Hemd, aus Polyester oder so, war wahnsinnig warm und klebte ihm am Leib wie eine Schicht Leim. Er hatte die drei Sachen am Stand für Westernkleidung im Kolosseum gekauft. Verglichen mit Tigger sah er in seinem Aufzug allerdings noch richtig gut aus.
Der hatte sich ein buntes Hemd und einen abartig hohen weißen Filzhut ausgesucht. Auf das Hemd war vorn und hinten in lassoartiger Schrift ›Auf zum Rodeo!‹ gestickt. Der Hut hatte neunundfünfzig Dollar gekostet, aber wenn das Jüngelchen seine Freude

daran hatte, sollte es ihm recht sein. Er brauchte Tigger vorläufig noch. Zu neuen Stiefeln hatte er dann aber nein gesagt. Dafür hatten sie keine Zeit. Er wollte den alten Mann keine Minute aus den Augen lassen. Jetzt wurde es ernst, jetzt konnten sie sich keine Fehler mehr erlauben.

Pork hatte Deans Jacke nur ein paar Stunden gehabt, aber es war ihm irgendwie gelungen, mehr als viertausend Dollar auszugeben oder zu verlieren. Als Dean entdeckt hatte, wie wenig Geld übrig war, hatte er zu Tigger gesagt, zurück zur Wachstation und ein paarmal drüberfahren über den Kerl, für den Fall, daß er die Brechstange doch überlebt haben sollte. Aber Tigger war damit überhaupt nicht einverstanden gewesen, und Dean hatte nicht darauf bestanden. Wäre auch wirklich ziemlich blöd gewesen, das war ihm inzwischen klar. Von nun an würde er nur noch schlaue Sachen machen. Die Plastiktüte, die Pork ihm in der Brusttasche der Jacke hinterlassen hatte, kam ihm da sehr gelegen. Sie enthielt nämlich einige Gramm Methamphetaminpulver. Zwei dicke Linien – schon war er so helle, daß er die Zukunft quasi vorhersagen konnte.

»Nicht zu nah rangehen«, sagte Dean. An einem Tag wie heute hatte so eine Verkleidung einen großen Nachteil: Man schwitzte wie ein Affe, wenn auch das Speed den Schweiß eher wie Hühnerbrühe riechen ließ. Dean lief die Hühnerbrühe über das Gesicht und an den Rippen entlang.

»Er will zum Tor raus«, sagte Tigger.

»Zu seinem Pickup.«

»Was machen wir dann?«

»Nur die Ruhe, Partner. Dann steigen wir in deinen Wagen und folgen ihm. Mal sehen, wo er hinfährt.«

Sie kam zu spät, aber das war nicht ihre Schuld. Ihre Mutter war schuld. Kirsten hatte ihr von dem tödlichen Kampf auf dem Festplatz erzählt. Das war ein Fehler gewesen. Ein unverzeihlicher Fehler.

»Wenn du meinst, daß ich dich noch einmal in diesen schrecklichen Taco-Schuppen lasse, dann irrst du dich, mein liebes Kind.«

Kirsten hätte wirklich nicht gedacht, daß ihre Mutter deswegen so ein Theater machen würde. Da wurde doch nicht jeden Tag auf Menschen geschossen. Wahrscheinlich war es in der ganzen Geschichte des Jahrmarkts überhaupt noch nie vorgekommen. Einfach nicht mehr zur Arbeit erscheinen? Kann ich doch nicht machen, argumentierte Kirsten, aber ihre Mutter stellte sich stur.

»So dringend brauchst du das Geld auch wieder nicht, Schatz. Die meisten Kleider vom letzten Schuljahr passen doch noch prima.«

»Ach du Scheiße!« Kirsten war entsetzt. »Das kannst du mir doch nicht antun, Mutti!«

Womit sie noch einen Fehler gemacht hatte.

»Solche Ausdrücke dulde ich nicht in meinem Haus! Du gehst mir nicht mehr an diesen schrecklichen Ort, und damit, mein Fräulein, ist alles gesagt!«

Ein großer, ein unverzeihlicher Fehler. Sie mußte warten, bis ihre Mutter zur Arbeit gefahren war, und konnte erst dann zur Bushaltestelle laufen. Wenn sie es herausfindet, dachte Kirsten, bringt sie mich um. Immer noch besser als wieder in den Kleidern vom letzten Jahr in die Schule gehen. Sophie war jetzt natürlich auch sauer auf sie. Und die anderen auch. Vielleicht wurde sie sogar gefeuert, wie Carmen.

»Was macht er denn da?«

»Er stellt 'ne Art Trittleiter vor den Zaun.«

»Hat er seine Tasche?«

»Ja. Und eine Schaufel. Er wirft sie über den Zaun. Jetzt steht er auf der Leiter. Er zieht irgendwas aus der Tasche.«

»Kann er uns sehen?«

»Er guckt in die andere Richtung.«

»Hörst du? Da bellen Hunde.«

»Jetzt schmeißt er so ein Zeugs über den Zaun. Sieht aus wie irgendwas zum Essen.«

»Zum Essen?«
»Ja. Wie Tacos oder so ... Er klettert rüber. Jetzt ist er drüben, ich seh ihn nicht mehr.«
»Mist. Okay, dann müssen wir eben nachsehen, was er da treibt.«
Dean stieg aus und ging los, Tigger folgte dichtauf. Der Zaun hatte – im Widerspruch zur städtischen Bauordnung – eine Höhe von zwei Meter fünfzehn. »Okay. Du nimmst mich auf die Schultern, dann kann ich rübergucken«, sagte Dean leise.
Tigger ging neben dem Bretterzaun in die Hocke, ließ Dean rittlings auf seine Schultern steigen, versuchte aufzustehen, ächzte.
»Komm schon«, sagte Dean und hielt sich oben am Zaun fest.
Tigger kam hoch, streckte die Beine, japste nach Luft und kippte um. Alle beide stürzten der Länge nach auf den Gehweg. »Geht nicht«, keuchte er.
Dean stand auf und rieb sich den Ellbogen. »Du bist vielleicht eine Pfeife! Komm her, ich heb dich hoch, und du sagst mir, was er da drin treibt.« Diesmal setzte sich also Tigger rittlings auf Deans Schultern.
»Siehst du was?«
»Ja.«
»*Was* siehst du?«
»Das ist 'ne Art Schrottplatz. Ein Haufen Autos. Au Backe. Da sind zwei Mordsköter, Mann. Die putzen scheint's grad ihr Mittagessen weg.«
»Und was ist mit dem alten Mann?«
»Ich seh ihn nicht. Warte mal! Er sitzt in einem alten Pickup. Hörst du? Er läßt den Motor an. Stößt zurück. Mhm. Steigt aus. Guckt in so'n Loch rein. Da hat jemand ein richtig großes Loch gebuddelt, und da steht er jetzt davor und guckt rein ... Und macht vielleicht ein Gesicht! Mann, der ist fix und fertig. Den trifft gleich der Schlag. Mist! Laß mich runter! Laß mich runter, Mann!« Tigger stieß sich vom Zaun weg, Dean stolperte nach hinten. Von innen krachte etwas Schweres gegen den Zaun, zwei aufheulende Hunde zerrissen die Stille in der ruhigen Wohngegend.

Die Hunde.
Die gottverdammten Köter. Jetzt bellten sie irgendwas auf der anderen Seite des Zauns an. Erst ruinierten sie ihn, und dann machten sie auch noch großes Trara.
Axel starrte auf die Überbleibsel einer schweren dunkelgrünen Tasche. Lieber Gott, wenn ich irgendwann einmal einem Schlaganfall erliegen soll, dann bitte jetzt. Er blickte auf zu Sams Hunden, die sich gegen den Holzzaun warfen, und änderte seinen Wunsch ein wenig ab: Laß mich vorher noch die Hunde abknallen, lieber Gott. Er griff in seine Tasche, riß die Pistole heraus, spannte den Hahn und zielte auf die bellenden Köter.
Er hielt die Waffe eine ganze Weile auf sie gerichtet, aber im Grunde war ihm gleich klar, daß er es nicht über sich bringen würde, sie zu erschießen. Es war nicht die Schuld der Hunde. Er war vor einer Woche mit zwei Taschen in ihr Territorium eingedrungen. In der einen waren Bueno Burritos, in der anderen Geld. Die eine hatte er den Hunden gegeben, die andere vor ihren hungrigen Augen vergraben. Axel entspannte den Hahn und legte die Pistole wieder in die Tasche.
Die Hunde hatten unter der hinteren Stoßstange angefangen. Er konnte sich gut vorstellen, wie sie gruben, wie die lockere Erde unter dem Pickup hervorsprühte wie Gischt. Daß Hunde dieses Loch gegraben hatten, das sah er auf den ersten Blick.
Aber wo war das Geld? Er stieg in das Loch und hob die zerfetzte grüne Tasche auf. Nichts. Er scharrte mit dem Fuß Erde auf die Seite, hielt es einen Moment sogar für möglich, daß er irgendeine andere Tasche in der Hand hielt und die mit dem Geld weiter unten lag. Dann erspähte er etwas Graugrünes, bückte sich, zog einen Zwanzigdollarschein aus dem Boden. Er kniete sich hin, schaufelte mit beiden Händen Erde weg und warf mit einer Handvoll nach den Hunden, die herübergekommen waren, um ihm zuzusehen.
Es blieb bei dem einen Zwanziger, mehr fand er nicht. Er stand auf und inspizierte angewidert seine dreckverkrusteten Finger. Dreck unter den Fingernägeln fand er ekelhaft.

Ein Zwanziger, sonst nichts. Wo war das ganze Geld hingekommen? War ein Sturm durch den Hof gefegt und hatte es mitgenommen? Wohl kaum. Er schob sich zwischen abgestellten Schrottautos hindurch und versuchte am Zaun entlang um das Gelände herumzugehen, die Augen auf den Boden gerichtet. Nach fünf Minuten fand er noch einen Zwanziger, der sich im Kühlergrill eines Dodge Charger verfangen hatte. Und dann entdeckte er direkt am Zaun, zwischen den zwei VW-Käfern, ein ganzes Geldbündel, noch mit Gummiband, die Scheine leicht angefressen, aber nicht um ihren Wert gebracht. Die Hunde? Ach was! Die konnten doch keine Viertelmillion Dollar auffressen! Auch nicht, wenn die Scheine nach mexikanischem Essen rochen.

Nein. Er wußte genau, wer sein Geld hatte. Er wußte nur noch nicht so recht, was zu tun war.

vierunddreißig

Für den Weg von der Bushaltestelle zum Grasplatz brauchte man normalerweise etwa drei Minuten. Carmen machte daraus vierzig. Eigentlich wollte sie ja auch gar nicht zur Arbeit. Die taktile Erinnerung an den Tortilla-Teig jagte ihr kalte Schauer über den Rücken.

Und irgendwie hatte es ihr doch zu schaffen gemacht, daß Sophie sie gefeuert hatte. Gefeuert von der eigenen Mutter!

Es kam noch dahin, daß sie sich auf niemand mehr verlassen konnte.

Carmen blieb stehen und blickte zu der gelben Kabine auf, die über ihr vorbeizog. Den ganzen Tag trug die Seilbahn Leute vorbei, in jeder Kabine zwei, immer von der Gartenbauhalle am Ende des Grasplatzes zum Heritage Square auf der anderen Seite des Festplatzes. Carmen arbeitete schon im fünften Jahr unter dem Seil, war aber noch nie mit der Bahn gefahren. Sie konnte der Vorstellung nichts abgewinnen, sich in eine schaukelnde Kabine sperren zu lassen und eine vorgegebene Strecke zurückzulegen.

Auf keinen von ihnen konnte sie sich verlassen! Auf Sophie nicht, auf Axel nicht, und auf Dean schon gar nicht. Der war einfach verschwunden, diesmal wohl endgültig. Sie mußte sich also unbedingt mit Axel gutstellen, und wenn er wollte, daß sie zusammen mit Sophie im Stand arbeitete, mußte sie ihm den Gefallen tun. Sie holte noch zwei Valiumtabletten aus dem Arzneifläschchen in ihrer Handtasche, schluckte sie und zündete sich eine Zigarette an. Die zwei, die sie schon im Motel genommen hatte, schienen gar nicht zu wirken. Sie wartete wohl besser, bis sie diese beiden spürte, bevor sie sich dem Taco Shop aussetzte.

Als Carmen sah, daß bei der Doughnutbude die Läden geschlossen waren, fiel ihr wieder ein, daß Tommy Fabian umgebracht worden war. Das hatte sie ganz vergessen. Auf ihn konnte sie also auch nicht mehr zählen. Also, wenn ihr jetzt auch noch Axel wegstarb!

»Wie findest du den?« Sam O'Gara hatte sich erneut an einem Bueno Burrito versucht und hielt das Ergebnis hoch.
Sophie stöhnte auf. »Würdest du das essen wollen?« fragte sie ihn.
Sam betrachtete mit gerunzelter Stirn den tropfenden Klumpen in seiner Hand und warf ihn achselzuckend in die Mülltonne. »Ich hab nicht behauptet, daß ich kochen kann«, sagte er. »Diese Tortillas sind wie nasses Klopapier. Die reißen fast von allein.«
»Versuch's noch mal. Aber langsam und ganz sachte. Du wechselst hier keinen Reifen, du bereitest eine Mahlzeit zu.«
»Wenn du nicht so verdammt kleinlich wärst, käm ich mit den Dingern schon klar.« Sam hatte verdammt schlechte Laune. Das war eine der schlimmsten Wochen seines Lebens. Angefangen hatte es damit, daß er von Axel aus dem Schlaf gerissen worden war und erfahren hatte, daß Tommy tot war. Dann hatten die verdammten Hunde seinen Hof aufgegraben und total versaut. Er hatte fast eine Stunde lang aufgeräumt. Dann war sein Chevrolet nicht angesprungen. Und sein Pickup auch nicht. Er hatte jede Menge Fahrzeuge, und alle waren der letzte Schrott. Ein Pferd sollte man sich zulegen! Er hatte den *Bus* nehmen müssen, um auf den Festplatz zu kommen. Das würde er Axel nicht so leicht verzeihen. Dafür würde er bezahlen.
»Ich bin nicht kleinlich«, sagte Sophie. »Aber wir legen hier Wert auf eine gewisse Qualitätsstufe. Kirsten scheint das problemlos zu schaffen. Wenn sie zur Arbeit erscheint.«
Kirsten zog die Augenbrauen zusammen. »Wie oft muß ich noch sagen, daß es mir leid tut?«
»Eine Entschuldigung ist kein Ersatz für verlorenen Umsatz.«
»Ich muß doch bitten, meine Damen«, sagte Sam. »Von eurer Streiterei kriegen die Leute nichts zu futtern.«
Sophie warf die Hände hoch. »Ist ja gut. Kirsten, machen Sie es Sam O'Gara bitte noch mal vor.«
Kirsten lächelte Sam zu. »Da kriegt man ganz schnell Routine«, sagte sie und belegte rasch vier Tortillas. In Sekundenschnelle waren sie zusammengerollt und eingepackt. »Ich kann das jetzt schon so schnell wie Carmen.«

»Schneller«, berichtigte Sophie.
Sam schnaubte so laut, daß die beiden Frauen zusammenzuckten. Er mußte hier raus, er brauchte jemand, der ihn ablöste.
»Was ist überhaupt mit der kleinen Prinzessin?« sagte er und zeigte über den Platz. »Wollt ihr sie den ganzen Tag da drüben stehenlassen?«
Carmen, die ihre Sonnenbrille trug, lehnte in dreißig Metern Entfernung an der Imbißhalle und rauchte eine Zigarette, das Gesicht dem Taco Shop zugewandt.
»Sie stützt schon eine halbe Stunde die Mauer da drüben. Und was ist mit der kleinen Mexikanerin? Wo ist die abgeblieben?«
Sophie sagte: »Falls du Juanita meinst – die war nur für den Vormittag eingeplant. Und was meine Tochter angeht – wenn sie arbeiten will, braucht sie mich nur zu fragen.«
»Aha! Vielleicht wartet sie da drüben nur darauf, daß *du* fragst.«
»Ich denk ja gar nicht dran.«
»Soll ich sie holen gehen?« Einfach nur raus hier.
Sophie überlegte einen Augenblick. »Wenn du meinst. Sogar mit Carmen ist mehr anzufangen als mit dir, Sam.«
»Verbindlichsten Dank.« Sam band seine Schürze auf, ließ sie auf den Boden fallen und stolzierte zur Tür hinaus.

Carmen sah Sam O'Gara auf sich zukommen. Er hatte einen gleichmäßig schwankenden Gang, fast wie auf einem Schiff. Aber die anderen Leute gingen ja auch so!
Dann lag es wohl am Valium.
Schon stand er vor ihr mit seinem Overall und der grünen Mütze und dem T-Shirt mit V-Ausschnitt.
»Heiß heute, was?«
»Hallo, Sam. Heiß? Echt? Ist mir gar nicht aufgefallen.«
»Es ist eigentlich gar nicht so heiß, aber schwül! Willst du nicht doch arbeiten? Deine Mutter könnte dich brauchen.«
Carmen schaute an ihm vorbei zum Taco Shop hinüber, vor dem neun oder zehn Leute anstanden. Sophie und Kirsten sausten gefährlich schnell im Stand herum.

»Bist du sicher, daß sie mich haben will?«
»Na klar. Sie hat mich doch hergeschickt. Sie sagt, daß keiner so gut Burritos rollen kann wie du.«
»Echt?« Carmen fand, daß das stimmte, hatte aber nicht den Eindruck, daß es Sophie jemals aufgefallen war.
»Klar. Du hilfst jetzt deiner Mutter, ja?«
Carmen nickte. Sam lächelte ihr zu, vergrub die Hände in den Taschen seines Overalls und ging davon.
»Hey!« rief Carmen. »Du gehst gar nicht mit?«
Sam blickte über die Schulter. »Meinst du mich? Ich geh jetzt das liebe Vieh beaugapfeln, Schätzchen. Da soll dieses Jahr ein Schwein dabei sein, das sechshundert Kilo auf die Waage bringt.«
Carmen sagte: »Igitt.«
Sam brummte: »Und bei deiner Mutter in dieser Bude wäre ich ganz schnell reif für die Klapse.«
»Man muß einfach weghören«, sagte Carmen lachend.
Fünf Minuten später klappte es schon nicht mehr mit dem Weghören. Es war nicht das erste Mal, daß ihre Mutter eklig wurde, aber *so* schlimm war es noch nie gewesen.
»Herrgott, Carmen! Hast du denn alles vergessen? Da werde ich diesen tapsigen Sam O'Gara endlich los und krieg dafür *dich*. Hier, wie würdest du das nennen?«
»Das«, sagte Carmen, »ist eine Rindfleisch-Tostada.«
»Ich wollte aber einen Rindfleisch-Taco.«
»Entschuldige. Meine Güte!« Sie konnte ihrer Mutter aber auch gar nichts recht machen, wollte sich jedoch nicht aufregen und setzte auf das Valium, das Sophies Dauerfeuer dämpfte. Das klappte eine Weile ganz gut, bis Kirsten ganz dringend aufs Klo mußte. Sowie sie weg war, schwoll das Geschimpfe an.
»Kirsten wäre das nie passiert«, sagte Sophie. »Wenn ich ›zwei mit Bohnen‹ sage, meine ich Tacos und keine Burritos.«
»Woher soll ich das wissen?« fragte Carmen. »Seh ich aus wie 'ne Hellseherin?«
»So machen wir das jetzt schon seit fünf Jahren. Was ist bloß los mit dir, Kind?«

»Mensch, Sophie, nun reg dich wieder ab!«
»Ich soll mich abregen? Ich habe ein Geschäft zu führen. Und jetzt brauche ich zwei Tacos mit Bohnen, aber dalli. Und mach bitte nicht wieder was falsch, ja?«
Diesmal machte sie alles richtig. Fast. Dann wurde sie aber doch wieder angeschrien, weil sie mit dem Käse zu großzügig umgegangen war. Warum war Sophie eigentlich so überdreht? Man müßte ihr Valium geben! Dieser Gedanke setzte sich fest und wurde ganz von allein weitergesponnen. Und je länger er ihr durch den Kopf ging, desto besser gefiel er ihr. Eine ruhige, gutmütige Sophie Roman – das war doch eine gute Idee. Ob sie ihr einfach eine Tablette anbieten sollte? Oder zwei? Nein. Sophie würde niemals Tabletten aus einem Arzneimittelfläschchen schlucken, auf dem nicht ihr Name stand.
Es gab aber noch eine andere Möglichkeit. Sophie hatte immer einen Sechserpack Canada Dry unter der Theke, damit sie zwischendurch mal schnell einen Schluck Selterswasser trinken konnte. Carmen brauchte ihr also nur ein paar Tabletten ins Selters zu kippen, dann war sie bald viel umgänglicher. Das war doch sehr sinnvoll. Alle hatten etwas davon, sogar Sophie.
Carmen konnte sich nur wundern, daß sie nicht schon viel früher auf diesen Gedanken gekommen war. Jetzt mußte sie nur noch eine günstige Gelegenheit abpassen, ein paar Sekunden, in denen Sophie abgelenkt war.

Axel konnte sich noch daran erinnern, daß er mit seinem alten Pickup wieder ein Stück vorgefahren war, über das Loch. Und auch daran, daß er über den Zaun geklettert und in seinen neuen Pickup gestiegen war. An die Fahrt konnte er sich nicht erinnern. Aber er mußte quer durch die Stadt zurückgefahren sein, sonst hätte er sich wohl kaum in der Schlange vor dem Eingang zum Festplatz wiedergefunden, die Umhängetasche fest umklammert. Das muß der Autopilot gemanagt haben, dachte Axel. Seine Gedanken kreisten um das verschwundene Geld. Er versuchte sich vorzustellen, was Sam gemacht haben könnte, als er hinterm

Haus einen Haufen Geld fand. Konnte er sich denken, wo es hergekommen war? Wollte er es gar nicht so genau wissen? Spielte er Eichhörnchen? Ließ er es verschwinden und wartete erst mal ab, ob es jemand vermißte?
Es gab ihm sehr zu denken, daß Sam kein Sterbenswörtchen gesagt hatte. Sie waren schon fast vierzig Jahre lang Freunde. Und wenn einer hinterm Haus eine Viertelmillion Dollar fand, sollte man dann nicht meinen, er müßte das unbedingt gleich seinen Freunden erzählen? Aber galt das auch für einen wie Sam O'Gara?
Entweder hatte jemand anders das Geld gefunden, womöglich ein Glückspilz, der im richtigen Moment über den Zaun geguckt hatte, oder Sam hatte es gefunden und wollte es ihm nicht sagen. Aber warum hatte er dann das Loch nicht wieder zugeschaufelt, damit es so aussah, als sei gar nichts geschehen?
Axel hatte keine Ahnung, was er gemacht haben könnte. Das war bei Sam schon immer so gewesen, vor allem am Kartentisch. Was Sam vorhatte, war noch weniger vorhersehbar als das Wetter in Minnesota. Er war so etwas wie eine menschliche Zufallsvariable, und genau das hatte ihn zu einem großartigen Kartenspieler gemacht. Bei Sam konnte man nicht sagen, ob er das Geld ausgegeben oder verbrannt, für wohltätige Zwecke gespendet oder in einen Schrank geschmissen hatte. Alles gleich wahrscheinlich und gleich unwahrscheinlich.
Aber das Geld gehörte Axel. Das mußte Sam doch wissen. Es hatte doch unter Axels Pickup gelegen.
Er ließ seine Freundschaft mit Sam O'Gara Revue passieren, nahm sie förmlich unter die Lupe, suchte nach Rissen und Schwachpunkten, nach Mißverständnissen und verborgenem Groll. Sie zankten sich ständig, das ließ sich nicht leugnen, aber hatten sie nicht trotzdem volles Vertrauen zueinander? Konnte er, wenn es hart auf hart ging, etwa nicht auf Sam zählen? Klar konnte er das.
Aber andererseits – wie viele Seiten hatte diese Geschichte eigentlich? – war Sam neulich ganz schön sauer auf ihn gewesen.

Worum war es da gegangen? Geld! Sam hatte *ihm* gesagt, was er mit seinem Geld machen sollte, und er hatte *Sam* gesagt, wohin er sich seine Ratschläge stecken konnte. Er erinnerte sich noch genau daran, daß er gesagt hatte, das geht dich einen Scheißdreck an, ich komm sehr gut allein zurecht.
Herrgott, das war doch nur so dahingesagt. So gingen sie schon seit vierzig Jahren miteinander um. Das änderte doch nichts an ihrer Freundschaft.
Er streichelte die Umhängetasche, spürte durch den rauhen Stoff hindurch die Geldbündel. Wenigstens hatte er noch das Geld von diesem Jahr. Axel langte in die Tasche und legte die Hand auf die Pistole. Er kam gerade an einem Maisburgerstand vorbei. Der Inhaber nickte ihm zu, er nickte zurück. Seine Hand legte sich fester um die Pistole.
Er fragte sich, was er sagen sollte, wenn er Sam traf. Vielleicht konnte er es ihm an einem einfachen Beispiel klarmachen. Er könnte zum Beispiel sagen: Angenommen, du hast, sagen wir mal, zwanzig Dollar bei einem Freund von dir verloren und der findet das Geld. Später erzählst du ihm, daß du einen Zwanziger verloren hast. Dann sagt dein Freund doch sicher: Ich hab deinen Zwanziger gefunden. Hier hast du ihn.
Und er gibt ihn dir auch dann, wenn du nicht beweisen kannst, daß das dein Zwanziger ist, allein schon, weil man wegen zwanzig Dollar keine Freundschaft riskiert. Du brauchst ihn nicht erst darum zu bitten, er gibt ihn dir einfach so. Und jetzt setzen wir mal für die zwanzig Dollar einen größeren Betrag ein, sagen wir mal eine Viertelmillion.
Axel nahm Sams Position ein. Was würde *er* machen, wenn er auf dem eigenen Grundstück soviel Geld gefunden hätte, und am nächsten Tag käme Sam O'Gara daher und behauptete, das sei sein Geld? Um das zu glauben, mußte man schon ein sehr guter Freund sein.

»Soll ich dir sagen, was mich echt ankotzt?
»Nein.«

»Daß man *noch mal* zahlen muß, wenn man wieder reinwill. Kotzt dich das nicht an?«
»Nee«, sagte Dean.
»Ich mein, es müßte doch reichen, daß man einmal zahlt.«
Dean lüftete den Cowboyhut und kratzte sich auf dem Scheitel. Er hatte ein komisches Gefühl in der Kopfhaut. Sie zog sich zusammen. Juckte und zog sich zusammen. Bevor sie Axel auf den Festplatz nachgegangen waren, hatten sie noch eine Linie von Porks Methedrin geschnupft. Dean hatte gedacht, das wäre genau das richtige, aber vielleicht war das jetzt doch eine Linie zuviel gewesen. Bei jedem Lidschlag schob die Welt sich einen halben Zentimeter nach links oben.
Tigger sagte: »Wir hätten einfach über den Zaun klettern sollen.«
»Weißt du, was du machen solltest?« fragte Dean. »Die Schnauze halten.«
»Ich mein ja bloß.«
»Laß es bleiben. Und laß den Burschen ja nicht aus den Augen! Was sind schon vier Dollar Eintritt. Und außerdem ist das 'ne Investition. So muß man das sehen.«
»Also, mich kotzt das an.«
»Na, dann kotzt es dich eben an. Hey! Wo ist er denn jetzt?«
»Immer noch da drüben. Er unterhält sich mit Carmen.«

Axel trat in den Taco Shop, aber Sophie zog ihn gleich wieder am Arm hinaus.
»Sie benimmt sich sehr sonderbar, Axel. Ich glaub, du solltest sie ins Motel fahren.«
»Wie? Wer?« Das hatte ihm gerade noch gefehlt. Er hatte andere Sorgen. »Wo ist Sam?« fragte er.
Sophie ließ sich nicht aus dem Konzept bringen, klammerte sich an seinen Arm und schüttelte ihn, als müßte sie ihn aufwecken.
»Doch nicht Sam! Carmen! Sie hat zu mir gesagt, ›du bist 'ne Comicfigur‹.«
»Eine Comicfigur?« Axel sah durch die Tür. Carmen machte Burritos. »Also, auf mich macht sie einen ganz normalen Eindruck.«

Er löste seinen Arm aus Sophies Griff. »Wo ist Sam? Hat er gar nicht bei euch mitgeholfen?«
»Er war uns nicht unbedingt eine Hilfe. Jetzt hör doch mal zu. Mit Carmen ist irgendwas nicht in Ordnung. Ich glaube, sie steht unter Drogen. Beobachte sie einfach mal ein paar Minuten, okay? Dann siehst du es selber.«
»Ich muß Sam suchen«, sagte Axel.
»Mensch, das wird doch ein paar Minuten warten können! Schau genau hin.« Sophie ging in den Stand und nahm die Bestellung eines Kunden auf.
Axel wusch sich die Hände und zog eine Schürze an. »Ist Sam hiergewesen?« fragte er Kirsten. »Hat er mitgeholfen?«
Kirsten nickte. »Er ist vor ungefähr zwanzig Minuten gegangen.«
»Er wollte einen Spaziergang machen«, warf Carmen ein.
»Gott sei Dank isser weg«, sagte Sophie. »Ich brauche vier Tacos und einen Bueno.«
»Und ich brauche Tortillas«, sagte Kirsten.
Axel begann Tortillas zu fritieren und beobachtete nebenbei, wie Carmen hin und her ging, wie sie Tacos und Burritos machte. Sie bewegte sich langsam, aber das konnte einfach daran liegen, daß sie müde war. Vielleicht hatte Carmen recht, vielleicht war Sophie wirklich zu kleinlich. Axel wurde ruhiger, schob die Gedanken an das verschwundene Geld beiseite, fand in den Rhythmus von Axel's Taco Shop, in dem Tortillas fritiert und Fleisch gebraten und Burritos gerollt wurden. Sie waren zu viert – Axel, Sophie, Carmen, Kirsten – und alle vier im Einklang miteinander. Die Leute standen Schlange, Snacks sausten über die Theke hinaus, Geld floß herein in die Kasse. Als Carmen ihn Fred nannte, fand er das schon ein bißchen sonderbar, kümmerte sich aber nicht groß darum. Das Restaurant war so richtig in Schwung, und er war im Moment mit sich und der Welt zufrieden.
Daß das nicht von Dauer sein konnte, war klar gewesen, daß es so schnell damit vorbei sein würde, hätte er nicht gedacht. Er hob gerade die Tortillas aus dem Öl, da hörte er einen dumpfen Schlag und einen schrillen Schrei und Sophie begann zu

kreischen. Axel ließ die Tortillas ins Öl fallen und wirbelte herum. Sophie hatte ihre Tochter am Hals gepackt, schüttelte sie und warf sie gegen den Kühlschrank. Kirsten hatte sich mit dem Rücken an die Theke gepreßt und die Augen weit aufgerissen.

»Was war das? Willst du mich vergiften?« schrie Sophie.
Carmens Gesicht lief rot an. Sie versuchte etwas zu sagen. Axel trat dazwischen, zog Sophies Hände von Carmens Hals weg. Vor dem Taco Shop hatte sich schon ein kleines, aber interessiertes Publikum eingefunden.
Axel schob die beiden Frauen hinten zur Tür hinaus.
»Was ist bloß los?« fragte er.
Carmen massierte sich den Hals. »Sie hat mich gewürgt«, stellte sie fest.
»Sie wollte mich vergiften«, sagte Sophie. »Ich habe sie erwischt, als sie etwas in mein Wasser gekippt hat.«
»In dein Wasser? Was für ein Wasser?« fragte Axel.
»In mein Canada Dry. Sie hat Tabletten in mein Selters gekippt.«
»Stimmt das?«
Carmen zuckte die Schultern. »Weißt du, daß du aussiehst wie Fred Feuerstein?«
»Carmen ist geisteskrank«, sagte Sophie. »Sie wollte mich vergiften. Sie hält uns für die Familie Feuerstein.«
»Jetzt mal in aller Ruhe«, sagte Axel zu den beiden und auch zu sich selber. »Hast du etwas in Sophies Wasser getan, Carmen?«
Carmen schob die Unterlippe vor. »Bloß ein bißchen Valium.«
»Eine Droge?« kreischte Sophie. »Du wolltest mir Drogen geben?«
»Nur damit du ein bißchen ruhiger wirst«, sagte Carmen in aller Ruhe.
»Du wolltest deiner Mutter Stoff verabreichen?« fragte Axel ungläubig.
»Bloß ein paar Valiumtabletten.« Carmen ließ ihn das Arzneifläschchen sehen.

Sophie zeigte mit dem Finger darauf. »Siehst du! Sie hat es sogar noch in der Hand!«
»Laß mal sehen«, sagte Axel und streckte die Hand nach dem Fläschchen aus.
Carmen wich zurück. »Ich muß dir das nicht geben. Du bist eine Comicfigur.«
»Mein Gott, sie steht unter Drogen. Meine Tochter ist drogensüchtig.«
»Gib es mir, Carmen.«
Carmen ging ein paar Schritte rückwärts und steckte das Fläschchen in die Tasche, machte kehrt und lief über den belebten Grasplatz davon. Axel und Sophie sahen ihr nach, bis sie bei der Imbißhalle um die Ecke bog.
»Wir hätten es bei dem Rausschmiß lassen sollen«, meinte Sophie. »Ich hab's dir ja gleich gesagt.«
Axel zuckte die Schultern. »Es geht ihr sicher gleich wieder gut«, sagte er, nicht sehr überzeugend.
»Willst du mich auf den Arm nehmen? Sie steht unter Drogen. Eine Rauschgiftsüchtige! Ich kann von Glück sagen, daß sie mich nicht im Schlaf ermordet und mein Videogerät gestohlen hat.«
»Jetzt hör aber auf«, sagte Axel. »Carmen kann keiner Fliege was zuleide tun.«
»Hey!« rief Kirsten aus dem Taco Shop. »Laßt ihr mich hier jetzt einfach allein?«

fünfunddreißig

Zu blöd, daß es mit dem Valium für ihre Mutter nicht geklappt hatte, und noch viel blöder, daß sie von Sophie und Axel erwischt worden war. Aber wenigstens hatte sie sich das Valium nicht wegnehmen lassen. Carmen schüttelte das Plastikfläschchen und hielt es ins Licht. Es waren nur noch ein paar Tabletten übrig, aber vielleicht kam sie damit sogar aus. Diesmal flog sie ja wohl endgültig raus, und wenn sie nicht mehr zusammen mit Sophie arbeiten mußte, brauchte sie womöglich gar kein Valium mehr. Aber im Moment wollte sie sich darum keine Gedanken machen. Ihr fiel dann schon irgendwas ein. Warum nicht erst mal ganz entspannt den Zeichentrickfilm gucken? So schöne Figuren hatte sie noch nie gesehen. Es war fast wie auf einem Acid-Trip, nur sanfter und nicht so unheimlich. Alle hatten einen schwarzen Umriß, und manche entpuppten sich als ganz bekannte Figuren. Axel und Sophie als Fred und Wilma Feuerstein waren urkomisch gewesen. Ob sie auch noch Barney und Betty Geröllheimer begegnete? Ihr war schon klar, daß Menschen eigentlich keine Comicfiguren waren – aber sie waren es eben doch. Mindestens so überzeugend wie bei einem Zeichentrickfilm im Fernsehen, und dann konnte sie ja auch noch, quasi als Dreingabe, bei sich selber die Arme und Beine ausfahren wie der Plastic Man. Sie konnte sogar durch die Luft schweben, wenn auch nur ein paar Zentimeter über dem Boden. Als hätte sie Kufen zur Aufhebung der Schwerkraft an den Schuhen. Carmen schwebte über die Carnes Avenue und ließ sich in der Menge Richtung Mittelstraße treiben. Als sie sich gerade überlegte, ob es nicht ganz lustig sein könnte, Tilt-A-Whirl zu fahren, kam ihr eine Figur mit Cowboystrohhut und rotem Halstuch entgegen und streckte plötzlich den Arm so vor sie hin, daß sie mit der linken Titte gegen seine Hand lief.

Dabei rutschte der Figur die verspiegelte Sonnenbrille auf die Nasenspitze, und große, braune Comicaugen kamen zum Vorschein.

»Tag, Carmy«, sagte eine vertraute Stimme.

Sie hätte aus der Figur gern Elmer Fudd gemacht. Es ging nicht. Es war James Dean.
Carmen sagte: »Weißt du was?«
»Was?«
Ihr fiel nichts ein. »Warte mal.« Sie kniff die Augen zusammen, bis sie nur noch ein verschwommenes Bild von ihm sah. Sie hörte eine andere Stimme sagen:
»Was macht sie denn?«
»Sie ist auf irgend'nem bescheuerten Trip. He, Carmen, hör auf mit dem Scheiß, ich muß mit dir reden.«
Carmen sagte: »Was willst du?« Dann hatte sie eine Idee. »Willst du Tilt-A-Whirl fahren?« James Dean und sein Freund mit dem großen Hut hatten sie in die Mitte genommen. Wie hieß der noch gleich? Trigger! Wie Roy Rogers Pferd. Carmen fragte ihn: »Was ist denn das für ein Hut?«
»Weiß ich auch nicht so genau.«
»Ich muß aufs Klo.« Sie setzte sich wieder in Bewegung. Die beiden gingen neben ihr her. »Und dann will ich Tilt-A-Whirl fahren.«
Dean sagte: »Ich nicht.«
Sie steckte den Kopf unter Triggers weißen Hut und fragte: »Und was ist mit dir? Möchtest du Tilt-A-Whirl fahren?«
»Da wird einem doch kotzübel. Hey, Dean, was ist denn jetzt mit dem Typ?«
Dean packte Carmen am Handgelenk und brachte sie mit einem Ruck zum Stehen.
»He! Ich muß jetzt echt pinkeln.«
»Soll ich zurückgehen und ihn im Auge behalten?«
»Ja, gut. Ich bring sie erst mal aufs Klo.«
»Und dann fahren wir Tilt-A-Whirl!«
Er quetschte ihr das Handgelenk. »Jetzt hör auf mit deinem blöden Tilt-A-Whirl, Carmy. Gehen wir. Sag mir lieber, was der alte Mann macht. Was geht ab im Taco Shop?«
»Sophie ist ausgerastet.« Carmen versuchte ihren Arm wegzuziehen, aber Dean ließ nicht los. Sie gingen weiter.

»Was ist mit der Tasche, die er bei sich hat? Weißt du, was da drin ist?«
»Wer?«
»Der Taco-Mann.«
»Axel?«
»Ja. Was hat er drin in seiner Tasche?«
»Soll ich nachsehen?«
Er sah sie überrascht an. »Könntest du das?«
»Na, klar. Aber jetzt muß ich ganz dringend aufs Klo, okay?«
Die Toiletten bei der Riesenrutsche waren in einem langgestreckten Holzbau untergebracht, mit Eingängen an beiden Schmalseiten. Auf der im Süden war bei den Frauen eine lange Schlange.
»Ich brauch höchstens 'ne Minute.«
Er ließ sie los. Sie schob sich an der Schlange vorbei durch die Tür, blind für die Blicke und taub für die Bemerkungen von Frauen, die schon zwanzig Minuten warteten. Dann ging sie an der langen Reihe von Kabinen und an den ganzen Waschbecken vorbei und zum nördlichen Ausgang hinaus. Sie schlug die Richtung zur Mittelstraße ein, um einzutauchen in das Geblitze und Geschrei und den aufgedrehten Rock 'n' Roll. Sie wollte ganz schnell wieder ins Land der Comics. Mit diesen Skinhead-Cowboys konnte man sich nicht amüsieren. Wenn ihr danach gewesen wäre, einen Haufen Fragen zu beantworten, hätte sie gleich im Taco Shop bleiben können.

Dean nahm seinen Hut am Kopfteil und fächelte sich Luft zu. »Scheißsonne«, sagte er vor sich hin und ging in den Schatten der Riesenrutsche, wo er sich an einen Laternenpfahl lehnte und seine Umgebung studierte. Seine Sinne waren so geschärft, daß in dem niedergetretenen Gras jeder einzelne Halm klar hervortrat. Ein paar Meter von ihm entfernt stand ein alter Mann mit Overall und grüner Baseballmütze, die Hände in den Taschen vergraben, den Blick auf ihn gerichtet. Als er Deans Blick auffing, nickte er ihm zu.
»Heiß heute, was?« krächzte er.

Dean musterte ihn mit kaltem Blick und blickte wieder zur Toilette hinüber. Was zum Teufel machte sie denn da drin so lange? Um sich die Zeit zu vertreiben, heftete er den Blick auf ein junges Mädchen, das in der Schlange vor der Toilette stand. Er hatte das Gefühl, daß er sich nur richtig konzentrieren mußte, dann würde sie sich nach ihm umdrehen. Und dann würde er ihren Blick nicht mehr loslassen. Er spürte jemand in seinem Rücken und blickte über die Schulter. Der Typ mit dem grünen Hut, keine zehn Zentimeter hinter ihm, eine Zigarettte zwischen den Lippen, die nicht brannte.

»Hast du mal Feuer, Kumpel?« Die Stoppeln in seinem Gesicht waren in etwa gleich lang wie die auf Deans Kopf. Bei beiden war eine Rasur überfällig.

Dean sagte: »Hau ab, Mann.«

»Hm? Hast du kein Feuer?«

Dean schaute zu den Toiletten hinüber. Keine Carmen.

Der alte Mann sagte: »Wartest du auf dein Mädchen?«

Dean richtete den Zeigefinger auf die Brust des alten Manns. »Was hab ich gerade gesagt?«

Der alte Mann lachte.

»Ach, das findest du komisch?« fragte Dean. Er ballte die rechte Hand zur Faust und überlegte sich, ob er dem Kerl nicht einfach – bum! – eins auf die Nase geben sollte.

Der alte Mann riß die Augen auf, blähte beim Ausschnaufen die Unterlippe, daß die Zigarette plötzlich nach oben zeigte, direkt auf sein linkes Auge. Er kratzte sich unter dem Kinn. »Schon irgendwie«, sagte er. »Frauen sind nun mal komisch. Ich hab ja auch eine gehabt. Wie ein Cadillac war die gebaut. Mit Titten wie Wassermelonen. Auf der linken Arschbacke war ein Gewehr eintätowiert, und auf der rechten war ein Muttermal in der gleichen Form wie Texas. Sie hat Tricksy geheißen. Das Mädel war schnell wie der Blitz bei allem was du dir denken kannst, bloß bei einem nicht. Auf'm Klo hat sie zwanzig Minuten gebraucht, bloß zum Pinkeln. Tja, die Weiber.«

Deans Unterlippe ging ein wenig auf und ab, während er den

alten Mann anglotzte und aufnahm, was er von sich gab. Der Typ hatte Augen mit so zirka sechs verschiedenen Farben und mehr Runzeln als eine Tonne Rosinen. Seine Zigarette hüpfte auf und ab wie die Flöte eines Schlangenbeschwörers und wanderte dabei von einem Mundwinkel zum andern.

Axel hatte sich mal in der Glotze einen Bericht über explodierende Menschen angesehen, in so einer Sendung über Ufos und Werwölfe und Leute, die mit der Kraft ihres Geistes Nägel verbiegen konnten. Eigentlich lauter Geschichten, die er nicht glaubte. Aber der Bericht über Leute, die einfach explodierten, hatte sich richtig überzeugend angehört, da schien wissenschaftlich alles erwiesen zu sein. Wobei *explodieren* an sich nicht ganz richtig war, die Leute gingen bloß urplötzlich in Flammen auf. Es gab sogar einen Fachbegriff dafür: Selbstentzündung von Humangewebe.
Damals hatte er sich gefragt, wie sich diese Leute wohl kurz vorher fühlten. Jetzt glaubte er es zu wissen. So wie er.
Das ganze Geld, das er in fünfundzwanzig Jahren mühsam beiseite gelegt hatte, war von zwei Hunden ausgegraben worden, und Sam O'Gara, der einzige Mensch, der es ihm eventuell zurückgeben könnte, war verschwunden. Und Sophie hatte er noch nie in so einer Verfassung erlebt. Sie raste vor Wut, murmelte vor sich hin, knallte irgendwelche Sachen irgendwohin. Und Kirsten war dermaßen durcheinander, daß sie jede Bestellung vermurkste, Tostadas statt Tacos und Burros statt Nachos machte und Leuten ein Sprite hinstellte, die Eistee haben wollten. Und Carmen war auf dem Festplatz unterwegs, die Taschen voller Drogen. Er wollte ihr nachrennen, sie in ihr Zimmer einschließen, damit ihr nichts passierte. Er wollte Sam suchen und an den Fußknöcheln packen und das Geld aus ihm herausschütteln. Er wollte tausend Meilen weit weg sein von Sophie und ihrem Zorn. Aber das ging alles nicht, denn vor dem Restaurant standen Leute an, die unbedingt Bueno Burritos haben wollten. Er saß in dem Käfig, den er sich selber gebaut hatte, und wenn nicht irgend etwas nachgab, war zu befürchten, daß er in Flammen aufging und nur eine

entsetzte Besucherschar und eine verkohlte Stelle auf dem Boden des Restaurants zurückblieb, und dann kam im *Enquirer* ein Bericht, dem zwar nur Dummköpfe wie er Glauben schenkten, der aber trotzdem den Tatsachen entsprach. Axel nahm sechs Burritos in Angriff und murmelte vor sich hin: »Du hast sie ja nicht mehr alle.«

»Was?« fragte Sophie, die Finger gekrallt, sprungbereit.

»Ich führe Selbstgespräche«, sagte er. Mannomann, jetzt hieß es aufpassen. Er war nicht der einzige, der kurz vor der Explosion stand. Da reichte ein falsches Wort, ein mißlungener Burrito, eine Fliege, die sich im falschen Moment auf die falsche Nase setzte – das war der Nahe Osten mit allem Drum und Dran auf siebzehn Quadratmetern. Die schwere Pistole in seiner Tasche zog am rechten Hosenträger und rieb bei jeder Bewegung seitlich an seinem Oberschenkel. Er blickte von der Arbeit auf und machte zur Entspannung kreisende Bewegungen mit dem Kopf, wobei sein Blick auf dem Grasplatz von Gesicht zu Gesicht ging. Auch nach fünfundzwanzig Jahren bestand für ihn der Besucherstrom noch aus einzelnen Menschen. Plötzlich sah er eine hüpfende grüne Mütze auf den Taco Shop zukommen und spürte einen Augenblick ein Brennen in der Brust, das durchaus Menschenfleisch entzünden könnte.

Sophie hätte schon immer gern einen Autoaufkleber gehabt, auf dem ›So 'ne Scheiße!‹ stand. Das sagte doch alles, und zur Zeit sowieso. Man sah sie überall, aber sie wußte nicht, wo man sie kaufen konnte. Und *ein* Scheiß kam selten allein. Wann hatte es eigentlich angefangen? Sie lächelte den Kunden zu, nahm Geld an, schob Snacks über die Theke, gab die Bestellungen an Kirsten und Axel weiter und ging nebenbei die letzten Tage durch. Hatte es begonnen, als Carmen aus Omaha kam? Als der Jahrmarkt anfing? Oder als Axel sie zur Partnerin machte? Ihrer Beteiligung am Geschäft stand sie mit gemischten Gefühlen gegenüber. Sie bekam zehn Prozent pro Jahr. Nicht gerade viel. Dafür blieb die ganze Arbeit an ihr hängen. In den vergangenen Jahren hatte Axel den größten Teil des Tages im Taco Shop mitgeholfen. Und dieses Jahr? Sah sie jedesmal, wenn sie sich umdrehte, daß er gerade gehen wollte oder schon gegangen war oder hinter dem Restaurant herumstand. Er meinte wohl, weil er jetzt eine Teilhaberin hatte, ging es auch ohne ihn. Und dann sagte er zu ihr, du hast wohl nicht alle Tassen im Schrank! Wo *er* sich doch aufführte, wie ein Idiot! Es gab *noch* einen Aufkleber, den sie gut fand: *Mein Fahrstil gefällt Ihnen nicht? Dann wählen Sie 0-800-LECK MICH.* Solange sie den Stand leitete, würde er schon mitarbeiten müssen, und zwar nicht nur ab und zu ein paar Minuten. Und das sagte sie ihm am besten jetzt gleich. Ob es ihm paßte oder nicht. Sie drehte sich um, aber Axel war verschwunden. Seine Schürze hing an der Tür und schwang noch leicht hin und her.

sechsunddreißig

Sam hätte jetzt alles mögliche sagen können, aber nur eins konnte Axel davon abhalten, nach seinem verschwundenen Geld zu fragen, und genau das sagte er.

»Hey, Ax, ich glaub, ich bin grad dem Typ begegnet, von dem du erzählt hast. Dem kahlen Affen. Ich hab mich mit ihm unterhalten. Er hat auf dein kleines Mädchen gewartet, verkleidet als Roy Rogers.«

»Du hast ... was hast du?« Axel schüttelte heftig den Kopf, weil er auf Anhieb nicht ganz mitkam. »Soll das heißen, der ist *hier*?«

»Ich hätte ihn mir gleich geschnappt, aber ich war mir nicht hundertprozentig sicher, ob ich das richtige Arschloch vor mir hab.«

»Rasierter Schädel?«

»Ja. Aber er hat so einen billigen Cowboyhut auf.«

»Aufgerissene Augenbraue?«

»Weiß ich nicht. Er hat ’ne Sonnenbrille auf der Nase. Dein kleines Mädchen ist ihm übrigens entwischt. Komm!« Sam machte kehrt und ging davon.

Verwirrt blinzelnd ging Axel hinter ihm her, den Blick auf seinen durchhängenden Hosenboden gerichtet: Zwanzig Zentimeter nördlich der Knie kam schon der Schritt. Wenn er ein Bein vor das andere setzte, hob Sam immer die Hüfte ein wenig an, als wollte er sich auf gar keinen Fall wundscheuern. Oder wie ein Kleinkind mit einem Haufen in der Windel.

Axel hetzte nach vorn und holte Sam ein, der ein flottes Watscheltempo vorlegte.

»Sie ist ihm entwischt? Heißt das, daß er sie verfolgt hat?« Seine Verwirrung verwandelte sich in Zorn. Er fuhr in die Tasche und nahm die Pistole in die Hand, damit sie ihm nicht den Schenkel abschürfte.

»Glaub ich eigentlich nicht.«

»Wo gehen wir hin? Weißt du, wo er ist?«

»Als er gemerkt hat, daß sie ausgebüxt ist, hat er mich nach dem Tilt-A-Whirl gefragt und ist Richtung Mittelstraße gegangen.«

»Und du bist sicher, daß es dieser Kerl war?«
Sam zuckte die Schultern.
»Dann war er's vielleicht doch nicht.«
»Kann schon sein. Aber wie viele kahle Freunde wird Carmen wohl haben?«
Axel gab keine Antwort. Er hatte keine Ahnung. Sie hatten die Mittelstraße erreicht. Neben ihnen ragte das Riesenrad auf, vor ihnen lag ein Spießrutenlauf zwischen Fahrgeschäften und Jahrmarktsbuden, eine vierhundert Meter lange Strecke in der Form eines U, auf der sich zahllose Gimpel mit ziemlich viel Geld bereitwillig von einer wohlorganisierten Schaustellerbande schröpfen ließen.
»Hier hat's doch sicher zehntausend Leute«, sagte Axel.
»Du mußt nur nach einem Cowboyhut Ausschau halten«, sagte Sam.
»Vielleicht sollten wir getrennt suchen.«
Sam nahm Axel am Ellbogen. »Warte mal, Ax. Sag mir erst mal, was du vorhast, wenn wir ihn finden.«
Axel streichelte die Pistole, deren Lauf von Schweiß und Waffenöl ganz glitschig war.
»Mir geht's nur darum, daß Carmen nichts passiert. Ich will sie in den Taco Shop holen.«
»Und was hast du mit dem Typ vor?«
Axel sagte: »Du gehst rechts rum, ich geh links rum.« Er ging rasch auf die Mittelstraße und schaute sich nicht mehr um. Kaum hatte er den Torbogen durchschritten, schwoll die Lautstärke an. Jedes Fahrgeschäft trommelte mit Rock 'n' Roll auf die Leute ein – übersteuerte musikalische Endlosschleifen aus Heavy metal, an den Nerven zerrende E-Gitarren. Axel kannte kein einziges Stück. Für seine Ohren war das nichts als Krach, das gleiche scheußliche Gekreisch, das auch Carmen hörte. Er versuchte die Musik auszublenden und sich ganz darauf zu konzentrieren, daß er auch wirklich jedem, der einen Cowboyhut trug, ins Gesicht sah. Und das waren viele. Cowboyhüte waren dieses Jahr in Mode. Und sooft er einen sah, hatte er einen Adrenalinschub. Er

mußte ruhig Blut bewahren. Tommy war tot, daran war nichts mehr zu ändern. Und den Täter hatte Tommy in den Tod mitgenommen. Axel mußte sich jetzt auf Carmen konzentrieren. Wenn sie unter Drogen stand, brauchte sie seine Hilfe, ob sie nun mit dem kahlen Affen zusammen war oder nicht.
Ein Cowboyhut, direkt vor ihm.
Axel beschleunigte seine Schritte, schloß zu dem Mann auf, sah ihn im Profil.
Fehlanzeige. Blond und bärtig. Die Hand am Pistolenknauf lokkerte sich. Als er an einem Glücksrad vorbeikam, dröhnte es ihm aus einem Trichterlautsprecher ins Ohr: »Wer wagt, gewinnt!« Er entfernte sich rasch. »Wer kneift, verliert!« rief ihm der Mann am Mikro nach.
Er würde die Mittelstraße einmal ganz durchgehen und sich wieder mit Sam treffen. Wenn sie Carmen dann nicht gefunden hatten, war es eben nicht zu ändern, dann ging er zurück zum Taco Shop. Vor der Bude der Frau ohne Kopf blieb er in einem plötzlichen Impuls stehen und drehte sich abrupt um.
Ein weißer Cowboyhut.
Mit drei schnellen Schritten war Axel bei dem Typ und riß ihm den riesigen Hut vom Kopf: Ein junger Bursche, der einen Schrei ausstieß und einen Satz nach hinten machte. Auf seinem T-Shirt stand: ›Auf zum Rodeo!‹ Kahlgeschoren wie ein gerade erst angeworbener Rekrut, aber nicht das gesuchte Bürschchen. Spitznasiges Gesicht und kleine, erschrockene Augen. Axel atmete laut auf.
»Tut mir leid«, murmelte er.
Der Junge schnappte sich seinen Hut und kniff die kleinen Augen zusammen. »Du spinnst wohl, du alter Arsch«, näselte er piepsig, knallte sich seinen Deckel wieder auf den Kopf, ging ein paar Schritte rückwärts.
»Ich hab dich mit jemand verwechselt«, sagte Axel.
»Wohl zuviel Tacos gefressen, du alter Sack.« Der Junge ging in einem großen Bogen um ihn herum und auf der Mittelstraße weiter, blickte aber alle paar Schritte über die Schulter.

Axel kam sich ganz schön blöd vor. Er war sich fast sicher, daß das der kahle Kerl war, den Sam gesehen hatte. Ein Skinhead mit Cowboyhut war sicher eine Seltenheit. Sie waren einem Phantom nachgejagt. Er ließ die Pistole los und zog die Hand aus der Tasche, versuchte lockerer zu werden und ließ die Schultern kreisen. Der weiße Hut verschwand in der Menge. Der kreischende Rock 'n' Roll, das Rasseln der Fahrgeschäfte, das Knattern der Generatoren, die Stimmen und Schreie und Jauchzer, das alles verschwamm zu einer diffusen Geräuschkulisse. Carmen wird ins Motel 6 zurückgegangen sein, sagte er sich. Und für ihn wurde es Zeit, daß er zum Taco Shop zurückkehrte und sich um sein Geschäft kümmerte.

Er überlegte sich, wie viele Tortillas er für das letzte Wochenende bestellen sollte, als ihm etwas sehr Unangenehmes zu Bewußtsein kam. Was hatte das Bürschchen gesagt? Wohl zuviel Tacos gefressen.

Dean fand Carmen in der Schlange vor dem Tilt-A-Whirl, die mit einem alten Song von AC/DC beschallt wurde. Er stellte sich zu ihr und legte ihr den Arm locker auf die Schulter. Sie sah ihn mit schläfrigen Augen an und fragte: »Wo warst du denn?«

»Ich? Wo bist *du* abgeblieben, Carmy?« Er beugte den Arm, und drückte ihr Gesicht leicht gegen seine Brust. Sie war so weich wie nasser Lehm.

Sie sagte: »Fährst du mit mir Tilt-A-Whirl?«

»Klar, warum nicht.« Vielleicht wurde sie davon ein bißchen wacher.

Je länger er darüber nachdachte, desto unruhiger wurde er. Wieso hätte das Bürschchen von Tacos reden sollen, wenn er nicht wußte, daß Axel im Taco-Geschäft war? Und woher konnte er das wissen? Axel schlängelte sich rasch durch die Menge und versuchte den weißen Hut wieder zu entdecken.

Da! Er rannte los. Die Pistole schlug gegen seinen Schenkel. Er spürte etwas reißen, blieb stehen, griff in die Tasche. Der dünne

Stoff war gerissen, aus dem Loch guckte der Lauf der Pistole hervor. Axel schaute sich um. Es schien niemand herzusehen. Er holte die Pistole aus der Tasche, schob den Lauf in den Hosenbund, zog das Hemd heraus und verdeckte damit den Knauf.
Der Cowboyhut war nicht mehr zu sehen. Axel beschloß, über den Zaun zu klettern und auf die andere Seite zu gehen, um das Bürschchen abzufangen, wenn es dort zurückging. Am besten gleich hier, zwischen dem Gravitron und dem Tilt-A-Whirl. Zwischen den beiden Fahrgeschäften schlängelten sich kreuz und quer die Elektrokabel. Rechts von ihm beschleunigte gerade das gelbrotgrün leuchtende Gravitron, das wie eine fliegende Untertasse aussah. Axel wußte nicht, was mit den Leuten geschah, die darin Platz nahmen, aber wenn sie herauskamen, schien den meisten schlecht zu sein. Im Vergleich dazu kam ihm das Tilt-A-Whirl, links von ihm, relativ harmlos vor.
Axel fand einen Weg durch das Kabelgewirr, kletterte über den niedrigen Zaun, und als er auf die andere Seite kam, stand er vor dem Kuriositätenkabinett. An dem dreißig Meter langen Zelt hingen Poster mit grob gemalten, aber spektakulären Bildern von allen Künstlern, die dort auftraten. Das Brezel-Mädchen mit brezelartig verschlungenen Gliedmaßen. Das hieb- und stichfeste Mädchen Tortura. Der Menschliche Hochofen. Die Schlangenfrau Serpentina, die Axel kannte, weil sie eine alte Freundin von Tommy gewesen war. Dieses Jahr gab sie auch Elektra, die Herrin der Hochspannung. Hinter ihm setzte sich das Tilt-A-Whirl in Bewegung. Der Kerl konnte überall sein. Vielleicht war er ins Hard Rock Funhouse oder in irgendeine andere Bude gegangen. Oder er hatte einfach den Hut abgenommen und war in der Menge untergetaucht. Das Klappern und Sausen des Tilt-A-Whirls wurde lauter. Axel entfernte sich von dem Lärm, warf einen Blick zurück auf die große Scheibe, die sich um die eigene Achse drehte und hin und her neigte. Was war denn das? Da war doch gerade in einem der Sitzkörbe ein Cowboyhut vorbeigesaust! Er kniff die Augen zusammen. Da war er wieder. Und daneben saß Carmen,

mit aufgerissenen Augen, und schrie. Der Korb drehte sie aus seinem Blickfeld.
Das Tilt-A-Whirl bewegte sich elegant und verwirrend zugleich, die Körbe gingen auf und ab, wirbelten um die eigene Achse, drehten sich um eine große Scheibe. Als der richtige Korb wieder vorbeikam, sah Axel nur die Rückseite. Beim nächsten Mal tauchten die beiden wieder auf. Er ging ein Stück zur Seite und ließ den Korb bei seinem Auf und Ab und Rundherum nicht mehr aus den Augen. Carmen schrie. Hatte sie Angst? Was machte der Kerl denn da? Er packte sie und brüllte sie an.

»Laß mich los!« schrie Dean. Er stemmte ihre Hände von sich weg und hielt sie fest. Ihr Geschrei war kaum auszuhalten. So ein verrücktes Weib.
»Iiiiihh!« kreischte sie mit einem breiten Grinsen.
Dean schloß die Augen und hoffte, daß er es überstand, ohne sich vollzukotzen. Er hatte wirklich Wichtigeres zu tun, als sich vom Tilt-A-Whirl den Magen verquirlen zu lassen.
Schon kam der nächste schrille Schrei und bohrte sich wie eine Nadel in sein rechtes Ohr. Er drehte den Kopf weg, öffnete die Augen und blickte auf eine verschwommene Welt, durch die sich grelle Farbstreifen zogen. Er biß die Zähne zusammen und machte die Augen wieder zu. Schwer zu sagen, was schlimmer war. Als er gerade dachte, jetzt isses soweit, jetzt kommt's mir hoch, verlangsamte sich die doppelte Drehung, der Horizont war wieder klar zu erkennen, der Korb kam schwankend zum Stehen. Er wollte aussteigen, aber der Sicherheitsbügel über den Oberschenkeln hielt ihn fest.
Carmen sagte: »Gleich kommt einer und läßt uns raus.«
So langsam hatte er wirklich die Schnauze voll von Carmen.
»So ein Scheiß! Dafür sollte ich dir echt eine ballern.«
»Das läßt du besser bleiben.«
»Ach?« Sie *wollte* wohl geschlagen werden.
Carmen zeigte mit dem Finger vor das Tilt-A-Whirl. Zuerst konnte er da nichts Ungewöhnliches entdecken, dann sah er den alten

Mann, keine zehn Meter von ihnen entfernt. Er hielt die Pistole mit beiden Händen und zielte ganz offen auf ihn. Dean drehte sich hektisch hin und her, um die Beine unter dem Bügel hervorzuziehen.

»Autsch! Was soll das?« rief Carmen.

»Ich muß weg hier.«

Er konnte ein Bein herausziehen.

Carmen winkte. »Hallo, Axel!«

»Rutsch rüber, verdammt noch mal!«

»Er erschießt dich nicht«, sagte Carmen. »Kann ich mir jedenfalls nicht vorstellen.«

Während er auf den kahlen Affen zielte, hatte Axel an sich Zeit zum Nachdenken. Er wollte aber gar nicht groß nachdenken. Die hitzige animalische Aufwallung war viel zu schön. In der Phantasie drückte er immer wieder ab. Für Tommy. Für Carmen. Einfach so. Konnte er einen Schuß riskieren? Vor vierzig Jahren hätte er sich das zugetraut, jetzt könnte die Kugel genausogut Carmen treffen. Er überlegte sich also durchaus, was er beim Schießen beachten mußte, ließ jedoch keinen Gedanken daran aufkommen, welche Folgen ein Treffer für ihn hätte. Er wollte den Kerl nur auf den Boden fallen sehen, schlaff wie eine tote Kanevasente.

Carmen lächelte und winkte ihm zu. Axel kam alles ganz unwirklich vor. Als würde er sich nur dabei zusehen, was er machte. So war es auch gewesen, als Tommy umgebracht wurde. Als würden Axels Entscheidungen von jemand anders getroffen.

Als der Affe sich befreien konnte und auf den Rand der großen Scheibe zulief, wurde die Situation noch unwirklicher. Jetzt hatte er nur noch den kahlen Affen und den blauen Himmel im Visier. Er drückte ab, erhielt aber im selben Moment einen harten Schlag gegen den Ellbogen. Die Pistole fuhr in die Höhe, der Schuß ging in die Luft. Direkt hinter ihm stand jemand. Axel rammte den Ellbogen nach hinten und hörte jemand aufstöhnen. Plötzlich gaben seine Beine nach, und erst ein wenig später erreichte der Schmerz vom Knie das Gehirn. Kaum war er mit dem

Hintern auf den Asphalt geknallt, fuhren schon zwei Hände unter seine Achseln, rissen ihn wieder hoch und schoben ihn vorwärts.
»Gehen wir, Ax. Du kannst doch gehen, oder?«
»Sam?« Axel machte einen Schritt und wäre fast wieder hingefallen. »Er war da, Sam! Ich hab ihn gesehen!« Er zeigte hinauf auf das Tilt-A-Whirl, wo Carmen immer noch unter dem Sicherheitsbügel festsaß und mit offenem Mund zu ihnen heruntersah.
Sam legte sich Axels rechten Arm um die Schulter. »Komm, Sportsfreund, geh'n wir.« Er setzte sich in Bewegung und schleppte Axel mit.
»Ich versteh das gar nicht«, sagte Axel. »Ich hatte den kleinen Scheißer doch schon im Visier. Aber dann ist jemand gegen mich gestoßen. Warte mal!« Er blieb stehen. »Meine Pistole. Die hat sich jemand gekrallt.«
»Das war ich, du Blödmann.« Sam klopfte auf die Brusttasche seines Overalls. »Die kriegst du später wieder.«
»Ich ... *Du* warst das? Au, nicht so schnell, mein Knie!«
»Du hättest ihn erschossen! Vor allen Leuten. Mensch, Ax, da haben ja meine Hunde mehr Grips. Willst du unbedingt ins Gefängnis?«
Um sein verletztes Bein auszuprobieren, verlagerte Axel vorsichtig das Gewicht darauf, beugte sich etwas vor und setzte schnell das andere Bein nach vorne. Es ging. Mehr oder weniger. Wenn er sich fest auf Sam stützte.
»Was ist mit Carmen?«
»Geh weiter. Der geht's gut. Wir müssen sehen, daß du hier wegkommst.«
»Ich hatte ihn praktisch schon«, sagte Axel.
»Du kannst verdammt froh sein, daß nichts daraus geworden ist.«

Der junge Typ vom Tilt-A-Whirl war ganz durcheinander. »Was war da eigentlich los?« fragte er.
Carmen ignorierte ihn, stieg etwas wacklig aus dem Korb und ging die Rampe hinunter. Wo waren die denn jetzt alle? Sie hatte Axel gesehen, und dann hatte Sam ihn umgehauen, und Dean

war vom Karussell gesprungen, und sie war allein zurückgeblieben. Alles sehr verwirrend. Ohne Valium wäre sie jetzt sicher völlig mit den Nerven fertig. *Mit* Valium war sie nur sauer, daß alle beide ohne sie weggegangen waren.
Es war ihr zu heiß und zu voll. Die Leute auf der Mittelstraße waren keine Comicfiguren mehr, sie waren die reinsten Tiere, verschwitzt und häßlich. Ihr T-Shirt kniff unter den Achseln. Als sie am Kuriositätenkabinett vorbeikam, trat der Schwertschlucker gerade als Lockvogel auf, damit man etwas zum Gaffen hatte, während der Mann am Mikro die absonderlichen menschlichen Wesen im Zelt schilderte, die sich allen, die eine Eintrittskarte lösten, enthüllten. Carmen schaute zu, wie der Schwertschlucker die Klinge tief in sich hineinschob und glänzend vor Olivenöl wieder herauszog. Ihr T-Shirt war eine richtige Plage. Sie versuchte die Arme durch die Armlöcher hereinzuziehen. Beim rechten gelang ihr das mit einigen Verrenkungen, aber dann wurde der Arm vom T-Shirt an den Körper gepreßt. Sie versuchte ihn wieder durch das Armloch hinauszukriegen, aber das ging nicht. Sie drehte sich im Kreis, aber es ging immer noch nicht. Warum brech ich mir hier eigentlich einen ab? dachte sie und zog das T-Shirt über den Kopf.
So war es viel besser. Sie legte sich das T-Shirt über die Schulter. Die Leute schauten zu ihr her. Sogar der Schwertschlucker, der auf einmal kein Publikum mehr hatte, glotzte sie an. Carmen zuckte die Schultern und ging davon. Komisches Volk. An ihren Brüsten fühlte sich die Luft ganz weich an, so wie früher, wenn sie in den Tanners Lake hineinwatete, als sie noch klein war.

siebenunddreißig

Einen Augenblick hatte Tigger vorhin echt gedacht, der Scheißkerl hat James Dean abgeknallt. Und jetzt stellte er sich vor, wie er die Geschichte erzählen würde: Der Bursche zielt also auf ihn, aber plötzlich kriegt er von einem anderen Opa eine verpaßt! Ein Schuß geht los: Peng! Deano haut's runter vom Tilt-A-Whirl. Sieht ganz so aus, wie wenn's ihn erwischt hätt. Aber dann seh ich ihn plötzlich laufen wie ein Wiesel! Und die zwei alten Kracher humpeln davon wie der Teufel. Sieht fast so aus, wie wenn der eine die Kugel in den Fuß gekriegt hätt.

Es war eine gute Geschichte, er wußte nur nicht, wem er sie erzählen sollte. Sweety und Pork gab es ja nicht mehr, und Dean fand die Geschichte bestimmt nicht besonders komisch. Aber er kannte ja auch noch ein paar andere Typen. Jetzt mußte er erst mal eine Entscheidung treffen: Den Taco-Mann im Auge behalten oder hinter Dean herrennen?

Da Dean schon spurlos verschwunden war, hängte er sich an den Taco-Mann.

Die haben sich einen Rausch angetrunken, dachte Sophie, als sie die beiden den Grasplatz heraufstolpern sah, Axel auf Sam gestützt. Mitten am Tag, als Hochbetrieb herrschte, waren sie losgezogen, um sich vollaufen zu lassen. Sophie spürte, wie ihr eine tiefe Röte ins Gesicht stieg. Sie wußte genau, wie sie aussah, wenn sie wütend wurde, konnte aber nichts dagegen machen und war auch schon so geladen, daß sie gar nichts mehr dagegen machen wollte. Der ganze Jahrmarkt war von Anfang an eine einzige Katastrophe gewesen. Da wurden Leute umgebracht, da versuchte ihre eigene Tochter sie zu vergiften, da versaute Sam O'Gara die Tortillas gleich im Dutzend, und am schlimmsten war, daß Axel sich nur mal auf einen Sprung im Stand blicken ließ und kaum mitarbeitete. Wenn er sich das so vorstellte, konnte sie auf die Partnerschaft verzichten. Sie kehrte den beiden den Rücken zu und schaute nach hinten, wo auf engstem Raum die Snacks zubereitet wurden. Kirsten führte gerade in fliegender Eile eine Bestellung aus. Sophie senkte den Blick auf den roten Linoleumboden, der übersät war mit orangenen Käsestückchen, grünen und schwarzen Olivenscheiben, kleingeschnittenem Salat, fetten Hackfleischbröckchen. Damit hätte man ohne weiteres fünf Tacos füllen können. Vermutlich standen sie demnächst bis zu den Knöcheln in dem Zeug. *Warum kündige ich nicht einfach*? Wenn Axel zur Tür hereinkam, würde sie ihre Schürze über seinen besoffenen Schädel streifen und gehen – und dann suchte sie sich am besten gleich eine richtige Arbeit, in einem klimatisierten Büro, in dem die Männer Anzüge trugen, wo jeden Freitag um 15.30 Uhr der Lohnscheck bereitlag und der Boden ausschließlich mit anorganischen Stoffen bedeckt war.

Kirsten fragte: »Geht's Ihnen nicht gut?«

Sophie gab sich einen Ruck und war wieder in der Gegenwart. »Doch«, sagte sie barsch.

»Und was fehlt Mr. Speeter?« fragte Kirsten und zeigte auf den Grasplatz.

Sophie sah ihn gar nicht mehr. »Wo ist er denn?«

»Auf der Bank da drüben«, antwortete Kirsten.

Da saß er, beide Beine auf der Bank ausgestreckt.

»Hallo, Soph!« sagte Sam. Er stand hinter ihr in der Tür. Wenn Axel nicht an seinen Schultern hing, sah er eigentlich gar nicht so betrunken aus.

»So heiße ich nicht«, fuhr sie ihn an.

Sam ließ die Augenbrauen hüpfen, zog eine krumme Pall Mall irgendwo aus seinem Overall und steckte sie zwischen die Lippen. »Wie soll ich dann sagen? Allerwerteste Madame Etepetete?«

Sophie klappte den Mund zu, daß die Zähne klapperten. Jetzt reicht's, dachte sie. Ich geh jetzt gleich. Sie langte nach der Schleife ihrer Schürze.

»Bevor du hier die Gutsherrin markierst«, sagte Sam, »könntest du für deinen Partner da draußen schon noch einen Eisbeutel machen. Wenn auf sein Knie nichts Kaltes kommt, isses bald so groß wie 'ne Honigmelone.«

Sophie spürte, wie ihre Wut zu weichen begann. »Er ... was ist passiert?«
»Wir haben zufällig Carmen und ihren kleinen kahlen Freund getroffen – und dann hat der alte Ax einen kleinen Unfall gehabt.«
Kirsten schaufelte schon gestoßenes Eis in ein altes Handtuch. Es war wie bei den Burritos – mit etwas Übung wurde man besser.

Der jüngere Polizist, ein großer Mann, amüsierte sich sichtlich, der ältere schaute verlegen und wütend drein und machte einen ganz unglücklichen Eindruck.
»Ziehen Sie Ihr Hemd an«, sagte er, ohne sie anzusehen.
»Okay«, sagte Carmen. »Behalten Sie *Ihres* bloß an.« Sie mußte lachen.
Der jüngere Polizist, der auf ihre Titten starrte, mußte auch lachen. Sein Kollege sah ihn wütend an. Carmen breitete ihr T-Shirt aus und schaute es an. Es war verkehrt herum.
»Es ist verkehrt herum«, sagte sie. Sie waren in der Mittelstraße fast ganz hinten, umringt von gaffenden Jahrmarktsbesuchern. Carmen strahlte ihr Publikum an und schwenkte das T-Shirt über dem Kopf hin und her.
»Ziehen Sie es an, Mädchen.«
»Bringen Sie mich jetzt ins Gefängnis?«
»Sie sollen das T-Shirt anziehen.«
»Regen Sie sich doch nicht so auf«, sagte Carmen und zog es über den Kopf. »Wollen Sie ruhiger werden? Ich kann Ihnen was geben. Sie machen ja einen ganz unglücklichen Eindruck.«
»Behalten Sie das T-Shirt jetzt an?« fragte der ältere Polizist.
Carmen zuckte die Schultern. »Ist der immer so nervös?« fragte sie den jüngeren Polizisten.
Der mußte grinsen und sah weg. Sein Kollege warf ihm einen bösen Blick zu und schaute dann wieder Carmen an. Sie kratzte sich durch das T-Shirt hindurch an der linken Brust. Er wandte sich an seinen Kollegen.
»Was meinst du?«
Das Publikum zerstreute sich.

»Wir müßten sie zu Fuß ganz nach vorne bringen. Sollen wir's nicht einfach vergessen? Ist doch nicht der Mühe wert.« Er drehte sich zu Carmen um, legte ihr die Hände auf die Schultern und schaute ihr ins lächelnde Gesicht. »Wie isses, Mädchen, behalten Sie Ihr T-Shirt jetzt an?« fragte er Carmen. »Können Sie uns das versprechen?«
Carmen versuchte etwas aus ihrer Hosentasche zu ziehen.
»Wir haben Ihnen eine Frage gestellt«, sagte der ältere Polizist.
Sie kriegte das Fläschchen aus der Tasche, machte es auf, schüttelte sich zwei Valiumtabletten auf die Hand und bot sie dem älteren Polizisten an. »Da«, sagte sie, »nehmen Sie die. Dann geht es Ihnen gleich besser. Wirklich.«

Tigger hatte eine Zeitlang bei einer Zeitarbeitsfirma gejobbt und war mal in eine Fabrik geschickt worden, wo er den ganzen Tag kleine weiße Pappkartons in große braune Pappkartons packen mußte. Er verdiente in acht Stunden achtunddreißig Dollar und gab alles am selben Abend in der Wachstation aus, um seine Erinnerung an diesen Tag auszulöschen. Was ihm aber nicht gelang. Der Tag der weißen und der braunen Pappe, der langweiligste Tag seines Lebens, lieferte immer noch den Stoff für seine Alpträume.
Den Taco-Mann im Auge behalten war fast genauso schlimm. Der Bursche saß auf seinem Stuhl und hielt sich ein Handtuch ans Knie. Tigger, der am oberen Ende des Platzes im Gras saß, schaute schon fast seit einer Stunde dieses Bein an, das sich in der ganzen Zeit keinen Zentimeter bewegt hatte. Und der andere alte Mann machte sich im Taco Shop nützlich, was genauso langweilig war. Tigger hatte die Warterei satt. Der Typ rührte sich sowieso nicht von der Stelle. Aber wenn er jetzt einfach ging, war Dean sicher sauer auf ihn. Tigger würde wohl nie vergessen, was es für ein Geräusch gegeben hatte, als Dean das Brecheisen auf Porks Kopf geschlagen hatte. Er hatte jede Menge Schlägereien hinter sich, aber so ein Geräusch hatte er noch nie gehört, und er wollte es auch nie mehr hören. Wie wenn man eine Eistüte in der Hand hat und

zu fest drückt. Wie wenn die Tüte zerbricht und das Eis einen vollsaut. Nicht genau gleich, aber so konnte er es noch am besten beschreiben.
Nein, er wollte ganz bestimmt nicht, daß Dean wütend wurde.
Aber Dean war weggerannt. Dieser Typ hatte auf ihn geschossen, und Dean war gerannt wie ein Wiesel. Hätte Tigger gleich hinter ihm herlaufen sollen? Hatte Dean das vielleicht sogar erwartet? Er wußte es wirklich nicht. Er wußte nur, daß es so langweilig wie weißbraune Pappe war, ewig auf das Bein des alten Mannes zu gucken. Irgendwann stand er auf – er hätte gar nicht sagen können, wie lange er dagesessen hatte und was ihn schließlich in Bewegung setzte – und ging zum Ausgang. Je weiter er sich vom Taco-Mann entfernte, desto besser fühlte er sich. Diese ganze Geschichte wurde ihm echt zu hirnrissig. Da konnte man sich viel zu schnell eine Kugel einfangen. Vielleicht wurde es Zeit, daß er wieder bei seinem Vater einzog. Mal sehen, ob der alte Sack in den letzten sechs Monaten Dampf abgelassen hatte. Als er auf sein Auto zuging, hatte er sich schon fast dazu durchgerungen. Einfach in der Selby Avenue aufkreuzen und ins Haus spazieren. Mal sehen, was passierte.
Als er den Wagen aufschloß, war die Entscheidung gefallen. Er würde zu seinem Vater gehen. Wenn Dean den Taco-Mann ausrauben wollte, mußte er ohne Timothy Alan Skeller auskommen.
Tigger machte die Autotür auf und schob sich hinter das Lenkrad. Erst als er schon saß, merkte er, daß er nicht allein war.
Dean saß zusammengesunken auf dem Rücksitz und sagte: »Mensch, wo warst du denn so lange?«
Tigger schreckte hoch und knallte mit den Oberschenkeln gegen das Lenkrad. »Wie bist du hier reingekommen?« fragte er. Dann sah er die Glassplitter auf dem Beifahrersitz und die zerdepperte Scheibe. »Mann, du hast die Scheibe eingeschlagen.«
»Das ist doch uninteressant. Der Taco-Mann zahlt dir ein nagelneues Auto.«
»Ich will gar kein neues Auto. Verdammte Scheiße, der hat ein Schießeisen, Mann. Und überhaupt keinen Bammel. Der drückt

einfach ab! Er hat auf dich geschossen, Mann. Ich hab's genau gesehen.
»Na und? Er hat mich nicht getroffen.«
»Weil der andre alte Sack ihm in den Arm gefallen ist.«
Dean setzte sich auf und beugte sich über die Rückenlehne nach vorne. »Er hat mich nicht getroffen, weil ich weg war wie nichts.« Er nahm Tigger den Cowboyhut vom Kopf und ließ ihn zum Fenster hinaussegeln. »Komm, laß den Motor an.«
»Wieso? Wo fahren wir hin?«
»Jetzt schmeiß den verdammten Motor an. Ich sag dir dann schon, wo du hinfahren sollst.«
Tigger sagte: »Ich glaub, das will ich jetzt gar nicht.«
»Und ob du das willst.«

Axel hätte eigentlich gedacht, daß er nach siebzig Lebensjahren alles, was er empfinden konnte, schon einmal empfunden hatte. Er hatte die düsteren Tiefen der Angst und des Schreckens ausgelotet, war durch die Höhen der Lust und der Freude geschwebt, durch die Sümpfe des Zorns und des Abscheus gewatet, in der Wüste der Verzweiflung fast verdorrt. Aber so wie jetzt hatte er sich noch nie gefühlt. Als wären die Zügel gerissen, als wären die Bremsleitungen durchtrennt, als schaute er sich selber dabei zu, wie er auf das Leben eindrosch, blindwütig und wirkungslos. Wenn alles schiefging, wurde Axel gern poetisch: War das Leben nur eine Metapher, hatte er vielleicht doch die Kraft, es zu verändern.
Wenn er den Kerl nun getroffen hätte? Wenn er ihn erschossen hätte? Er wäre ins Gefängnis gekommen. Schon bei dem Gedanken daran liefen ihm kalte Schauer über den Rücken.
Er spürte einen Blick auf sich ruhen, legte den Kopf in den Nacken und sah Sophie zur Tür herausschauen.
»Wie fühlst du dich?« fragte sie.
»Ganz okay«, sagte er.
Sophie schüttelte den Kopf. »Sie ist erwachsen, Axel. Was soll man da machen?«

Axel schossen Tränen in die Augen. Er wandte sich rasch ab und blinzelte sie weg. Sophie meinte, daß ihm die Sorge um Carmen keine Ruhe ließ. Dabei hatte er nur an sich selber gedacht. Und das arme Mädchen lief irgendwo herum, ganz allein oder – schlimmer noch – nicht ganz allein. Was für ein beschissener Tag. Er hörte Sophie wieder in den Stand gehen und etwas zu Sam sagen.

Mist.

Sam.

Die andere Sache, an die er lieber nicht gedacht hätte. Das Loch hinter Sams Haus. Axel holte tief Luft, aber wider Erwarten packte ihn weder die Angst um sein Geld noch der Zorn auf Sam. Er spürte nur das schwerfällige Schlagen eines kraftlosen Herzen, das Blut durch alte Adern pumpte. Vorhin hatte es noch gehämmert, angetrieben von Rachegedanken, von einem mächtigen Zorn, der ihn fast zu einem Mord getrieben hätte. Jetzt konnte er sich so intensive Gefühle gar nicht mehr vorstellen. Er spürte nur noch Überdruß und das lästige Pulsieren seines angeschwollenen Knies. Man hätte meinen können, der Verlust seines gesamten Vermögens sei ohne jede Bedeutung. Man hätte meinen können, es sei nicht so wichtig, ob Sam das Geld gefunden hatte und zurückgab, oder ob er es gefunden hatte und nicht zurückgab, ob es die Hunde gefressen hatten, oder ob es jemand anders gefunden hatte. Ihm war schon klar, daß er Sam fragen mußte, aber im Moment wollte er seine Antwort gar nicht hören. Er hatte keinen Mumm mehr. Er war am Ende.

»Ich finde, wir sollten mit ihm zum Arzt gehen«, flüsterte Sophie.

»Er braucht keinen Arzt«, sagte Sam. »Laß ihn.«

»Er sitzt nur da und starrt vor sich hin. Er hat doch keinen Schlag auf den Kopf bekommen, oder?«

»Er ist bloß ins Grübeln geraten.« Sam hatte einen unförmigen Bueno Burrito fertig. Aus einem Riß in der Tortilla lief ein Klecks Soße. Bis vor ein paar Stunden hätte Sophie auf keinen Fall zuge-

lassen, daß ein Kunde so ein Monstrum bekam; jetzt schaute sie zu, wie Sam es einpackte und Kirsten reichte.
»Was ist mit seinem Bein? Er kann kaum laufen.«
Sam sagte: »Wir werden ja sehen, ob's besser oder schlimmer wird. Laß ihn.«
»Ich glaub, er macht sich Sorgen um Carmen.«
»Schon möglich. Vielleicht ist er aber auch bloß deprimiert.«
Sophie dachte: Axel macht sich Sorgen um Carmen, ich mache mir Sorgen um Axel, und Sam scheint alles egal zu sein. Gott sei Dank macht Kirsten ganz einfach ihre Arbeit, sonst ginge der Laden endgültig aus den Fugen. Sie richtete die Aufmerksamkeit wieder auf das Restaurant. Vor der Theke hatte sich eine kleine Schlange gebildet. Eins nach dem anderen, dachte sie lustlos. Früher oder später kommt jeder dran. Es war schon so weit gekommen, daß sie die Gesichter der Kunden nur noch als undeutlichen Fleck wahrnahm. Als sie vor ein paar Stunden beschlossen hatte, einfach zu gehen, war ihre Energie zu einem großen Teil verpufft. Dann hatte sie erfahren, daß Axel verletzt war, und schon sah alles anders aus. Sie konnte ihn nicht mit seiner Verletzung alleinlassen, sie konnte auch das Geschäft nicht zusammenbrechen lassen. Aber die alte Energie hätte sie schon gern wieder gehabt. Hoffentlich rappelte sich Axel bald wieder auf. Es war kaum auszuhalten, wie er mit hängendem Kopf und hochgelegtem Bein auf dem Klappstuhl saß und auf die andere Seite des Grasplatzes starrte, auf die zugesperrte Doughnutbude.
»Womit kann ich dienen?« fragte sie das nächste Gesicht in der Schlange.
Der Kunde gab keine Antwort. Sophie zwang sich, genauer hinzusehen. Eine Frau. Als ihre Züge deutlicher wurden, bekam Sophie einen Schreck, weil sie einen Augenblick lang ihre Mutter vor sich zu haben glaubte – die vor fast zehn Jahren gestorben war. Das gleiche Gesicht. Spitze Nase, kalte blaue Augen, energisches Kinn. Aber die Frau vor der Theke war größer als ihre Mutter und hatte volles graublondes Haar, hoch aufgetürmt. Und auf beiden blassen Wangen glühte hoch oben ein roter Fleck.

Sophie lächelte ihr zu und fragte noch einmal: »Womit kann ich dienen?«

Der Blick der Frau war starr an ihr vorbei auf etwas hinter ihr gerichtet. Sophie warf einen Blick über die Schulter und sah, daß sich Kirsten an den Kühlschrank drückte und mit großen Augen die Kundin ansah.

Kirsten fuhr sich mit der Zunge über die Lippen. »Hallo, Mutti«, sagte sie leise.

achtunddreißig

Um halb acht war das letzte Zimmer vergeben. Bill Quist knipste die Leuchtschrift ›BELEGT‹ an, besorgte sich mit Hilfe seines Schlüssels aus dem Automaten drei Dosen Cola sowie eine Handvoll Schokoriegel und machte es sich gemütlich, um sich die Folge von *Akte X* noch mal anzuschauen, in der dieser Typ mit der spitzen Nase merkt, daß ihm zwischen den Zehen Schwimmhäute gewachsen sind. *Akte X* gefiel Quist. Besonders gut gefiel ihm die Partnerin des Typs mit der spitzen Nase, wie hieß sie noch gleich, die mit den Ballons. Ihm gefiel, daß bei ihr die Unterlippe immer ein bißchen hing und leicht zu beben schien. Und daß sie so einen großen Kopf hatte. Der spitznasige Typ hatte einen kleinen Kopf, seine Partnerin einen enorm großen. Quist stellte sich vor, daß sie zwei Meter vierzig groß war und ihre Rolle auf Knien spielte.
Er fand *Akte X* echt gut.
Und war ganz schön sauer, als er den Klingelton der Eingangstür hörte – gerade als der spitznasige Typ seiner Partnerin die Schwimmhäute zeigte. Da wollte ja doch nur jemand irgendeinen Unsinn fragen oder Kleingeld haben, oder irgend so ein Blödmann glaubte dem ›BELEGT‹ nicht. Seine Augen hingen am Bildschirm, und bloß weil jemand ins Foyer kam, wollte er sie nicht davon lösen. Vielleicht wollte jemand nur zum Automaten oder ging einfach wieder.
Dann hörte er das irritierendste Geräusch der Welt. Die Chromklingel. Normalerweise ließ er das verdammte Ding zu Beginn seiner Schicht verschwinden, aber heute hatte er es vergessen, und jetzt wurde gebimmelt. Immer wieder. Bim. Bim. Bim. Bim. Er drehte sich immer noch nicht um und rief nur: »Moment!« Die großköpfige Frau berührte die Schwimmhäute. Mann, das prickelte vielleicht seinen Schenkel hinauf!
Bim. Bim. Bim.
Quist fuhr mit seinem Drehsessel herum und blickte auf. »Moment, hab ich gesagt!«

Bim.
Es dauerte vielleicht eine halbe Sekunde, bis er den Blick von der Klingel über die Hand zum Gesicht gehoben hatte. Ach du Scheiße, der Kerl, der mit Carmen rummachte, mit Axels Freundin oder Tochter oder weiß der Geier was.
Bim. Da stand er mit seinem kahlrasierten Schädel und seinem fiesen Lächeln, die Hand über der Chromglocke in der Luft.
Bim.
Und da war ja noch einer, ein dürrer, pickliger Junge, der in einem Sessel saß und sich am Hals kratzte.
Bim.
Quist stand auf, ging nach vorn, nahm die Klingel und steckte sie in eine Schublade.
»Ich brauche einen Schlüssel«, sagte der Kerl.
Quist schüttelte den Kopf. »Kann ich nicht machen«, sagte er. »Sie sind von der Gästeliste gestrichen. Mr. Speeter hat's mir extra gesagt.« Und dabei bleibt's, sagte er sich, der hat in Zimmern von Gästen nichts zu suchen. Andererseits fragte er sich, wieviel Geld der Kerl wohl lockermachen konnte, wenn er unbedingt reinwollte.
Wie sich zeigte, sah der Kerl eine ganz andere Möglichkeit. Quist fuhr zurück, aber das Brecheisen hakte sich trotzdem um seinen Hals und riß ihn wieder nach vorn.

Kirsten war gegangen, und nun war der Taco Shop in ernsten Schwierigkeiten. Sophie führte Axel die Situation *so* vor Augen: »Wenn du stehen kannst, solltest du mitarbeiten. Wenn nicht, machen wir am besten gleich dicht.«
Axel sagte: »Es ist doch erst acht. So früh haben wir noch nie zugemacht.«
»Dann sind wir auf deine Mitarbeit angewiesen.«
Sie hörten Sam im Taco Shop sagen: »Jetzt machen Sie doch die Pferde nicht scheu, junger Mann. Ich hab auch nur zwei Hände. Möchten Sie nicht vielleicht doch lieber einen Taco?«
Axel seufzte und versuchte aufzustehen. Sein Knie kam ihm so

schwer und so massiv vor, als wäre es mit Zement ausgegossen. Er verlagerte Gewicht darauf. Geht doch, dachte er, aber im nächsten Augenblick durchfuhr ein stechender Schmerz seinen Oberschenkel. Er klammerte sich an den Türrahmen.
»Ich brauche einen Stock.«
Sam tauchte in der Tür auf. »Hört mal her, ihr zwei. Ich stecke bis über den Hals in Arbeit.«
»Er sagt, er braucht einen Stock«, gab Sophie weiter.
Sam kam zur Tür heraus. »Einen Augenblick, Ax. Das haben wir gleich.« Er ging auf Kleine Knirpse Nr.1 zu, Sophie verschwand im Stand und Axel blieb zurück, an den Türrahmen geklammert. Sam kam aber schon nach weniger als einer Minute zurück und schwang beim Gehen den grünen Stock, den Tommy dem kahlen Affen abgenommen hatte. Er gab ihn Axel in die Hand und half ihm in den Stand, wo er sich gegen die Arbeitsplatte lehnte.
»Ich brauche eine Tostada, zwei mit Bohnen, einen Bueno«, sagte Sophie.
Axel begann mit der Zubereitung der Snacks. Zuerst arbeitete er langsam, dann wurde er schneller, als er in altvertraute Rhythmen fand.
»Und was mach ich jetzt?« fragte ihn Sam.
»Mir egal.«
Sam kratzte sich in seinem Dreitagebart. »Vielleicht hätte ich dich doch auf den Affen schießen lassen sollen«, sagte er.
Axel ließ die Arme sinken und sah Sam mit ausdruckslosem Gesicht an. »Du könntest Tortillas fritieren«, sagte er. Schon nach ein paar Minuten waren sie ganz passabel aufeinander eingespielt.

Tigger hätte am liebsten gesagt, Mann, du bist ja nicht wiederzuerkennen, aber er kannte ihn ja sowieso kaum. Warum sollte er sich dann darüber wundern, daß Dean sich als Fall für den Psychiater entpuppte, das ganze Zimmer auseinandernahm, vor sich hin knurrte und etwas von Kaffeedosen voller Geld brummelte. Sie fanden jede Menge Kaffeedosen, aber Geld? Vergiß es. Nur

Socken und Unterwäsche und allen möglichen Plunder, der jetzt im ganzen Zimmer herumlag. Er hatte allmählich den Eindruck, daß das Geld pure Einbildung war. Eine fixe Idee des Psychopathen James Dean, der sich jetzt aufs Bett hockte, das Brecheisen auf den Schoß legte und ein grauenhaftes Gedicht vorlas. Schaudernd hörte Tigger zu. So ein Stuß.

Dean las vor: »Unnützes Kraut mag lang schon ungejät' stehn …« Er machte eine Pause. »Na, was sagst du dazu, Tig?«

Tigger fragte: »Was heißt'n ungejät?«

»So wie der Motel-Mann. Der ist ungejät über uns.«

»Also quasi stinksauer?«

»Genau. Und ich bin auch stinksauer. Und bleibe stinksauer, bis ich dem Taco-Mann seine Mäuse abgenommen hab. Hör zu: ›Doch kurz nur lebt, wer mit dem Tod am meisten Gutes tut‹.«

Tigger tat, so gut es ging, als finde er das auch, obwohl es eigentlich nur bedeuten konnte, daß bald wieder jemand starb. Das Geld konnte ihm gestohlen bleiben. Er wollte nur noch lebend aus dieser Sache herauskommen.

Dean fragte: »Tig, wenn du hunderttausend Dollar hast, was machst du dann? Kaufst du dir erst mal ein neues Auto?«

Tigger dachte eine Weile nach. So ein schwarzer Dodge Pickup mit leistungsstarkem Motor und hochgesetzten Scheinwerfern, das wär schon was. Vielleicht konnte ihm das Geld doch nicht gestohlen bleiben.

»Ich dachte eher an so einen Pickup, wie ich neulich einen gesehen hab.«

Axel stand vor dem Restaurant und schaute Sophie beim Einräumen der verderblichen Lebensmittel in den Kühlschrank zu. Sie sah erschöpft aus. Er hätte gern etwas zu ihr gesagt, aber es fiel ihm nichts ein. Auf seinen grünen Stock gestützt humpelte er zur nächsten Bank. Jetzt schmerzte auch noch das unverletzte Bein, weil im Stand das ganze Gewicht auf ihm geruht hatte. Er ließ sich vorsichtig nieder, ohne das lädierte Knie zu beugen, hob die umgehängte Tasche auf die Bank und wartete, bis Sam die

Sperrholzläden geschlossen und das Kombinationsschloß eingehängt hatte.
»So, Sam«, sagte er dann. Trotz seiner Schmerzen ging es ihm besser. Die Arbeit hatte ihm gutgetan.
Sam zündete sich eine Zigarette an und setzte sich neben Axel.
»Ich muß schon sagen, Ax, du hast dir einen ganz schön anstrengenden Broterwerb ausgesucht.
»Anstrengender als Autos reparieren.«
Sam zog ein paarmal kräftig an seiner Pall Mall. Es war immer noch schwül und völlig windstill. Eine gespenstische Rauchsäule baute sich über ihm auf. Sie horchten eine Weile schweigend auf die gedämpften Geräusche aus Ständen, in denen aufgeräumt wurde, und auf das Quietschen und Knirschen der Müllwagen.
»Das nicht gerade«, sagte er.
»So, Sam«, sagte Axel noch einmal. »Ich will dich mal was fragen. Wenn einer was findet, das einem Freund von ihm gehört, was sollte er dann deiner Meinung nach tun?«
Sam drehte seine Zigarette zwischen dem Daumen und dem Zeigefinger hin und her und inspizierte sie von allen Seiten.
»Was hast'n gefunden, Ax?«
Axel schüttelte den Kopf. »Nichts. Aber angenommen, ich finde irgendwas, sagen wir mal, du verlierst deine Brieftasche bei mir im Restaurant, und ich finde sie. Na, dann geb ich sie dir natürlich zurück.«
Sam sagte: »Meine Brieftasche hängt an einer Kette.«
»Okay. Aber mal rein hypothetisch. Gesetzt den Fall, daß du sie verlierst. Dann geb ich sie dir zurück.«
Sam schnaubte spöttisch, zog kräftig an seiner Zigarette und schnipste sie weg. Axel sah sie ins Gras fallen und wäre am liebsten hingehumpelt, um sie aufzuheben. Aber es lagen sowieso schon tausend Kippen auf dem Grasplatz. Auf eine mehr kam es nicht wirklich an.
»Mal rein hypothetisch«, sagte Sam. »Wenn einem die Hunde hinterm Haus was ausbuddeln, dann müßte man es behalten dürfen, ganz egal, was es ist.«

»Ich glaub, da verstehst du was falsch«, sagte Axel.
»Was einer auf seinem Besitz findet, gehört ihm. Ich mein, wozu hat man denn Privateigentum?«
»Das ist doch unvernünftig.«
Sam zuckte die Achseln. »Wer hat noch gleich vor ein paar Stunden auf der Mittelstraße eine Pistole abgefeuert? Und du redest von Unvernunft?«
»Wie isses? Gibst du sie mir zurück?«
»Wozu? Damit du losziehen und dich umbringen lassen kannst wie Tommy?«
»Damit ich dir ein paar Antworten entlocken kann.«
Sam lachte meckernd und steckte sich die nächste Zigarette an. »Vielleicht mach ich miserable Burritos, Ax, aber ich bin kein Idiot.«
Sam wandte sich ab und schaute zur Doughnutbude hinüber. Axel hatte nicht übel Lust, ihm mit dem Stock eins überzubraten, aber das wäre im Moment sicher nicht hilfreich, so verdrehte Querverbindungen sich auch durch Sams Quadratschädel ziehen mochten. Er beschloß, das andere Thema anzusprechen, das sie bisher vermieden hatten. Mal sehen, was dabei herauskam.
»Es ist, als wäre er gar nicht richtig tot, findest du nicht?«
Sam deutete ein Kopfnicken an. »Ich hab das Gefühl, daß wir gar nicht so weit hinter ihm zurück sind, Ax. Tommy ist jetzt da unten und wärmt sich schon mal bei ein paar Runden Poker mit dem Teufel auf.
»Zeigt ihm, wie's geht«, sagte Axel.
»Wetten, daß Tommy trotzdem jedes Spiel verliert? Satan setzt sicher nur auf ein todsicheres Blatt.« Sam blies lachend Rauch durch die Nase und mußte niesen. »Und kriegt jedesmal eins. Wetten? Jedesmal.«
»Aus unserer Pokerrunde zu dritt ist nichts mehr geworden.«
»Stimmt«, sagte Sam.
»Ich glaub, Sophie ist soweit.« Axel quälte sich mühsam auf das intakte Bein und seinen Stock und humpelte hinter den Stand, wo Sophie gerade die Tür abschloß.

»Wie kommst denn du daher«, sagte sie.
»Wie denn?«
»Du kannst ja kaum laufen. Du solltest unbedingt zum Arzt gehen.«
»Ich denk nicht dran. Du hast doch gesehen, was aus Tommy geworden ist. Er war im Krankenhaus, und jetzt ist er tot.«
»So ein Blödsinn.«
»Ich geh jedenfalls nicht ins Krankenhaus. Der Jahrmarkt dauert noch zwei Tage. Da leg ich mich doch nicht ins Bett.«
»Na schön. Wie fährst'n jetzt nach Hause?«
»Ich glaub nicht, daß ich fahren kann«, gab Axel zu. »Ich kann das Knie nicht beugen.«
»Dann werde ich dich wohl heimfahren müssen«, sagte sie.
»Ich komm wohl kaum in dein kleines Auto rein.«
»Dann nehmen wir eben deinen Pickup.«
Sam sagte: »Was hältst du davon, daß du mich auch heimfährst? Ich bin mit dem Bus gekommen. Hat mich einsfünfundzwanzig gekostet.«
Sophie stöhnte auf und schüttelte den Kopf, als fände sie das ganz unmöglich, genoß es aber sichtlich, was sie für eine Rolle spielte. »Was würdet ihr beide nur ohne mich machen?«

neununddreißig

»Schaffst du's allein?« fragte Sam. Bist du sicher?«
Axel stieg vorsichtig aus dem Führerhaus. »Ich hab doch bloß ein paar Schritte bis zur Tür, Sam.« Er verlagerte das Gewicht stärker auf den Stock und machte einen schnellen Schritt, um sein lädiertes Knie auszuprobieren. Es war noch steifer geworden, aber wenigstens hatten die Schmerzen nicht zugenommen.
Sophie, am Steuer, sagte: »Jetzt hilf ihm doch, Sam.«
Sam machte Anstalten auszusteigen.
Axel hob die Stockspitze und fuchtelte ihm vor dem Gesicht herum. »Ich kann das allein, verdammt noch mal.«
»Er sagt, er braucht keine Hilfe«, stellte Sam fest.
»Ach ja«, sagte Sophie, »genau wie auf dem Weg zum Pickup. Da hat er ja auch keine Hilfe gebraucht.«
»Das waren vierhundert Meter«, sagte Axel und machte den nächsten schmerzhaften Schritt. »Hier sind es zehn Schritte.«
»So eine Quälerei hab ich ja noch nie gesehen«, sagte Sam. »Soph hat recht. Du gehörst ins Krankenhaus.«
»Das ist bloß verstaucht.« Axel machte noch zwei schnelle Schritte und stand vor der Tür. »Es ist wirklich nicht nötig, daß ihr hier stehenbleibt und mich anglotzt. Fahrt ruhig weiter. Bis morgen früh, okay?«
»Ich werde dasein«, sagte Sophie.
Axel steckte den Schlüssel ins Schloß und sah dem Pickup nach, bevor er aufschloß und eintrat. Er knipste das Licht an und bekam einen Schlag gegen den Mund, der ihm die Zahnprothese in die Kehle rammte. Er ging zu Boden und rang nach Luft.

»Das war einfach«, sagte Dean und schloß die Tür mit einem Fußtritt. Es war eigentlich nie schwer. Bei Pork war es auch einfach gewesen. Und bei Mickey hatte er es nicht einmal im Sinn gehabt.
»Er hat einen Anfall oder so«, sagte Tigger.
Axel lag auf dem Boden, hielt sich mit der einen Hand den Hals und stocherte mit den Fingern der anderen im Mund herum. Dean

warf das Brecheisen auf das Bett, beugte sich über ihn und tastete ihn rasch nach der schweren Armeepistole ab, unter den Armen und um die Hüften herum. Axel krümmte sich unter seinen Händen. Er keuchte und hatte einen roten Kopf, die Augen traten ihm aus den Höhlen, er schien an irgendwas zu würgen.
»Er hat sie nicht bei sich«, sagte Dean. »Höchstens da drin.« Er riß dem alten Mann die Umhängetasche weg. Axel bekam eine Art Schüttelkrampf und plötzlich schoß ihm in hohem Bogen etwas aus dem Mund, das über den Teppich auf Tigger zuhüpfte. Tigger macht einen Satz nach hinten. »Scheiße Mann, das sind seine Zähne!«
Dean trat lachend einen Schritt zurück. Ihn brachte nichts mehr aus der Fassung. Das Methedrin hatte sich endlich eingependelt, schön gleichmäßig auf einem hohen Niveau, auf dem alles ganz leicht in seine Gewalt geriet. Sein Körper hatte sich an den hohen Level von Amphetaminen gewöhnt, er hatte seine Dröhnung unter Kontrolle. Er war eine Maschine mit Turbomotor, er lief auf vollen Touren und sah alles gestochen scharf. Er zog den Reißverschluß auf, stellte die Tasche auf den Kopf, kippte den Inhalt auf das Bett. Ein Paar schmutzige Socken. Ein Aspirinfläschchen. Ein schwerer Beutel, vermutlich Hartgeld. Und fünf weiße Papiertütchen, zusammengehalten von zwei Gummibändern. Dean riß eines auf und brachte ein dickes Bündel Papiergeld zum Vorschein. Er ratschte mit dem Daumen an dem Bündel vorbei und warf es Tigger zu. »Was hab ich gesagt?«
»Er trägt sein ganzes Geld mit sich rum?«
Dean schüttelte den Kopf. »Das ist bloß ein Vorgeschmack. Ich weiß von Carmen, daß er Kaffeedosen voll Geld hat.« Er beobachtete den alten Mann, der sich auf einen Ellbogen stützte. Rötlicher Sabber hing ihm aus dem Mund bis auf den Boden. Er schnaufte angestrengt, um wieder zu Atem zu kommen. »Wir müssen ihn nur dazu bringen, daß er uns sagt, wo sie sind.«

Axel hörte die Stimme des Kerls. »Stimmt doch, oder? Du hast viel mehr?«

Er wischte sich über den Mund und betrachtete das Blut an seiner Hand. Das Bürschchen machte einen Schritt auf ihn zu. »Hörst du mich?«

»Ich hätte dich erschießen sollen.« Die Zähne fehlten, die Wörter kamen sehr undeutlich heraus. Er mußte husten, drehte sich zur Seite, spuckte Speichel und Blut auf den Teppich.

»Raus damit! Wo hast du die Kaffeedosen versteckt? Du brauchst es mir nur zu sagen, dann lassen wir dich in Ruhe. Dann passiert dir nichts.«

Axel schüttelte den Kopf. »Zu spät«, sagte er. »Mir ist schon was passiert.« Er hatte Blut im Mund, sein Knie pochte schmerzhaft, und trotzdem fühlte er sich jetzt stärker als vorher. Der Zorn bildete einen festen Kern, wo vorher nur Leere gewesen war.

»Du möchtest doch nicht, daß dir noch mehr passiert, oder?«

»Kommt drauf an«, sagte Axel. Sein Zorn war nicht wie die wilde Wut des Nachmittags, nicht so hitzig, nicht so diffus. Er mußte aufpassen, daß man ihm nicht ansah, was er dachte.

»Worauf?« fragte Dean grinsend.

Axel gab keine Antwort. Er würde ohne weiteres noch mehr einstecken, wenn er eine Chance sah, dieses Bürschchen zu fassen zu kriegen, das in seinen Sachen gewühlt und sein Zimmer verwüstet hatte. Die Känguruhs aus der Fernsehsendung kamen ihm in den Sinn. Das alte Männchen war weggelaufen, hatte den Kampf aber nur überlebt, um in der australischen Wüste einsam zu verenden. Für ihn kam das gar nicht in Frage. Er würde bis zum Schluß kämpfen, egal wie es ausging. Die Sache hatte freilich ihre Schwierigkeit. Die waren zu zweit, und *er* lag mit lädiertem Bein und ohne Gebiß auf dem Boden. Er konnte also nicht nach dem Mistkerl treten. Er konnte ihn nicht einmal beißen.

»Du heißt James Dean.«

Dean zuckte die Schultern. Es schien ihm nichts auszumachen, daß sein Name bekannt war.

»Hast du *Jenseits von Eden* gesehen?« fragte Axel. »Da spielt James Dean auch so ein Bürschchen.«

James Dean knickte in der Hüfte ab und legte den Kopf schief. »Da wird er so richtig reich«, sagte er.
»Da ist er zuerst ein Nichtsnutz und dann ein Widerling.«
»Auf jeden Fall hat er viel Geld. Und steckt's nicht in Kaffeedosen.«
»Weißt du, wie Tommy dich genannt hat?« fragte Axel.
»Wer zum Teufel ist Tommy?«
Axel fuhr sich mit der Zunge über das Zahnfleisch. »Das kahle Äffchen hat er dich genannt.« Axel sagte ›Äffchen‹ statt ›Affe‹, damit es schön kernig klang.
Das dürre Bürschchen prustete los, fing Deans bösen Blick auf, verstummte jäh.
»Vielleicht besuch ich diesen Tommy auch noch«, knurrte Dean.
»Vielleicht früher, als du denkst«, sagte Axel.
Nun dämmerte es Dean. »Uuhhh!« machte er und erklärte es Tigger lachend: »Er spricht vom Doughnut-Mann, Tig. Er *droht* uns!«
Axel versuchte die Situation als Pokerrunde zu begreifen. Es galt James Dean zu schlagen, den starken Gegner. Das dürre Bürschchen mit dem hängenden Unterkiefer, das ›Tig‹ gerufen wurde, machte ihm keine großen Sorgen. »Und wenn's soweit ist, hilft höchstens noch rennen«, sagte Axel und sah Tig an, dem der Unterkiefer noch ein Stück weiter herunterklappte. Daß er Tig diesen Gedanken in den Kopf gesetzt hatte, wo er ihn weiterspinnen konnte, genügte vielleicht schon. Das Bürschchen wollte doch sowieso lieber passen, das verriet seine Körpersprache.
Dean sagte: »Ein richtig harter Bursche. Was, Tig? Aber keine Zähne im Mund.«
Axel schlug noch eine Volte: »Wo ist Carmen?«
»Verdammte Scheiße! Was weiß ich!«
Dean wußte es wohl wirklich nicht.
»Wenn ihr mir sagt, wo sie ist, sag ich euch vielleicht sogar, wo die Kaffeedosen sind.«
Dean griff nach der Brechstange. »Vielleicht sagst du uns das auch so.«

Axel sah Dean die Brechstange in den Händen zurechtlegen. Er mußte schnell etwas sagen. »Sie sind im Safe.« Raus aus dem Zimmer, dachte er. Raus ins Freie. »Ich hab alles im Motelsafe deponiert.«
Dean zog die Augenbrauen hoch, blickte über die Schulter zum Bad hinüber und rief: »He, Motel 6! Wieso hast du mir das nicht gesagt?«
»Das ist gelogen!« Die angsterfüllte Antwort kam von Bill Quist.
»Bill? Bist du das da drin?« fragte Axel.
»Er lügt!« rief Quist.
Axel schüttelte den Kopf. »Machst du etwa gemeinsame Sache mit denen, Bill?«
Keine Antwort.
»Er sagt, daß du lügst«, stellte Dean fest.
»Was macht er im Bad?«
»Bleiben wir bei den Kaffeedosen«, sagte Dean.
»Es ist genau so, wie ich gesagt habe. Aber als ich das Geld in den Safe gelegt habe, war der andere Typ da. Bill hat das gar nicht mitgekriegt. Wenn du's nicht glaubst, können wir ja nachsehen.«

Sophie ließ sich nahe an den Bordstein heranrollen und wendete dann auf der Laprenteur Avenue, wobei sie den Wagen so scharf herumriß, daß es Sam gegen die Tür warf.
Er rief: »Wow! Hey! Nicht so stürmisch!«
»Mir doch egal, was er sagt«, murmelte Sophie.
»Was? Wer?«
»Du hast doch auch gesehen, wie er dahergekommen ist. Er kann kaum laufen.«
»Braucht er ja auch nicht, wenn er schläft.«
»Ich kann ihn nicht einfach sich selbst überlassen. Man muß sich um ihn kümmern.«
»Das wird ihm aber nicht gefallen.«
»Mir doch egal. Er braucht mich.«

Sie bewegten sich langsam über den Parkplatz: Axel vom kreideweißen Bill Quist gestützt, Dean und Tigger ein paar Schritte hinter ihnen. Axel hatte glasige Augen und war gar nicht mehr in der Gegenwart. Während sein Leib, mit einem Arm um Bills Schultern gehängt, über den schlecht beleuchteten Parkplatz humpelte, waren seine Gedanken in der Vergangenheit. Er sah sich in Deadwood, wo ihn drei Cowboys zusammenschlagen wollten. Damals hatte er sich zu abwartend verhalten, er hatte die Cowboys den Ort und den Zeitpunkt ihres Angriffs bestimmen lassen. Und hatte er diesmal nicht wieder den gleichen blöden Fehler gemacht? Er hätte James Dean gleich am Anfang stellen müssen, gleich beim erstenmal, als er ihn sah. Statt dessen hatte er dem Bürschchen einen Taco spendiert.
War es jetzt schon zu spät? Mit einem innerlichen Stoßseufzer kehrte er in die Gegenwart zurück.
»Diese Geschichte tut mir leid, Bill.«
Quist sagte: »Es ist echt unfair. Ich arbeite doch nur hier.« Man hatte ihm die Hände auf den Bauch gefesselt, mit einem Paar schwarzen Wadenstrümpfen aus Nylon. An seinem Hals hatte sich auf der einen Seite ein großer blauer Fleck gebildet.
»Hast du Carmen heute schon gesehen?« fragte Axel.
»Sie hat angerufen. Sie möchte von Ihnen abgeholt werden.«
»Wo?«
»In der Entziehungsanstalt von Ramsey County.«
»Oh.« Da war sie wenigstens in Sicherheit. Eine Sorge weniger. Sie näherten sich dem Foyer. Er sagte sich, am besten versuch ich's jetzt gleich, ließ sein gesundes Knie einknicken und fiel. Quist versuchte ihn aufrecht zu halten, aber Axel zog mit einem kläglichen Ächzer den Arm von den Schultern des Portiers. Dean und Tigger blieben hinter den beiden stehen.
»Bring ihn wieder auf die Beine«, befahl Dean.
Quist zerrte an dem Arm, bewirkte aber nur, daß Axel aufstöhnte.
»Mein Knie«, stieß Axel hustend hervor.
Dean sagte: »Steh lieber auf, sonst wirst du geschleift.«

»Warum lassen wir ihn nicht liegen?« fragte Tigger. »Wir brauchen ihn doch nicht.«
»Falls das Geld nicht im Safe ist, brauchen wir ihn schon.«
Dean zeigte mit dem Brecheisen auf Quist. Der hatte Axels Arm losgelassen, sich weggedreht und ein wenig vorgebeugt. »Komm ja nicht auf dumme Gedanken.«
Quist ließ die Schultern hängen, Dean wandte sich wieder an Axel.
»Jetzt steh endlich auf.« Er versetzte ihm mit dem Brecheisen einen brutalen Stoß in die Rippen.
Das Brecheisen blieb stecken. Dean zog daran und meinte eine Viertelsekunde lang, er hätte ihm das Eisen ins Fleisch gebohrt, zwischen zwei Rippen. Als er merkte, daß der alte Mann die Stange gepackt hatte, wurde sie ihm schon entwunden und entrissen, und Axel schlug sofort einhändig zu. Dean schrie auf und sprang zurück. Das Brecheisen ging haarscharf am Knie vorbei, streifte sogar noch den Jeansstoff. Auf einmal spielte Deans Dröhnung verrückt: Alles stürzte viel zu schnell auf ihn ein. Aus den Augenwinkeln sah er den Portier rückwärts stolpern, kehrtmachen, wegrennen. Hinter ihm hörte er Tigger »hey … hey« sagen. Gegenüber vom Parkplatz hielt ein Auto auf der Fahrbahn an, die Scheinwerfer leuchteten grell. Verwirrende Schatten. Sein Herz schlug gegen die Rippen. Der alte Mann stützte sich auf das Brecheisen und stand auf. Es passierte zu viel auf einmal. Dean wich zurück, versuchte Ordnung in seine Gedanken zu bringen. Er rief: »Tigger!«, aber da war kein Tigger mehr. Er blickte über die Schulter und sah ihn davonrennen. Der alte Mann hatte sich hochgestemmt und kam auf einem Bein auf ihn zugehüpft, das Brecheisen wie einen Baseballschläger in den Händen. Die Schuhsohle klatschte bei jedem Hüpfer laut auf den Asphalt.
Fast wäre Dean weggerannt, doch schon im nächsten Moment sah er wieder klar. Er hatte immer noch alles unter Kontrolle, und mit seiner Dröhnung kam er auch wieder klar. Der Kerl war alt und erschöpft und hüpfte auf einem Bein. Alles war wieder langsamer geworden. Dem alten Mann ging schon die Puste aus, er machte

schon kleinere Hüpfer. Bei jedem machte Dean einen Schritt nach hinten, um ungefähr drei Meter Abstand zu halten. Er ließ ihn erst mal schlappmachen, dann konnte er ihn sich ganz einfach schnappen.

Hops.

Dean machte wieder einen Schritt nach hinten. Diesen feigen Tigger knöpfte er sich dann später vor.

Der alte Mann blieb stehen, balancierte auf einem Bein, ließ das Brecheisen sinken. Dean lächelte und machte einen Schritt nach vorn.

»Kannst du schon nicht mehr?«

Der alte Mann starrte ihn zornig an und schnappte nach Luft.

»Wie wär's, wenn du das jetzt hergibst?« Dean streckte die Hand aus. Er sah die Spitze der Stange eine Bewegung beginnen und zog die Hand zurück. Der alte Mann fiel nach vorn, riß im Fallen das Brecheisen über den Kopf, schlug zu. Dean sah das alles quasi in Zeitlupe, er war sich sicher, daß er genug Zeit zum Ausweichen hatte, aber dann war sein Körper nicht so schnell wie seine Gedanken. Das gebogene Ende des Brecheisens knallte ihm gegen das Brustbein, nahm ihm den Atem, fuhr ihm wie eine Harke über den Bauch und verhakte sich im Hosenbund. Er ging zu Boden, in seiner Brust zuckte es krampfartig, der alte Mann warf sich auf ihn.

Axel wollte James Dean den Schädel spalten, kam sich jedoch vor, als müßte er eine Bowling-Kugel halten, als er ihm den Kopf ein paarmal auf den Asphalt knallte. Keine Haare, an denen er zu packen wäre. Dann bekam der Bursche wieder Luft, stieß einen Schrei aus, ließ den Rumpf hochschnellen und warf ihn ab. Axels verletztes Knie schlug auf den Asphalt. Einen Augenblick machten ihn grelle Lichtblitze auf der Netzhaut blind. Er hörte einen Motor aufheulen. Das Bürschchen stand jetzt als Schattenriß im Licht der Scheinwerfer, die direkt auf ihn zuhielten.

Axel wälzte sich beiseite.

»Los!« schrie Sam. »Los, los, los!« Er streckte den Fuß zu den Pedalen hinüber und trat aufs Gas. Der Pickup machte einen Satz über den Bordstein und holperte die Böschung hinunter, warf mit den Hinterreifen Gras und Erde in die Luft. Sophie schrie auf und umklammerte das Lenkrad mit weißen Händen. Sie rumsten auf den Parkplatz, federten hoch, sahen einen blutig glitzernder Kopf, spürten einen Schlag. Sophie drückte die Augen zu und trat schreiend auf die Bremse. Der Pickup kam ins Schleudern, rammte beim Foyer einen der beiden Stützpfeiler des Vordachs und brach durch die Glastür.

Axel sah nicht, wie der Pickup James Dean erfaßte, sah ihn jedoch durch die Luft fliegen, sich überschlagen und platt auf dem Parkplatz landen, das Gesicht nach unten. Der Knall beim Aufprall auf den Boden wurde geschluckt von dem Getöse beim Foyer, wo der Pickup durch den Eingang brach.
Dann tat sich gar nichts mehr. Axel ließ sich drei Sekunden Zeit, dann quälte er sich hoch und hoppelte langsam zum Foyer. Das Vordach hatte nur noch einen Stützpfeiler und hing gefährlich durch. Axel schob sich zwischen den Resten des Eingangs und dem Heck seines Pickups in das Motel. Er hörte das Jaulen des Anlassers und das mahlende Geräusch des Motors, hopste zum Fahrerhaus, sah Sophie den Zündschlüssel drehen und das Gas durchdrücken. Vermutlich wollte sie den Kerl auf dem Parkplatz noch einmal überfahren. Axel machte die Tür auf. Aus schmalen Augen sah Sophie ihn grimmig an – und machte den nächsten Startversuch. Gesicht und Schultern waren mit weißem Staub bedeckt, von der Lenksäule hing schlaff ein weißer Sack herunter. Sachte nahm er ihre Hand vom Zündschlüssel weg und legte seine Hände um ihr Gesicht.
»Alles in Ordnung?«
Sophie nickte zittrig. »Hier hat was geknallt«, sagte sie.
Axel sah zu Sam hinüber. Er ließ das Blut, das ihm aus der Nase lief, über das Kinn rinnen und blinzelte blöde zur Windschutzscheibe hinaus.

»Du Mistkerl.« Axel mußte lächeln.
Sam wischte sich mit dem Ärmel über das Kinn und verschmierte das Blut.
»Was is'n?«
»Du hast den verdammten Airbag gar nicht abgeklemmt.«

vierzig

Ich erhöhe«, sagte Sophie. Sie blickte über den Tisch zu Axel hinüber. »Kann ich doch?«
Axel sah mit gerunzelter Stirn in seine Karten. »Laß es lieber«, antwortete er. Sein neues Gebiß klackte, wenn er etwas sagte. Es saß noch nicht richtig, wegen der Naht, die der Arzt auf dem Zahnfleisch gemacht hatte.
Sie saßen zu dritt in Sam O'Garas Küche. Axel brauchte zwei Stühle, den einen für seinen Hintern, den andern für das Bein im Streckverband. Der altertümliche Kühlschrank gab ein Grummeln von sich. Chester und Festus hatten sich unter den Tisch plumpsen lassen, und Festus verhalf Sophie hin und wieder zu einem interessanten Augenblick, indem er ihr den Knöchel leckte. Beim erstenmal war sie kreischend aufgesprungen, jetzt war sie schon fast daran gewöhnt.
Sam zog die Kautabakdose aus der Tasche. »Hör nicht auf ihn, Soph.« Er schob seine Karten von sich weg. »Also, ich passe.« Er rückte mit seinem Stuhl zu Sophie hinüber. »Was hast'n zu bieten, Baby?«
Sophie riß ihre Karten an die Brust.
Sam sagte: »Keine Sorge, ich bin nicht mehr im Spiel. Zeig her, dann sag ich dir, ob du erhöhen sollst. Axel ist nämlich ein gerissener Bursche. Komm schon, ich bin auf deiner Seite.«
Zögernd ließ sich Sophie in die Karten sehen. Sam beugte sich näher zu ihr ihn. »Gar nicht schlecht«, sagte er.
Axel stieß Luft durch die Nase. »Sie zeigt dir ihre Karten, Sam, nicht ihre Brüste.«
»Ich spreche von beidem.«
Sophie stach mit spitzem Ellbogen nach Sam und zwang ihn, den Kopf aus ihrer Reichweite zu reißen, konnte ein Lächeln aber nicht ganz verbergen. »Was soll ich jetzt machen?« fragte sie.
Sam reckte den Daumen in die Höhe. »Kräftig erhöhen!« sagte er. »Er soll ruhig zahlen, wenn er sie sehen will.« Er drehte den

Deckel auf, zupfte einen gewaltigen Priem aus der Dose und stopfte ihn sich hinter die Unterlippe.
Axel stöhnte auf, und Sophie warf vier Vierteldollar in den Pott.
Er sagte: »Na, was wirst du schon haben?«
Sophie schob das Kinn vor und fixierte Axels Tischgeld.
Axel schaute noch einmal in seine Karten. Für Draw Poker ein gutes Blatt. Ein Flush, vom Buben abwärts. Das machte ihn doch so gut wie sicher zum Gewinner. Falls Sophie nicht doch die besseren Karten hatte. So war das eben beim Pokern. Man konnte mit jedem Blatt gewinnen, bis man sich geschlagen geben mußte. Was einem ziemlich oft geschah.
Er suchte aus seinem Häufchen Münzen vier Vierteldollar und fünf Fünfcentstücke heraus und warf sie in den Pott. »Ich will sehen«, sagte er.
Sophie sah Sam an. »Muß ich das machen?«
»Wenn du gewinnen willst schon, Baby.«
»Kann ich nicht mehr erhöhen?«
»Du bist gerufen«, sagte Axel barsch.
Behutsam legte Sophie ihre Karten auf den Tisch. Ein Full house, Damen und Fünfen. Axel rollte die Augen und warf sein Blatt weg.
»Du mußt dein Blatt auch sehen lassen!« rief Sophie.
»Warum?« fragte Axel. »Du hast gewonnen.«
Sam schnappte sich Axels Karten und deckte sie auf.
Sophie sagte: »Was soll denn das sein? Du hast ja nicht mal ein Paar.«
»Das ist ein Flush«, sagte Sam. »Ein Flush und ein Schuß in den Ofen. Ich gebe.« Er schob die Karten zusammen.
»Dann hab *ich* gewonnen?« fragte Sophie vorsichtig.
»Ja, verdammt noch mal, du hast gewonnen«, blaffte Axel.
Sophies Mund entspannte sich, und als sie mit einem strahlenden Lächeln ihren Gewinn einstrich, kam sie Axel einen Augenblick vor wie ein glückliches Kind an Weihnachten. Was für eine seltsame Frau, dachte er. Ich gebe ihr die Hälfte meines Geschäfts, ich gebe ihr die Hälfte meines Lebens, und ernte nur

Stirnrunzeln, Bedenken und Argwohn, als würde ich ihr nichts als Ärger aufhalsen. Gestern abend hatten sie die Aushilfen bezahlt und die Abrechnung gemacht: Ihre zehn Prozent brachten ihr über viertausend Dollar ein. Man sollte doch meinen, das hätte sie gefreut, aber sie konnte nur davon reden, wieviel mehr sie eingenommen hätten, wenn Carmen nicht weggepennt wäre, wenn man ihnen Kirsten nicht weggeholt hätte, wenn er nicht so übel zugerichtet gewesen wäre, daß er sich die letzten beiden Tage des Jahrmarkts auf einen Hocker setzen mußte und nur mit halber Kraft Burritos machen konnte. Axel war ganz einfach froh, daß er das Wochenende überstanden hatte. Sophie sah das ganz anders. Mit viertausend Dollar in der Tasche konnte sie nur daran denken, daß es eigentlich fünftausend sein müßten. Und ein paar Stunden später gewinnt sie dann mickrige drei Dollar und strahlt übers ganze Gesicht.

Er konnte nie sagen, wie sie reagieren würde. Auch vor drei Tagen, in der Notaufnahme von St. Joseph's, hatte sie ihn verblüfft. Während der ganzen Tortur – dem Zusammenstoß auf dem Parkplatz, den Fragen der Polizei, der Warterei in der Notaufnahme – war sie ruhig geblieben. Er hätte gedacht, sie würde hysterisch, aber sie stand wie ein Fels in der Brandung. Und dann war der Arzt mit ihm fertig, und er fühlte sich so elend wie noch nie, und als man ihn im Rollstuhl aus dem Behandlungsraum schob, sah Sophie ihn an und brach in Tränen aus. Man schob ihn zum Wartezimmer, sie schaute ihn an und weinte wie ein kleines Kind. So hatte er sie noch nie erlebt. Und dann, am letzten Tag des Jahrmarkts, als auf einmal Carmen vor dem Taco Shop stand, nicht etwa um zu arbeiten, sondern um ihren Lohn abzuholen, da dachte Axel, jetzt rastet sie aus. Aber Sophie zählte nur mit steinernem Gesicht das Geld für Carmen ab, zu erschöpft oder zu abgestumpft, sich noch auf einen Streit einzulassen. »Keine Zulage dieses Jahr?« maulte Carmen. Selbst darauf von Sophie kein Wort.

Die blonde Kirsten war zur gleichen Zeit vorbeigekommen, war schrecklich verlegen und bat tausendmal um Entschuldigung,

weil ihre Mutter sie einfach aus dem Stand geholt hatte, wollte aber natürlich auch ihren Lohn abholen. Axel zahlte sie aus. Kirsten fragte nicht nach einer Zulage.
Ein paar Minuten später hatten Carmen und Kirsten kichernd auf dem Grasplatz gesessen und eine Zigarette geraucht. Sophie hatte nur gesagt: »Die wissen nicht, was zählt.«
Und Axel hatte gedacht, sie sieht ... nein, nicht alt, sie sieht wie eine reife Frau aus. Sie sieht gut aus.
Auch jetzt sah sie gut aus. Der Gewinn des Potts hatte Farbe in ihr Gesicht gebracht.
»Wo is'n Carmen?« fragte Axel.
»Sie ist Einkaufen gegangen mit Kirsten.« Sophie stapelte ihre Münzen aufeinander. »In der Mall of America. Kannst du dir das vorstellen? Was um alles in der Welt haben die beiden gemein?«
Sam prustete los.
»Was lachst'n so blöd?«
Sam klopfte die Karten gerade und begann zu mischen. »Beide haben Ärger mit ihren Müttern.«
Sophie verzog das Gesicht. »Ihr entschuldigt mich.« Sie ging aus der Küche. Sam und Axel lauschten auf ihre Schritte, als sie die Treppe hinaufging und hörten sie die Badezimmertür schließen.
Sam sagte: »Die Frau ist in Ordnung, Ax. Vielleicht sollten wir mit ihr losziehen. Ich kann mir gut vorstellen, daß es besser laufen würde als mit dem guten alten Tommy.«
Axel schüttelte den Kopf und sagte lächelnd: »Vielleicht hätten wir nicht so oft 'ne Schlägerei.«
»Da kannst du Gift drauf nehmen. Und *wenn* wir eine hätten, würde sie die Burschen einfach über den Haufen fahren.«
»Weißt du, was mich bei meinem neuen Pickup die Reparatur kostet?«
»Dein alter steht bei mir hinterm Haus. Startklar. Ich hab ihn sogar ein bißchen überholt.«
»Was drunter gelegen hat, brauch ich aber auch.«
Sam zog die Augenbrauen hoch. »Naja, du behauptest, was Che-

ster und Festus ausgegraben haben, gehört dir. Kannst du mir noch mal erklären, wieso ich dir das abnehmen sollte?« Er lehnte sich zurück und schob mit der Zunge den Priem an eine andere Stelle.

»Das Geld war unter *meinem* Pickup. Da hab *ich* es vergraben.«

»Ich hab gesagt, daß du deinen Pickup bei mir abstellen kannst. Von der Abtretung der Bodenschätze, die drunterliegen, war nicht die Rede. Und es will mir einfach nicht einleuchten, daß ein intelligenter Mensch wie du sein Geld wie ein Hund verbuddeln könnte – bei jemand anders hinterm Haus.«

Axel holte tief Luft. Sam hielt ihn seit zwei Tagen hin. Er gab nicht zu, daß es Axels Geld war, sagte aber auch nicht, daß er es auf keinen Fall zurückgeben würde. Axel war sich ungefähr achtzigprozentig sicher, daß Sam ihn nur eine Zeitlang zappeln ließ. Er hatte Vertrauen zu ihm. Vielleicht nicht hundertprozentig, aber doch neunzigprozentig.

Sam sagte: »Und selbst wenn du dein verdammtes Geld irgendwo finden solltest, bringt dir das doch einen Scheißdreck. Du kaufst dir sowieso nichts. Vermutlich würdest du es im Park vergraben und den Eichhörnchen überlassen.«

Axel gab keine Antwort.

»Angenommen, du bekommst es zurück«, fuhr Sam fort. »Was machst du dann damit?«

Axel sah ihn erwartungsvoll an, aber die Miene seines Freundes war nicht sehr ermutigend. »Ist das jetzt ein Test, oder willst du mich nur piesacken?«

Sam zuckte die Schultern und ratschte mit dem Daumen an den Karten entlang. »Reine Neugier.«

»Vielleicht investier ich's in irgendwas«, sagte Axel.

Sam zog eine Augenbraue hoch.

»Oder bring's auf die Bank«, knurrte Axel. »Herrgott, ich weiß es nicht. Was spielt denn das für 'ne Rolle!«

Sie hörten Sophie die Treppe herunterkommen.

»Für mich gar keine«, sagte Sam.

Axel brummte: »Ich muß wohl heilfroh sein, daß du mir wenig-

stens meinen Pickup zurückgibst.« Das klackende Gebiß nahm dem Sarkasmus die Schärfe.
»Der gehört dir doch.«
»Das Geld auch.«
Sam nahm die Karten und mischte. »Du bist ein verdammter Hinterwäldler, Ax. Hab ich dir das schon gesagt?«
»Ich sag ihm das immer wieder«, bemerkte Sophie.
»Können wir jetzt gehen?« fragte Axel. Er wollte nicht vor Sophie über das Geld reden. Es war zu peinlich.
»Wohin?« fragte sie.
»Erst mal weg hier.« Axel stützte sich auf sein gesundes Bein, preßte die Lippen zusammen, stand auf. »Komm, wir müssen noch rüber zum Festplatz. Ich will den Kühlschrank leeren und das Restaurant für dieses Jahr zusperren.«
Er stützte sich auf seinen Stock und humpelte zur Tür hinaus. Dieser Mistkerl. Da meint man einen Menschen zu kennen! Die ersten Schritte fielen ihm sehr schwer, dann fand er die richtige Gangart und es ging ganz passabel. Er machte die Beifahrertür auf, kletterte mühsam in das Führerhaus seines alten Pickups und blieb mit dem Fuß an etwas hängen, an einem Plastikbeutel vor dem Sitz. Er beugte sich vor, versuchte ihn wegzuschieben – und verharrte mitten in der Bewegung. Durch das schwarze Plastik hindurch spürte er kleine Bündel, zusammengerollt wie Burritos. Am liebsten hätte er die Tüte gleich aufgerissen und mit beiden Armen hineingegriffen, aber da machte Sophie schon die Fahrertür auf und stieg ein.
»Was ist denn mit euch beiden?« fragte sie.
Axel richtete sich auf. »Ach, nichts.«
Sophies Blick fiel auf die Tüte. »Und was ist das?«
»Irgend so'n Zeug, das Sam für mich aufgehoben hat.« Er kurbelte die Scheibe herunter und schaute zum Haus zurück. Sam stand in der Tür und rauchte eine Zigarette. Zwischen seinen O-Beinen guckte ein Hundekopf hervor.
Axel rief: »Du Mistkerl! Wie kannst'n das einfach hier lassen? Wo's jeder stehlen kann?«

Sam grinste ihn an.
Sophie sagte: »Also, weißt du, Axel, ich kann mir beim besten Willen nicht vorstellen, wer dieses Vehikel stehlen sollte.«
Zu Axels Überraschung sprang der alte Ford sofort an. Sophie brauchte weder das Gaspedal zu bearbeiten noch den Anlasser zu quälen. Sie drehte einfach nur den Zündschlüssel – schon konnte es losgehen. Und der Motor hatte einen richtig guten Ton. Wie Sam das bloß hingekriegt hatte? Es grenzte an Zauberei. Sie holperten über den Hof, und als sie auf der Straße waren, schien der Wagen sogar ruhiger zu laufen als früher. Die Vorderräder flatterten nicht mehr. Oder machte das der Plastikbeutel zwischen seinen Füßen? Machte der die Fahrt so angenehm?
»Du kennst doch die Bank in der Snelling Avenue? Würdest du da anhalten? Ich will was einzahlen.«
Sophie sah ihn überrascht an. »Du? Seit wann bringst du Geld auf die Bank?«
»Die Zeiten ändern sich«, sagte er. Er würde aber nicht alles einzahlen. Vielleicht erst mal nur ein paar tausend Dollar, um sich an den Gedanken zu gewöhnen.
»Weißt du was?« fragte Sophie.
»Was?«
»Carmen hat recht. Du bist schon ein komischer Vogel.«
»Du aber auch«, sagte Axel.
Sophie zuckte die Schultern. »Carmen würde dir da bestimmt recht geben.«
Sie fuhren schweigend die University Avenue entlang und bogen in die Snelling Avenue ein. Axel genoß das behagliche Schweigen. Sophie fuhr zur Abwechslung mal richtig angenehm, ganz ruhig und schön langsam. Er würde seinen Pickup gar nicht reparieren lassen. Axel hatte gehört, daß sich so ein Wagen nach einem Unfall nie mehr richtig gut fuhr. Und er war ja sowieso nicht mit ihm warm geworden. Er konnte ihn getrost verkaufen oder Sam geben. Der alte lief ja prima.

Danksagung

Becky Bohan, Marilyn Bos, Charlie Buckman-Ellis, Andy Hinderlie, Mary Logue, Tom Rucker, George Sorenson und Deborah Woodworth – ich danke euch für eure Unterstützung und euren Beistand in den vergangenen Jahren und für die netten Sachen, die ihr gesagt habt, als ich euch vor mehr als sechs Jahren die ersten Probekapitel vorgelesen habe. Dank auch an Mike Hildebrand für die Hilfe in sprachlichen Fragen, und an Bill Stesin, einen meiner ›zehn besten Freunde‹, fürs Erzählen der Geschichten, die dieses Buch erst ermöglichten.